蝴蝶刀

金华文化艺术发展基金扶持项目

浙江文化艺术发展基金资助项目

PROJECTS SUPPORTED BY ZHEJIANG CULTURE AND ARTS DEVELOPMENT FUND

周玥

——

著

浙江工商大学出版社
ZHEJIANG GONGSHANG UNIVERSITY PRESS

·杭州·

图书在版编目(CIP)数据

蝴蝶刀 / 周玥著. —杭州:浙江工商大学出版社,
2022.12

ISBN 978-7-5178-4966-7

Ⅰ. ①蝴… Ⅱ. ①周… Ⅲ. ①长篇小说—中国—当代
Ⅳ. ①I247.5

中国版本图书馆 CIP 数据核字(2022)第087643号

蝴蝶刀
HUDIE DAO
周 玥 著

责任编辑	唐 红
责任校对	何小玲
封面设计	望宸文化
责任印制	包建辉
出版发行	浙江工商大学出版社
	(杭州市教工路198号　邮政编码310012)
	(E-mail:zjgsupress@163.com)
	(网址:http://www.zjgsupress.com)
	电话:0571-88904980,88831806(传真)
排　版	杭州朝曦图文设计有限公司
印　刷	杭州高腾印务有限公司
开　本	880mm×1230mm　1/32
印　张	12.5
字　数	270千
版 印 次	2022年12月第1版　2022年12月第1次印刷
书　号	ISBN 978-7-5178-4966-7
定　价	62.00元

序

≫

最美的刀锋

在旧上海喧嚣而躁动的夜,晃动的有轨电车拖着隐约的铃声远去,有穿着粉艳旗袍的女人走过,指间燃着一支"美丽"牌香烟,或是臂上挽着一只巴掌大的绣花手提包,款款地踩着高跟鞋走进霓虹闪烁的舞厅跳出一段风韵。留声机里周璇的歌声不知疲倦地循环着,女人和男人们忘我地如蝴蝶般翩翩起舞。突然,一声枪响掐断了这份喧闹,一段旖旎而跌宕的谍战故事缓缓拉开序幕,这是周玥创作的小说《蝴蝶刀》。

周玥以前写过一些短小的文字,动念写长篇,并且在一年之内完成一部谍战小说,令人讶异。上海是一个产生故事的地方。我想,周玥愿意编织暗潮汹涌的上海旧梦,一定是对上海有着很深的迷恋,不然,她不会沉醉于那个年代,流连于那座城市,并构建了一个旗袍与刀锋、美酒与手枪的故事。

　　生而为人,我们的命运可能因为一念,走向完全不同的结局。我们的每一次决定,都会导致人生路上的"蝴蝶效应"。《蝴蝶刀》的故事,由一个普通的中国女孩周曼君不幸被卷入日本退役军官家的一起枪杀案展开。面对不明来路的凶徒,母亲苏萍为保全女儿周曼君,将她与日将之女的身份互换,由此改变了周曼君的一生。她被迫成为一名女特务。在传统谍战小说中,女特务往往是极富吸引力的角色,且大多都是阴险毒辣的蛇蝎美女形象。这种似乎只有"反面"角色才能表现女性特征的方法,使得女性形象产生模式化的缺陷。而《蝴蝶刀》的颠覆式人设、生活流叙事、深情感连接,给予读者一种全新的观感,其在保证作品谍战基调的前提下,使女性形象呈现多元化、丰富化、个性化、开放化的特征,变得更立体和全面。

　　周曼君是女特务也是百乐门的头牌,她美得一塌糊涂,美得很有情调,是那种一下子就能把男人的魂给勾走的女人。她处于四股势力的旋涡中,步步为营,举步维艰,却仍要摆出惬意的姿态奔走于舞厅和戏院,跳舞,唱戏;她表面孤冷,难以亲近,而在她所珍视的人面前,则是纯真善良的小姑娘,其身份标签隐含的内在矛盾让这个人物更富有传奇色彩。故事中,周曼君的理想和信仰一次次地崩塌,又一次次地重建,最终她明白了:人生的道路取决于自己,任何人都只是锦上添花;破茧成蝶只能依靠自己,否则别人将成为压死骆驼的最后一根稻草。

　　小说中的河村惠子,则是刁蛮任性的大小姐,她嚣张跋扈,好胜心极强。当着日军大将的叔叔利用惠子对横山隆裕的感情,让她渐渐变得偏执好斗、狠辣决绝。惠子固执地认为是周曼君抢走了她的爱情,在嫉妒心的驱使下,她处处与周曼君作对,以积分制的游戏形式与她暗暗较量。但她内心深处仍是一半火焰一半海水,她从未想过置周曼君于死地,只是以小孩子的心态想赢过周曼君,让横山隆裕能看到自己的存在。这一角色的心路历程的转变真实可信,即便作为反派,也被赋予了人性。

《蝴蝶刀》以女性的视角来刻画战争的残酷,不同于以男性为叙事中心的传统,但这并不影响它弘扬意识形态主旋律。小说以大场景、多视觉、多反转制造悬念,在一次又一次惊心动魄的谍报窃取和暗杀行动中,将故事推向高潮。在没有硝烟的战场,他们是敢于在刀尖上跳舞的勇士;在隐蔽的任务中,他们从来都只能隐姓埋名;在祖国危急存亡的重要时刻,他们是一群令敌人望而生畏、闻风丧胆的人。周玥试图通过对环境与人物内心的描写,表现人物心灵和肉体的挣扎,以及在战乱时期,人们在信仰、前途、情感上的抉择,从而带给读者更多的思考和回味。

我始终认为,一部好的谍战小说,首先就要有足够智慧的剧情,谜题、难题、挑战、陷阱环环相扣,让人应接不暇。《蝴蝶刀》的整个故事主线是主人公周曼君寻找杀害母亲的凶手,暗线是日特机关的女间谍培养计划——"天照计划"。看上去是主线推动着暗线发展,但其实暗线才是主导,是点燃故事的导火索。它就像一张庞大的网,将周曼君与其他人物紧紧交织、缠绕在一起。他们都是网中的节点,我动他动,千丝万缕,谁都不能脱离。圈套、伪装、背叛、复仇等,比比皆是,掀起了一场上海滩地下党、国民党、日特机关、汪伪政府和青红帮等多方势力间的较量与斗争。

此外,周玥的《蝴蝶刀》中是有一种古典情怀的。小说中,周曼君气质鲜明,她穿着齐胸襦裙,头顶惊鹄髻,来到百乐门不当舞女而是当夜姬,她用紫檀五弦琵琶弹"阳春白雪",她跳古典舞信手拈来，却跳不好恰恰。小说中，对兰心大戏院的婺剧名伶陈汝英演出时的服装、神态、动作及唱词等细节的描写可谓精彩绝伦，让读者犹如身临其境。此外还有横山隆裕对书法的狂爱，他请关雎专门为他讲解名家作品的桥段；伯庸、江离、宿莽、芰荷等取自《楚辞》的中共地下党的代号；等等。从这些，可看出周玥浸淫于资料堆里的时间和她的投入程度。这样浪漫又文艺的古典情怀，为谍战作品注入了创新元素，让读者有了不同的视觉与审美体验，同时也更大程度地增强了小说的历史厚重感和可读性。我更愿意说，这是一场古典主义与谍战的碰撞与融合。

一个暮春的午后，我在《蝴蝶刀》的故事里流连，所有旧上海的光景，在叮叮叮的电车声响起来时，翩翩跃入我的脑海。也许是戏院，也许是街角，也许是咖啡馆，我见到了周玥笔下女特工们的无声暗战，她们如蝴蝶般美丽，若春光般旖旎。但是，在谍报战场上，她们见血封喉，一招制敌，把自己化为最美的刀锋，在春风中疾行。

是为序。

2022 年 3 月 26 日

目 录

≫

第一章　借蛹 3

第二章　作茧 45

第三章　羽化 89

第四章　成蝶 137

第五章　飞舞 221

第六章　坠落 311

我认识一个女子,她是我所认识的世间最美、最干净的女子。她有许多的名字,可能还有我不知道的更多的名字。她喜欢白兰花,爱捉蝴蝶,会弹琵琶,还跳得一支好舞。总之,她是我见过的最有情调、最会生活的女子。我想,她要是生在一个和平年代的话,一定会成为一个贤良淑静的太太。

　　我记得,那是一个冬天的下午,阳光刺得我晃眼。她向我缓缓走来的时候,我还不知道她正在开始一个宏大的刺杀计划。而我最后一次见到她的时候,也是一个冬天。后来,黄昏把码头一点点染红,我听见她对我说的最后一句话是:我太脏了,我想洗澡。然后,就扑通一声跳进了大海。紧接着,夜幕和日本士兵一起从四面八方疯狂涌来……

第一章 | 借 蛹

周曼君看见那片在空中恍惚不定地游荡了很久的花瓣，最后落在了池塘的一摊淤泥里。

1

　　万顺裁缝店坐落在静安区街角,漆成枣红色的外墙和两扇涂着红漆大字的玻璃门相得益彰,衬托着楼顶那张崭新而硕大的摩登女郎海报。女郎斜襟旗袍下性感又曼妙的身姿,让路过的人们都纷纷停下脚步投以沉醉迷离的目光。这阵由电影女明星刮起的旗袍热,让这家夫妻裁缝店一下子在1927年的夏天变得忙碌起来。

　　这个6月的清晨,老板周万顺正一边嘴里念念有词,一边把量衣工具塞进棕色小皮箱,他怕一不小心落下了什么。周万顺要去虹口区上门给人制衣,静安区和虹口区虽紧挨着,但过去还是有些路的,再回来取太误工夫。而此时,周曼君正在后院的窗台上发呆,她一直目不转睛地盯着院子里那棵白兰树。整个6月,她都在等待第一朵白兰花的开放。

　　侬来嗨做撒?一个穿着素色旗袍的女人刚梳妆好,摸着发髻边的碎发往窗口走来,恰到好处的淡妆让她看上去根本不像是一个十岁女孩的母亲。苏萍看见周曼君两手垫着下巴,痴痴地望着窗外。

　　妈,你说白兰花今天会开吗?周曼君说。

　　苏萍温柔地抚了抚周曼君的短发,弯下身子顺势往窗外望了望说,快收拾一下,准备出门了。说完,便朝楼下走去。

　　裁缝店的后院是一家三口温馨的小家,周曼君是从小闻着院子里的白兰花长大的。她喜欢白兰花的洁白脱俗,喜欢它自然清淡的味道,更喜欢母亲用红绳把花串成项链挂在她胸前,或是偷偷藏在枕头底下。这样的话,连做梦都是甜的了。

萍,你好了吗?周万顺从前店穿到后院,发现妻子正在院子里摘一朵白兰花。苏萍小心地将花放在手心上说,等一下,马上来。这时候,周万顺听到楼上传来周曼君噔噔噔的下楼声和木板咯吱咯吱的尖叫声。于是,他对妻子说,找时间该修修了,这木板声太大了。

等忙完这阵吧!苏萍在桌上的针线篓里找来红线把白兰花串在一起,她招了招手,让刚下楼的周曼君走到身边,把红线绕上女儿的脖子比了比,然后用牙齿把线咬断,最后熟练地打了一个死结。苏萍歪着头微微地调整着周曼君胸前白兰花的位置,终于满意地说,忙完这阵,曼君下个学期的学费就有了。说完,拉起女儿的手又说,今天囡囡不用去学堂,就跟我们一起去吧!她一个人在家我不放心。

此时,周曼君终于露出了久违的笑脸,她兴奋地拿起胸前的白兰花小心地凑近鼻子闻了闻说,真香!接着,又把"项链"小心放回胸前,得意地昂着头说,真好看!真好看!

行,那走吧!早去早回。周万顺话音刚落,小巷里就回响起了母女俩的歌声——"小小白兰花,开在月光下,梦一样轻柔,蜜一样甜哪……"周曼君想,等她回来的时候,白兰花会不会又悄悄开了一朵呢?

黄包车停下的时候,周曼君看到路牌上写着四川北路。她跟着父母亲来到了一栋两层楼高的红白墙西式建筑边。19世纪上海开埠后,经济发展,城市面貌大改进,不少日本人在上海虹口吴淞路、武昌路一带做钟表店和服装店之类的小本生意。1923年,上海到长崎的定期航线开通后,日本人络绎不绝地移居来沪。1927年,国民革命军北伐占领上海,日军于四川北路布防,日本人和日本部队更是随处可见。周曼君在学堂里就见过两个日本同学。他们每天有专车接送上下学。周曼君觉得他们长得和自己没什么两样,如果不说话,根本看不出来谁是日本人谁是中国人。周曼君从来不和他们一起玩,那时候,周曼君还不能理解中日国家民族的巨大鸿沟,只知道同学都喊他们"东洋宁"。

进入虹口后,周曼君就感到空气中弥漫着一种奇怪的气氛,这让她有些紧张。周曼君像一只胆小的兔子一样,紧贴着母亲的后背朝那幢两层楼高的建筑走去。突然,母亲的脚步停住了,周曼君抬头一看,门边的白墙上挂着"石神"的门牌。接着,传来了一阵清脆的风铃声。

请进!

周曼君看到一个说着流利中文的日本中年女人来给他们开门。中年女人说,我叫丽子,我是石神君家的女佣。说完,让他们在门口脱鞋,换上木屐。

不好意思,不知道你们穿不穿得惯,家里只有木屐。丽子微笑着十分温柔地说。

周曼君一边换鞋,一边探头小心窥视。她看见一个日本男人正坐在客厅里喝茶,客厅一隅的荷花池边站着一个漂亮的日本女人和一个日本女孩。女孩正在逗池里的红金鱼。日本女人见了来客,上前说,你好,我是石神春,你可以叫我春或者石神太太。春很热情,她把眼睛笑成了一道弯月说,不好意思,客厅有点乱,我们上二楼去吧!这时,周曼君才看到客厅的另一边放着四五个大大的箱子。

春一边领着他们上楼,一边又继续说,我们刚从吴淞路的店里搬过来。里美长大了,二楼的阁楼就有些挤了。你们的孩子多大了?

十岁,苏萍说。

和我们里美同年呢! 春说。

周曼君回头又看了看荷花池边的日本女孩。她穿着粉色和服,留着和自己一样的短发和平刘海,有一张肉嘟嘟的娃娃脸,像个可爱的俄罗斯套娃。

春温柔地摸了摸周曼君的脑袋,笑着说,你们长得还有些像呢!

他什么时候来?

周曼君走在最后,快到二楼的时候,她听到楼下的日本男人问用人丽子。

马上就到。丽子说。

他一个人来吗?

是的。

……迟早要面对的。

我去虹口市场买菜,马上回来。

接着,风铃声再次响起。

周曼君坐在一张比她要大很多的沙发上,看着父亲为春细心量衣,母亲在一旁记录尺寸。春很喜欢中国旗袍,她说,你们中国人怎么这么聪明,三两刀就能做出让女人前凸后翘的裙子。春让苏萍帮她挑选适合自己的款式和布料,选着选着,她就把眉头皱在了一起。她说,怎么办? 我都喜欢。苏萍笑了说,没事,那就多做两套,换着穿。这时,周曼君听到风铃声又响了起来。春自言自语道,丽子忘带钱了吗?

嘣！没过多久,楼下突然传来了一声枪响。紧接着,是一阵尖厉的惨叫声。周曼君吓得一下钻进了母亲怀中。她看见父亲放下了手中的卷尺说,我先出去看看,你们在这别动。接着,春就哆嗦着身子跟在周万顺的身后说,我也去。

周万顺透过楼梯的栏杆间隙,看见客厅里一个便衣男人拿着枪,日本男人头顶红心躺在沙发上,水池边的日本女孩被吓得号啕大哭。

这时候,春越过周万顺,冲下了楼。春想救她的女儿。可是,便衣男人还是快她一步,把女孩像公文袋一样横夹在了自己的胳肢窝下,朝门外走去。春便举起了水池边的石槽,狠狠砸向男人的头颅。接着,男人的枪掉了,他的头像西瓜开了瓢似的,不断地往外涌出红色的液体。

周万顺迅速上前,想拾起枪。男人见状恼羞成怒,举起女孩,把她的头摁进了荷花池中。女孩不停地扑腾着,拼命地想抓住点什么。周万顺看了看枪,思考了两秒。他不确定女孩的水性,于是,决定奔向男人,先救女孩。

春扔掉石槽,拼命捶打着男人,但女孩渐渐失去了挣扎的力气。显然,春的进攻并没有多大的杀伤力。而男人,几乎在看见周万顺向自己奔来的同时,松掉了双手。溺水休克的女孩一头扎进了荷花池。男人也想要拾起掉落在地的枪,周万顺死死抱住了他,让他寸步难行。此时,春再次举起了石槽朝男人破了瓢的头来了个三连击,血喷泉似的滋满了男人和春的脸。

男人倒下了。正当春和周万顺松了一口气,准备去救荷花池里的女孩时,男人用最后一丝力气爬着拾起一旁的手枪,打死了周万顺和春,紧接着,自己也在血泊中咽了气。

周曼君躲在母亲的怀里听到楼下激烈的打斗声。两声枪响后,屋内安静了下来。周曼君害怕极了,她感觉脑袋都是闷的,一切就像是一场梦。她听到母亲用一种忽远忽近的声音在对她说,囡囡,你躲在楼上不要动,我下去看看。等母亲再回来的时候,她看见苏萍泪流不止地拿着日本女孩的粉色和服,身上还有些潮湿。周曼君不知道,父亲周万顺已经被一个突如其来的陌生男人打死了,石神一家人也都死了。她只是一个劲地跟着母亲哭。而此时,苏萍却很快抹去了自己的眼泪,十分严肃对她说,别哭了,快换上这件衣服。周曼君没有停止哭泣,她一边穿着不喜欢的和服,一边问,爹呢? 爹呢?

周万顺曾经为几个日本太太做过这样的和服。交货时,每次都是苏萍帮她们试穿的。所以,周曼君穿得很快,并且很整齐。

苏萍拿着周曼君换下的衣服冲下了楼。那朵别在衣前的白兰花冰冷地躺在日本女孩的胸前,发梢的水珠一颗又一颗地滴落在洁白的花瓣上,最后,终于轻轻滑落。

几分钟后,苏萍又回来了。她走到床头柜边拿起了一个金色相框,抽出了里面的照片。周曼君这才发现,卧室里原来有石神一家三口的合影。照片里,男人穿着军服,一家人笑得很开心。

周曼君看见母亲把照片撕碎,吞了下去,藏起了相框。这时,楼下又传来了一阵清脆的风铃声。苏萍慌乱地将周曼君抱进了衣柜里,眼神笃定地对她说,躲在里面不要动,不管谁同你说话,你都不要回答。除非确保自己安全。一定要确保自己安全才能说话。记住了吗? 周曼君拼命点头,然后衣柜的门就关上了。

周曼君永远都不会忘记后来的那五分钟。她在衣柜里无声地哭泣着,她听见响亮的脚步声离得越来越近。最后,脚步声在周曼君所在的房间门口停下,门被打开了,她透过衣橱的缝隙看见了一双军靴,接着,是一双白手套。

那是一双粗壮的男人的手。那双手拉出了躲在床底下的母亲。母亲无助地倒在地上,蜷缩着向后退。接着,那双手又突然变出了一把无比锃亮的刀,刺穿了母亲的心脏。然后,那双手开始在母亲的身体上游走,它们解开了她旗袍的盘扣,从内衬里拿出了一个被刀扎破的沾满血迹的信封和一块白兰花玉佩。

周曼君差点就叫了出来。她用双手紧紧捂住了自己的嘴巴。她告诉自己,不能出声,绝对不能出声。然后,整个世界顷刻间黑了下来。

2

等周曼君醒来的时候,她发现自己躺在医院的病床上,正被一个四眼中国医生和三个穿着军装的日本人围观。站在最前面的中年日本男人第一个走上前,对她说了一句听不懂的日语。紧接着,他身后哈着腰的日本人又上来对她说了一句。最后,四眼中国医生也上来了,说,感觉怎么样?有没有什么不舒服?

周曼君没有说话,她惶恐地扫视周围的一切。我怎么会在这里?父亲和母亲在哪?他们还活着吗?这是周曼君首先想到的三个问题。周曼君想跳下床去找她的亲人,可是她太害怕了,她看见病房门口有几个日本士兵拿着长长的刺刀正狠琐地看着她。周曼君不知道该怎么办,但她一直记得母亲在衣柜里同她说的那句话:除非确保自己安全,不然决不能开口说话。于是,她绝望地把自己藏进被子里,只露出两只眼睛。

周曼君不停地转动着眼珠,她发现第三个日本男人始终没有上前同她说话。男人一直站在墙边,他被前面三个人挡住了,她只能看到男人穿着和另外两个日本人一样的军装、黑色的靴子,戴着刺眼的白手套。她还发现,这些人都在用一种奇怪的眼神注视着她。

四眼医生这时候说话了,病人应该是目睹亲人被杀,受了巨大的刺激。中年日本男人问,那该怎么办?四眼医生说,必须接受专业的心理治疗。接着,周曼君听到眼前的两个日本男人又说了一堆她听不懂的日语。

派去的人呢?

已经死了。

你确定她是石神君的女儿?

是的。我们调查到他离开长崎后移居到了上海虹口,第二年生了女儿里美,今年十岁,短发。她穿着和服躲在衣柜里,肯定没错。

那把她带回日本吧! 辛苦你照顾了。越快越好。

从上海到长崎,樱花号邮轮大概要一天时间。周曼君毫无初次坐邮轮的小孩子的那般新鲜与兴奋,她不知道自己会被带到哪儿去,她也不知道该怎么摆脱眼前的困境。她想逃跑,但是有太多双眼睛盯着她了。让她想不通的是,这些毫不相识的日本人并没有伤害她,他们甚至悉心照顾她的饮食起居和身体状况。周曼君陷入了深深的绝望和恐惧,没有人告诉她到底发生了什么。

周曼君趴在玻璃窗前看外面来回走动的日本士兵,她现在能做的,只有观察。

你像猫头鹰一样一直睁着眼睛,在看什么?一个声音低沉的男人走到了她身后。周曼君没有回头,她不想理会任何人,现在对她来说,封闭自己是最安全的。男人继续用日语说道,我是你父亲的好友,我们一起参的军。他是个优秀的军人。男人顿了一下,又改用中文说,振作起来。我知道,现在让你一个人面对这个世界有点难,但是好好活下去比什么都重要。我想,这也是你父母期望的。

这时候,周曼君才回头看到一个长相憨厚的日本男人。男人小心翼翼地说,我叫横山隆裕。如果可以,以后让我来做你的父亲吧!

横山隆裕把周曼君带回了他在长崎的家。那是一栋典型日式风格的独栋别院,有山有水有长亭,还有一棵粉色的樱花树,犹似仙境。横山隆裕如其所说,像父亲一样无微不至地照顾着周曼君,就连手下的用人也丝毫不敢怠慢她,但周曼君始终没有开口说话。无论谁同她说话,她都好像沉浸在自己的世界里,毫无反应。

很长一段时间,周曼君感觉自己脚下踩了棉花,走路都是飘的。周曼君总是被一个噩梦反复折磨。梦里,她透过衣柜缝隙看到母亲在她面前一次又一次地死去,她哭着从梦中惊醒,感觉心脏被紧紧地挤压在一起,不断堆叠的恐惧与思念像病毒一样吞噬着她。她好想好想母亲,好想好想这一切都是梦。

后来,周曼君真的变成了一只猫头鹰。她强迫自己每天尽量少睡觉,甚至不睡觉,她张着绝望的眼睛在这个陌生又遥远的地方煎熬着,日渐麻痹。她其实想见到母亲,但她又不想见到母亲在她面前一次次地死去,梦里实在太苦了。

她为什么到现在都不说话?横山隆裕问前来问诊的日本

13

医生。

会不会是石神君没有教他女儿日语,移民后一直说的是中文?日本医生说。

可是,不管我和她说日语还是中文都没有用。她就像块木头,没有任何反应。

你说她总是睁着眼睛不肯睡觉?持续多久了?

回到长崎之后就这样了。快一个月了吧!

可能是严重的心理创伤造成的失语症。等会我教你一些方法,你按我说的做……

无奈的横山隆裕请来专业的心理医生寻求帮助。医生走后不久,他拿着两张白纸来到周曼君的房间。一张白纸上写着石神里美,另一张上写着石神さとみ。他把两张纸放在周曼君跟前说,你叫石神里美对吗?石神さとみ。横山隆裕用中文和日语分别说了一遍,期待地望着周曼君。

周曼君盯着纸头看了很久,突然转了转眼珠,抬头盯着横山隆裕。周曼君恍然大悟,原来他们把她当成了那个叫里美的日本女孩。难道里美已经死了?周曼君突然明白了母亲的用意。

你听得懂对不对?横山隆裕对第一次得到周曼君的回应感到兴奋。看来医生的方法奏效了,他摸了摸周曼君的头说,不用担心,你很快就会好起来的。

之后的每天,横山隆裕都会带着写好中文和日语的卡片来到周曼君的房间。横山隆裕是日本早稻田大学文学院的教授,他一直对中国历史和文化颇有研究,是个中国通。同时,他还精通教育学、政治经济学等学科,是日本学术界教育界优秀的青年学者。他耐心教授着他眼中的日军遗孤"石神里美"。周曼君便将计就计,一边用心地学习日语,一边开始更深入的观察和伪装。而周曼君的这些"积极回应",让横山隆裕坚信,"石神里美"因刺激而造成的语言障碍正在日渐康复。

三个月后,横山隆裕拿着一个"魔法包"邀请周曼君与他玩个游戏。他手里拿着十张中日双语的卡片,卡片上分别写着:悲伤、恐惧、死亡、武器、杀戮、爸爸、妈妈、书本、玩具、复仇。他让周曼君把不想要的东西放进这个"魔法包"里,它们便会永远消失。

周曼君首先把死亡放进"魔法包",再是杀戮、恐惧、悲伤。最后,周曼君紧握写着爸爸妈妈的卡片,泪如雨下地望着横山隆裕。这时候,横山隆裕又拿出了写着石神さとみ的卡片说,石神家族在日本军界名声显赫,世代都是优秀的战士。你是石神家的孩子,你必须像一个战士一样重新站起来。

此时的周曼君已经能基本听懂日语,她盯着卡片看了许久,慢慢地说,石神さとみ。横山隆裕顿时愣住了,他激动地抱住周曼君说,你终于说话了!太好了!而这一刻,周曼君重生了。她的眼睛里再次燃起了光,她决定以石神里美的身份活下去,调查清楚这一切到底是怎么回事。

周曼君的开口说话让横山隆裕松了一口气,但她仍习惯封闭自己,一个人待在房间里,不主动与人交流,横山隆裕便想着带她出去走走。这天,横山隆裕骑着单车带周曼君来到一片开满油菜花的小山坡。他看见周曼君在捉到一只黄粉蝶的时候,开心地笑了。这是周曼君来到日本后,第一次笑。这令横山隆裕感到十分欣喜。

你喜欢什么? 横山隆裕问周曼君。

我喜欢安静。周曼君顿了顿又说,让我待在一个安全的地方。

横山隆裕的心痛了一下，强烈的罪恶感让他窒息。过了许久，他说，你知道蝴蝶什么时候最安全吗？

在蝶蛹里的时候。周曼君说。

不，是和同伴在一起的时候。横山隆裕说完把他的右手伸向周曼君。周曼君看了看他，小心翼翼地把自己的手放了上去。横山隆裕的手是温暖的，这是周曼君首先感受到的。然后，是厚实、有力和安全感。它像父亲的手，熟悉又有些陌生，让周曼君心里有了一种莫名的踏实。

后来，横山隆裕经常会带周曼君去附近的野地捉蝴蝶。这让周曼君忍不住想起，自己和父亲周万顺一起捉蝴蝶、制标本的美好辰光。而现在，周曼君看着横山隆裕戴着眼镜认真做标本的样子，感觉父亲就在眼前。

它死了，它的父母和伙伴会来找它吗？周曼君看着死去的蝴蝶，突然无比悲伤地问横山。

会的。横山说。

周曼君继续追问，那它们会伤心吗？

横山说，当然。

周曼君想了一会儿说，我想报仇。你能教我报仇吗？

3

母亲的死让周曼君对刀产生了恐惧，横山隆裕第一次将一把精巧绝伦的蝴蝶刀递给周曼君的时候，她感觉自己被冻住了，心跳异常剧烈，身体不受控制地不断冒汗。她说，我承受不了，我太害怕了。周曼君记得这种感觉,当母亲死在她面前的时候,她感觉呼吸困难,然后眼前一黑就晕过去了。横山紧紧握着周曼君拿着刀的手说,想要战胜敌人首先要战胜自己。心中无畏,所以无惧。周曼君没有说话,她的手还是不听使唤地颤抖着。横山又说,你想报仇吗?石神里美想报仇,周曼君想报仇。报仇是她活下去的唯一动力。周曼君突然"啊——"的一声仰头大吼。

后来的每天,周曼君跟着横山隆裕风雨无阻地练习刀法。这种叫作蝴蝶刀的口袋式折叠刀,外观华丽而隐蔽,刀柄即刀鞘。刀柄折叠后可收起,打开后形如蝴蝶,可旋转成坚固的手柄,精致小巧便于携带。同时,又不失杀伤力,一刀毙命。甩刀时,刀柄和刀锋在手中翻滚旋转,如蝴蝶在指尖翩翩起舞,抛接动作一不小心就会划出一条口子。因此,周曼君的手经常伤痕累累,缠满绷带。横山之所以选择这样一把特别的刀,不仅是因为它可以帮助一心想要报仇的周曼君轻而易举地解决对手,而且是希望在危难之时周曼君可以用这把刀来保护自己。

不仅如此,横山隆裕还教周曼君学习忍术、茶道和琵琶。他特意请来老师教她舞蹈和礼仪。横山说,女人要学会善于利用自己的优势。

横山隆裕有一把爬满梅花的五弦琵琶。那是他在很多年前,有幸参观到正仓院收藏的唐代螺钿紫檀五弦琵琶后,经过多次仿制唯一成功的一把。横山隆裕喜欢琵琶,他对中国文化的喜爱就是从琵琶开始的。五弦琵琶自北宋之后就基本被四弦琵琶所代替,已经失传千年。因为它是宫廷乐器,普通老百姓是不能弹的,只能弹四弦。横山隆裕第一次拨弄琴弦的时候,周曼君一下就爱上了。她曾跟父亲在茶馆里听过一次传统琵琶古曲《十面埋伏》中的一段《列营》,但声音完全不同。多了一个四度的五弦琵琶就像多了一个低音喇叭,原来感觉轻飘的声音变得立体而丰富,场面更壮观了,擂鼓和号角也更有声势。此后,周曼君对琵琶的喜欢不亚于横山隆裕,她凭借超凡的音乐天赋差点成了一位专业的乐师。

剩下的时间,横山隆裕就坐在花园的长亭里看周曼君捉蝴蝶。周曼君笑了,他也跟着笑。横山在别院为她种了一大片五颜六色、香气扑鼻的鲜花,招引了许多蝴蝶。他就这样看着周曼君把自己的十一岁和十二岁都捉了过去。

花园的东侧种着一棵樱花树。春天,周曼君站在窗口看到粉色的花瓣在春风中摇曳,然后,一点点盖满整个园子。周曼君猜,别院以前应该是有个女主人的。只有女人才会喜欢如此浪漫的东西,可她从来没见过横山有女人。周曼君想到这里的时候,仆人突然敲门进来,她说,里美小姐,横山先生让您去会客厅,有客来访。这时候,周曼君看见那片在空中恍惚不定地游荡了很久的花瓣,最后落在了池塘的一摊淤泥里。

周曼君穿过长廊,再次见到了医院里的那个中年日本男人。男人还是穿着军装,他说,你还记得我吗?周曼君点了点头,说,在医院见过。男人笑了笑对横山隆裕说,看来恢复得很好,真是辛苦横山君了。男人说完,笑着盯了周曼君很久又说,三年了,眨眼都成大姑娘了。周曼君一如母亲为她取的名字一样,变成了一个娉婷的美人。那时候,她并不知道,有一天,美貌会成为一种灾难。

你想去读书吗?男人问周曼君。

周曼君愣了一下,露出了欣喜的表情。她轻轻地点了点头。周曼君对上学这件事是满怀期待的。自从离开中国,她就再没进过学堂,也再没有过同学和朋友。

男人笑说,你很有资质。那就去俄华语学校吧！过几天,我会派人接你去报到。

此时,横山隆裕诧异地瞪大了眼睛,紧握双拳狠狠地盯着男人,始终没有说话。直到男人起身走到别院门口准备和横山告别时,横山才低着头说,一定要这样吗？男人打开车门,露出了一个意味深长的微笑,他说,我要她成为武器——令男人闻风丧胆的武器。说完就坐上小轿车离开了。

汽车已经驶离很远,横山隆裕依然站在原地。他突然想到后院的樱花已经开了,但他还没来得及去看。于是,他走进长亭看见了一片又一片香消玉殒的花瓣从树上飘落,眉头逐渐紧锁。这时候,周曼君来了。她在茶席间感到了横山焦灼的情绪,她轻声问,发生什么了吗？横山没有回头,依旧看着那棵樱花树,过了很久,他才悠悠地说,听过"樱花七日"吗？周曼君摇摇头。横山又说,在日本有一民谚"樱花七日",就是一朵樱花从开放到凋谢大约为七天。周曼君听得很认真,并且不假思索地说,美好的东西总是这么短暂。周曼君的回答让横山意想不到。他想,自己大概是小看这个女孩了,石神里美要比他想象的强大得多得多。

几天后的一个清晨,周曼君被人接走了。横山隆裕一个人在后院看了一整天的樱花。周曼君临走时只拎了一个轻便的藤条箱,横山告诉她,学校里什么都有,会发统一的校服,不必带太多的东西。横山在周曼君脸上看到了久违的笑容,周曼君不爱笑,她和自己一样都是很难快乐的人。横山不忍心打破她的快乐,离别时,只对她说了一句话,不要相信任何人。周曼君那时突然感到害怕,她意识到自己要去的学校可能并没有那么简单。

周曼君下车后,在学校门口看见一个血肉模糊的日本女孩被两个士兵架着胳膊往外走。周曼君就那样静静地看着,脸上没有丝毫恐惧。这让早在门口等候的教务主任冈村太郎颇为意外,他从上到下仔细打量了一番周曼君说,白川将军果然很有眼光。那是周曼君第一次听到白川的名字,她说,白川是谁?冈村太郎意味深长地笑了一下说,你会有机会认识他的。这时候,操场上传来了接连不断的枪声,周曼君在一片黄沙飞扬的空气中,看见了一群同她年纪相仿的日本女孩正在射击。她想,接下来的时光大概会很艰难,但她不会退缩的。

冈村太郎带周曼君在报到处领了一件军装,并没收了她的行李。冈村十分不客气地对她说,你不需要这些没用的东西,你只需要漂亮的成绩。周曼君依旧面无表情,她说,我可以去训练了吗?

周曼君很快进入了状态,她淡定拿枪的样子同样引起了同学们的好奇。那时候,河村惠子就在想,是什么让这个看上去单薄又柔弱的女孩,在扣动扳机的时候眼神无比坚定。夜训结束后,河村惠子终于忍不住和周曼君搭话,她说,你是除我之外,唯一没喊"放我走"的人。周曼君说,为什么要走?说完就朝宿舍走去。惠子露出了诧异的表情,追了上去,她说,没有人愿意来这里,难道你不想走吗?周曼君没有说话,继续往前走。惠子又说,你好奇怪。虽然我和你们都不一样,但说实话,我不喜欢这里。周曼君这时候站住了,她推开寝室大门,看了惠子一眼,她说,这里有什么不好的吗?惠子突然认真起来,紧跟在她身后说,你不知道这里是什么地方吗?这里是札幌女子间谍学校,专门训练女间谍运用美人计窃取各国情报的。周曼君心头一震,努力控制着自己的表情。河村惠子又说,你不会真以为这里是什么语言学校吧!俄华语学校都是幌子,这里原来叫俄语学会,是日本黑社会组织玄洋社在日军高层支持下成立的间谍培训基地,因为增设了汉语课程才改了名字。

一整个晚上,周曼君都无法入眠。周曼君猜到这里不是语言学校,她以为顶多是军纪严明的日本军校。但她怎么也想不到,这里竟然是一所日本女子间谍学校。横山隆裕早就知道,所以他才忧心忡忡。他为什么不告诉她?为什么要欺骗她?

第二天清晨,冈村太郎在操场开始他每日的洗脑演讲。他挂着教棍,站在宣讲台上,他说,姑娘们!你们来到这里就是为了大日本帝国的崛起。你们要不惧怕死亡的代价,以换取国家扩张的机会,建立强大的"大东亚共荣圈",将东亚从西方的殖民统治中解放出来,让亚洲国家变得更富有和安定。你们为天皇陛下效力,大日本帝国是不会亏待你们的。然后,女孩们异口同声地喊,为天皇陛下效力死得其所!大日本帝国万岁!冈村太郎接着说,姑娘们!你们的美色是最锋利的武器。男人统治世界,女人统治男人。你们有无比神圣的使命,你们将成为大日本帝国的英雄!女孩们又喊,大日本帝国万岁!大日本帝国万岁!

周曼君觉得女孩们都疯了,她用不可思议的眼神看着身边的河村惠子。惠子挤眉弄眼示意周曼君跟着大家一起喊,而冈村太郎正用犀利的眼神盯着周曼君。惠子低声说,你知道反抗的后果吗?昨天有个女孩被处死了。这时候,周曼君突然想起自己在门口看到的那个日本女孩。她深吸了一口气,纵使内心极其厌恶唾弃,她还是跟着疯子们一起喊,大日本帝国万岁!

那时候,周曼君并不知道这句口号背后更深的含义,是侵略和战争。她只是想借用石神里美的身份保全自己,并以优秀的表现尽快离开这里,为父母报仇,然后回到中国。周曼君始终记得自己是中国人,她从未想过要出卖自己的灵魂和肉体。

　　一切都好像如周曼君所期望的那样,有条不紊地进展着。日本人对"石神里美"这个新学员很满意。对于十岁就开始伪装自己的周曼君来说,让日本人相信她的忠诚是游刃有余的。唯一令她感到疲惫的是繁重的课业。她不仅要学习射击、枪械、剑术、投毒、爆破、电讯、窃听、破密、地理等基础课程,还要掌握中日俄美法西六国语言,巧妙利用拍照、化装、手语、密写等手段做好伪装工作,从而完成情报窃取和刺杀任务。

　　令周曼君意想不到的是,横山隆裕竟然是她们的中文老师。中文课每两天一次,他们经常能见面,但周曼君从不发言,也从未同横山隆裕打过招呼。因为她发现横山隆裕总是在躲避她的目光,假装不认识自己,一下课便匆匆离开教室。

4

　　转眼,两个月过去。因为入队晚,即使周曼君已经有两年的习武基础,成绩也一直处于下游。学校规定,考核不合格是要受罚的。每天结训后,河村惠子就陪周曼君继续训练。惠子比周曼君大两岁,和周曼君恰恰相反,她很爱笑。于是,逗里美笑成了惠子课余之外最富有成就感的娱乐。

　　有一天,夜训回来的周曼君在枕头底下发现了一个馒头和一罐啤酒,那是河村惠子藏的。河村惠子正在抽一种叫万宝路的香烟,她故意用一种忧郁的眼神看着周曼君说,啤酒加烟,法力无边。里美,你要不要也来一根? 周曼君不知道惠子是从哪学来的中国谚语,感到有些好笑。她突然觉得,有河村惠子在身边,其实挺好的。

周曼君记得那是一个一如既往的早晨。冈村太郎站在操场的平台上开始了他的洗脑演讲,他问大家,你们学这么多,知道什么最重要吗? 一个女孩说,心理素质。冈村太郎说,所有的科目都建立在时刻保持冷静沉稳的心理状态下,心理训练最为关键。但你们要记住,你们是女间谍,性别决定了你们的天然优势。你们的对象是男人,用柔弱去博得他们的同情,用眼泪去蒙骗他们,用美色去魅惑他们! 你们的身体就是最好的武器。周曼君感到一阵恶心,她实在无法认同这样荒谬的想法。冈村又说,姑娘们,开始你们的表演吧! 我们在日本士兵身上放了标有印记的车票。从现在开始到傍晚,每人至少拿到三张车票,做不到的自己到我这里来领鞭子!

临近傍晚,已经完成任务的河村惠子发现周曼君一个人躲在操场边的草堆旁发呆。她说,里美,你完成任务了吗? 周曼君看到了惠子脸上得意的笑容,没有说话。惠子又说,再不去要挨罚了。

周曼君说,你拿了几张?

四张。

为什么多拿一张?

因为我习惯把事情做得满一些,这样可以体现别人和我的差距。惠子说完笑了一下说,走,我帮你。

周曼君看见河村惠子嗲声嗲气地扭着屁股走到两个士兵面前,假借香烟。当其中一个士兵伸手在裤带里掏打火机的时候,她的右手也跟着爬到士兵的裤带里去了。士兵一脸享受地看着河村惠子,而此时河村惠子的左手已经分别把士兵的上衣口袋和裤子口袋都摸了个遍。惠子娇柔地推搡了一下士兵,拿过他手上的打火机,打火机怎么也打不着。于是,惠子又向旁边的另一个士兵借,她用同样的方法又让士兵再次脸颊绯红地露出淫笑。接着,惠子点着了香烟,朝士兵暧昧地吐了一口烟圈,笑着离开了。

惠子把一张车票放在周曼君手心,说,怎么样?

周曼君看了看表,前后不到五分钟。她说,惠子,你不会是狐狸精吧!

惠子笑着扭动屁股说,还是九尾狐哦!

周曼君有些不解,两个士兵,为什么只有一张车票。河村惠子笑了说,不是每个士兵身上都藏着车票,并且车票藏的位置也不同,不然任务也太简单了。刚才的车票是在第二个士兵的裤袋里拿到的。看懂了吗?看懂了就跟我一样扭起来。惠子说着拍了拍周曼君的屁股又说,二十个人,每人三张。车票现在应该被找得差不多了。越到后面难度越大,很可能你接下来都是白忙活。周曼君这时候也笑了,她说,那不一定,我的运气一向很好。

周曼君径直来到了教务处。冈村太郎不在,他的手下藤田雄二正在看报。我能要杯水吗?周曼君一脸无助地对藤田说。藤田看了周曼君一眼,起身给她倒水。周曼君喝着水突然抽泣起来。藤田忙问,你怎么了?周曼君没有说话,过了很久,她哽咽着说,想家了。藤田说,听说你的父母都死了,又到了这种地方,是不好受……周曼君这时候哭得更大声了,藤田忙走上前轻搭着周曼君的肩膀,安慰说,别哭了,战争本该是男人的事,委屈你们女人了。周曼君抬起头,泪眼婆娑地看着藤田,几秒对视后,她用手中的水杯推搡了一下藤田,想与他保持距离,但水洒湿了他的军装。对不起,对不起,周曼君忙说,我帮你擦擦吧!说着拿出手帕帮藤田擦了起来。就在这时,她从藤田的军装口袋里摸走了一张车票。周曼君假装害羞,低头不敢看藤田的眼睛,她说,谢谢藤田长官,谢谢你的水。说完,就头也不回地走出了教务处。

惠子没想到周曼君竟然能一发即中,并且能从她没想到的藤田雄二身上拿到车票。她瞪大了眼睛说,藤田身上也有?

周曼君笑了笑说,最危险的地方就是最安全的地方。他是冈村太郎的手下,谁都以为藤田身上不会有,可他偏偏就放了。

惠子心里佩服,但又不好承认,就嘟着嘴说,我看藤田是喜欢你,故意让你拿的。过了一会儿,她又说,可是马上就要集合了,你只有两张,怎么办?周曼君没有说话。惠子想了想,从衣袋里掏出一张车票说,我多的这张给你吧!周曼君拿着车票,眼睛突然湿了。她想,如果河村惠子不是日本人,她们可能会成为很好的朋友。

不错!所有人都按时完成了任务。冈村太郎对此次训练很满意,他看了看周曼君又说,我要特别表扬一下石神里美,竟然有人拿走了藤田长官身上的车票。勇气和智慧可嘉!看来这半年的训练大家都很用心。好好准备接下来的年终考核,这次不及格的人可是要跟我去水茶屋报到的。

周曼君轻声问惠子,什么是水茶屋?

惠子说,就是妓院。周曼君愣住了,惠子笑了一下说,放心吧!有我在,我不会让你去的。

周曼君的心中感到无比的温暖。河村惠子的陪伴让她觉得间谍学校没那么可怕。她开始给惠子的笑话买账,做出一副好笑的样子。这并不是因为惠子的笑话突然变得好笑了,而是她真心地感到有朋友真好。

每天循环往复的训练令河村惠子感到烦闷。偷烟去吗?睡在周曼君上铺的河村惠子,探出头来问周曼君。周曼君说,不去,今天有夜训。惠子说,你真是天皇的好子民。周曼君没有说话。惠子又说,里美,如果出去了你想干什么?周曼君想了一会儿说,你想干吗?惠子说,当然是帮大日本帝国在亚太土地上分一杯羹。日本需要强大。

发动战争吗?

战争是不可避免的。

你不怕死吗?

怕。但为了天皇我不怕。

惠子的勇气让周曼君佩服。周曼君的心里只有个人恩怨,无关如此宏大的国家抱负。

你呢?惠子问。

我想为我的家人报仇。

这时候,一阵急促的集合的口哨声,划破了宁静的深夜。周曼君和河村惠子迅速穿上军装跑到了操场。冈村太郎已经拿着秒表站在平台上,他说,今天的任务是到市区蒙特利酒店找到两份秘密文件并顺利返回,时间十五分钟。也就是说,只有两个人能拿到文件,其余的人将作为考核不合格处理。冈村太郎笑了一下又说,间谍都是孤独的夜鹰,从来都是一个人捕猎。出发吧!姑娘们!

女孩们坐着校车来到了蒙特利酒店旁的停车场。周曼君穿着和服踩着木屐走进酒店,她在门口看到一辆小汽车,大堂里有许多巡视的日本士兵。她在酒吧吧台的一个位置坐下,要了一杯日式清酒,忧郁地喝了起来。这马上引起了隔壁男人的注意。男人搭讪,来这为什么不点威士忌,要点哪儿都有的清酒?周曼君皱起眉说,前线一直在打仗,不知道家乡的清酒还能喝多久。男人谄媚地说,战争不是女人该烦恼的,有我们在,不用担心。周曼君吃惊地说,你是军人?男人笑了一下没有说话。周曼君哽咽地说,我的丈夫在前线没有一点消息,我真担心他已经……我都不知道以后该怎么办。男人掏出手帕递给她说,你别哭呀!周曼君强笑着,擦干了眼泪,她说,我不会哭的,我不能倒下,家里还有老人和孩子要我照顾。男人想了一会儿说,你是个坚强的女人,很不容易。或许,我可以帮你查一查。

这时候,周曼君抬头看了看钟说,我是在酒店约了人的,他答应给我介绍兼职工作。男人说,你太不容易啊!丈夫不在身边要支撑整个家。周曼君说,我等会来找你可以吗?你住哪个房间?男人说,我可能马上就要走了。你八点半前来 308 找我吧!

周曼君感谢地和男人告别后,回到了大堂。她在上大堂台阶时,故作崴脚惨叫了一声。一名男服务员马上上前询问,女士,你没事吧?

周曼君说,扭到脚,肿起来了。

您走一走试试。

疼,走不了了。

我扶您去前台坐一会儿,我帮您处理一下。

周曼君一瘸一拐地跟着服务生来到了前台,服务生在前台抽屉翻找急救箱,周曼君发现酒店房间的备用钥匙就放在中间抽屉。服务生问前台小姐,急救箱在哪?前台小姐说,在里面休息间。接着,服务生和前台小姐走进了休息间。这时,周曼君迅速打开抽屉拿走了 310 房间的钥匙。

很快,服务生拿着跌打药出来了。他把周曼君送到了电梯口,准备帮她按电梯。他问,几楼?

周曼君笑了一下说,没关系,我自己来。我是来找我朋友的,他已经在上面等我了。麻烦你这么久,真抱歉!谢谢!

服务生笑着说不客气,便离开了。

周曼君很快找到了三楼走廊最里面的310房间。她在保险箱里找到了需要的情报,拍了下来。准备离开时,她在门口听到了电梯到达的铃声。周曼君迅速拿起房间里的笔,在信笺上写了一串数字和一个名字,然后走出房间,假装站在308门口等待。

你怎么在这里?是酒吧里的那个男人。

周曼君着急地说,母亲突然病了,我要赶快回去。今天的见面只能取消了,所以我想把我的电话和丈夫的名字留给你。

男人说,那你快走吧!你放心,你的事情我查清楚会联系你的。

周曼君和男人告别后再次回到酒店大堂,她把跌打药放在前台,把310房间的钥匙插在一旁的花盆里,然后,对前台小姐说,谢谢你的药,很好用!便潇洒地走出了酒店。

十四分十五秒!冈村太郎对第二个回到校车上报到的石神里美感到惊讶。冈村太郎惊喜地说,里美,河村惠子的成绩是十四分零五秒,你是怎么做到的?这时,河村惠子正坐在第一排狠狠地盯着她。河村惠子感到了威胁和压力,石神里美是个强劲的对手。

周曼君说,门口的高档汽车和大堂的巡视士兵表明今天晚上这里有日本某高层的会议,所以警戒严密。而司机一般都会在酒吧等待开会的长官,我就编了一个故事套出他在308号房间。出于安全和隐秘性考虑,长官的房间一般都会安排在最里间,所以我推测目标就在310。

冈村太郎说,我故意制造突发状况,让人打电话给司机回到房间拿东西,我以为你会从楼上跳下来。

周曼君笑了一下说,那可不是崴脚这么简单了,会骨折的。其实这并不难,我只是更好地扮演了我的角色,让他更确信我的故事。一个为了整个家庭操碎了心的女人,留下寻找丈夫的电话号码匆匆离开,应该很会让人感动吧!

冈村太郎笑了说,你很会观察,也很会利用人心。我看了你的成绩,进步很快,就快追上惠子了。

5

第二天,周曼君正在操场训练,横山隆裕来了电话。周曼君走在去教务处的路上,一直在想自己待会该和横山隆裕说些什么。

摩西摩西,周曼君说。电话那头安静了一会儿,横山隆裕说,里美,听说你成绩很不错,祝贺你!周曼君顿一下说,谢谢。多亏了你。横山自责地说,你恨我吗?周曼君没有说话。横山又说,对不起,让你去了那样的地方。我答应做你的父亲会照顾好你,可是我没有保护好你。这时,周曼君打断他,说,是上次来家里的那个先生吗?横山愣了一下说,白川先生看中了你。周曼君问,他是什么人?横山说,白川伊夫是日本陆军大将,主持情报和间谍工作。周曼君顿了很久说,这也没什么不好的,至少离报仇更近了一步。横山隆裕沉默着。周曼君又说,我想知道那天的事。

哪天?你父母死的时候吗?

是的。

相信我,在合适的时候你会知道的。

周曼君挂断了电话,突然发现自己对横山隆裕怎么也恨不起来,她甚至有了一种奇怪的想法。她想,如果年终考核不合格被送去水茶屋的话,横山隆裕会来救她吗?

河村惠子把头探出来挂在床边装作女鬼吓唬周曼君。但周曼君坐在床边看破密书籍,丝毫不为所动。真没意思,惠子对周曼君一如既往的淡定感到无趣。周曼君说,可你还是不放弃。惠子笑了一下说,里美,马上就要考核了,你害怕吗?周曼君没有说话。惠子又说,你机敏、内敛、稳重,好像天生就是间谍。你应该没问题的。这时候,周曼君放下了手中的书,抬头说,天生间谍?惠子把头缩了回去说,是啊!从你第一天进学校的时候,我就觉得你注定要来这里。你就像个冰山美人,内心惊涛骇浪,但脸上永远风平浪静。

惠子赤裸裸的看穿让周曼君感到很不适。观察也是间谍必修的一门学科,她能洞察人心并不奇怪,但内心柔软的地方是不能随便触碰的。周曼君把书放到了床头,钻进被窝。她说,你看上去倒不像是来当间谍的。惠子说,那我像什么?周曼君说,像来游玩的大小姐。惠子咯咯地笑了,我说过,我和你们不一样。

冬天里有很多这样的时候,窗外天雾蒙蒙的,雪花如鹅毛漫天飞舞地落下来,疾风呼啸的声音从窗框、拉门的缝隙里溜进来。这样的时候,周曼君枯坐窗边,凝视着操场中央那面被雪打湿的日本国旗。周曼君的心绪烦躁复杂,她心里藏了太多无法与人分享的事。那个对自己视如己出的横山隆裕到底是什么人?母亲的死是否与他有关?父亲是否还活着?石神一家为什么会死?日本人是否密谋着更大的阴谋?而她又在其中充当什么角色?……

天都没亮,坐在那想什么呢?河村惠子注意到了周曼君情绪上的变化。周曼君想,她以后要防着点惠子了,不能让惠子的一双透视眼看破了自己的秘密。周曼君说,想怎么才能拿第一。惠子笑了,你知道第一是谁吗?周曼君回过头来,惠子说,自从我来到这里,第一就只能是我。说完,她矫健地从上铺跳了下来,说,走吧,要不要一起去跑两圈?

操场上,冈村太郎结束完他每日的洗脑演讲后,宣布年终考核正式开始。周曼君和惠子被分到了一组,她们的任务是完成火车站的刺杀任务,刺杀对象未知,暗号是雏鹰来了。周曼君负责刺杀,惠子负责探路和掩护。惠子问,为什么这次是合作行动?冈村笑了笑说,女间谍多是单独行动,但这次安排两人一组是为了你们能胜任更大的任务。毕竟帝国的强大单凭一己之力是不够的。这时,周曼君看见藤田雄二正不怀好意地看着自己。惠子凑到周曼君耳边说,他真喜欢上你了,狐狸精。周曼君看着藤田,一股不祥的预感涌上心头。

火车站人多眼杂,周曼君和惠子决定分头行动。惠子先去熟悉地形,周曼君去找线索。周曼君在候车室看到了两个虎口有老茧的男人,她猜他们一定是长期持枪的军人,便假装肚子疼上前打探。周曼君说,请问卫生间在哪?男人说,往前走右转。周曼君又说,雏鹰来了。男人随即从风衣里层口袋拿出一张纸条给她。周曼君走进厕所,打开纸条,上面写着:7号车厢、黑袖套、白花。接着,她把纸条撕碎扔进了下水管道。

惠子在7号车厢看到了目标人物,就坐在窗边,但因人流过多,无法下手。她让周曼君到高架台上狙击,她负责把目标人物引出来。惠子很快消失在了人流中。周曼君突然感到一阵莫名的恐慌,这些在她面前的活生生的人,即将有一个会死去,原来生命如此的脆弱和廉价。

周曼君透过狙击枪的瞄准镜看到惠子假装问路,把目标人物从7号车厢里带了出来。那是一个三十多岁的女人,盘着发髻,胸口别着白花,左手戴着黑袖套,她的脖子上还挂着一串快枯萎了的白兰花。周曼君猜,应该是女人家里有人刚刚过世。紧接着,她看到惠子发出"射击"的手势。周曼君突然想起自家院子里的那棵白兰树,想起母亲歪着脖子给她串白兰花项链的样子,她还想起母亲死在自己面前时痛苦的表情。记忆像病毒一样吞噬着周曼君,所有内心积压已久的情绪在那一刻砰然爆发,她的身体控制不住地颤抖,眼泪无声地在寒风中打湿了整张脸。

周曼君已经无法瞄准刺杀目标了。她扔掉了手中的枪,跳下高架台。惠子远远看着周曼君离去的背影,对她感到失望。周曼君的放弃将会害两人的任务失败,失败的后果是什么周曼君不是不知道。惠子迅速拿出藏在腰间的手枪,将女人抱入怀中。

砰!周曼君听见身后传来一声枪响。她知道,那一枪是惠子开的,她在替自己完成任务。周曼君回头看见女人倒在了血泊中,不远处,正寻找母亲的小男孩哭着狂奔过来。男孩摔倒了,他大概是害怕得软了腿。周曼君看着男孩趴在地上一步一步挪到了母亲身边,一边哭着叫妈妈,一边猛力摇晃着母亲的身体。周曼君的眼泪无声地涌出眼眶,她想,那个男孩多像五年前的自己啊!

此时,火车站的乘客吓得四处逃窜,很快,警察就会赶来。在混乱中,惠子拉着周曼君顺利离开了现场。

周曼君回到学校被冈村太郎像粽子一样绑在了操场的木架上。他对女孩们说,你们知道同情心会随时要了你们的命吗?冈村说着捏起周曼君的脸又说,今天的行动还好没有暴露,如果落入敌人手中,你知道后果吗?周曼君没有说话。冈村又转身对女孩们喊道,你们知道后果吗?女孩们也没有说话。冈村说,我只相信死人,死人的嘴巴是最牢靠的。大日本帝国会因有你们这样无惧死亡的英雄而骄傲。所以,你们都知道该怎么做了吧!

　　周曼君被关进刑讯室禁闭。冈村太郎对她施以鞭刑,并罚她一天一夜不准吃饭,以示惩戒。河村惠子不顾藤田雄二的阻拦,怒气冲冲地踢开了刑讯室的门。她说,任务已经完成了,为什么还要惩罚她?冈村说,为什么?石神里美负责刺杀,那一枪是你替她开的。周曼君气愤地说,为什么要杀那个女人?冈村说,她是共产党。大日本帝国侵华计划的绊脚石!周曼君说,她的孩子才那么小,你知道这么小失去母亲的痛吗?冈村狠狠地给了周曼君一巴掌,巴嘎!就因为你也失去了亲人,所以你就同情她了吗?你不要忘了,你是日本人!你是天皇的子民。周曼君笑了一下,不再说话。

　　周曼君没有忘记自己是中国人,永远是中国人!她一切的隐忍和伪装只是为了活下去,去报仇。惠子说,冈村,你最好放了她,我不希望这件事传到白川将军的耳朵里,你知道会怎么样。冈村说,应该把她送去水茶屋。惠子说,你敢!她去水茶屋的下一分钟,我就让你消失!

　　惠子走后,冈村继续卖力地挥舞着他手中的鞭子,他把刚才受的气更用力地挥在周曼君的身上。周曼君终于撑不住,昏了过去。周曼君后来是被烙刑活生生疼醒的,她迷糊着眼睛,看见白川伊夫正面目狰狞地拿着火红的三角形烙铁烫压在自己雪白的胸口上,衬衫的衣领也被撕破了。窗外的夜已黑,周曼君痛苦的惨叫声回荡在寂静的夜里,远处不时传来乌鸦凄厉的叫声。周曼君泪流满面、声嘶力竭地苦苦哀求着白川伊夫,但是他依旧专心致志地在她的身体上熨烫着,好像在雕琢一件精美的艺术品。白川伊夫说,我要你永远记得今天犯的错误,要你知道背叛我、背叛大日本帝国的后果是什么!无论你走到哪儿,它永远会提醒着你!接着,周曼君再次晕死了过去。

一整个晚上,那个女共产党员躺在站台血泊之中和母亲苏萍死在自己面前的场景,不停地在周曼君的梦中交错上演,折磨着她。她惊愕地从梦中惊醒,冷汗湿透了衣襟。周曼君陷入了巨大的悲痛之中,她无比憎恨自己,更无比憎恨日本人。她意识到,自己一直以来是多么的狭隘,她一心只顾自己的个人恩怨,而完全不知道祖国正在面临危难。日本人的猖獗行径已经不允许她这么自私了,她要为国家生存和民族复兴而战斗。

6

第二天清晨,河村惠子看到遍体鳞伤的周曼君从刑讯室出来的时候,发现她眼里的光变得不一样了。周曼君笑了一下对惠子说,你是来接我的吗?

惠子说,如果他不按时把你放了,我看这刑讯室的门是要换新的了。

周曼君说,你不怕冈村弄死你吗?

惠子说,军人从来不怕死,何况他不敢拿我怎么样。

周曼君说,那要看为什么而死了。说这句话的时候,惠子看见周曼君眼里燃起了一团熊熊烈火,使她的眼神比原来更加坚定。

惠子不知道周曼君的信念在一夜之间有了巨大的转变,她以为是女共党的死让她想起了自己的身世。过了很久,惠子说,你父母是怎么死的?

周曼君说,不知道。我醒来的时候,他们就不在了。

校长办公室里,白川伊夫点了一支雪茄站在窗口望着周曼君和河村惠子从刑讯室里出来。白川伊夫的眉头突然皱起来,吐了一口悠长的烟说,你想带石神里美离开这?

横山隆裕坐在办公桌前,他一直注视着墙上的天皇画像。他说,我后悔了,里美不属于这里。白川伊夫又吐了一口烟说,打开你面前的那个本子看看。横山这时候转头看了白川一眼,他打开印着天皇标志的本子,看到了石神里美的各项间谍科目成绩,门门都是九十五分以上。白川说,你还这么认为吗?横山没有说话。白川又说,她的心理素质尤为突出,她就是为间谍而生的。横山说,她只是因为太小的时候目睹了父母的死,所以内心更敏感和强大。但这不是你伤害她的理由。

白川伊夫笑了一下,转过身来瞪着横山隆裕,伤害她的不是你吗?横山没有说话。白川继续瞪着横山,走到了他跟前说,要是没有你的帮助,我们怎么会这么快找到石神君?横山站起来狠狠地拍响了桌子,我没有让你杀了春,我也没有让你把里美变成间谍。白川拍了拍横山的肩膀,把他按回座位上说,春的死是意外。横山也笑了说,你以为我会相信是意外吗?白川掐灭了雪茄,又走回窗边说,想要练就优秀的间谍,需要春的牺牲。石神家族历代都是优秀的战士,既然他不愿回来效忠天皇,那么他的女儿就必须替他来完成。

这时候,河村惠子突然闯进了办公室。你怎么不敲门就进来了,白川伊夫有些生气。惠子笑着说,欧吉桑。啊!横山隆裕老师也在呀!白川说,在学校不要这么叫我,和你说了多少遍了。惠子嘟着嘴说,可是这里又没有别人。说完,像兔子一样跳到了横山身后,又说,横山老师是来看我的吗?

横山尴尬地笑了一下说,惠子还是这么可爱。白川伊夫摇了摇头说,就是个永远长不大的孩子,得赶紧给她找夫家了。要是有横山君这样的丈夫,我就放心了。惠子害羞地不再说话,她一直偷瞄横山的反应。横山说,惠子会找到合适的丈夫。我早就不打算结婚,恐怕会害了惠子。我只想带里美离开这里,希望白川将军考虑一下。说完便离开了。

惠子对横山赤裸裸的拒绝感到愤怒,他一点都没有给自己留面子。白川家与横山家世代交好,明眼人都看得出来她从小爱慕横山隆裕。惠子说,春不是死了吗?他为什么还是这副样子?白川说,你以为他心里不明白吗?春的死也有你一半的"功劳"。惠子说,原来石神里美就是他的养女,难怪你让我接近她。白川说,不只是养女这么简单,这痴汉竟然愿意把七成的家业拿出来扩充天皇的兵力,换石神里美的自由。惠子沉默了很久说,他是把里美当成春了吗?白川意味深长地笑了一下。惠子又说,那你答应他了吗?白川笑了一下说,只有死人才能离开这里。但他的诚意天皇会接受的。惠子说,你准备对里美做什么?白川说,放心,我现在不会让她死的。刚培养好的狗还没咬人,怎么能死了呢!白川顿了顿又说,你来找我有什么事?惠子说,里美没有完成任务,您真的觉得能派她去中国吗?她在中国出生,好像有很深的感情。昨天行动的时候,她竟然哭了,她完全对那个女共党下不了手。白川笑了一下说,她会下得了手的。

新年的时候,日本街头随处可见的灯笼和热闹景象让周曼君有了回到中国的幻觉。虽然,日本的新年不是中国人的春节,而是每年的1月1日,但这也足以让周曼君感到短暂的满足。周曼君想起自己十岁那年过年时,父亲为她做的一件碎花袄子,她很喜欢上面绣的白兰花图案,那是母亲为她绣上去的。她还记得自己撒娇地向母亲要十岁的生日礼物,苏萍惊讶地说,囡囡,你生日还早得很呀!离7月还有小半年呢,你现在就惦记礼物啦!苏萍说完还狠狠地刮了一下她的鼻子。可是,周曼君已经在这个世界上消失了。现在,只有石神里美,札幌女子间谍学校优秀毕业生石神里美。

1月的札幌,飘着大雪。此时,正在窗边看着雪景的周曼君,思绪早已飘离了这场醉翁之意不在酒的毕业宴席。周曼君知道,冈村太郎之所以把新年变成了学校的毕业宴,其实是想让女孩们陪日本军官们喝酒,这些军官都是前线回来的单身汉,他们一个人回家的话会很寂寞。

所有人都兴奋地把自己灌醉了,只有她依然清醒,因为她要等一个人。周曼君一直望着拉门外偶尔闪动的人影,她本以为能见到白川伊夫,但他始终没有出现。河村惠子看出里美有心事,拿着酒杯走到周曼君身边问,里美,你还好吧?周曼君没有说话,她转动着手中的酒杯,过了很久,她说,想家了。

河村惠子心头即刻燃起了恨意。石神里美已经没有家了,是横山隆裕收留了她。她想的哪里是什么家,分明是横山隆裕。惠子觉得里美对横山的感情也绝非一般。她假装难过地说,里美,我们在一起两年多了。虽然你没有了家人,但我一直把你当成我的妹妹。这时,周曼君放下了酒杯,看着惠子的眼眶里满是泪水。周曼君想了想拿起酒杯说,我敬你一杯吧! 惠子擦了擦眼睛,拽住了周曼君的手臂说,你等我一下!

几分钟后,惠子拿着一坛酒重新回到了宴席。她说,这是中国的女儿红,你从小在中国长大,一定很有感情,所以我特意托人带来的。周曼君的眼睛马上就红了,她想起小时候,父亲最爱喝的就是女儿红,她还用筷子沾着偷尝过,那辣辣的感觉至今难忘。周曼君没想到惠子竟然如此了解她,就连她内心深处最柔软的地方也是一览无余。

周曼君倒掉了酒杯中的酒,惠子为她倒上了女儿红,也为自己倒了一杯。惠子说,妹妹,我敬你。周曼君笑着点了点头,将酒一饮而尽。此时,惠子趁其不注意,掩着袖子偷偷洒掉了杯中的酒,笑着说,恭喜你毕业了。

过了一会儿,周曼君感觉身体越来越软,眼前天旋地转。她听见惠子说,我送你回去吧! 然后就被带上了饭馆门口的一辆小汽车。这一切正巧被出来解手的横山隆裕看见。

周曼君迷迷糊糊地醒来的时候,发现自己被绑在郊外的一片荒树林里。惠子背对着她,整个人被月光孤独地笼罩着。周曼君试图解开手脚上的死扣结绳,但失败了。

你想干什么? 周曼君说。

你醒啦! 惠子转身背过手,走到周曼君跟前蹲了下来。她静静地抚摸了周曼君的脸庞很久,悠悠地说,果真是很美呢! 连我都要心动了。

你在说什么? 周曼君感到背脊一阵发凉。

没关系。惠子自言自语着,突然,从背后甩出一把锋利的日式匕首,说,只要毁了它,他就不会再喜欢你了。

惠子,你冷静一点,我们是不是有什么误会?周曼君慌乱地挣扎着。在周曼君看来,她和惠子一直是非常要好的姐妹,她实在想不明白,惠子为什么要这样做。

这时,天飘起了大雪。冰冷的刀刃缓缓地划过周曼君洁白无瑕的脸庞,寒光频频闪烁,映在惠子扭曲狰狞的脸上,这令周曼君觉得眼前的惠子陌生又可怕。惠子一把抓住周曼君的下巴说,别动!划不好的话,我只能再多划两刀。

突然,一道强烈的远光灯像箭一样射穿了树林,狠狠地打在惠子身上,让她睁不开眼。她下意识伸手遮挡光源,周曼君见机抬起被捆的双脚,踹翻了惠子,大喊道,我在这!我在这里!

摔倒在地上的惠子看见横山隆裕从光源里冲了出来,他像一位带着光环的骑士身披铠甲手持宝剑,正义无反顾地奔向他的公主。

那天,横山的目光始终温柔地落在周曼君的身上,他给周曼君松绑,横抱在怀中走出了荒树林。他只留给身后的惠子一道厌恶又冷漠的余光,说,你什么时候和你叔叔一样,变成魔鬼了?

雪纷纷扬扬地落着,如同周曼君纷乱如麻的思绪。看到汽车远光灯的时候,周曼君第一个想到的竟然是横山隆裕。她不知道,从什么时候开始,横山在自己心目中已经这么重要。这种潜意识的信任让她感到手足无措。纵使横山抚养了她,对她再好,但他始终是日本人。同时,周曼君也明白了惠子对自己的恶意都来自横山。此时,惠子正绝望地瘫坐在地,她颤动着嘴唇几次想反驳横山的指责,但始终如鲠在喉。她知道,从今天起,横山不仅不会爱她,还将会憎恶和痛恨她,这令惠子感到崩溃和无助。

周曼君紧紧地抱着横山,他们安静地朝小轿车停靠的方向走去,突然,一滴滚烫的泪水落在周曼君的脸颊上,打断了她的思绪。她抬头看见横山正无声地流着眼泪。此时,横山的心脏像被人放进了绞肉机,撕心裂肺地疼。

地上已经有了不小的积雪,夜很静,周曼君听见鞋子踩在雪地里的咔嚓声。过了很久,横山听到周曼君在他耳边呢喃,我想回家,我想爸爸妈妈。横山笑了,他说,好,我带你回家。

7

1932年1月28日,日本关东军为掩护炮制"伪满洲国傀儡政府"的阴谋,开始了长达一个多月的淞沪抗战,并以签订《淞沪停战协定》而告终。协定划定上海为非武装区,中方正规军在上海附近的活动范围因此受限,仅驻有两个保安团、警察单位及虹桥机场守备连,而日军在租界的虹口、杨浦驻兵甚多。双方为探清各自兵力,开展了大量的侦察活动。

同年春天,周曼君再次坐上了樱花号邮轮,被派往上海执行间谍任务。然而,横山隆裕没有跟周曼君一起走。他告诉周曼君,自己还要处理一些事情,等结束了,他一定会去找她。周曼君知道,白川伊夫是把横山隆裕当作人质,她的自由是用横山换的。一旦她脱离白川的掌控,横山将承担所有罪责。

临行时,横山为周曼君做了一碗阳春面。他猜,从小在中国长大的石神里美一定十分热爱上海美食,这是他最后能为她做的。他还告诉她,品味家乡的味道是回家最近的路。周曼君明白横山这句话的用意。五年的相处已经让他们之间有了一种特殊的默契,简单的言语或是一个眼神便能懂得对方的意思。横山希望石神里美远在中国的时候,也能用日本美食来思念他。

离别时,横山将紫檀梅花五弦琵琶和一把刀面上刻有樱花花纹的蝴蝶刀送给了周曼君,还给她留了一封信。横山在码头和周曼君挥手告别,他突然发现这个女孩已经长大了,并且长得和她母亲十分相似。横山的心突然就疼了起来,他强忍着泪水匆匆转身离去。

周曼君回到船舱。她摸着怀中的琵琶和蝴蝶刀,鼻子一下就酸了。她知道,横山是想让琵琶在寂寞的时候陪着她,让蝴蝶刀在危险的时候保护她。周曼君打开了信,眼泪瞬间汹涌而下,信上写着:你会原谅我吗?周曼君捂住嘴,颤抖着说,我从来都没恨过你。接着,便冲出船舱,穿过人群,跑到船栏边大喊,老师!老师!

此时,横山早已远去,他只留给周曼君一个寂寞的背影。周曼君失望地一下蹲坐在了甲板上,她垂丧着头,无比自责。她想,横山可能再没机会知道自己的心意了。正当周曼君站起身来准备离去的时候,她看见横山正站在很远的地方向她挥手。

五年了,横山眼中的石神里美和他说话从来不用敬语,也不叫名字。现在,她竟然叫他"老师"。横山心头升起了一股浓浓的暖意。周曼君举起了手中的信,又指了指那封信,迅速地挥了挥手。周曼君想通过这样的手势告诉横山,她不怪他。横山看见了,他笑了,但周曼君看不见,他早已哭红了眼。

又是一年樱花季,后院的那棵樱花被风一吹就开始飘摇粉色的雨。横山从码头回来后,就一直坐在长亭里赏花。他习惯一个人这样静静地坐着。一个人的时候,他就想起自己和石神新一还有春小时候的很多事。他们一起上学、逃课,一起去轧铁轨看星星,一起在樱花林里放声欢笑。

春很喜欢樱花,她在樱花雨中跳舞的时候,石神会跳进花海一起舞剑,而横山就会在一旁给她画画。那时候,他就在自家后院里偷偷种下了这棵樱花树。他想,等它长大了,一定要把比樱花还美的春娶回家。

十六岁那年,横山和石神一起参了军。临行时,春在车站和他们告别。她把一个绣着樱花图案的护身符给了石神,把一个深深的拥抱给了横山。从那时候起,横山就知道,春爱的是石神。石神新一继承了石神家族优秀的军事血统,他以全 A 的优异成绩毕业,留在了军校,而横山退伍后到早稻田大学当了老师。巧的是,春成了他的学生。可有些书呆子气的横山依旧不知道该怎么和春开口。直到有一天,石神来了,他频繁地接春下课。他们恋爱了,结婚了。横山不仅做了石神和春的伴郎,还做了他们的证婚人。那天,横山回到家后把自己灌醉,他睡在樱花下,一会儿哭一会儿笑。横山想,再也没有春这样的女子了。

后来,石神家族的战士接连牺牲,春突然就害怕了起来。春不希望石神新一有一天也突然死了。再后来,他们离开了军校,离开了日本,在中国开始了新的生活。

直到五年前,白川伊夫找了横山。他希望横山能帮自己找到石神新一,大日本帝国的扩张计划正是用人之际,他们需要石神这样的人才。而横山的交换条件是春。石神应征上前线,春必定是孤独的,这样横山就能陪着春了。但横山想得太简单了,这就是一个巨大的阴谋。白川其实一开始想要的就是石神里美。他知道石神新一不会抛弃他的妻儿离开中国,所以他派人伪装成中国人入室抢走石神里美,他要把石神里美送往女子间谍学校培养成一件武器。

在横山隆裕看来,石神里美遭遇的这一切悲剧,追根溯源都是自己造成的。他不该助纣为虐,把唯一深爱过的女人害死,他还把她的女儿送进了地狱。强烈的罪恶感就像烈火一样灼烧着他,愧疚、悔恨、自责都不足以形容他心底的感受。他努力在寻求一种救赎的办法,去弥补自己的过错,但显然,除了用心照顾好石神里美,能做的并不多。他能做的仅仅是答应白川伊夫的邀请担任女子间谍学校的中文老师,这样,他至少能每周见里美一次,看看她过得好不好。但他后来才知道,白川这么做就是为了让他亲眼看着里美变成一名女间谍的全过程,看着她是如何一点点被毁的。白川要让他更加痛苦和罪恶,以便更好地操控他。

想到这,横山心中的怒火难以抑制地灼烧着,他冲进书房拿出武士刀,狠狠地在樱花树上砍了三刀。接着,瘫坐在地轻轻地抚摸着树干上的伤口,他抱紧了它,轻声说,对不起……

这句对不起是横山原本想在那封信里说的,但他后来觉得这三个字是最苍白无力的。除了借此表达自己的内疚之情,其他毫无用处,既不能改变已成的事实,也不能提供物质补偿。横山的内心十分矛盾和挣扎,一方面他希望里美能原谅自己,得到宽恕而解脱,另一方面他又觉得自己犯下的罪恶不值得被原谅。

而此时,对这些全然无知的周曼君还沉浸在与横山分别的悲伤中。

里美!原来你也在这呀!河村惠子的突然出现,令周曼君一惊。她好像什么都没发生过似的,坐到周曼君身边的空位上,热情地说,有你陪我一起去中国真是太好了!

周曼君面色沉郁,冷冷地瞥了惠子一眼,转头望向窗外的大海。自被绑那晚之后,周曼君再没见过惠子。在很长一段时间里,她都不愿相信情同姐妹的惠子会那般对待自己。

周曼君凌厉的眼神让惠子马上变了脸,她说,你不要总是一副高高在上、目中无人的样子,装什么圣母,你心里比谁都黑暗,你骗得了别人,骗不了我。

这时,周曼君回头狠狠地瞪着惠子说,你和白川是什么关系?惠子笑了一下说,你终于问了。他是我叔叔。我早就说过,我和你们不一样。

周曼君沉默着。她对惠子恨得牙痒,但是她现在拿惠子没有办法。

惠子说,你是一个强劲的对手,我很敬佩你。如果没有叔叔和横山君,我想我们能成为好朋友的。周曼君冷笑了一下,没有说话。这时,惠子也露出一个狡黠的微笑,她低头从公文包里拿出了一只档案袋递给周曼君,说,为表示歉意,我有一份礼物要送给你。周曼君说,是什么?惠子说,是你一直想要的东西。说完,便离开了。

周曼君打开档案袋,看见了一个头戴青天白日帽徽的男人。周曼君望向窗外离祖国越来越近的海岸线,心中产生了一丝疑虑:惠子会这么轻易地告诉她真相吗?这会不会是一个阴谋?但现在,她并没有其他线索,她只能通过这个男人展开调查。周曼君知道,她注定悲惨的人生从邮轮到岸的那一刻,才刚刚开始。

第二章 ｜ 作 茧

她试图在故事里寻找一种解脱的办法,但她始终没有找到。

1

1936年上海滩的冬天刚刚来临,西安事变的消息就像洪水铺天盖地般席卷而来。国民党将领张学良、杨虎城在临潼对蒋介石实行兵谏,扣留了来陕督战的蒋介石等十多名国民党军政要员,并通电全国,提出改组南京政府、停止内战、释放全国一切政治犯等八项救国主张。人们在报童紧张又热血的叫卖声中明显感到抗日硝烟正愈演愈烈,但百乐门仍是灯红酒绿、歌舞升平。

12月13日晚上7点55分,百乐门夜场的大门即将关闭。好几个西装革履的男人正小步向里跑去,看门的保安像赶鸭子一样催促他们,快一点儿快一点儿。关雎下火车后,提着行李来到了市区,他在百乐门对街的报童手中买了一份《辛报》,头条《蒋委员长被张学良劫持于西安,国府明令免职并交军委会严办》的新闻让他的眉头一下挤在了一块。

一个月前,国民政府下令逮捕了全国各界救国联合会的领袖沈钧儒、章乃器、王造时、李公朴、沙千里、邹韬奋、史良等七人。救国会集结了全国二十多个省份六十多个抗日救国团体,成立以来,一直积极推动全国统一的抗日救国阵线的建立。张学良几次劝谏蒋介石释放抗日救国会"七君子",但一再遭到蒋介石的拒绝,从而引发了张学良等人的不满。

先生是去百乐门吗?马上就要关门了。报童打断了认真看报的关雎。关雎抬头朝百乐门看了看,问,他们这是去干吗?报童说,您是刚来上海吧?关雎说,噢,我刚留学回来。报童说,难怪了。这上海滩没人不知道百乐门的头牌夜姬。她又开始"做戏"了。

夜姬？做戏？关雎听不懂报童的话，他看着匆匆赶集似的男人们，决定也进去瞅瞅。

对不起，先生，正好8点整。您不能进了。门口的保安拦住了关雎。

关雎笑了一下，说，你们开门做生意，哪有不让人进的道理？关雎一边说，一边探头向门缝里张望。但什么也看不清，只有一个个黑漆漆的人影。

保安不耐烦地说，这是百乐门的规矩。下周赶早再来吧！

关雎说，下周？

保安说，阮小姐每周六晚上才出来露面。想和她共度良宵的男人太多了，谁也得罪不起，所以她就想了个法子。

关雎问，什么法子？

保安笑了笑说，有机会你还是自己进去见识见识就知道了。

关雎听得一头雾水，愣在原地。他看到街边几个看热闹的女人翻着白眼骂阮青丝把上海滩一大半男人的魂都勾走了，还从鼻孔里冒出一句：赖三。

百乐门舞池内已经站满了成百上千迫不及待的男人，他们在等待阮青丝的出场。而此时，阮青丝正在卧房梳妆。老板雪姨在一旁催促，我的姑奶奶，你好了吗？阮青丝穿着一身枣红色旗袍，不紧不慢地涂着口红，浑身散发出一股清冷美。阮青丝已经十八岁，正是待嫁的年纪，上门来提亲的队伍排到了十六铺码头。雪姨看着镜子里的阮青丝突然感叹了起来，青丝，想好嫁谁了吗？阮青丝噘着嘴说，雪姐姐，青丝不嫁，青丝陪着你。

雪姨想起了1932年那个恼人的4月的清晨,街道边的法国梧桐开始发了疯似的飞絮。雪姨对毛絮过敏,怕极了这玩意,望着门外皱起了眉。一晃神,瞧见门口站着个美人,身穿粉色齐胸襦裙,盘着惊鹄髻,好像从很远的古代匆匆赶来,那张不谙世事的脸既让人迷又让人怜,一颦一笑都像极了从画中走出来的仙女。

阮青丝就那么突兀地站在全上海滩最繁华的百乐门门口,掩着长袖眯着眼,笑了一下,又笑了一下。雪姨是天津人,北方女子少有这般温婉柔情的,头回见着这般可人的女子,可是赛天仙了,直喊,哪来的仙儿?阮青丝笑了一下说,江南。雪姨又问,我们这可不是什么正经地方,仙儿是不是走错地了?阮青丝说,没错。找的就是百乐门。雪姨说,你想做女郎?阮青丝又笑了一下说,是夜姬。从此,百乐门的头牌就成了一个从古代来的夜姬,百乐门方圆十里成了名车博览会,在这里,总能看到各色高档小车上走下来不同肤色、不同打扮、高矮胖瘦俊俏美丑不一的富商官宦。

雪姨笑了笑,拿起桌上的团扇递给阮青丝,问,今天准备怎么玩?阮青丝也笑了笑,没说话。

阮青丝走进二楼正中的水仙包厢,她透过帘子瞧见楼下舞池内的男人们像发情的动物一样,正哈巴着伸直了脖子。男人们也看见了帘子后阮青丝曼妙的身影,随即响起了一阵又一阵的哄闹声。有个男人喊道,我们可是花了一条小黄鱼才进来的,连脸都不露,看个影子算怎么回事!另一个男人马上又说,谁知道是真的假的!我们要看阮小姐真容!话音未落,男人们便集体起哄抗议。

二楼包厢的东西两边,分别坐着淞沪警备司令部副司令应挺和公安局副局长蔡进军。他们面面相觑,都露出了一个意味深长的笑容。

雪姨这时候出来了,她站在二楼楼梯口喊,觉得亏的现在可以出去,但是小黄鱼是不退的。想要女人又舍不得银子,空手套白狼啊!也不看看我们青丝是谁!你配吗?你配吗?还是你配?雪姨指着男人们的鼻子骂骂咧咧地往楼下走,怼得他们说不出话来。

这时候,水仙包厢忽然响起了一曲优美的《阳春白雪》,四周的客人马上都安静了下来,他们抬头看见若隐若现的纱帘后有一位美丽女子,正弹奏着琵琶。琵琶声时而清脆如小溪叮咚,浑厚如隔窗闷雷,时而急切如雨打芭蕉,舒缓如绵绵细雨,时而又激烈如金戈铁马,委婉如新房戏语。

曲毕,全场瞬间掌声雷动,叫好声连绵不绝。阮青丝放下紫檀梅花琵琶,走到围栏边,从帘子里伸出纤纤玉手,动了动她戴着戒指的无名指。接着,雪姨说,今晚无名指戴戒指的男士,若总数为单数则谁都无缘与青丝相见,若为双数,无名指戴戒指的男士可留下来看青丝表演。

五分钟后,百乐门负责清点的服务员上前小声和雪姨汇报。雪姨笑了一下说,一共八个。长期戴戒指是有指痕的,有几个偷偷戴上戒指的男士已经被我们从后门赶出去了,从此百乐门再不招待。麻烦没戴戒指的男士从前门出去吧!改日再来。

这时候,有人指着二楼应挺的包厢喊,上面的人为什么可以不走?还没等雪姨回话,站在应挺身边的副官梁茹筠就从腰间拔出枪来对着那个男人。梁茹筠说,你说为什么?男人立马闭了嘴。雪姨赶忙说,快走吧!想吃枪子啊!应挺丝毫没有在意这个捣乱的男人,他直勾勾地望着阮青丝的背影,魂儿都快被勾走了。过了一会儿,他坏笑着对梁副官说,有意思。我怎么就这么吃她这套呢!

落选的男人已陆续离场,接下来是幸运者的舞会。应挺和蔡进军也并排走下楼,同八个幸运者一起欣赏阮青丝的表演。应挺被阮青丝迷得不行,眼神就像恨不得马上蹿上台吃了她似的。应挺调笑说,坐在席上看阮小姐跳舞,有种恍如隔世的感觉,好像自己是古代的帝王,可能上辈子她就是我的爱妃吧!雪姨呸了一下,说,瞧你这下贱样,干脆说你们上辈子是梁祝化蝶双宿双飞得了。逗得一旁的男宾客们哈哈大笑。

舞毕,阮青丝走下台来,在应挺和男宾客们跟前来回踱步了一圈。最后,她站在应挺跟前问大家,我刚刚在台上转了几个圈?男宾客们愣了一下,有的说七圈,有的说八圈,就是没有人说对。

这时候,蔡进军突然站了起来,一把搂住阮青丝说,十一圈。每圈都转得我神魂颠倒。阮青丝笑了一下,一把推开蔡进军说,可惜蔡厅长今天没戴戒指,不能抱得美人归了。

剩下的八个宾客你看看我,我看看你。有的摇了摇头说,想与美人共度良宵可真难啊!难怪至今都无人有幸抱得美人归。进门得先掷一条小黄鱼,后头还有层层关卡。哎,真是有钱也无福消受。有的失落地说,上周不是问扇面上的题词出处吗?今天怎么又变了?还有的窃喜说,中了还得再拿两条大黄鱼,我还真拿不出了。应挺则笑笑说,我就是对阮小姐的难以琢磨、变幻莫测爱得不得了,这可怎么办是好?说完,起身拍了拍蔡进军的肩膀又说,蔡兄,你我今晚都无福消受,还是乖乖走吧!别破了阮小姐的规矩。

雪姨看了看应、蔡二人,赶忙笑着招呼宾客离席。她说,谁也猜不中我们青丝的心思,不然为什么说女人心海底针呀!说完,又走到应、蔡二人跟前说,不好意思,今天应司令和蔡处长也得回了。应挺不舍地看了阮青丝一眼说,我懂你们规矩。说完,便和蔡进军一块离开了。

百乐门今夜虽无金主中奖,但依旧十分热闹。一刻钟后,舞池里挤满了忘我舞蹈的男人和女人,台上唱歌的舞女神采奕奕,而楼上却是天壤之别。

阮青丝沐浴完,安静地坐在书桌前写了一封信,她还在信末画了一只蝴蝶。蝴蝶的翅膀一半是美人,另一半是骷髅。阮青丝喜欢蝴蝶,她经常会一个人到佘山上去捉蝴蝶。前几天,她刚捉到了一只漂亮的金斑喙凤蝶。阮青丝把信收进信封,然后小心打开那只关在瓶子里的蝴蝶。蝴蝶已经被硫酸熏死了,她用细头镊子轻压虫体胸部,挤出了体内多余的内脏水分;再用镊子小心活动关节,打开蝴蝶的翅膀,伸直触角,完成了还软。

阮青丝把蝴蝶夹在一本杂志里,为了更好地定型,她又在上面压了一本厚厚的书。那是美国作家赫尔曼·梅尔维尔写的小说《白鲸》,主人公亚哈船长为了追逐并杀死咬断他一条腿的白鲸,最终与白鲸同归于尽了。阮青丝喜欢这样的故事,她反反复复已经读了许多遍,她觉得亚哈和自己很像,都有着很深的执念。她试图在故事里寻找一种解脱的办法,但她始终没有找到。

2

关雎因为没有赶上百乐门的夜场,到电影院看了一场新上映的电影《风云儿女》。故事里两个流亡上海的东北青年辛白华、梁质甫,一个放弃了安逸的生活走上了抗日前线,一个在古北口牺牲了。令关雎挥之不去的是电影的主题曲《义勇军进行曲》,激昂热血的旋律一直萦绕在他耳畔。深夜,他哼着曲子独自一人走在寂静无人的街道上,回到了关府。

关家人早已休息,关府内一片漆黑。关雎蹑手蹑脚地开门回到自己的房间,直到第二天清晨,用人小翠准备去做早点时在客厅发现了关雎的行李箱,发出了尖厉而激动的叫声,大少爷回来了!老爷太太,大少爷回来了!

关大千为关雎不打声招呼就休学回国的做法感到不满。当前,国内局势越来越紧张,他本想让关雎在美国费城宾州大学修完建筑学博士再回来的,但关雎说他一个人在那边怎么能安心,说什么也要回国待在他身边。他还让关大千帮他引荐到建设局工作。关大千自知儿子的脾气,一旦下了决定就不会改变,只好应允。

三太太简姨对关雎的归来表现得尤为开心,她一直趴在关雎身边说他这两年在国外待得人都瘦了,一定是吃不惯西餐,回来也好回来也好。关雎尴尬地笑了笑,随即搬来行李,把国外带回来的礼物分给大家。简姨得到了关雎为她挑选的一支枫叶红的口红,如获珍宝,立马便拿出镜子涂了起来。小翠总是做家务,手很粗糙,关雎便送了她护手霜,感动得小翠直夸少爷贴心,以后谁嫁给少爷,一定幸福死了。

呀!是丹祺的呀!这可是美国大牌。小翠翻看着口红说,我以前在大太太的化妆台上,见过这个漂亮的玫瑰花包装。

关雎的脸一下子沉了下来,气氛瞬间凝重起来。小翠知道自己说错了话,看了看关老爷,又看了看三太太,抿住了嘴。

冯姨还好吗?关雎说。

时好时坏的。医生说只能控制。简姨收起口红,说,我领你去看看她吧!

关雎走进二太太冯婉清的房间时,冯婉清正坐在床边,神情恍惚地望着窗外,嘴角挂着微笑。关雎不知道冯姨在看什么,他发现自己离开的这三年,冯姨老了许多,鬓角竟有了白发。关雎把给冯婉清的礼物放在床头柜上,然后将一只手搭在冯婉清的肩上,轻轻地叫了一声冯姨。

冯婉清回过头,迷离着眼望了望关雎,好像不认识他似的,又转头看向窗外的花园。

冯姨,你在看什么?关雎俯下身去,说。

冯婉清依旧直愣愣地看着那个方向说,炳儿,你看炳儿在树下玩得多开心。

院子里的树下根本没有人,只有一架秋千在风中摇晃着,那是关炳生前最爱玩的。关雎红了眼说,是啊!他总爱把满是泥巴的手擦在我的西装上。

冯婉清直愣愣地望着窗外,说,他还爱拿你的袖扣。他说等他长大了,也要像哥哥一样穿帅气的西装。说完,突然起身打开柜子,翻找起东西来。

冯姨,你要找什么?关雎急忙跟到冯婉清身旁问。

盒子呢?放哪了?噢!在这!你看,你看他这捣蛋鬼偷偷拿了你这么多袖扣。

冯婉清从柜子里拿出一个方形的小首饰盒,里面放着六颗精致的金属袖扣,还有一颗明显与这六颗不同。这是一颗男式西装外套的木质扣,雕有花纹和客户姓名的缩写O。这种袖扣一般都是高级客户定制的,扣面线孔有严重磨损的痕迹,应该是被人十分用力拽下来的。

这是哪来的?关雎肯定这不是自己的袖扣,便问冯婉清。

冯婉清仿佛想到了什么,突然,抱头嘶吼起来,这是炳儿死的

时候握在手里的。我的炳儿被人害死了！不!! 我刚刚还看见他
在院子里玩呢！我的炳儿呢？炳儿……

冯婉清说完一会儿在窗口四处张望，一会儿念念有词地在屋
里乱走。慌乱中，袖扣不慎掉落在了床底。站在门口的简媜赶忙
让关雎把冯婉清扶到床上休息，自己则熟络地从床头柜的抽屉里
拿了一片安定剂，又倒了一杯水，准备给冯婉清服下。不料，冯婉
清一挥手，从床上挣脱了起来，水杯被打在了地上，碎了一地。简
媜正要弯腰去捡，被朝门外冲去的冯婉清撞了一下，划破了手指。
冯婉清光着脚跑下楼去，她要去院子里找关炳。这一幕被闻讯赶
来的小翠看到了，简媜便说自己没事，让小翠赶紧去追二太太。

没想到，二太太在院子里发了疯，她摇着空无一人的秋千，怎
么也不肯走。她的脚被地上的细石子划破了，血流不止。关大千
无奈之下只好打医院电话，让医生把她带走。

此时，简媜正在书房里痴痴地望着眼前英俊的关雎，那小心为
自己处理伤口的认真模样，让她感到无比幸福。但这样炙热的直
视，令关雎透不过气来，他始终没抬头看简媜一眼。

都怪我，医生吩咐过不能让姐姐碰尖利的物品。为了这个，家
里除了做饭的一把刀，连水果刀都没了。简媜自责地说。

关雎处理完伤口，把医药箱放回原处。书桌上摆着关雎和母
亲梅馥的合影。他想起自己在美国读书时冬天的恶劣天气，相比
之下，家乡的冬季要温暖许多。小时候，母亲总会陪他在院子里堆
雪人、打雪仗，可是上海很少下雪，就算下雪，母亲也不在了。

你都不问问我，这几年过得好不好？简媜说。

这几年还好吗？关雎摸着相片说。

每天吃斋念佛，大太太没做完的，我接着做。只希望关家能平

平安安。简娰盘了盘手腕上的佛珠,说。

我母亲在天有灵一定会感谢你的。二人沉默了一会儿,关雎又说,你好好休息吧!我去医院看看冯姨。说完便径直朝门外走去。

我们什么时候变得这么生分了?你以前不是一直都叫我娰儿的吗?简娰叫住关雎,说。

关雎一下在门口站住了,他想说些什么,但又不知从何说起。最后,他背对着简娰又说了一句你好好休息,便头也不回地离开了。

简娰像被人抛弃的小猫一样,无比落寞地坐在书桌前。她望着桌上关雎和梅馥的合照,突然露出了一个可怕的笑容,接着,起身走到了冯婉清的房间,捡起了那颗掉落在床底的木质袖扣。

原来是在这呀!害我找了这么久。简娰说完踩着欢快的舞步,轻轻地关上了冯婉清的房门。

农历每月初一,关府大太太梅馥都会去龙华寺祈福,十年如一。寺庙必经一段山野荒路,路边杂草丛生,草高得能把人吃了,寻不见踪影。1931年农历六月初一,淅淅沥沥的大雨下了一夜未停。梅馥驾车从龙华寺归来,忽见路边草丛晃动不止,一个蓬头垢面的姑娘吃力地爬出草丛,晕倒在了道边。于是,梅馥便将她带回了关府。这个姑娘就是简娰。

简娰一连几天发高烧,昏迷不醒,梅馥每日悉心照料,竟发现她不仅有一张出水芙蓉般清纯姣好的脸庞,身上还有许多伤,这不禁让一直想要个女儿的梅馥十分心疼。简娰醒后,梅馥便询问其为何一个人在郊外,家人何在?简娰一双无辜的大眼睛泛起了涟漪,说,自己早就没有家人了。简娰原本是出身富家的大家闺秀。

五年前,娘亲病逝,父亲生意失败,赔得倾家荡产,把她卖到东北给人做小老婆,天天做苦工被打骂,后来又落入了山匪之手,她是好不容易才逃出来的。梅馥听完潸然泪下,心生怜悯,见简媖的长相气质谈吐都招人喜欢,便决定认她做干女儿,将她留在了关府。之后,简媖便和小翠一起打理关府的内务,闲暇时,陪着梅馥去龙华寺参佛。

这年,关睢二十岁,即将从复旦大学毕业,正为出国攻读建筑学硕士要学习英语而头疼。同为复旦校友的简媖成绩优异,便成为关睢的英文老师,她的聪慧也让梅馥日渐喜爱。关睢少有玩伴,简媖虽比他大三岁,但他始终把简媖当妹妹般宠爱,唤她媖儿妹,还总把好吃的好玩的先给她,两个人有说不完的话。那时,关炳才五岁,时常跟在关睢和简媖的屁股后头一起玩耍。朝夕相处让简媖慢慢喜欢上了这个英俊幽默阳光帅气的关家大少爷。

不久,关睢便接到了宾夕法尼亚大学美术学院建筑系的录取通知书。但国内紧张的政治局势,让他犹豫了。梅馥希望儿子能去留学,一方面是国外相对安全,有更好的学习环境,另一方面是将来能用自己的学识救国。简媖不希望关睢走,便总是在他身边说些"父母在不远行"的话。梅馥察觉出简媖的心思,便开始给她张罗婚事,简媖几次婉拒后干脆与梅馥摊牌,自己喜欢的是关睢,希望她能同意他们在一起。梅馥态度坚决,任由简媖下跪苦苦哀求也无动于衷,梅馥说自己是信佛之人,慈悲为怀,众人平等。她虽同情简媖的身世,也一直将其视作女儿看待,但关家是传统家庭,接受不了儿子娶她。她提出给简媖一大笔钱财,让她离开关家。简媖大骂梅馥伪善,说到底还是嫌弃她的身世,由此埋下了仇恨的种子。

　　不久后便是农历三月三,龙华寺将要举办盛大的庙会。简姝想这是除掉梅馥最好的机会,梅馥一死,不仅能扫除自己与关雎之间的障碍,还能让关雎在痛失亲人后断了留学的念头。于是,简姝假装认错,答应了梅馥的相亲安排。梅馥以为她想通了,便渐渐放松了警惕。待庙会前一日,简姝提出陪梅馥同行,准备实行自己的杀人计划,但梅馥心中已有隔阂,婉言拒绝。

　　当晚,简姝出门私会了一个男人,半夜才提着一件西装回来。但令她想不到的是,关炳也吵着要冯婉清带他去庙会玩,梅馥担心庙会人多拥堵,三人便提前一晚开车去了龙华寺住宿。

　　每年龙华庙会都热闹非凡,梅馥三人在龙华寺玩得十分尽兴。不料,傍晚驱车回府的途中突遇暴雨,汽车又抛了锚,梅馥只好把车停在野外,等待天亮。这时,关炳尿急,冯婉清便撑着伞陪他去草丛里解手。不一会儿,梅馥看见路边钻出三个人影,其中两人向草丛走去,另一个人朝她缓缓走来。梅馥摇下车窗一看,是简姝。简姝穿着男式西装,戴着帽子,露出了可怕的笑容。他是我活着的唯一信仰,你为什么就不成全我?简姝一边说着,一边拔出手中的匕首连捅了梅馥数刀,梅馥来不及反应,鲜血顺着车缝喷涌而下,很快染红了车底的雨水。

　　雨渐渐停了下来,关炳解完手没等冯婉清,独自跑出草丛,正巧目睹了简姝杀人的一幕,吓得大声尖叫起来。简姝追上关炳捂住了他的嘴,她犹豫了一会儿,还是掐死了关炳,她说,对不起,炳儿。姝姐姐其实挺喜欢你的……不要怪姐姐。接着,简姝拿走了梅馥身上所有的财物,把案发现场伪装成土匪抢劫的假象。此时,两个男人未找到冯婉清,回到了车边,三人决定先行离开。

　　冯婉清在草丛里迷了路,等她找回车边的时候,发现梅馥和关

炳一动不动地趴在车里,死相凄惨。冯婉清抱着关炳的尸体回到
关府的时候,已经意识不清了。她浑身是血地瘫坐在大堂里,一言
不发。关雎立马报了案,警察在案发地点不远处的山坡上发现了
两个男人的尸体,一个被捅死,一个摔下了山崖,现场还找到了丢
失的财物。他们判断是两个劫匪途中分赃不均起了内讧,其中一
个将另一个捅死,不料雨后路滑,自己跌落了山崖。

随后,《金融大亨关大千妻儿被劫匪杀害》的新闻传遍了上海
滩。简姈原以为关雎会就此放弃出国,自己则能陪伴他度过最难
的时光,关雎还可能因此依赖自己,甚至爱上自己。但关雎反而加
快了出国留学的进度,坚持要完成母亲的心愿。简姈向关雎大胆
告白,试图留下关雎,关雎对简姈的告白感到意外。他说,于个人
感情而言,我一直把你当妹妹、当朋友看;于母亲刚刚过世之际,我
实在没有心情谈论儿女情长,对死者也未免有些不尊重。关雎的
这番话让简姈彻底凉了心。

梅馥和关炳的出殡仪式那天,厅堂里到处都是哭泣声,关大千
忙着招待前来哀悼的亲朋好友,烟缸里的烟蒂堆成了小山。简姈
在一旁哭红了眼,冯婉清死死抱着关炳的尸体,不让落棺,她握着
关炳的手说,炳儿,你醒醒,别和娘玩了。娘认输,快醒一醒好不
好……关大千见冯婉清在大庭广众有失体面,便喊小翠上前拉住
二太太。拉扯中,冯婉清掰开了关炳的拳头,发现了一颗雕刻精美
的木质袖扣。

之后,关雎便来到了美国。一年后,关雎收到了关大千寄来的
一封家书。关大千告诉儿子,自己娶了简姈做三姨太。关雎一下子
明白了简姈的用意。她为了留在自己身边,竟嫁给了自己的父亲。

3

这天,阮青丝早早地就醒了,她穿着真丝睡衣望着窗外最后一片枯黄的梧桐叶发了很久的呆。12月的上海,梧桐叶已经落得差不多了。一阵风吹过,叶子像蝴蝶一样在空中翩翩起舞,但它的姿势再美,从树上跌落的那一刻开始,就注定了最后会被冲扫进下水道。这让阮青丝觉得,这样的倔强有些徒劳。

阮青丝起身坐到书桌前,继续制作昨天未完成的蝴蝶标本。她打开杂志,用镊子小心夹出蝴蝶放在事先用硫酸熏过的油纸上,再垫上一块长条木板。接着,从针线盒里找来制衣用的定位针。第一针插在蝴蝶的胸背中央,再插一针固定好位置,然后一边沿着翅膀边缘的弧线依次插针定型,一边用镊子轻拉住左右前翅较粗的翅脉向前拉伸调整,直到全部完成。最后是固定触角。阮青丝十分投入地做着最后一步,这是整个蝴蝶标本灵动自然的关键。

这时候,楼下突然传来了吵闹声。应挺嚷嚷着要见阮青丝,被雪姨拦了下来。最近,阮青丝迷上了婺剧,跟着上海兰心大戏院的一个师傅在学戏,昨晚在楼上练功到半夜才歇息。应挺愤懑地说,婺剧是真喜欢,那对老子呢!老子可是捧了她两年多的场子,到现在连一根毛也没摸着!雪姨知道应挺在阮青丝身上下了不少血本,花了不少心思,只好耐下性子劝他,会帮他在阮青丝那吹吹耳边风的。

阮青丝沉浸在自己的世界里,在完成最后一根触角的定型后,她笑着拿起标本,小心放在窗子前,满意地端详起来。在通风干燥处放两周,就能把标本放进玻璃盒子里去了。阮青丝想,她又完成了一个精美的艺术品。

这时,她好像才听见楼下应挺的牢骚,便不紧不慢地打开门,走到走廊上向下张望了一下。阮青丝假装生气地喊了一声雪姨,接着回房重重地摔上了门。

应挺本来敞着身子随意躺在沙发上,听见楼上的摔门声,立马坐正了。雪姨给应挺使了个眼色,便上楼找阮青丝去了。等雪姨再回来时,她对应挺说,青丝说她病了,你改天再来吧!

应挺这时候完全没有了刚才的气势,他轻声说,刚刚是不是都听到了?

雪姨说,可不是,你听这摔门的劲就知道了。她就这臭脾气,成天冷着脸,也不爱笑。

应挺无奈地挠了挠头说,我还是上去哄哄吧!我是怕了这姑奶奶,不然又能两个月不理我。

阮青丝听见楼梯上军靴踩在楼板上响亮的嗒嗒声,她拿起桌上的一根定位针,看了看,轻轻扎破了自己的食指。

应挺探着脑袋推门而进,他看见阮青丝正在对着镜子试新买的旗袍。阮青丝的衣柜里有数不清的旗袍,她对旗袍的偏爱让男人们有了取悦她的机会,于是,旗袍自然就越堆越多了。应挺献媚地对阮青丝说,好看!

阮青丝不理他,依旧对着镜子一件件地照个不停。时而扭动的细腰和傲人颤动的胸部,那副冷艳孤傲的迷人模样勾得应挺百爪挠心。

应挺站在门边,搓了搓手又说,别扭了,再扭就要出人命了。

阮青丝还是不理他,打开一旁梳妆台上的首饰盒,开始一副又一副地试戴耳环。

应挺走到她身后的床边坐下,看着梳妆镜里的阮青丝说,姑奶奶,我错了还不成吗?我下午就要去南京赴命了,就是想来见见你。

阮青丝照着镜子,不紧不慢地说,是蒋委员长的事吗?

应挺叹了一口气说,和日本人这仗怕是快了!

之前,国民政府为不使华北脱离中央,向日本做出重大让步,决定仿照西南政务委员会的体制,提出了设立冀察政务委员会的方案,将华北大权完全交给宋哲元。华北五省自治,让南京方面再也无法直接控制平津一带的局势。如今,张学良挟持蒋介石,要求南京政府改组,停止内战一致抗日,国内救国抗日呼声空前高涨,这是大势所趋。阮青丝知道自从戴戟辞去淞沪警备司令部司令的职务后,这个位子就一直由上海市市长吴铁城兼任。而吴先生是搞政治的,并不擅长军事,外界都以为实际是由淞沪警备司令部副司令应挺主持工作。但只有应挺自己知道,他处处被吴铁城压着一头,很难施展。应挺这次去南京赴命未必是坏事。

阮青丝用嘴抿了抿被针扎破的手指说,国共是要握手言和,一致抗日了吗?

不好说。应挺这时看见了阮青丝手上的伤,问,你手怎么了?

阮青丝说,没事,刚做标本不小心扎的。

应挺说,怎么这么不小心?

阮青丝看了应挺一眼,没说话。

喔唷,我的小心肝。好了不生气了。等开春了我带你去捉蝴蝶,我让人把佘山的蝴蝶都给你捉回来。应挺说着,手滑到了阮青丝旗袍的盘扣上。什么时候让我看看你的蝴蝶呀?我是做梦也想看哪!

阮青丝马上一个转身,退后了两步,双手依靠在床栏上,妩媚的身姿美得一塌糊涂。她用眼神瞟了瞟窗台上的标本说,你这不是看到了吗?接着,阮青丝笑了一下,凑到应挺耳根,不紧不慢地轻声说,我约了陈师傅练功,我该走了。

应挺猥琐地笑着,拿走了窗台上的标本,说,你迟早都是我的。

阮青丝站在窗台上看着应挺的小汽车渐渐远去,接着开始了她忙碌的一天。阮青丝换上藏青色绒面旗袍,把昨晚写好的信塞进了一只迷你珍珠手包。她去了福州路复兴里的生活书店。书店不大,但满墙满柜塞着密密麻麻的各种书籍,一进书店,就能闻到浓浓的油墨味。阮青丝喜欢这个味道,她熟门熟路地走到新进书架前找关于昆虫的科普类书籍。

阮青丝打开一本美国生物学杂志,翻到第二十八页,摸了摸上面的那只半人像半骷髅的蝴蝶,随即取出包里的信,夹了进去。书中介绍,这是一种叫作"鬼美人"的死亡蝴蝶,其左翼为美人,颠倒众生,右翼为骷髅,诡异丑陋。振翅之间,欣喜与恐惧、美好与死亡交替重现,能让人产生幻觉。传说,抓到一只就可以得到二十五万美元,但数十年来,捕捉者全部离奇死亡,且死状惨不忍睹,甚至连尸体都人间消失!

阮青丝离开书店,在门口叫了一辆黄包车,她要去电话局等一通重要的电话。上午11点,电话局的公用电话响了三声,断了。坐在一旁等待的阮青丝立马起身拨通了一个号码。

摩西摩西。阮青丝小声说。这个电话很短,阮青丝大多是听电话那头的人说。两分钟后,她挂掉了电话,离开了电话局。她在附近面馆简单吃了一碗面,接下来,她要去陈师傅那学戏,不吃饱怎么有力气练功。

陈师傅是上海兰心大戏院的台柱子,是半年前戏院田老板从大江南北无数优伶里挑选出来的。他来的时候,还带了个十三岁的徒弟给他端茶倒水,很有派头。陈师傅的旦角可谓一绝,不仅拯救了面临倒闭的戏院,还带来了一批接一批慕名而来的戏迷,日本人赶来看,洋人也赶来看。戏院的生意一下子好得不得了,经常一票难求,可把田老板乐坏了。

阮青丝到戏院的时候,剧场里坐满了人。陈师傅和他徒弟画着油彩胭脂正在戏台上表演,田老板坐在第一排陪几个日本军官看戏。只见二人一个花旦一个青衣,亮相、功架近似敦煌壁画的人物姿态,自成一格,且特技表演甚多,变脸、耍牙、滚灯、红拳、飞叉、耍珠……样样都会。一会儿台步轻捷细碎,S形前行,犹如蛇行水面,飘飘欲仙;一会儿将脚上的平靴踢到头顶,然后又从头顶落到脚尖上,自动穿进。日本人问,这是什么?田老板答,前是蛇步蛇行,后是蜻蜓点水,跳的是婺剧滩簧《断桥》。陈师傅接着往下耍,一会儿悬在半空,低头直臂,左右晃动,前后打转如纸人一般;一会儿右眼睁得很大,左眼缩得很小,甚至连乌珠也看不到。日本人又问,这又是什么?田老板答,前是飘若纸人,后是大眼小眼,跳的是婺剧徽戏折子戏。日本人从座席上站了起来连连叫绝,忙说,敢问二位是打哪来?二人碎步上前,相觑一笑说,江南,婺州。日本人又说,敢问怎么称呼?陈师傅指了指自己,又指了指身旁的徒弟说,汝英,玄同。

陈汝英和林玄同下台卸妆,田老板哈着腰把日本人送走了。阮青丝来到后台,倚在门框上看见陈汝英正在洗脸,一个眉清目秀的美男子渐渐浮现。你怎么这么好看的,比女人还要好看。阮青丝说完这话的时候,林玄同正捧着一盆水进来,差点和阮青丝撞个满怀,脸盆里的水溅湿了她的裙腿。阮青丝摸了摸林玄同的脑袋说,冒失鬼,还好这料子不透水。林玄同红着脸低头走到师傅跟前给他换完水,立马端起那盆用过的脏水快步离开了化妆间。

阮青丝看着林玄同的背影满眼都是慈祥的爱意,她说,真快,一晃大半年了。

陈汝英这时候已经在更衣帘里换好了衣服出来,一身利落的长袍马褂更显得他英气逼人。是呀!他现在也没那么抵触了。总归是要长大的。陈汝英拍了拍袍子的褶皱又说,倒是你,三天两头往这里跑。

阮青丝说,我是夜姬呀!夜姬学点戏没错吧!接着,陈汝英把阮青丝拉进房间,关上门说,有他父亲的消息了。阮青丝问,怎么样?

陈汝英摇了摇头,阮青丝愣了一下说,本来也没抱希望他父亲还活着。这样也好,我还能常常见着他。我是不是太自私了?

而另一边,关雎回到关府时,关大千正在客厅里训斥小翠。他骂小翠不仅没有照看好二太太冯婉清,还差点弄出人命。这令在关府做了二十多年用人的小翠十分委屈。小翠原本是大太太梅馥的贴身丫鬟,后来跟着梅馥一起嫁到关家做陪嫁丫鬟。她是梅家奶娘的女儿,从小跟着梅馥一起长大,情同姐妹。梅馥死后,她失去了最亲近的人,但她依然尽心尽力地在关家做事。小翠低头哭泣,不敢应嘴,外面兵荒马乱,生怕说错了什么被赶出关家。

简娴拍拍关大千的肩膀说,二太太这病阴晴不定的,这不能怪小翠,都怪我不小心打破了水杯。

关大千顿了一会儿又说,那就让她先住在医院吧!大家都省点心。

简娴说,老爷你好歹是上海滩有头有脸的人,太太在精神病院恐怕会让人笑话。

关大千说,有病治病,没什么好说的。

关雎突然觉得,关家已经物是人非了,他甚至觉得有些陌生得可怕。

4

1936年12月24日,国共两党领导人会见谈判,在中共中央和周恩来等人的努力下,蒋介石接受了"停止内战、联共抗日"等六项主张。1936年12月26日,蒋介石抵达南京,西安事变和平解决。西安事变后,蒋介石停止了"攘外必先安内"政策,粉碎了亲日派和日本帝国主义的阴谋,从此,十年内战的局面基本结束,国内和平初步实现,对推动国共再次合作、团结抗日起了重要的作用。一时间,无数爱国学生和各界爱国人士涌上街头张贴爱国宣言,发放宣传单,高呼抗日救国口号:打倒日本帝国主义!建立抗日民族统一战线!抗日怒吼震撼了上海滩。

当天,虹口日租界内的日本海军陆战队(本)部大楼门口停满了战队车,日本人刚刚抓捕了两名抗日分子。

抗日分子活动如此猖獗。你们都在干什么!废物!日本驻上海最高指挥官、海军第三舰队司令官的办公室里充斥着长谷寿一愤怒的谩骂声。大川内传七听训不敢说话。

长谷寿一说,我不希望再听到这些声音。不仅是上海,杭州、广州、武汉、天津、南京等地也出现了声援,这明显是共产党一次有组织的活动。

大川内传七说,这两天,我们会加强街道巡视和电报监听,发现可疑人物和电台马上报告进行抓捕。

长谷寿一从抽屉里拿出一支雪茄,沉思了片刻说,白川将军布下的那步棋,是时候发挥它的作用了。

大川内传七掏出打火机给长谷寿一点火,说,我们一直与她保持单线联系,她已经成功打入国民政府内部了。

长谷寿一吐了一口烟圈,说,命令她马上窃取上海兵力部署图和军火库地址,同时,设法拉拢一批国民政府的亲日势力为我们所用。我们要赶在国共联手之前,把他们一举歼灭!

是! 大川内传七顿了顿说,不过她最近总爱往戏院跑。好像在学戏。

学戏? 作为一个没有自由的间谍,她倒是总能保持难得的情调。

这样的女人让男人们更有征服欲。

有机会真想见见她。

而这天,返回上海的应挺是愁容满面的。陪同的梁茹筠一路上小心翼翼地观察着应挺的脸色,不敢说话。应挺站在书房的窗前,抽着一支叫乌普曼的雪茄,刺鼻的烟草味使他把眼睛眯成了一条缝,像一道尖锐的刀锋。过了很久,他才以一种很慢的语调,异常平淡地说,上面让我继续留在上海,守好苏州河。

这不是挺好的吗? 梁茹筠说。

没那么简单! 应挺把雪茄按在窗台上,眉头挤成一个川字,说,之前在浦东各县沿海增设的观察哨,只能监视日军舰船的动向,市区的防御工事仍然十分薄弱。一旦和日本人动起手来,不出几天就会被攻下。上面让我以庆祝上海特别市建市十周年为由,秘密修建至少三十处防御工事,要覆盖火车站及苏州河沿岸各处,并控制住重要的公路、渡口。应挺顿了顿,又说,上面还让我在十周年庆典前完成所有防御工事,时间紧迫。要在日本人的眼皮子底下搞小动作,不是那么容易的。

梁茹筠抬头看了眼应挺说,应司令,这不是好机会吗?只要您办好了,我想上面肯定会升你为司令。这样就不用处处被吴市长压着了。

你以为我不想吗?自从停战协定签订后,司令部还有人干事吗?都他妈在混吃等死,只有老子想为党国干点事。应挺走到办公桌前重新点起一支雪茄,吸了两口,才慢慢地说,我就怕事情没办成,到时候还丢了性命。

您是怕丢了阮小姐吧!梁茹筠调侃说。

应挺瞪了梁茹筠一眼,说,所以我一定要比他蔡狗活得久,绝不能让青丝落入他手!

蔡厅长上次来找您是……?

向我们所辖的上海市警察总队借五百人给他做安保工作。市政府准备恢复春节,要在市区搞个大型烟花盛宴。应挺笑了一下,又眯着眼睛猛吸了两口手中的雪茄,他让我的人给他做保安?想什么呢!他把我当什么了?我的士兵可是扛枪上战场的真英雄,不可能穿他们那身小丑服。

梁茹筠说,他这不是想扒下将士们的军装,而是想扒下您身上的这身衣服呀!

应挺瞪大了眼睛说,他敢! 他倒是试试! 这时候,雪茄的一段烟屑掉了下来,应挺深深地吸了最后一口,然后从鼻子里喷出一团冗长而缥缈的烟雾,说,这个任务涉密等级很高,上面没用电报通知,让我亲自跑一趟,就可想而知了。所以你一定要找一支信得过的队伍去做,随时向我汇报进展,不要留下痕迹。

是! 梁茹筠说。

应挺倒了一小杯威士忌坐在皮沙发上,说,找个时间把那批军火转移了。

是! 梁茹筠顿了顿又说,应司令,还有一件事。今天,日本人抓捕了两名上街游行的共产党。

这时,保姆阿萍前来通报,阮青丝和几个政府官员、名媛太太都到了,他们约好今天到家里打麻将。应挺挥了挥手,示意梁茹筠不必多管。梁茹筠随后便离开了应公馆。等应挺来到二楼的棋牌室,大伙已经抓好牌玩上了。

哎哟! 动作真快,我处理个文件的工夫,就开始了。应挺在阮青丝身边坐下说。

向小姐笑了一下,打出一张牌。阮青丝马上说,吃!

怎么又吃了呀? 向小姐嗲声嗲气地说,阮小姐,你这样应长官怎么吃得消的呀! 众人哄笑起来。

牌桌上另两人是市公安局局长蔡进军、财政局局长朱麟。向小姐是坐着市府秘书长郭子文的车一起来的,她和蔡太太是牌友,趁着今天这个机会,蔡太太就给单身汉郭子文搭了个线。郭子文同应挺一样,笔挺地坐在向小姐身后看牌,十分内敛,话很少,好似绅士。但阮青丝看出了郭子文心中的小九九,因为透过他看牌的视线,可以清楚地看到身着低开领旗袍的向小姐半露的酥胸。

阮青丝挺了挺身子,拿过向小姐打出的牌,合着自己手里的对子一并放到了桌角说,有的吃干吗不吃呀!

向小姐瞟了瞟阮青丝桌角的两对吃牌说,又不是白吃,再吃承包咯!

阮青丝笑了一下说,不吃我怎么听呀!

这天,关雎闲来无事在早市上买了一只玄凤鹦鹉,取名"哈尼"。鹦鹉的脸颊上有两大腮红,长得十分讨喜,关雎就成天把它架在自己的左肩上,走哪儿带哪儿。小翠就老爱往关雎的书房里头跑,看他逗鸟。有时候,小翠会学关雎的样子摸摸哈尼的脑袋,哈尼立马开心得炸开了花,像孔雀开屏似的,乐得小翠咯咯直笑。在小翠看来,关雎回来之后,什么都变得有意思了。

少爷,你为什么叫它哈尼呀?哈尼是什么意思?小翠问。

就是宝贝的意思。

原来是个洋文名。少爷,你回来真好。

怎么好?因为有鹦鹉玩吗?

你不在的时候,都不知道晚上府里有多吓人。二太太发病的时候,一会儿哭一会儿笑,半夜那动静瘆人得很。三太太也是,总是半夜念经,走路还不出声,我好几回被她吓破了魂。

关雎突然想到那天在冯婉清房中看到的木质雕花袖扣,便问小翠是否见过。小翠想了想说,老爷好像是有一件木质袖扣的西装,但大太太走后,就再也没见老爷穿过了。于是,关雎便带着小翠来到冯婉清的房间,他想与小翠确认首饰盒里的那颗袖扣是否就是老爷西装上的那颗。但打开盒子时,袖扣却不见了。关雎想到当时情况混乱,便在房间里四处寻找起来。

少爷,到底怎么了?

二太太说炳儿死前,手里拽着一颗袖扣。我想,应该是凶手留下的。

小翠大惊说,小少爷不是劫匪杀害的吗?

劫匪不可能买得起高级定制的西装,更不会懂这样的英文刻字。凶手肯定是有一定学识和地位的人。关雎想了想又问小翠,你还记得出事当天,府里人都干了什么吗?

小翠想了想说,老爷去苏州出差了,三太太头天晚上出门受了寒,发烧在家。家里就只有我和三太太。你是怀疑……?

关雎嘱咐小翠,在这件事情没查清楚之前,不能和任何人提起此事,随即便离开了关府。

这天下午,关雎要跟着父亲的好友、财政局局长朱麟到市政府见郭秘书。在朱麟的引荐下,负责人事的郭秘书已经看过关雎的简历,建设厅正好缺关雎这样的高才生,决定任命他为建设厅设计委员会会长兼秘书室副秘书长。他的第一项工作就是在虹口区建一栋公寓。

第二天,新官上任三把火的关雎带着王财升和马大头两名手下来到了四川路的建设空地。空地在苏州河上的四川路桥北面,面积约六千平方米,北边是武昌路,南边是南崇明路,周边有淞沪警备司令部、上海饭店、邮政管理局、公济医院和一些商铺。

关雎爬上空地的一块石头,张开了双臂。这里北邻四川路桥,关雎决定取名大桥公寓。

他闭着眼在脑中构思着他的建筑蓝图,他想象着一个由他设计的建筑将在这里拔地而起,这是他人生的第一个作品。他想在这里建一座钢混结构、现代派风格的大楼。街角处呈弧形设计,中间高起,两端对称。一、二层以水平线条为主,三至七层装饰艺术风格,以竖线条为主,局部饰以水平窗下装饰板,线条简洁。关雎很满意自己的设想,他迫不及待地要把它画下来了。

5

一如往常的周末。陈汝英和林玄同正在演《断桥》,精彩之处,台下的观众连连叫好,哈尼站在关雎的肩膀上也跟着叫好,逗得关雎和一旁的看客哈哈大笑。演出结束,关雎走进后台,陈汝英正在更衣室里换装,见关雎来了,陈汝英忙关上了门说,有新情况?

关雎倚在化妆台边说,我进市政府了。

陈汝英原本以为关雎只是一个有点爱国情怀养尊处优的富家公子,没想到自己小看他了。关雎才回来不到一周就打入了国民政府内部。陈汝英说,关雎同志,你表现很好,我会向组织汇报的。

关雎噘了噘嘴说,没啦?我之前向组织申请的配枪呢?

陈汝英瞟了瞟关雎肩上的鹦鹉说,等你什么时候不招摇了,再说吧!

关雎看了看肩膀上的哈尼,笑了说,我是带它来偷师的。学几句回去,在家也能听你唱曲儿。

你就贫吧!当前国共合作已初步达成,一致抗日的决心很坚决,战争随时可能爆发。陈汝英穿好衣服,翻开戏服箱里的《楚辞》,在屈原的《离骚》里搜索起来。过了一会儿,他说,有了!你接下来,就以代号"宿莽"潜伏在国民政府展开工作。

宿莽?关雎从未听过这个陌生的名字,一脸疑惑地望着陈汝英说。

这是一种野草的名字。它生长在墓前,经冬不死,既代表着死亡,又代表着生生不息。希望你能和它一样,每过之处都给敌人带来死亡的恐惧。陈汝英继续说,我的代号是"江离",记住了?

江离,宿莽。你可真有文化。关雎笑了笑说。

陈汝英说,你务必要潜伏好。我们的目的是策反有共产主义思想倾向的国民党人,加入我们的队伍中来,帮助我们促成国共合作,推动抗日民族统一战线的建立,共同反抗日本帝国主义。

关雎说,放心吧!那一天不会远的。

这个阳光明媚的冬日下午,上海的风吹得并不是很大,但关雎从兰心大戏院出来的时候,一手托着鸟笼,把帽子压得很低,他还用围巾裹住自己的脸。他站在路口本来想叫辆黄包车,这时,突然看到了路边一个卖糖人的小贩。他放下伸在半空中的右手,径直走到摊前说,师傅,给我做个张飞。

好嘞!小贩一声吆喝,便拿起一块糖对着吹了起来,同时双手或捏或拉或拽或扯,那糖块便像气球一般,渐渐地胀了起来。一会儿工夫,大胡子的张飞就举着大刀站在了关雎面前。关雎接过糖人,露出了孩子般的笑容,随即从口袋里掏了一块大洋给小贩说,不用找了。小贩乐得捧着钱,连连哈腰点头地说,谢谢老板,谢谢老板。

这时候,一旁小贩们的眼睛唰地一下全亮了,拎着自家的商品一拥而上,把关雎里三层外三层地围了起来。关雎吓得高举手中的糖人大喊,别挤别挤。但小贩们并没有停下来,他们都希望眼前这个帅气的财主能赏他们一块大洋,那可是他们两三天的工钱。

关雎在推搡中踮起脚来,他抬头看了看手中的糖人确保无事后说,一个个来,一个个来。有几个商贩来回拿了好多回,关雎一眼认了出来说,我不是刚买了你的胭脂吗?你怎么又来了?商贩憨笑着说,您给家里小姐多买几盒吧!我这胭脂好着呢!可显气色了。关雎笑着说,我家没有小姐,我给你买这一盒都多了。说完,胭脂商贩被别的小贩们不耐烦地赶了出去。

少爷,你看看我的。我的糕点可是上海滩数一数二的,独家秘方。包你吃了还想吃。

接着,又一轮要命的推销开始了。关雎后来露出了一个大大的微笑,喊道,警察来了!然后,一手举着糖人,一手拎着鸟笼和七七八八的礼袋冲出了人群。他一直跑到两条街以外的一个小巷子里,才停下来,像灶台的风车一样喘着气。

暮色渐浓,落日独宠小巷的半边,整个西边的房屋都被罩上了一层金粉色的光。这时,一户老宅的大门开了,里面走出幸福的一家三口。女人提着两只红灯笼,男人拿着凳子,男孩捧着杆子屁颠屁颠地跟在后头,嚷着要挂灯笼。男人无奈地摇了摇头,放下手中的凳子,把男孩抱到头顶,坐在自己的肩膀上,然后,一个灯笼挂起来,两个灯笼挂起来。

关雎笑了。他想起母亲梅馥曾和他说过,灯笼挂起来的时候,就是除夕要来了,一家人能团圆了。接着,他看着手中的糖人又笑了,小时候他常吵着母亲买这个,那时,家里并不是很富裕。关雎走出了小巷,重新回到热闹的大街上,突然觉得这种热闹变得很陌生。他匆匆打了一辆出租车回到关府,把糖人插在书房的一盆莲瓣兰的花盆里,然后对鹦鹉哈尼说,不准偷吃哦!哈尼伸着脖子叫,不准偷吃,偷吃!吃!

关雎把街市上买的那堆乱七八糟的东西都扔给了小翠,他让小翠自己捡几样喜欢的留下,其他都给二太太和三太太送去。

老爷今天还是不回来吃饭吗? 关雎说。

老爷这两天在外头收账,好像回来得都挺晚的。小翠说。

行! 你去做饭吧! 关雎说完,跑上楼在关大千的衣柜里翻找起来。

你在我衣柜里翻什么?

半小时后,关大千回到家中,看见关雎正把头埋在自己的衣柜里翻找东西。床上地上,像被小偷大扫荡过似的,全摊着衣服裤子。

关雎先是一惊,然后笑着露出他八颗洁白锃亮的牙,转头对关大千说,我记得你有一件很别致的西装,袖扣是木质的,还雕了花。我明天同学会,借我穿穿呗!

你的衣服呢?

我那些衣服都太旧了,都是出国前的。我记得那件衣服是你和我妈新婚十周年的时候,她送你的,应该还在吧? 关雎一边在衣柜里翻找一边说。

别找了,那件衣服没了。

没了? 去哪了? 关雎忙转头追问道。

你要是喜欢的话,让小翠帮你去和昌西服店定做一件就是了。关大千说完,便头也不回地下楼了。

关雎像一阵无声的风,疾风簌簌地冲出了关府。关大千不告诉他,他决定自己去找。

关雎站在贾记棺材铺门口,看了那块硕大无比的牌匾很久。他想起四年前,自己就是在这里为母亲和弟弟挑了两口最好的檀香木棺材。关雎走进店铺,老板贾钱正躺在一张红木摇椅上打瞌睡。关雎踢了一脚摇椅叫道,死人了!贾钱立马嗖地一下从椅子上站了起来,妙语连珠地说道,薄皮两大洋,松木五大洋,杉木十大洋,普通楠木二十大洋,金丝楠木檀香木一百大洋,棺材送货上门,包丧葬服务一条龙服务,付五成定金预定,概不赊账。

贾钱的语速之快,堪比扫射的机关枪,人没站稳,话就已经说完了。逗得关雎哈哈大笑说,贾老板,全上海滩就你是躺着等别人给你送钱。高枕无忧啊!

您这说的哪儿话,这生老病死不是自然规律嘛!照您这么说医院也是躺着赚钱了。大概是刚从摇椅上起来,贾钱的身子晃荡了一下,才看清是关府大少爷关雎。他一边说着,一边忙从柜台里搬出一把椅子让关雎坐下。

关雎看了看那把松木椅子,依旧站在原地,说,没工夫跟你绕弯子。我来找你,是有事问你。你如实回答我。

什么事?

我母亲葬礼那天,你有没有见过一件西装?

贾钱想了想说,是有一件西装。那是你父亲嘱咐我在盖棺时放进棺材,同你母亲一起下葬的。怎么了?

关雎这时努力回想落棺时的场景。所有亲朋好友退出大堂后,八个抬棺人同贾老板才进去,大家都沉浸在悲伤中,确实未注意到一些细节。关雎追问道,当时西装的袖扣都在吗?有没有少的?

贾钱抓起棺材盖上袋子里的一把瓜子,边嗑边用一种不可思议的语气对关雎说,关大少爷,我哪记得那么多啊!这每天死这么多人,我哪有那工夫和精力去检查西装,就算我看到了也早忘了!

不记得就不记得,哪来的那么多废话。关雎狠狠地白了贾钱一眼,离开了棺材铺。

贾钱把手中的瓜子扔回到棺材盖上的袋子里,嘴里说着"奇奇怪怪的,什么袖扣不袖扣",又躺回了摇椅上。而这一幕正巧被来找贾钱的福源寿衣店的刘启看见了。

贾老板,城西有家酒庄老板的太太过世了。我帮他到您这来定个楠木棺材。刘启隔了一会儿,走进棺材铺说。

刘老板真是照顾我的生意啊!这么大老远跑过来。贾钱高兴地从摇椅上爬起来说。

哪里。您上次不是也给我介绍生意了?现在这世道这么吃紧,相互照应才赚得到钱嘛!刘启说完,跟着贾钱走进了棺材铺的后院。

关雎后来去了四川北路的和昌西服店,画下了那颗木质袖扣的样子给老板看,老板一眼就确定那是自己做的高定西服。关雎回到家后,陷入了沉思。他想,弟弟关炳为什么会拽下父亲的袖扣,难道他当时在场或者凶手就是他?如果关大千真的是凶手,他杀害自己妻子和儿子的动机又是什么?关雎思来想去,可能性最大的只有关大千与简姬早有奸情,并被母亲梅馥识破,所以痛下杀手。这样一来,简姬也是同谋。但关炳是无辜的,关雎不敢相信关大千怎么能对自己的儿子下手?

关雎回到关府时,夜已深。小翠为关雎留了饭菜,让他赶紧去餐厅吃,但关雎哪里吃得下饭。他现在断定,母亲和炳儿的死另有隐情,绝不是劫匪所为。而此时,关大千正心事重重地呆坐在书房,他起身转动书柜上的一只花瓶,打开墙后的暗格,拿出一只档案袋,里面全是简姬的信息。

关雎躺在床上辗转反侧,怎么也睡不着。最终,他带着一把铲子独自来到了母亲的墓地,他花了很大的力气才把棺材上的土一层层铲掉。现在,他跳进坑里,俯视着母亲的棺材,心中焦虑万分又百感交集。他不知道拿到关大千的西装后,证据确凿,该怎么面对自己的父亲。关雎闭着眼做了一个深呼吸,然后用力地撬开了棺材盖。让他大吃一惊的是,棺材里空空如也。

那天夜里不知怎么地突然下起了大雪。雪花好像同关雎作对似的,一点点落在他冰冷的心头。关雎像一具僵尸一样,走在深夜的街道上。他突然觉得母亲和弟弟的事,非同一般,可能藏着关家惊人的更大的秘密,他发誓一定要找出事情的真相,让九泉之下的母亲和弟弟瞑目。

6

1月20日腊月初八,一场大雪刚刚在黎明前离去。简姵天未亮便来到龙华寺,在简陋的柴房里亲手熬制腊八粥。每年腊八节,她都会在寺庙门前寒风瑟瑟的棚子里帮忙分粥。来讨粥的人里,简姵尤为关照乞丐和孤儿,她总会单独盛一大碗给他们。那天,她一直忙到快日落才回到家中。不管是寺庙的僧侣还是百姓都夸这个关府的三太太是菩萨转世,心地善良,关心民间疾苦。这天,关雎本想把二太太冯婉清从医院接回家,吃顿团圆饭,顺便问些关于关炳的有用消息,没想到冯婉清精神状态很糟,嘴里一直嘀咕着"凶手凶手",见人就咬。关雎只能期盼着她早日康复。

上海的冬天和许多南方的冬天一样,冷得温润而柔和。特别是一场大雪以后,雪水慢慢融化,万物焕然一新,闪着耀眼的金光,更是让人怎么也讨厌不起来。阮青丝倚着车窗,她看见热闹的街市上有许多同样带着光芒的男男女女。早餐铺门口,一对刚吃完早点的小情侣,哈着热气,正互为对方系围巾;一个扎着麻花辫的小女孩骑在父亲的肩头,母亲挽着父亲的手臂与她一同哼着儿歌,正赶往学堂。他们的脸上无一不洋溢着幸福的笑容。看着这些幸福的画面,阮青丝突然忧郁了起来,她想起了自己的父母。很久很久以前,他们一家三口也曾这般其乐融融地走在热闹的街头。那时候,她还叫周曼君。这时,应挺朝阮青丝的视线方向望去,望了很久才一手揽过阮青丝的肩膀,问,今天不开心吗?阮青丝笑了一下,依旧望着窗外说,应司令给我买了这么多东西,能不开心嘛!

晚上8点,阮青丝同应挺约会回来时,百乐门正热闹着。几个客人专门想来捧阮青丝的场,一直没等着人,见她拎着大包小包直奔二楼闺房,便醋意大发地调侃道,雪姨,你这百乐门以后可是有应司令罩着的,不得了了。雪姨就笑笑说,开门做生意是仰仗大家照顾的呀! 各位吃好喝好,今天雪姨请客,全免单。

楼上,阮青丝沐浴完,正坐在梳妆台前吹头发。电吹风是应挺送给她的第一份礼物。两年前,应挺第一眼见到正在台上跳舞的阮青丝,就被她一袭乌黑的过腰长发给迷住了。第二天,应挺就派梁副官送来一只金色的电吹风,说是美人的头发要好好爱护,以后吹头发就不费工夫了。阮青丝现在回想起来,应挺对自己确实挺上心,但她根本不爱应挺,她接近应挺只是为了寻找一个真相。

阮青丝吹好头发,躺在床上翻来覆去睡不着。她脑海中不停地闪过河村惠子在邮轮上给她档案袋的画面。档案袋里,那个戴着青天白日帽子的男人就是应挺。阮青丝起身坐在床头发呆,卧房里有间硕大的储藏室,整面墙都摆放着红棕色法式复古陈列柜,各式各样的蝴蝶标本已经不知不觉塞满了大半个柜子,就像一个蝴蝶博物馆。柜子正中间的格子内是一只半美人半骷髅的纸蝴蝶,阮青丝轻轻地打开了玻璃柜门,看着它笑了。她想到自己在生活书店见到这只叫鬼美人的蝴蝶的第二天,就怎么也忍不住悄悄去店里撕下了这一页。她知道自己这样孩子气的做法有些恶劣,但她总感觉那只蝴蝶在和她说话,它说,你快把我带回家吧!阮青丝后来小心翼翼地将蝴蝶从书页上剪了下来,夹进了玻璃盒子里。阮青丝喜欢这只叫鬼美人的蝴蝶,她多么希望自己也能是一只蝴蝶,自由自在、无忧无虑地去任何她想去的地方。

夜晚星空闪闪,月亮在白莲花般的云朵里穿梭,阮青丝多么希望自己就是那皎洁的明月,干净自由,而不是像现在这样。阮青丝就这样失落地望了天空很久很久,她想,父母一定在天上看着她,她必须要振作起来。

腊八过后,很快便到了除夕。除夕夜晚,关大千、关雎和简姵三人在堂屋祭拜完祖先和梅馥、关炳的灵位,围坐在一起吃年夜饭。饭桌上,大家都一副心事重重的样子。关大千板着脸一言未发,小翠在小心照顾着神志不清的冯婉清,简姵一直微笑着给关雎夹菜,关雎则若有所思地观察着每一个人。关雎肯定关大千有秘密瞒着自己,简姵也绝没那么简单,冯婉清到底是真傻还是假傻,小翠是否为他们其中的某个人做事。关雎突然觉得眼前的这些人都陌生得可怕,他开始怀念母亲健在时的美好时光。

而应公馆里,阮青丝和应挺已经吃完年夜饭准备去城郊看烟花大会。没想到去看烟花的人实在太多了,四川路桥被涌动的人群和车辆堵得水泄不通。司机董师傅疯狂地按着喇叭,车子依然纹丝不动。应挺看了看手表,晚上6点50分。他焦急地望着窗外说,今天怎么会有这么多人？烟花大会7点就开始了,恐怕是赶不上了。

董师傅望着驾驶室的后视镜,笑着说,政府多少年没办过这么大规模的烟花会了,人能不多嘛！其实也不是非得跑这么远去看,找个楼顶就行了。

这附近哪儿有楼顶可以看？阮青丝说。

前面就是淞沪警备司令部大楼,那就能看。董师傅说完,朝后视镜望了望说,后头马上就来车了,马上就要进退两难了。

走！去司令部。应挺说。

阮青丝永远都记得,那天晚上的夜空宛如姹紫嫣红的百花园,成千上万朵色彩斑斓的花朵在她头顶绽放的时候,她对未来的希望仿佛也同时绽放了。这是阮青丝少有的感到幸福的时刻。这么多年来,她一直是个不爱笑,并且难以快乐的人。应挺看见阮青丝发自内心地欢笑着,如此热烈而灿烂、纯粹而真挚,是他从未见过的笑容。应挺轻轻搂过阮青丝的腰,阮青丝愣了一下转过头,看见应挺被烟火照得明亮的侧脸,心里突然柔软了起来。她想,要是自己不受控于日本人,或许她能和眼前这个男人好好地过完一生。阮青丝的眼睛突然就湿了,她被自己这样的反应吓了一跳,她连忙回过头控制情绪,让泪水在眼眶中慢慢干去。阮青丝对自己有这样荒唐的想法感到可怕和可笑,她想自己大概是被眼前的美好冲昏了头脑,她应该好好清醒一下。于是,她在应挺耳边轻声说,我去上个洗手间。

轰隆的烟花声很响,应挺也贴着阮青丝的脸颊说,要我陪你吗？

　　阮青丝笑着摇了摇头说，不用，我很快回来。接着，走到平台门口，对站在一旁的司机说，董师傅，能把车钥匙借我用一下吗？上面太冷了，我顺便去车里拿个外套。

　　太太，还是我去吧！董师傅说。

　　你在这里陪应司令吧！阮青丝说完，接过董师傅的汽车钥匙便下楼去了。

　　很快，阮青丝走遍了淞沪警备司令部的每个楼层，记住了每个房间的位置，并且小心地躲过了夜巡的士兵，最后在应挺办公室门前停了下来。阮青丝拿出发针轻松地打开了门锁，她仔细翻找了所有的抽屉和保险箱，并未找到兵力部署图和军火存放资料，却意外发现了许多大额银票、金条，还有走私日用品、烟草和军火的交易合同。原来，应挺一直在发国难财。阮青丝拿出泥盒，复制了应挺的私章，以备他用。

　　二十分钟过去，应挺见阮青丝迟迟未回有些担心，让董师傅下楼去看看。董师傅找遍了每层的洗手间，并未找到阮青丝，正准备走出大楼去车上看看，在大厅门口碰见了拿着貂皮大衣的阮青丝。

　　董师傅说，太太，可算找到你了。

　　你怎么下来了？

　　应司令担心你，让我下来看看。

　　阮青丝笑了一下说，我在车里补了个妆。走吧！

　　等阮青丝回到天台时，应挺突然拿出钻戒，单膝跪在阮青丝跟前，说，青丝，嫁给我吧！阮青丝被突如其来的求婚吓到了，不知如何回答。应挺接着说道，我知道你还没有做好准备，你不必现在就回答我，我可以给你时间考虑，但戒指你先收下。说完，将一枚两克拉的大钻戒戴在阮青丝右手的食指上。阮青丝没有拒绝，她呆呆地看着手上的戒指,脑袋一片空白,这让应挺觉得阮青丝是默认了他的请求。应挺兴奋地揽过阮青丝,嗅着她耳后根,发丝淡淡的清香和体香让应挺沉醉,应挺的嘴唇疯狂地亲吻着阮青丝的玉颈,然后是脸颊。正要亲吻嘴唇时,阮青丝伸手点住了应挺的嘴,说,有人。这时,应挺挥了挥手,董师傅立刻识趣地说,司令,我在车里等你们。

随即,应挺咬住了阮青丝的嘴唇,他紧闭双眼吻得炙热如火,像是要把他怀中的女人融化。这样侵占性的进攻让阮青丝极度反感,她睁着眼睛,看着应挺意乱情迷的样子,感觉无比清醒。阮青丝笑了,像猎物到手一样满意地笑了,并带有一丝嘲讽。这时候,应挺慢慢地睁开了眼,发现阮青丝正注视着自己,两人对视了两秒。应挺停了下来,问,你怎么睁着眼?

阮青丝笑了一下说,我就喜欢看你为我着迷的样子。

应挺有些看不透阮青丝,她有时候冷得像座冰山,有时候又热情似火,她的飘忽不定让人难以预测。

阮青丝接着说,走吧!我有些冷了。

阮青丝回到百乐门后,偷偷到公用电话亭拨通了一个电话。她熟练地用日语告诉对方,自己并未在警备司令部找到兵力部署图。对方责备她办事不力,命她继续追查。

阮青丝瘫睡在床中央,她突然感到无比疲惫。应挺的求婚和日本人给她的任务就像两块巨石压在她的心头,她知道自己这样欲拒还迎的把戏糊弄不了应挺多久,她也逃脱不了日本人的控制。

这时,雪姨见阮青丝屋里的灯未熄,推门走了进来。雪姨一看阮青丝就知道她有了心事,便问她遇到什么事了。阮青丝告诉雪姨,应挺向自己求婚了,她不知道该怎么办。雪姨拿起梳妆台上的一瓶香水,笑了笑,说,女人就像香水,前调太浓的,只是一时热烈,到后面男人就会觉得无味,很快就厌了。反而是那种越到后面,余香越来越有味道的,才让男人着迷。你和应司令这事,不用急,慢慢来。阮青丝笑了一下说,我才不是什么香水,我可是毒药。雪姨乐了说,这就对了嘛!男人,你就不能太把他当回事。你越对他爱理不理,他就越喜欢你,越想得到你。等他真得到你了,你不过就那么回事了。

而此时,关雎站在后院看见烟花从很远的地方升起,然后在夜空中变成了许许多多的星星,就像他心中的疑问一样多。他始终想不通,母亲的尸体为什么会消失,又去了哪里。这时候,有人从身后为他披上了大衣,他转头一看,是简姆。

简姆微笑着说,外面这么冷,去屋里看吧!

关雎愣了一下,说,马上就结束了。

简姆走上前,靠在关雎身边,说,看你吃饭的时候就一直心事重重的。是想你母亲了吧?我也想她了,当年多亏她救了我。

此时,烟花已经结束。简姆望着关雎温柔地说,不要装那么多心事,新的压烂旧的,装不下的。你母亲在天有灵,也一定希望你能开心。

7

这天,关雎带着鹦鹉哈尼一起去了兰心大剧院。这回,他终于完完整整地把《白蛇传》看完了。陈汝英和林玄同踩着轻快的步伐走下台,关雎早已在后台等待。他先是摸了摸林玄同的头说,小子不赖嘛！然后对陈汝英说,你这扮相真是太美了,演得也是绝了,这上海滩你称第二,没人敢称第一！看得我真是过瘾啊！

陈汝英笑了笑,架起唱戏调子说,你到城西的福源寿衣店去等我。

关雎笑了一下说,坐在二楼包厢的那个老板是谁呀？我每回来都能见着他。

陈汝英说,不该问的别问。

关雎说,组织纪律嘛！我晓得的。上级的隐私嘛！

陈汝英瞪着眼说,你个小兔崽子。

关雎拔腿就跑说,我走啦！你快点,别像娘们一样让我等太久。说完,还回头吐了吐舌头。

一小时后,陈汝英坐着黄包车来到寿衣店,关雎正在巷头的烧烤摊吃烤串。

关雎拿着一串鸡胗说,在这呢！吃点不？

陈汝英看了关雎一眼,又看了看烧烤摊摊主说,你可真是一点都不会亏待自己。

关雎笑着说,你足足让我等了一个小时。在学校里,等洋妞也没这么久的。你还不许我吃烤串了？

陈汝英无奈地摇了摇头说,你跟我来。

关雎赶紧拿起剩下的两串烤肉,全塞进了嘴里,走时还不忘送给烧烤摊摊主老邢一个大拇指。

陈汝英推开寿衣店的门,关雎跟在后头,看见满墙的寿衣、花圈、纸人和纸钱,突然感到背脊凉风阵阵,他愣愣地猛咽下嘴里的食物,小声问陈汝英,你干吗带我来这里？你家死人了？

陈汝英白了关雎一眼,朝店主打招呼说,老刘,这是新来的同志关雎。接着又对关雎说,这是上海交通站联络员刘启同志。说完,便朝楼上的阁楼走去。

关雎恍然大悟,他把鸟笼架在进门处不远的挂"元宝"的铁钩上,说,你们可真行,亏你们想得出来把交通站放在这种地方。刚才吓死我了!

陈汝英把木板踩得嘎嘎作响,他说,战乱年代避免不了死人,这里人多又杂,方便我们掩护。

关雎紧跟其后,说,可以嘛!顺便还可以赚一笔死人的钱。能想出这主意的简直就是个天才。

陈汝英说,他还真不算什么天才,但确实睿智果敢。

关雎说,谁呀?

陈汝英没有说话,他走进矮小的阁楼,推开了房门。屋子里很简陋,只有一张桌子、一盏灯、一台电报机和一个衣柜。陈汝英打开衣柜,衣柜里挂着几件旧大褂,他拨开大褂,背后是柜壁的暗格,里面放着手枪和子弹。他取下一把德国毛瑟驳壳枪,递给关雎说,你的配枪,组织批下来了。

关雎接过手枪,就像一个拿到新玩具的孩子一样,爱不释手地左右翻看起来。接着,陈汝英耐心地教关雎如何使用手枪和电台,还有一些地下工作的基本技能,他让关雎对照电台使用说明书和密码本多加练习。之后的很长一段时间,关雎都是白天设计他的大桥公寓,晚上抱着密码破译本和与战略战术相关的书籍睡着的。现在,他不仅能在三分钟内完成手枪组合,准度也几乎是百分之百。得益于关雎从小对飞镖的热爱,这让他在瞄准目标时总能淡定从容。但他并不满足于此,他迫切地希望自己能有一次实战经验,关睢总认为,只有开过枪,才算一名真正的战士。

而这天,正好在应挺办公室谈公事的蔡进军,看见阮青丝穿着时髦的酒红色复古呢大衣,婀娜地提着保温瓶进来,心里就像被人麻将截和似的,嫉妒得发疯。他用一种酸溜溜的语气说,哎哟,不得了,阮小姐亲自给我们应司令送饭呀!

警备司令部和公安局各自掌管着上海滩武装力量的半边天,表面上和气的应蔡两人,其实谁都不服谁,谁都想压过对方一头,包括女人。阮青丝这局,蔡进军输了,心里自然是不服气的。

阮青丝礼貌地笑了笑,把保温瓶放在沙发的茶几上,接着开始解她的大衣纽扣。应挺几乎是同时起身,帮阮青丝脱下大衣,挂在了门口的衣架上,然后搂过她的腰,坐在了沙发上。这让一个人坐在办公桌前的蔡进军觉得,自己就是个十足的电灯泡。但他依旧装傻,丝毫不觉尴尬地说,阮小姐向来见谁都是一脸不屑。应司令,你是怎么把这冰山美人融化的?应挺哈哈大笑,说,当然是我一颗赤诚的心啊!

蔡进军心里是不服的,他和应挺几乎是同时认识的阮青丝。要说花钱,蔡进军花得不比应挺少。只不过自己已经有了老婆,阮青丝要跟了他,只能做个小的,而应挺的老婆几年前得肺病死了,这才让他占了优势。蔡进军有些坐不住地挪了挪屁股,继续不依不饶地说,阮小姐无论什么时候都是这么美,应司令真是有福啊!我要什么时候才有这样的桃花运!

阮青丝掩着嘴笑了,说,我早听闻蔡太太上得了厅堂,下得了厨房,是蔡局长有福气才是。这让蔡进军更是痛恨自己有老婆这件事,他直勾勾地盯着阮青丝说,我们家那位老了,和阮小姐没法比。女人肯定还是十八岁的好。

蔡进军毫不避讳的言语让应挺的脸一下子变得很难看。他开始后悔自己脱下了阮青丝的外衣,让蔡进军这只豺狼把青丝曼妙的身子一览无余地看了个遍。他咳嗽一声说,蔡局长,今天就先到这里,我有消息了再通知你。蔡进军这才把眼睛收回来说,好!那不打扰二位了,我先走了!

蔡进军前脚刚出门,后脚应挺就翻了脸说,这蔡狗,敢动看上我女人的心思!

阮青丝笑了一下,打开桌上的保温瓶说,别动气。来,尝尝我给你煲的笋干老鸭汤。你最近老加班,好好补补。

应挺高兴极了,说,你亲自给我炖的呀?我真是太有福气了。说完,举起保温瓶就把鸭汤喝得一滴不剩,鸭肉也三下五除二吃得精光。他摸着肚子,打了个幸福的饱嗝,然后点了一根烟,搂过阮青丝说,饭后一支烟,快活似神仙。美人有了,烟有了,我可是比神仙还要幸福啊!

笋干老鸭汤是泻火的,这是阮青丝问了师傅特意为应挺煲的汤,她笑着说,你喜欢,我以后每天都给你做。

第三章 ｜ 羽　化

他打开信，看见熟悉的蝴蝶符号。

1

听说正月初一祈福很灵,这天,阮青丝一早来到了龙华寺。她看见许多人挤满了不大的院落,正在朝拜神灵,或是焚香弯腰,或是合手跪地,脸上无一不是宁静平和、喜悦坚定。阮青丝想,这些人信奉神灵就像她对国家的信仰一样,无法轻易改变和磨灭。她希望一切可以早些结束,有一天,她也能过上平平淡淡的普通人的生活。

阮青丝走进寺里,学习旁人的样子用心礼拜,接着拿起桌上的签筒摇了摇,随即落下一支签。签文上写着:雪花散去空自落,彼端枝头春满开。草木秋日褪绿意,大海白浪沫不改。阮青丝不解,她起身往堂后的解签处走去。此时,红隔帘打开,简姵正好从里头出来,两人擦肩而过。

阮青丝把签文递给了喻慧大师,大师皱了皱眉说,好,也不好。头两句是雪花随风飘散,尽管冬未了,但风吹彼端便是春日花满开。意为所求之事,无须急在一时,自会水到渠成。

那下文呢?阮青丝大喜说。

后两句是秋日来临,一边草木枯黄,一边白浪不改,诸事亦有阴阳面,善恶好坏相伴相随。意为万事福祸相依,心中执念切勿太深,否则作茧自缚,有杀身之祸。大师说完叹了一口气,又说,施主勿要过分折磨自己,度人先度己,有什么想不通的可以多来寺里听听禅。

阮青丝若有所思地将签文塞进随身的黑色手包,走出了寺庙。一阵冬雨在这时候悄然落下。

　　门口，几个和尚正在打扫路边的积雪和枯叶，有个年轻的小和尚手拿扫帚一直几步一回头地张望着围墙的一隅，另一个老和尚敲了敲他的脑袋问道，看什么呢？

　　小和尚条件反射地缩了缩脖子，摸着自己的脑袋说，怎么不见那几个要饭的乞丐？老和尚也张望了一下，没说话。小和尚又说，腊八的时候还看到他们了。初一来祈福的人最多，他们每年都来，今年怎么连个人影都没。

　　老和尚又敲了敲他的脑袋说，可能去别的地方了吧！下雨了，先回去吧！接着，绵长的雨越下越大，直到将上海滩的每一寸土地都冲洗得干干净净。后来，喻慧大师对小和尚说这是一场上苍赠予人间的洗礼，它在以另一种方式抹去那些无法宽恕的罪恶。小和尚听得云里雾里，他懵懂的眼睛看着庙堂外来来去去的人影，心想，那群乞丐会在哪躲雨呢？

　　让人意想不到的是，这场持续了半个多月的大雨也把阮青丝一直想要的东西冲来了，所以她开始害怕签文的下半部分也会应验。阮青丝记得那天梁茹筠风风火火地冲进阮青丝的房间，脸上挂满了雨水，喘着粗气说，应司令，有急件。

　　阮青丝正伸手让应挺欣赏新涂的红色指甲油。应挺头也没抬，依旧捧着她的纤纤玉手像鉴宝的师傅一样睁着他的那双眯眯眼，说，有多急？梁茹筠只说了两个字，应挺就腾地一下站起来冲出了房间。阮青丝的手突然就掉了下去，差点撞到椅子，懵得她好一会儿才反应回来，那两个字原来是，蓬莱。接着，她站在走廊的窗台上看见应挺同梁茹筠坐上小轿车消失在大雨中。阮青丝不知道为什么有一种莫名的预感，她打了一辆出租车很快跟了上去。

　　应挺的小轿车在蓬莱区大同大学旁的一家棉纺厂门口停下的

时候,两辆军用大卡车已经在后院仓库恭候多时。阮青丝让司机在街对面停下,她仔细看了一圈沿街的店面,最后锁定了一家全落地窗的时髦照相馆,转身走了进去。照相馆老板是个扎着小辫子的年轻人,像个留洋回来的艺术家,一听进门的旗袍美女是来拍摩登画报的,赶忙热情地将她迎上二楼挑选服装。

阮青丝挑了一套简约的白色洋装,站在二楼的落地窗前,正好看到对面的棉纺厂在棉丝一样的雨夜里,冒着升腾的蒸汽。她很满意这样绝佳的观察位置,并且笑了一下对老板说,拍一套要多久?老板看了看阮青丝精致的妆容,又从上到下好好打量了一番说,尤物啊尤物!你穿这身旗袍就挺好看的,先进来拍一张看看怎么样?阮青丝笑了一下说,好,便跟着老板走进了摄影棚。

棉纺厂孙厂长见应司令大驾光临,露出了他的金牙,说,应司令,又来给兄弟们采购军服啦?这时候,纺织工人们都齐刷刷地站起来了,机器的咔嚓声跟军步一样整齐地继续着,像是在检阅一场阅兵表演。应挺径直走向仓库,用余光扫视了一圈,说,听说大雨快要把你的棉花浸发霉了,我来帮你解决一点。梁茹筠提高嗓门又说,上次订的那批棉被没事吧?孙厂长伸手在空中压了两下,纺织工人们又齐刷刷地坐回了工位,他说,没事,就是可能有些潮。出太阳的时候晒一晒就好了。怎么好意思让应司令专程跑一趟?说完孙厂长掀开了工作仓的隔帘,来到了后院的仓库。几个纺织工人低头私语,应司令可真体恤下属。

应梁二人跟着孙厂长在仓库尽头的陈列柜前停了下来,孙厂长张望四周确定无人,按下了藏在柜底的按钮,柜后随即变出了一道铁门。这时,孙厂长看了梁茹筠一眼,梁茹筠迅速上前转动铁门的手动换向阀,门后一片漆黑。孙厂长笑了笑,把手伸进黑暗处拉了一下,一个幽暗的光点便从远及近一闪一闪地慢慢袭来。

电压有些不稳,特别是下雨天,太潮了。孙厂长说完伸手做了一个请的姿势,应挺便走下了那条通往地下的深邃又阴冷的楼梯。随即,孙厂长套上墙边的一双雨靴,跟了下去,梁茹筠则关上铁门,留在原地把守。

地下是一个一千六百多平方米的巨大防空洞,安静得能听见钨丝细微的嗞啦声,洞内的积水没过了小腿,洞壁上挂满了豆大的水珠,头顶有几处还在渗水,甚至落起了小型瀑布。应挺被落下的水珠淋湿了头,他笑着说,这就是吴承恩笔下的水帘洞吧!孙老板,你刚好也姓孙。

没办法,谁让当时建造标准低呢!孙厂长蹚着水走到一堆盖着雨布的货箱边,掀开了一角,又说,一下雨我就命人保护起来了,但是照这架势,至少还要一周雨才会停吧!

应挺打开货箱的箱盖,拿出一把德国 Kar.98b 卡宾枪,说,好家伙!中正式步枪仿的就是它。

孙厂长笑了一下说,之前为预防积水已经在箱底垫高了半米,德国货是不怕水,其他汉阳造的怕是要泡汤了。这里实在太潮了,弹药虽然不多,但受潮了,可全成哑炮了。

我们的车已经停在仓库后门,包上棉被,运一批走。应挺顿了顿又说,雨停了再想办法运回来。

二十分钟后,阮青丝坐在窗前喝老板为她泡的一杯蓝山咖啡,她远远看见仓库门口士兵们将一箱箱物资运上了卡车。阮青丝从士兵们吃力的样子判断,那肯定不是轻飘飘的棉花,而是军火。这时候,隔壁店铺老板在楼下吼,艺术家,你的车子挡着我店面了,门关不上了,来挪一下。阮青丝看见照相馆老板火急火燎地扔下收拾了一半的服装,跑下楼去挪车了。

两分钟后,老板回到二楼对阮青丝说,小姐,这照片洗出来您肯定满意。能留一张给我当海报吗?阮青丝打开珍珠手包,拿出十块钱递给老板说,底片全给我,不准留。老板接过钱遗憾地说,您这么美,不给人看真是可惜了。那您一周后来取照片吧!我下楼去了,您需要什么再叫我。阮青丝叫住了转身的老板,问,楼下的车是你的吗?老板点了点头,阮青丝又问,油加满了吗?老板说,昨天刚加的。阮青丝随即又从包里拿了一百块钱,说,车子借我一下,明天还你。我有个朋友过来,我要去车站接他,顺便带他转转。老板犹豫了一下,阮青丝随即又抽出一百块钱递给老板,你怕我撞坏你的车不成?放心,撞坏了我帮你修好。

半小时后,运货物的卡车和应挺的小轿车驶离了棉纺厂,阮青丝也开着车紧随其后。卡车后来停在了北桥区江苏边界的一片树林,树林边早有另外两辆空载卡车等候。士兵们迅速将沉甸甸的箱子换上了空车,接着,来到了佘山脚下一处地形诡异的秘密军火库。她之所以确定那就是军火库,不仅是因为有重兵把守,还因为大嗓门的应挺喊了一句:不用问都知道,这里比八十岁老太婆都干,只会走火不会出水。逗得士兵们哈哈大笑。

阮青丝站在军火库上方的山体上,走了一圈,无论从哪个角度看都完全看不见下面有什么。军火库像会隐身似的藏在三面山体的凹陷里。阮青丝仔细勘探了地形,拿出珍珠手包里的笔和纸画下了军火库的地形图,随即回到百乐门,迅速对照地图勾画出从市区到军火库的具体线路。阮青丝将佘山军火库地形图和路线图画上蝴蝶的标记,放进了信封,并将仅写有棉纺厂地下军火库地址的信件放进了手包。

春雨还是缠绵地下个没完没了。第二天清晨,阮青丝坐在出租车上看到虹口四川北路的商业街仍是一派繁华景象。她去塘沽路的叶大昌买雪姨最爱吃的北麻酥糖,又去日本街上买点礼品。临走时,阮青丝向老板借用电话,她拨通了大川内传七的座机,用日语说,姐夫,我在四川路烟酒店买了点东西,但我现在有事过不来,你有时间去拿一下。

大川内传七愣了一下说,里美?

是呀!那就麻烦你啦!阮青丝挂断电话,将手包里的信件塞进了礼盒。

那时候,阮青丝并不知道,就在烟酒店不远处的一家叫和春的日料店里,有位久违的朋友正在精心地做着一份什锦天妇罗,店里服务员亲切地唤他"横山君"。后来,阮青丝坐黄包车去了上海兰心大戏院。她以一盒北麻酥糖为报酬让一个小女孩帮她送一封信,然后,陈汝英就突然收到了陌生女孩送来的一封信。他打开信,看见熟悉的蝴蝶符号。

2

那天中午,雨停了一会儿,太阳短暂地出来打了一个照面。一缕久违的阳光射进福源寿衣店阁楼窗户的时候,陈汝英悄悄地拨通了一个电话。他说,蝴蝶来了。而此时,正在家中午睡的关雎被一个噩梦惊醒了。梦里母亲衣衫褴褛地站在家门口,浑身湿漉漉,说自己好冷好冷。关雎吓出一头汗,他魂不守舍地下楼去厨房里喝了一杯温水。他想,母亲为何会在这时托梦给他,是不是该烧些纸钱给她？这时,他看见关大千匆匆挂断电话,消失在门口的一道光影中。

关雎后来到福源寿衣店买纸钱的时候,感觉陈汝英在他身上装了跟踪器。他前脚刚踏进店铺,陈汝英就从楼上下来了。他说,你来得正好,我有事找你。陈汝英说着把关雎拉上了阁楼。关雎看见阁楼的桌子上放着一张地形图和一张路线图,上面都画着一只奇怪的蝴蝶。蝴蝶翅膀一半是美人,一半是骷髅。他正想问些什么,陈汝英就神情凝重地说,日本人要摧毁国民党在上海的军火库。这是具体位置,现在时间紧迫,我们必须赶在日本人动手之前帮助他们把军火转移,保证上海市民的安全。

关雎不可思议地说,看来国民党还是留了一手的。不然就警察总队和保安团这点人手,军火都放不满一个马厩。

军火储藏点的旁边就是学校,主要应该是枪械,可能也会有少量的弹药。一旦日本人得逞,牺牲的是我们中国同胞。陈汝英顿了顿,接着说,如果顺利完成任务,这将有助于促进国共合作,早日达成共识。

关雎拿着枪对着墙上的摩登女郎瞄了瞄,做了一个开枪的手势,同时用嘴发出嘣的枪击声,说,一定完成任务。

陈汝英说,把手枪放下,这次我们不需要露面。我已经把情报传出去了,淞沪警备司令部方面应该很快会做出应对措施。

一小时后,棉纺厂门口来了三辆货车,车上的伙计在夜幕降临前,将一箱箱藏有军火的"蚕丝被"运出了城区。而此时,长谷寿一和大川内传七正带领一队人赶往蓬莱区。大川内传七愤愤地说,奸诈的支那人,果然在市区藏了军火,随时准备应战。长谷寿一笑了一下说,没有才是不正常的。市区无法驻扎正规军,所以他们需要更多的军火来预防紧急的军事突变。这次里美干得很好。

随后,长谷寿一的车远远地在棉纺厂对街的巷子边停下。两名身材矫健的日本特务从另一辆汽车上下来,很快消失在黑漆漆的深夜里。日本特务很轻易地找到了防空洞,并发现了国民党故意留下的几箱受潮报废的军火。想到巡查的保安很快会过来,日本特务潇洒地扔下两只打火机,看着货箱越燃越旺,便放心地离开了棉纺厂。他们并不知道,火之所以燃烧得如此旺,是因为受潮的军火下面全是被调包的棉纺品。十分钟后,棉纺厂燃起了熊熊烈火,保安的叫喊声在深夜里显得特别无力。很快消防车来了,孙厂长哭天抢地地也来了,但棉纺厂已经被烧得一干二净。

第二天,报纸上棉纺厂失火的消息让日本人大喜。大川内传七将一份电报递给长谷寿一,说,这是我们截获的中方电报,这个一千多平方米的防空洞藏匿的军火数目庞大,他们这次损失非常严重。大川内传七顿了顿,又得意地说,这些愚蠢的中国人以为是下雨天潮湿漏水,加上纺织机器线路老化短路造成的火灾。他们应该想不到是我们干的,就算知道也只能吃哑巴亏。

长谷寿一正在茶台前泡一壶铁观音,心中忧虑着另一件事,他皱了皱眉说,勘探工作进行得怎么样了?

大川内传七拿出一份日军绘制的松江地图,上面写着:昭和七年摄影,参谋本部陆地测量部绘制,军事机密。他说,地图已经基本完成,只有周边山区,因为地形复杂,仍是空白。

长谷寿一倒掉杯中的第一道水,拿起杯子闻了闻,再次冲泡,他说,一定要做好保密工作。松江是连接苏浙的交通要道和军事要地,地处沪杭铁路和黄浦江两个水陆交通枢纽区。攻占松江,既可切断中国军队退路,又可南下杭州,西攻苏州、常州,直指首都南京。佘山这块尤为重要,让他们加紧勘探,尽快完成,投入印制。

大川内传七说,是!

长谷寿一将一杯茶放在大川内传七面前,说,这次里美表现得不错。下一步,命她尽快拿到上海兵力部署图。

这天下午,阮青丝心情大好地走进上海兰心大戏院的后台,陈汝英和林玄同正在练功。林玄同见阮青丝来了,马上放下单杠上的腿,像只兔子一样蹦到了她身边。阮青丝带了林玄同最爱吃的桃花酥,林玄同迫不及待地打开盒子,尝了起来。

陈汝英放下单杠上的脚,慢慢地走了过来,说,你这么惯着他,我这个师傅很难做的。他现在就总说阮姐姐好。

阮青丝笑了一下说,那就跟着我好啦!

那还是跟着我学门手艺吧! 至少以后能混口饭吃,饿不死。陈汝英顿了顿又说,你好久没来了,今天没演出,一起和玄同唱段《牡丹对课》吧! 我来给你们指导。

接着,戏院里回荡起一男一女谐趣横生的对话。男为下凡云游途经药铺的吕洞宾,女为药铺店主之女白牡丹。吕洞宾见药铺挂着"万药俱全"的招牌,借买药为名百般刁难,但白牡丹仍是对答如流,把自命不凡的吕洞宾驳得张口结舌,最后只得狼狈遁去。陈汝英在一旁听得津津有味,他说,阮小姐的这个白牡丹演得可谓惟妙惟肖,可玄同的吕洞宾怎么像是和老婆吵架的男人,一点气势都没有,太虚了! 阮青丝哈哈大笑说,玄同这是让着我,我看他在台上演过,演得可好了。阮青丝说完温柔地看着林玄同,林玄同低着头红了脸,没有说话。

这时,陈汝英说,你们练着,我有事,出去一趟。阮青丝突然想起什么,转身到手包里拿了一百块钱塞到陈汝英手里。陈汝英推了回去说,怎么能总是让阮小姐接济我们,我们唱戏有工钱的。阮青丝笑了一下说,你们那点工钱饭都吃不饱。拿着吧! 就当我向您学戏的学费。陈汝英笑了笑只好收下。

午后,陈汝英早早地在鸿怡泰茶楼二楼的窗边等待一个人。这会正是茶馆最热闹的时候,许多闲来无事的茶客都会叫盘点心和瓜子,坐着听书,一壶茶喝到没味为止。接着,一个戴着帽子、神似关公的男人在陈汝英旁边坐下,桌上还有不认识的另外两个茶客。男人压低了帽檐,小声说,这次成功帮助淞沪警备司令部转移军火库,为延安方面争取与蒋委员长的谈判又增添了一个筹码,国共合作应该很快能顺利达成。

好! 陈汝英嗑着瓜子,眼睛一直盯着台上的讲书先生,精彩之处还鼓掌喝彩。

男人又说,那个总是匿名给我们送情报的人找到了吗?

陈汝英用余光小心观察了一下周围的人说,还没有。他一般都是周六上午在福州路的生活书店传递。但这次情况紧急是让一个陌生小女孩送来的。

男人喝了口茶说,有怀疑对象吗?

陈汝英说,没有,但一定是位爱国人士。

陈汝英坐在喧闹的茶馆里,回想起他来到兰心大戏院不久后的某个清晨,突然在戏服的箱子里发现一封信,上面写着:周六上午9点、生活书店、后排书架、生物杂志。信的末尾是一只奇怪的蝴蝶。之后,只要有情报,戏院后门的墙角都会出现一只用粉笔画的白蝴蝶。陈汝英便会在周六前往书店获取情报。

而此时,阮青丝正和林玄同在戏院练功,这是她少有的为自己而活的快乐时光。阮青丝从日本回到上海后的很长一段时间,就像时钟上一颗怠工的零件，怎么也不愿动了。她始终想不明白自己到底是谁，到底为什么而活，今后又该何去何从。她活着难道只是为了给父母报仇吗？那报完仇以后呢？直到她找到林玄同，认识了陈汝英，一切才开始悄悄改变。

那时候，阮青丝时常会想，共产党到底是一个怎么样的组织？是否能给自己这样行尸走肉的人一个归属感？五年来，阮青丝就像一具没有灵魂的躯壳，是孤独和寂寞的。她在白川伊夫的安排下成为百乐门的夜姬，游走于高官权贵各色人等之间打探情报，出卖着自己的灵魂。阮青丝本想在接近应挺后，找个适当的时机投诚国民政府，成为一名双面间谍，一举清剿日方的情报机构。但当她在应挺的保险箱里看到那份走私烟草军火的交易合同后，她断了这个念想。于是，阮青丝就捉捉蝴蝶，做做标本，唱唱戏，弹弹琵琶，跳跳舞……这样浑浑噩噩地度过了很长一段时间。她想，在自己想明白之前就做一个简简单单的阮青丝。不是大仇未报的周曼君，也不是日本特务石神里美，只是一个看破红尘、只图快活的女人。

3

1937年的春天过去了，当一切安静下来的时候，阮青丝才发现自己还没去照相馆取照片。一个早晨，她不紧不慢地坐上黄包车来到照相馆。阮青丝站在门前，回头望了望烧成灰烬的棉纺厂，推开了店门。扎着小辫的老板一眼认出了她，一边转身在抽屉里找包好的相片袋，一边说，阮小姐你总算来了，这一晃都一个月过去了。阮青丝接过相片,仔细清点。老板忙说,你放心,一张也没留,全在这了。阮青丝这才安心地将相片袋塞进手包,化成一只蝴蝶,婀娜地飞出了照相馆。这时,老板才轻轻抬起压在桌面上的玻璃台板,抽出台板格子布下的一张照片,照片上正是那日穿着黑色绒面旗袍的阮青丝。

阮青丝又去光顾了四川北路的和春日料店,她夹起一块天妇罗吃了起来。这是一股熟悉的味道,她不敢确认又拿起旁边的味噌汤喝了一口。阮青丝皱了皱眉,这很像一个人的味道。她想,她大概是真的想念横山隆裕了,才会觉得这桌菜的味道这么熟悉。横山隆裕现在应该在大学里上课,他怎么会来中国呢?怎么会在上海呢?白川伊夫是不会这么心善的。何况,他真的来上海了,怎么会不找自己呢?

这天下午,应挺和梁茹筠正在苏州河沿岸马不停蹄地秘密修建一处防御工事。阮青丝拎着炖好的老鸭汤来到了淞沪警备司令部,在廊道上正巧碰到来找应司令签字的办公室秘书孙媛。孙秘书是个温柔的江南女人,她盘着清爽的发髻,礼貌地朝阮青丝点了点头说,阮小姐来找应司令呀!接着,在敲了三次应挺办公室的门后,说,应司令恐怕又出去了。

阮青丝看着孙媛乖巧讨喜的模样,笑了。她说,不是和你说了吗?没人的时候就叫我青丝姐。

孙媛鼓了鼓腮帮子,也笑了说,青丝姐。

阮青丝说,应司令最近都这么忙吗?

是呀!已经积了一堆文件没处理。孙媛捧着手中的文件,皱着眉头说唐参谋急着要应司令签字,查阅文件,这下又要挨骂了。

你们的程序未免有些死板了。盖章不行吗?阮青丝又问。

当然不行。出了问题谁都担不起这个责任。孙媛压低声音，靠近阮青丝耳边说，只有通行证一类的才能盖章。这是机密件，查阅必须要先填表格登记，经过应司令和吴市长的签字，只能在档案室阅览不能拿走。

阮青丝走出淞沪警备司令部的大门，若有所思地走在大街上。孙媛的一席话让她明白，拿到兵力部署图根本是不可能的。就算收买司令部内部人员窃取，也得不到应挺和吴铁城的签名，硬来的话，肯定会惊动国民政府。

几个月来，关雎一直是工地和交通站两头跑。鹦鹉哈尼说得最多的一句话就是，少爷，休息，休息休息。但关雎哪儿来的工夫休息。"七君子"事件爆发后，组织上一直在秘密筹备营救计划，6月11日，"七君子"案将在江苏高等法院开庭，这是他们最好的机会。

与此同时，长谷寿一对阮青丝无法得到兵力部署图的说法并不买账。他认为就算如此，阮青丝也有足够的时间利用美色策反应挺或者其他国民政府的人，为大日本帝国效力，拿出一点有价值的东西。自从军火库事件后，她一直无所作为，这令长谷寿一十分恼火。他对大川内传七说，大日本帝国从来不需要闲人，是时候提醒提醒她了。启动春蚕吧！

两天后的一个下午，阿萍提着篮子在菜场买了五斤猪肉和一些猪小肠，准备回家做香肠吃。阮青丝十分喜爱阿萍做的香肠，她说阿萍的香肠肥瘦刚好，肠衣的软硬也刚刚好，一口下去还能滋出猪油来，但一点儿也不腻口。可应挺就对香肠不太感冒，因为小时候家里穷，好不容易做了香肠放了几年都不舍得吃，等吃的时候早已发了霉，从此就倒了胃口。

阿萍拎着沉甸甸的菜篮正往回走,突然在小巷里被一个不认识的女人拦了下来。女人说要和阿萍做笔买卖,定金一条小黄鱼,事成之后还有一条。阿萍起初对这样的天降之财感到怀疑,她说,我一个做保姆的,只会扫扫地煮煮饭,哪儿值一条小黄鱼。女人笑得很温柔,她说,应司令家的什么都值钱,就算是茅坑里的屎也比别人家的肥。阿萍觉得女人有些莫名其妙,她正准备离开,被女人一把拽住。女人将一块玉佩塞进阿萍的上衣口袋,说,把它藏在一个应司令不可能找到,但阮青丝一定能找到的地方。不能太快被找到,也不能永远找不到。阿萍不耐烦地白了女人一眼,准备伸手把兜里的东西还给女人,说,我做不到。女人一下按住了阿萍口袋里的手,她掀开阿萍的菜篮瞅了瞅,问,应司令爱吃香肠吗?阿萍愣了一下,说,是阮小姐爱吃。女人继续问,司令不吃吗?阿萍摇了摇头说,司令从来不吃。女人这时候把菜篮上的花布盖了回去,放开按住阿萍的右手,转了转眼珠,突然笑了。接着,女人在阿萍耳边窃窃私语些什么。最后,女人从镶满水晶的包包里拿出一条小黄鱼递给了阿萍,女人微笑着说,你老公在老家瘫着,儿子还要上学,一个人出来赚钱挺不容易的。拿着吧!

一个冬日的午后,阳光温暖地照在阮青丝的脸上,她正在窗边,对照着鬼美人标本,做一只蝴蝶形状的半脸面具。她在面具的黑色底纹上,一半画上了恐怖的骷髅,一半画上了美人的侧影。接着,她戴起面具在镜子前照了照,十分满意地露出了一个微笑。阮青丝并不担心日本人的暴怒,她手中还有筹码。之前她只交出了棉纺厂地下防空洞的军火库地图,她手上还有一份佘山军火库的地图。她只是还没有想好怎么和日本人博弈,因为她现在有更重要的事。

阮青丝将面具和一张盖有应挺公章的听审团通行证收进了整理好的行李箱,再将鬼美人标本小心放回储藏室的法式陈列柜中。随后,她拨通了应挺办公室的电话。接电话的孙媛告诉她,应司令不在。阮青丝只好让孙媛帮忙转达自己要去龙华寺祈福几日。

阮青丝后来踏上了一列开往苏州的火车,同样在这列火车上的还有关雎。他一改西装革履的打扮,换上了一身朴素的大褂,在阮青丝的后一节车厢里一路睡到了目的地。

而这天下午,简娲自称是应挺老家的朋友,正在淞沪警备司令部喝着孙媛泡的一杯焦糖拿铁。十五分钟后,咖啡已经见底,可应挺还没回来。

简娲和一旁的孙媛打趣道,小孙,你以后可别找当官的,忙得连人影都见不着。

应司令这段时间是比较忙,不过他再忙也会抽空去看阮小姐。孙媛小声在简娲耳边说,你还不知道吧!他已经向阮小姐求婚了。

是吗?简娲笑了笑说,阮小姐可是上海滩男人的梦中情人,才貌双全。不是我们这般普通人能比的。我呀,平日里只会念念经打发时间,没什么情趣,男人怎么会喜欢。

您也信佛呀!阮小姐今天刚去龙华寺。孙媛说完这话就后悔了,她答应给阮青丝保密的,竟不知不觉说漏了嘴。

哦?那下次可以约着一起去。简娲起身拍了拍裙衫褶皱,拿起沙发上的白色貂皮大衣,说,我先走了。等应司令回来了,麻烦务必转告他,我有笔买卖要找他谈。

阮青丝和关雎对苏州的印象其实是模糊的,因为傍晚下车的时候,苏州城已经被盖上了一块安静的黑布。他们风尘仆仆地提着沉重的行李,各自在江苏省高等法院南街的复兴客栈和北街的同福客栈安顿下来。两间客栈正巧隔着四层楼高的法院,谁也见不着谁。

同福客栈的关雎躺在狭窄的木板床上,来来回回换了好几个姿势都找不到一个合适的睡姿,这和家里软绵绵的席梦思实在没法比。于是,他坐起身子,打开皮箱,开始组装藏在箱子隔层里的两把德国毛瑟驳壳枪。关雎将子弹上膛,把手枪调成了单发。然后,对着墙上的摩登女郎试瞄了几次。而复兴客栈的阮青丝刚冲完一个舒服的热水澡,正用毛巾擦着湿漉漉的长发走出浴室。她打开行李箱,掏出裹在衣服里的两颗迷烟弹,放进一顶漂亮的毛呢帽里,举在头顶比了比,又放在傲人的胸部比了比,好像都不太合适。她最后决定用围巾将两颗迷烟弹包着,放在随身的圆形挎包里。

这时候,一抹淡淡的月光从天上洒了下来,温柔地在床边泛起波纹。阮青丝和关雎抬起头,同时看到了窗外异乡的一轮明月。他们各怀心事地想着些什么,平静地等待着黎明的到来。

4

第二天清晨,阮青丝掀开窗帘,看见江苏省高等法院在淡蓝色的天幕下,安静肃穆地耸立着。她拿出行李箱里的相机、笔记本、钢笔和一把刻有樱花图案的蝴蝶刀,并排放好。接着,脱下性感的睡衣,换上了一套干练的女式马甲西装和毛呢风衣。她坐在窗前,慢条斯理地化了一个精致又清爽的妆,然后,背上挎包来到街边的早点摊吃了一碗热腾腾的阳春面。

阮青丝今天扮演的是一名从上海过来的听审记者。上午9点，江苏省高等法院即将召开"七君子"被捕后的第一次开庭审讯。"七君子"原本被关在上海的龙华监狱，但因为事情的发酵引起了全国范围的抗议，国民政府高层为压制民众，以防各组织的营救和暴乱，于是转交给了苏州第三监狱收监。

早上8点半，江苏省高等法院门口已经围满了各大报社的记者、社会各界的爱国人士和前来旁听的政府工作人员。这时候，关雎才穿着那身朴素的大褂，提着皮箱走出客栈。他在路边的饼摊顺了一只刚出炉的干菜饼，摊主正要发作叫嚷，一块大洋呈抛物线响亮地掉落在了黑漆漆的铁桶上。关雎把步子踩得轻快，好像一个匆匆赶路的旅客。他躲进法院后门的小巷，换上事先放在行李箱里的保安制服，然后将箱子藏进了路边的竹篓里。接着，他操着一口流利的吴侬软语混进了法院门口维护秩序的保安队，站成了一堵人肉围墙。

随后，押送"七君子"的囚车驶到了法院门口，等候的人们瞬间喊起了"救国无罪，释放'七君子'！"的口号。人流跟着车辆一同缓缓涌动，直到囚车驶到大楼前的空地才停下。伴随着高频的相机咔嚓声和刺眼的闪光灯，"七君子"陆续下车，昂首走进了庭审大厅。大部分没有旁听证的记者和爱国人士都被关雎和保安们挡在了门外。这时候，阮青丝挤过人群，用她的旁听证顺利进入了会场，并在旁听席最后一排靠门的位置坐下。

法槌声响，庭审开始。法庭上，沈钧儒等人始终坚持抗日救国的立场；双方律师手持证词，唾沫横飞，争辩得面红耳赤；旁听席此起彼伏的抗议声援和记者的尖锐问题让法官的头顶冒出了一层又一层的虚汗。法槌声再次响起，法官宣布休庭十五分钟后再讨论，随后离开了审讯席。"七君子"也被两名法警带到了候审室。

阮青丝来到洗手间，洗了个手，漫不经心地照了照妆容，接着便开始四处窥探起来。很快，她在走廊的另一侧找到了两名正在候审室门口吞云吐雾的法警。这是全程警力最放松的时刻，也是救人的最好时机。阮青丝躲在墙后，随即掏出了包里的两颗迷烟弹，放在地上轻轻滚了过去。一分钟后，两名法警像面条一样软在了地上。阮青丝迅速戴上她的蝴蝶面具，捂着围巾，从法警身上拿到了手铐钥匙，溜进了候审室。

候审室里的沈钧儒等人显然被阮青丝的出现给吓到了。阮青丝没有过多解释，她一边迅速地为他们解开手铐，一边说，我是来救你们的，捂好鼻子，跟我走。沈钧儒揉了揉手腕，仍然坐在椅子上，没有离开的意思，他问，你是什么人？阮青丝随即用围巾强行捂住沈钧儒的嘴巴和鼻子，她说，没时间解释了！出去再说！

就在这时，前来营救"七君子"的关雎看到候审室门口晕倒的法警。他迅速破门而入，看见神秘打扮的阮青丝正捂着沈钧儒的嘴。他的第一反应是，日本人或者伪政府派来的杀手要迫害"七君子"。于是，关雎掏出腰间的手枪，和沈钧儒说了同样的话，你是什么人？阮青丝见关雎身着保安服，心想营救行动已被国民政府发现。她拉起身旁的沈钧儒，把他猛地推向了关雎，然后迅速抬起她的大长腿，踢掉了关雎手中的枪。关雎下意识地抱住沈钧儒，向后倒了几步才倚门站稳。此时，阮青丝正弯腰准备捡起地上的手枪。关雎猛地跨步向前，一脚踹向阮青丝。阮青丝抬手挡住了，但因强烈的冲击力，身体后仰倒坐在地。她随即掏出了袖子里的蝴蝶刀，朝关雎的脖子划去。关雎瞥见了刀面上刻的日本樱花图案，更加肯定了自己的猜测,但这半秒的思考,差点让他的脖子开了口子。好在及时的一个侧身躲闪,只让刀锋划落了他领口那颗青天白日的纽扣。

接着,阮青丝转头看了眼墙上的挂钟,时间所剩不多,忙对沈钧儒说,快!话毕,她的右腿好似一把锋利的斧头,又朝关雎正面砍去。一旁的沈钧儒正满头大汗地帮助其他六人解手铐。关雎一把抱住阮青丝的大长腿,被逼到了墙角,同时,锋利的刀锋飞快地再次向他的颈部划来。关雎把头歪向另一侧,用力抵住了阮青丝握着蝴蝶刀的右手,他感受到自己的脸颊上正袭来一波又一波热浪般的呼吸,他还闻到了女人身上一股独特的淡淡的清香。如果不是有武器威胁着自己,关雎甚至怀疑,面前这个女人是在强吻他。

透过诡异的黑色蝴蝶面具,关雎看到了一双犀利又尖锐的眼睛正注视着自己,那种笃定像是野兽狩猎时对夺食同类的一种警告,并不带有杀伤性。加上刚才阮青丝对沈钧儒说的话,关雎心中不由得再次升起了怀疑,他很不客气地又问,你到底是谁?

有人劫庭!犯人逃跑了!

此时,走廊上传来了保安和法警的叫喊声。阮青丝只好无奈地放下压在墙上的右腿,在半空中朝关雎的裆下给了一脚,然后拿起桌上的围巾,离开了候审室。接着,走廊里急促的军靴声兵分两路,一路追向逃跑的营救者,一路冲进了候审室。

警察在候审室门口看到蹲在地上嗷嗷乱叫的关雎。他们慌张地拿着警棍一边让沈钧儒等人回到凳子上坐好,清点人数,一边询问关雎刚才发生的情况。

还好还好,一个没少。带头的保安队长松了一口气,又问关雎,看到人了吗?长什么样?

关雎依旧蹲在地上,他抬起眼皮,看了看沈钧儒。沈钧儒正用一种充满内涵的眼神望着自己。于是,他仰头说,中年男人,有胡子,戴眼镜。

接着,保安队长对身后的警察说,所有符合特征的男人都给我带过来。还有,让二队赶紧进来,守住走廊两端的路口和庭审大厅的各个门口。

此时,淞沪警备司令部副司令办公室里的应挺和简姬刚刚结束了一段十分不愉快的对话。两人面面相觑了很久,都在打量着彼此的心思,等待对方先开口。

简姬从包里拿出了一只红木锦盒,摆在桌上打开,里面放着一封沾着血迹的信。她微笑着说,为表诚意,事成之后,您将得到黑市悬赏了五年都没找到的那份中共地下党潜伏名单。

应挺的一双细眼狠狠地盯着简姬,没有说话。简姬依旧微笑着,她的笑就像一把无声的刀,看不见鲜血,但刀光一直在应挺的眼前晃动着。应挺觉得这个女人并非表面看起来这般无害和柔弱。简姬继续说道,您先听我帮您来算算这笔买卖。首先,这件事不会有人知道,档案室的兵力部署图并没有借阅或者丢失,您只是把刻在脑子里的图画出来而已;其次,如果日本人成功占领了上海,那您也为自己留条后路,如果日本人失败了,您还是党国的好司令;再次,这份名单不仅能帮您挖出一批上海的地下党,为国民政府清理门户,还能帮您升官发财。这笔买卖怎么算,您都没有损失。

应挺说,没损失?这可是卖国!

这时候,简姬睁着一双无辜的大眼睛,愣愣地看了应挺很久,说,这国是大家。但是,没有小家哪来的大家。您说呢?

应挺眯了眯眼说,你什么意思?

简姬掩着兰花指又笑了一下说,听说应司令已经向阮小姐求婚了,就是不知道应司令有没有这个福气啊! 阮小姐可是上海滩男人梦中的女神,那可是男人爱、女人恨的呀!

应挺死死地盯着简姬,抬高声音说,你想干什么?

简姬微笑着说,想和您合作。

应挺愤怒地说,少在这威胁我,还敢和我这样说话? 梁副官,送客!

简姬将锦盒收进手包,留下了一个电话,走到门口又转头微笑着对应挺说,不用送! 不过我们一定还会见。下次,可就是您求着要见我了。

应挺站在窗口看到楼下简姬离去的背影,越发觉得她像朵在风中摇曳的白色罂粟。突然,应挺想起了些什么,转身拨通了百乐门的电话,雪姨告诉他,阮青丝出门去了。于是,应挺便借口最近有土匪横行,专门劫财劫色,嘱咐雪姨这两天别让阮青丝出门。

而此时,阿萍正从银行汇完款出来,她把那天女人给的小黄鱼换成了大洋,汇回了老家。阿萍快步走在大街上,突然,一双手捂住了她的嘴,将她拉进了小巷。那双手在将阿萍带到小巷后,很快松开了,她转头看见了那天给她小黄鱼的女人。女人温柔地说,办好了吗? 阿萍拍了拍胸口说,吓死我了。接着,缓了口气又说,办好了。可是阮小姐最近都没过来。这时候,女人轻轻地笑了一下,小步上前说,这样的话,那你要再帮我办一件事,剩下的一条小黄鱼才能给你。阿萍问,什么事? 女人微笑着说,你得跟我回趟家。女人说完转身准备离去,阿萍仍抱着布匹愣在原地一动不动。女人回过头,微笑着轻轻挽过阿萍的手,走出了小巷。

阿萍后来跟着女人来到了一栋漂亮的西式洋房,其气派丝毫不逊色于应公馆。阿萍问,这是哪?女人笑了笑说,这是我家。说着便推门走了进去。阿萍发现偌大的别墅空无一人,她站在门口惴惴不安地观察屋里的装饰。客厅高高的花架上放着聚宝盆,背景墙上挂着一幅红运图,两侧是对称的春夏秋冬四条屏,皆出自大家之手。阿萍猜,这家的主人应该是经商的。

家里没人。我们上楼说吧!女人说完微笑着向阿萍伸出了手。

此时,阿萍心中充满了疑惑。这样的有钱人家什么事办不到,为什么要找她做那样荒唐的事情?难道是和应公馆有过节?但她回过来想,这样的有钱人也不至于对自己这种蝼蚁做什么。阿萍看着女人一双无辜的大眼睛,然后,小心翼翼地将手放在了女人的掌心。

5

这天中午,应挺正在沙发上睡觉,梁茹筠突然冲进办公室,吓得应挺一屁股坐起,以迅雷不及掩耳之势掏出了腰间的手枪,指向门口。应挺因为赶修建防御工事的工期,又熬了好几个通宵。他顶着沉重的脑袋,晃了两下,才看清闯进来的是自己的手下。于是,他放下枪,舒了一口气,瘫在沙发上捏了捏紧绷的眉心,恼怒地说,什么事?不敲门就冲进来?

梁茹筠喘了一口气,说,我刚去应公馆取文件,发现大门敞开,阿萍不见踪影,大厅的桌子上放着一只泡着女人手的瓶子。

女人的手?应挺反应了两秒,随即冲出了办公室说,走!马上回去!

　　梁茹筠还未将车在应公馆的平地上完全停稳,应挺的一只脚就迈出了后座的车门,冲了出去。他极力压制着自己的情绪,但眉宇间全是焦虑和失措。洋楼的大门是敞开的,司机董师傅正站在门口,阳光把他原本就瘦长的身影拉得更加细长。接着,应挺便看见了放在桌上的一只密封玻璃瓶,玻璃瓶上扎着一个大红色的蝴蝶结,里面泡着一只女人的手。应挺觉得那红色的蝴蝶结尤为显眼,像是一种庆祝或是警告。当他轻轻拉开红色丝带的瞬间,看见了一只涂着红色指甲的右手,已被泡得肿胀。应挺认得手上的红指甲,这是阮青丝最喜欢的颜色。她曾在一个阳光明媚的早晨,将她精心涂好的指甲拿给自己欣赏。

　　应挺无力地瘫倒在客厅的沙发上,感觉全身乏力,身体就像跌入无底洞般不断下沉,头顶的天花板也跟着摇摇欲坠起来。时间仿佛静止了一般,应挺呆坐在沙发上,一言不发。梁茹筠和董师傅低垂着头,连呼吸都战战兢兢。应挺怎么也想不到,那个看上去文文弱弱、说话软绵绵的女人竟然真敢在他的地盘上造次。心脏的急速跳转和晕眩感让他在那一秒觉得这好像就是一场梦境。他捏紧拳头,重重地敲打在桌面上。过了很久,应挺才如梦初醒般地从沙发上站了起来,拨通了一个号码,但电话那头始终无人接听。

　　此时,关府客厅的座机正丁铃铃作响,小翠来不及清洗满是面粉的手,急忙跑出厨房,在围裙上快速抹了抹,准备拿起话筒,却被简娴拦住了。

　　简娴手中拿着经书,不紧不慢地说,今天不管谁来电话都不准接。

　　小翠不解,问,万一是老爷的呢?

老爷出差去了,下周回来。准是来催账的。简妩一边朝楼上走去一边说,院子里太冷了,我回屋里去念会经。

而此时,江苏省高等法院的走廊里,回荡着响亮的军靴声。阮青丝已经摘下面具,重新绕回了洗手间。她正对着镜子抹一支奶茶色的口红。镜子里,追捕的警察们在她身后匆匆而过。接着,阮青丝淡定地走进庭审大厅,坐回了自己的座位。一分钟后,她紧绷地直起了腰,只见"七君子"正在两名新法警的带领下回到被告席。阮青丝缓缓握紧了腰间的挎包,听见法槌再次被敲响。主审法官宣判,合议庭对证据有疑问,决定休庭两日后再审。阮青丝瞬间松开了手,整个人也跟着软了下来。

阮青丝后来被拥挤的人流重新推挤到了大楼前的空地上,相机的咔嚓声和高亢的口号声一直回荡在法院上空。这时,她在人群中看到一个逆向而行的身影,偷偷溜向了后门。阮青丝认得他,就是那个与她搏斗的保安。于是,她跟了上去。但人影很快消失在附近的小巷里,路边只留下一只正晃动着的竹篓。男人的身份引起了阮青丝的怀疑。

接下来的时间只有等待。这个惬意的下午,阮青丝再次走出复兴客栈的时候,穿的是一身墨绿色旗袍和黑色中式长款大衣,玫瑰色的口红衬得她白皙的皮肤更加白里透红,波纹头搭配精致的珍珠首饰,就像是要去参加一场久违的约会。

阮青丝撑着伞,在雨中看到许多白墙黑瓦的建筑在眼前像水墨画一样铺开。这和繁华喧嚣的上海滩比起来,像是另外一个世界。阮青丝早听闻苏州的美景宛如仙境,但当期许已久的美景就在眼前,她却并不感到狂热惊喜,因为这一切来得太安静。

阮青丝后来偷偷溜进了一座荒废已久的叫耦园的宅院。宅院三面环水,只有一条小路与外界相连,正门对着三丈高的城墙,是一个"一去红尘三十里,白云黄叶共悠悠"的隐世之地。阮青丝想,宅院的主人大概是个怀才不遇的文人雅士。

随后,慌忙避雨的关雎,因为误入了耦园门前这条有去无回的小路,最终只好在耦园窄小的屋檐前停了下来。他看见布满蛛丝的院门已经被人推开,便走了进去。耦园的东花园是一座又一座高拔峻挺的黄石假山,好像一群窃窃私语的书客,在诉说着耦园的秘密。阮青丝穿过樨廊,看到东院的白墙上刻着"耦园住佳偶,城曲筑诗城"。她一下明白了,这里住的原来是一对不谙世事的神仙眷侣。她随手折了一支墙边的蜡梅闻了闻,走进一旁的城曲草堂。堂内简陋的家具和书画装饰无不透露出主人的宁静淡泊和书生气。

而此时,关雎正穿梭在西院的筠廊之间,他看到西花园里的湖石假山小巧玲珑,峰峦绝壁、山洞磴道一应俱全。织帘老屋、书楼、鹤寿亭……在绵长的风雨中有了一股更加诗意的气息。这让他想到了很多年前,宅院的主人摒弃世间纷扰,在这里与爱人诗酒联欢、吟风诵月的岁月。

阮青丝之后也去了西院。她发现这座叫耦园的宅院简直是巧夺天工的神作。宅院不仅东西对称,东西花园的湖石假山遥遥相对,就连双照楼、听橹楼之间,吾爱亭、望月亭之间也是两两呼应,或东西、或南北、或上下、或明暗、或高低等不一而足。在"以楼环园,以水环楼"的布局下,无处不暗合着"偶"之深义。她想,这对充满了生活情趣的夫妻一定凤友鸾谐,十分相爱。

关雎在阮青丝离开宅院后,在还砚斋的书案上看见了那支被折下的蜡梅。他跑到屋外一边喊着"有人吗?",一边四处张望。这时候,雨渐渐停了下来。关雎关上那扇用竹片拼制髹漆而成的破败的院门,重新回到了小新桥巷。天色已经灰暗下来,他打算找个酒楼,好好尝尝苏州的桥酒和东坡肉。

凌晨,应挺在一阵急促的电话铃声中惊醒。他不知怎么地竟敞着大门,在客厅的沙发上睡着了。他慌忙接起电话,听到了简姵不紧不慢的声音,她说,应司令,我送你的礼物收到了吧!

应挺强忍着不好发作,压着火气说,放了青丝。

简姵轻声笑道,我啊,看见阮小姐涂的红指甲实在太好看了。于是自己也试着涂了涂,但是不管我怎么涂都没她好看。后来啊,我才发现,原来是她的手好看。

应挺犹如五雷轰顶,怒吼道,你信不信我现在就让你死。简姵丝毫不为所动,发出了一阵又一阵风铃般的笑声。应挺感到背脊发凉,他说,我要见你。

简姵这时候停了下来说,我还有好多东西要和阮小姐学呢!学唱戏,学跳舞,学怎么做个楚楚动人的女人,讨男人欢心。我真是太忙了,没空见您。说完便挂断了电话。

应挺听着嘟嘟嘟的忙音,再次有了白天跌入无底洞般的失重感。他蹒跚地走上二楼书房,扯下墙上的上海市地图,摊在书桌上,用钢笔涂抹起来。

此时,远在苏州的阮青丝正在茶馆里喝着碧螺春,听着苏州评弹《枫桥夜泊》。酒足饭饱的关雎就坐在她楼上,嗑着瓜子,享受地摇着脑袋。阮青丝想起了她的婺剧师傅陈汝英,她想自己一连大半年没和他对戏了,这次回去一定要找他好好切磋切磋。

深夜,偌大的关府回荡着时钟的摇摆声,滴答滴答,好像在同谁说着悄悄话。这时候,三太太的房门门柄转动了,在昏暗的电筒白光下,光着脚的简姵走上废弃已久的阁楼。她轻轻地推开门,拉开了吊灯。阿萍从刺眼的灯光中惊恐地醒了过来。阿萍的嘴里被塞了布，手和脚也被绑在一起，满脸疲惫无力，像是在夏日赛跑后流了一场大汗。

简姆微笑着走到阿萍身后，阿萍被砍了右手，胳膊鲜血淋漓。简姆蹲下身，做出了一脸痛苦的模样，问道，疼吗？阿萍挣扎着一直向后躲闪。简姆依旧微笑着，她缓缓起身，踩着轻快而优雅的华尔兹舞步，拿起了桌上那把沾满血迹的剁肉刀。接着，简姆像一位严谨的艺术家，用抹布仔细地擦拭着刀刃，同时，她纤细曼妙的腰线在圆舞曲的浪漫音律下摇摆起来。这是刻在简姆心里的音乐，不用打开留声机她就能听见。

手脚被困的阿萍试图逃跑，但最终还是精疲力竭地倒在地上。她看见简姆举着一支针管，微笑着朝她走来。阿萍后来在一针麻醉剂中沉沉地睡着了，而简姆则在月光下欣赏着一根浸泡在福尔马林里的舌头。她想，这真是一件有意思的艺术品，多像一条遨游大海的粉色彩裙鱼。

这晚，简姆做了一个难得的美梦。当她起床拉开窗帘的时候，看见了已在关府门外大街上等待多时的应挺。简姆笑了一下，如往常一样开始洗漱、打扮、用餐、念经打坐。等这些都忙完的时候，已经两个钟头过去，屋外下起了绵绵细雨。

几分钟后，靠在梧桐树下抽烟的应挺终于看见简姆撑着一把蕾丝洋伞走出了关府。他慌忙扔掉手中的香烟，拉了拉自己的衣襟，低头练习了两遍微笑。然后，抬头露出了一个和善的笑容。简姆站在离应挺半尺远的地方，将直立的伞柄轻轻斜搭在了自己的肩上，温柔地微笑着，没有说话。接着，应挺解开军服上衣的纽扣，掏出了一个档案袋。他咬着牙，强忍着心中的怒火说，关太太，您要的东西我给您带来了。希望您能让我在元旦吃个团圆饭。

几个小时前,梁茹筠查到了简娴的真实身份。他告诉应挺,简娴是上海滩金融大亨关大千的三太太,她原是富家女,母亲早逝,父亲经商失败而家道中落,将她卖到东北给人做小老婆,此后的履历便是一片空白。

简娴笑了笑,接过应挺手中的档案袋说,做生意,最重要的就是诚信。我得先验验货。

应挺说,什么意思?

简娴冷笑了一下,说,回去等消息吧!东西没问题,我自然会放人。

应挺说,你和日本人勾结,就不怕我告诉你家老爷?

简娴突然掩面笑了起来说,他不会知道的。因为我知道,应司令很爱阮小姐,不是吗?

应挺恨不得将简娴立马碎尸万段,但他现在只能忍。他望着简娴踩着曼妙的舞步回到关府,好像是电影里一帧帧拼凑出来的片段,突然有了一种不真实的感觉。

6

经历了一次劫狱事件后的江苏省高等法院加强了重重警备。原本护卫囚车的两辆警车,变成了四辆。从囚车到达,到进入法庭,再到候审等待,都是无缝衔接,重兵把守,连只苍蝇都飞不进去。这一切早在阮青丝的预料之中。现在,她穿着粗布棉服,一身农家女的打扮,正推着送饭的推车和饭店老板一起走进了法院的后门。

关雎这天穿着一身保安团的制服,大摇大摆地走进法院。他和十几个警察站在囚车两米开外的地方,围成了一个长方形的安全区。五分钟前,法院的第二次审讯刚刚结束。从里头出来的警察告诉他们,"七君子"依然以"危害民国""宣传与三民主义不相容之主义"的罪名保持原判。午饭后,就马上押送回苏州第三监狱。

此时,站在囚车车尾的关雎偷偷取下了藏在袖中的飞镖针头,放在食指和中指之间。接着,他回头望了一眼囚车的右后轮,背手用力一弹。针头稳稳地扎在了轮胎的齿轮上。

法院门口的秩序在宣判消息流出的那一刻已经混乱了。愤怒的市民们朝警察和士兵扔着白菜和鸡蛋,爱国人士高举横幅大喊:爱国获罪,令人发指! 门外的人群一次又一次猛烈地撞击着法院的护栏,这时,保安团的抵抗显然微不足道。

不吃饭了。上面下令现在就押犯人回去。再这样下去要失控了。保安团三队队长匆匆赶来对守卫囚车的队员说,你们守好了,二队马上就把犯人押过来了。

随即,"七君子"被押上了车。士兵坐进驾驶室发动引擎,刚踩油门,车子就咕咚一声,猛地晃了晃,陷了下去。站在一旁的警察连忙喊道,车胎漏气了。

这时候,关雎上前说,我会修车,我来看看。他走到轮胎前假装仔细检查,趁机拔下那枚针头,藏进了衣袖。接着,他又说,应该是在来的路上被锋利的石子戳破了。没事,法院里应该有囚车,我们可以先用他们的车把人押回去。

几分钟后,赶去法院车库开车的士兵喘着粗气回来了。他说,车子的油箱漏了。没油开不了。

真他娘的倒霉。那现在怎么办？三队队长生气地说。

关雎在心里偷笑。只有他知道这一切是怎么回事，因为油箱是昨天晚上他特意溜进车库弄坏的。他咳嗽了一声说，囚车的车型是一样的，可以把它的轮胎换过来。

对对对！聪明！你会换轮胎吗？三队队长问。

离开汽修厂后，好久没换过了，有些手生。我试试吧！关雎为难地说。

那大家还是先吃饭吧！等这个小兄弟把轮胎换好了，我们再上路。

等一下！此时，阮青丝和送饭的饭店老板正推着装满饭菜的推车走到法院后门，一个保安叫住了他们。他说，囚车出了点问题，要修一会儿。饭菜还是留下吧！

正愁这一车饭菜无处消耗的老板高兴地拍了拍阮青丝的肩膀说，快！掉头！接着，二人推着车重新回到了法院大楼东侧的平地上。

我去叫他们过来。保安说。

官爷，我和您一块去。饭店老板小跑着跟上保安，很快消失在了走廊的尽头。

阮青丝一看四周无人，悄悄拿出了藏在腰间的几包泻药撒进饭菜里，并快速搅拌。她想，如果顺利的话，十五分钟后，警察和士兵会因为腹泻而失去战斗能力。虽然"七君子"也会中招，但她只要努力把他们送到法院后门的小巷子里，便会有车子来接应他们。

你在干吗！关雎刚从电工房借到卸轮胎的扳手，一走出来，就远远看见了女人鬼鬼祟祟的背影。

阮青丝头也不回地扔下推车,慌忙跑出了法院后门。关雎本来是想追上去的,但此时,前来吃饭的警察和士兵已经陆陆续续地走过来。关雎便问带头的士兵,这饭是给谁吃的。士兵说,警察和犯人。关雎猜测,一定是上次行凶失败的日本特务又来投毒谋害"七君子"。便说,饭菜里有毒,不能吃。接着,三队队长瞪大了眼睛说,他娘的,我就觉得今天不对劲! 原来是有人在搞鬼! 看我不弄死他! 说完,他就带着一队人马和关雎一起冲出了法院。

警察很快包围了法院后门附近的两条小巷,但是十分钟过去了,仍旧一无所获。这时候,三队队长突然猛地一拍脑门说,不好! 可能是调虎离山! 收队! 马上用警车押送他们回监狱。

而此时,小翠正心神不宁地跟着三太太简姵在市场里采购去龙华寺施粥的食材。这几日,她半夜在家中总是听到奇怪的声响,好像是女人的求救声,这让她不禁觉得家里是不是闹鬼了。简姵笑小翠想多了,真有女鬼,那也是梅馥,没什么好怕的。

深夜,小翠正准备休息,听见楼上又传来了模糊的叫唤声。小翠探头探脑地朝楼上走去,她本想找简姵帮忙,却听见书房传来奇怪的声音。于是,她决定推开门一探究竟,却看见黑暗处站着一个长发女人,叫着救命……吓得小翠尖叫跺脚,差点晕了过去。女人连忙打开台灯说,小翠,是我。这时,小翠才看清长发女人原来是简姵,她的手臂上停着哈尼,小家伙扑腾着翅膀不停地叫唤着。小翠拍了拍胸口,生气地拍了拍哈尼的脑袋说,原来是你呀! 跟着少爷不学好。逗得简姵哈哈大笑。

深夜,五十公里外的佘山脚下,刺眼的白色光柱像一把长剑,将万籁俱寂的芦苇荡劈成了两段。行驶的小轿车里正放着一首欢快的《斯布卡罗集市》,简姵一手握着方向盘,一手跟着旋律在空中舞蹈,像是在弹钢琴。几分钟前,她刚去了月湖下游的一口河塘,给养殖在那里的螃蟹送上了一份五十公斤的豪华晚餐。在咕咚的沉闷落水声中,她相信明年的螃蟹一定会肥美可人。

　　第二天清晨,雨淅淅沥沥地下着,如同阮青丝低落的心情。她透过模糊的车窗,看着站台上熙熙攘攘的人影发着呆。几分钟后,火车像一条从泥土里冒出来透气的蚯蚓,慢慢蠕动起来。列车员拉动车门把手准备关门。

　　这时候,关雎穿着大褂提着皮箱风风火火地冲了上来。他摘下头顶的帽子,掸了掸身上的雨水,开始张望车厢的空位。阮青丝一眼就认出了这个男人,他是候审室里坏了她好事的保安。他为什么会出现在这里?难道他是共产党或者其他进步人士派来营救"七君子"的特工?阮青丝心里一阵窝火。管他是谁,要是没有他的出现,自己早把"七君子"救出来了。

　　正当阮青丝气得牙痒痒的时候,邻座大叔脚边写着生石灰的白色编织袋引起了她的注意。她望了望车厢前面的厕所,又回头望了望关雎。关雎坐在车厢末尾,离他不远的连接通道里,一个男人倚着窗户睡着了,他五岁的儿子正拿着一串糖葫芦在通道旁嬉闹。阮青丝突然笑了起来,她有了一个好主意。

　　阮青丝戴上她的黑色宽边毛呢礼帽,走上前递给男孩两块大洋,说,小家伙,帮姐姐办件事好吗?接着在男孩耳边小声嘀咕起来。十分钟后,关雎骂骂咧咧地从车厢末尾走了上来。他的大褂上粘满了厚厚的冰糖,准备去厕所清洗。这时,阮青丝也猛地从座位上站了起来,抢在关雎前面,走进了厕所。

　　关雎在厕所门口等了很久,阮青丝才压着帽子从里面走出来。

等关雎再出来的时候,身上就不只是冰糖了,还有尿渍和一些褐色物质。他哭丧着脸,一手捂着鼻子,一手翘着兰花指,小心翼翼地提着衣角穿过车厢,遭到了所有乘客的嫌弃和鄙视。邻座的大妈站起身来抗议道,小伙子别坐回来了,这味道太重了。你去后面的通道吧! 男孩也捂着鼻子嘲笑他,你掉屎坑里啦? 臭死啦! 臭死啦!

还不是因为你这个捣蛋鬼! 关雎瞪着眼睛,假装要打男孩的屁股。

这时候,孩子的父亲醒了过来,见关雎要打自己的孩子,忙吼道,你要干什么! 你站远点!

男孩得意地朝他吐着舌头,做起了鬼脸。

有这么臭吗? 关雎生无可恋地蹲在原地,难过地呻吟起来。

傍晚,下起了倾盆大雨,应挺从司令部回到应公馆的时候,看见花园里争奇斗艳的山茶花,突然感到一阵凄凉与落寞。洋楼的大门敞开着,他拖着疲惫又潮湿的身体走进大厅,竟看见阮青丝正完好无损地坐在沙发上看报纸。应挺一时间不敢相信自己的眼睛,一下子愣住了。过了好久,他才冲上前紧紧地抱住阮青丝,心中满是失而复得的喜悦,说,你没事真是太好了!

阮青丝被应挺的反应吓到了,她有些透不过气地说,怎么了? 我就去龙华寺祈个福,能出什么事。

应挺说,你原来是去龙华寺了?

是呀! 我临走时和孙媛说过,她没和你说吗? 阮青丝松开了应挺的拥抱,说,阿萍呢? 我回来就一直不见阿萍,都大半天了。

应挺这才恍然明白,简嫂送来的手不是阮青丝的,而是阿萍的。他犹豫了一会儿说,她丈夫病重,回老家去了。我等会让梁副官去找新的用人。

阮青丝略带惋惜地说,那以后吃不到阿萍做的香肠了。

而这天,关雎带着他的手下马大头和王财升,在大桥公寓的验收现场忙活到半夜。关雎这次到苏州开展行动是假借感冒的由头,他时不时地还咳嗽两声,假装自己大病初愈。大桥公寓明天就要举行竣工仪式,他们必须完成最后的收尾工作。

7

这天清晨,孙媛趴在车窗上,觉得这天的上海滩格外美丽。立夏的一场大雨,让万物充满了蓬勃和清新的气息。孙媛从小轿车上下来的时候,天还有些灰蒙蒙的,她看了看手表,正好7点半。淞沪警备司令部门口的士兵笑着同她打招呼,孙媛,今天这么早。孙媛也笑了笑说,我父母要赶火车去,顺路就搭他们的车早点过来了。说完,她抬头看到三楼中间的那间屋子孤零零地亮着灯,那是应挺的办公室。

孙家是做水泥生意的,在城西有间小作坊。这几年,政府兴建公路、大桥、楼房和防御工事,也算是赚到了不少钱。今天,孙媛父母要赶早班火车去苏州参加一个政府工程公开竞标会,工程价值足足一百万两白银。为了拿到这次的竞标资格,夫妻俩不仅上下打点了不少关系,还在银行抵押了全部家当,把原来的小作坊换成了一千平方米的厂房。这样的孤注一掷让孙媛很是不解,但孙父总说,这拼命赚的不是钱,是乱世中的一份安稳。钱能换来靠山和活路。孙媛的工作就是孙父托关系买来的,司令部里人员不多,关系不复杂,多少又能接触到一些前线战况,形势一有不对,就好在别人前头做些准备。

应挺坐在办公桌前,烟灰缸里堆满了烟屁股,他命梁茹筠马上查清阿萍的下落,并嘱咐他不能让这件事走漏半点风声,特别是阮青丝。梁茹筠离开不久,简嫔穿着一身水貂毛领的白色羊绒大衣,心情甚好地走进了应挺的办公室。

简嫔和应挺坐在办公桌前很久,谁也没开口说话,他们只是目不转睛地窥探对方的眼神,打量着彼此。简嫔的微笑还是那么温柔,她优雅地从珍珠手包里拿出红木锦盒轻轻地放在桌上,推到应挺的面前,笑着点了点头说,这是帝国回馈给您的报酬。应挺打开锦盒,在里面沾着血迹的信笺上看到了一串密密麻麻的名单。这份名单之所以在黑市能挂五十万两白银的赏金,是因为名单上的这些人不是一般的中共地下党,他们都是潜伏在国民政府、银行、报社、邮局等要害机构的特工。信笺最后写道:

木兰同志:

　　请通知名单上的同志迅速撤离,并消除痕迹。

伯庸

民国十六年4月

这个伯庸不仅是中共地下党上海站负责人,也是当年第三次上海工人武装起义的负责人,那场起义由周先生亲自担任总指挥,这封书信的价值显而易见。简嫔软绵绵的话语声像棉花飘进了应挺的耳朵,她说,虽然时隔十年,但仍有不少漏网之鱼。这个代号"木兰"的地下党来不及通知名单上的人就死了。紧接着,这些人有的被害,有的怕死跑了,还有的依然潜伏着,并且,现在已经有了很深的根基。简媜说完这句话的时候,俯身贴近应挺,柔媚地抬眼微笑道,你知道这意味着什么吗?这意味着他们现在已经从小虾米长成大鱼了。说不定在你挖出一批上海地下党的同时,还能找到伯庸的线索。应挺也抬眼看了一眼简媜,他想,自己阅人无数,却实在看不穿眼前这个瞧似柔柔弱弱、人畜无害的小白兔,竟安着一颗魔鬼的心。他什么也没说,合上锦盒,将信笺一并塞进了抽屉。

简媜这时放心地笑了,她重新直起身子,倚着凳子靠背,用一种撒娇的语气缓慢又悠长地说道,应司令好像是生气了,都不愿和我说话了。

应挺头回觉得一个女人撒起娇来,竟如此令人厌恶。他本来想说些什么,又不知道该怎么说,无奈地叹了口气。

不好意思,和您开了一个玩笑。简媜委屈地说完,又用她一双无辜的大眼睛盯着应挺,得意地说,但……失而复得的感觉不错吧?您一定更爱阮小姐了。

简媜飘忽不定的情绪让应挺感到背脊发凉,他骂道,你就是个疯女人!

简媜掩面长笑,转身准备离去,走到门口她又停了下来,说,忘了告诉你。外面只知道有这份名单,不知道还有一个接头信物,是一块白兰花玉佩。你要是能找到它的话,离抓到伯庸又近了一步。

这天,暖阳舒服地洒在客厅的真皮沙发上,阮青丝心头却是发凉的。阮青丝刚刚接到阿萍婆婆打来的电话,她说,上周阿萍给家里汇了六十块大洋,那是她平时月薪的三倍,她是想问阿萍突然哪来这么多钱,是不是做了什么偷鸡摸狗的坏事?阮青丝这才知道,原来阿萍没回老家,应挺骗了自己。她莫名有了一种奇怪的直觉,阿萍可能出事了。阮青丝紧接着花了很长的时间去调查。她去了阿萍常去的菜场,猪肉铺的老板告诉她,阿萍上周来他的摊位买过猪肉,之后就再没见过她了。阮青丝还在银行查到了阿萍曾拿着小黄鱼来汇款,这笔钱来路不明,十分可疑。但线索到这就全部断了,阿萍在上海没什么朋友,生活也是简单的两点一线。她是怎样得到这么大一笔钱的?

正当阮青丝对应挺产生怀疑的时候,应挺挖出十二名深埋在国民政府内部并身处要职的中共地下党的新闻,在上海滩铺天盖地地传开了。还有消息说,应挺不仅将升任淞沪警备司令部的司令,还将成为华东战区江苏军区副司令员。

消息传出的当天下午,阮青丝便出现在了"远东第一俱乐部"上海大世界顶楼的办公室。接待她的是上海青红帮头领宋敬诚的助手唐一发。唐一发和阮青丝一样,都是寡言又冷漠的人,他的子弹曾像冬天无情的寒风一样穿透敌人的身体,而他却能轻松地躲过任何人的攻击。作为上海滩赫赫有名的神枪手,除非唐一发自己想死,不然没人杀得了他。阮青丝推门而进的时候,唐一发正在很认真地擦一把"十四年式"手枪,他头也没抬地说了一句,坐吧!好像知道阮青丝一定会来。

这时候,阮青丝突然想起五年前,一个月黑风高、大雨滂沱的秋天的夜晚,自己捧着沉甸甸的首饰盒初次来到大世界的场景。那天,顶楼的保镖们看见阮青丝穿着青花瓷真丝旗袍,像画里出来的仙女,款款玉步,摇曳生姿地走向他们。她说,我找你们当家的。接着,保镖的眼里就闪起了一道道光,嘴巴也跟着合不拢了,他们争相带阮青丝来见唐一发。

　　唐一发那天也是这样认真地在擦一把最新的 Mauser C-96 712 驳壳手枪,也没抬头看突然而至的美人。当阮青丝打开盒子里足足攒了半年多的金银珠宝的时候,保镖们的眼里再次闪起了一道道光,但唐一发依旧平静地擦着他的手枪。唐一发异常的冷漠让阮青丝第一次有了挫败和手足无措的感觉,她过了很久才凑近唐一发跟前说了一句,只听说过书中自有颜如玉,没想到枪里也有。唐一发这时候才抬头看到了一个清冷的美人,他说,你看到什么了?阮青丝笑了笑说,一个美人。不沾世俗气的清新脱俗的美人。唐一发也笑了笑说,这上边都是血腥味,哪来的脱俗?阮青丝略带忧伤地说,但唐先生眼里,她确实是脱俗的。唐一发怔怔地望了阮青丝一会儿,问,姑娘所来何事?阮青丝抬眼看了看保镖们,待他们离去才悠悠地说,想和您问个路。

　　青红帮的黑市不仅做见不得光的走私生意,还承接情报和信息买卖。阮青丝开门见山地询问 1927 年虹口区石神家命案的详情。唐一发是这么告诉她的:当年,这户住在虹口的日本军官太太春请了一家裁缝铺的师傅到家里做旗袍,裁缝铺的夫妻俩带着女儿一块去了。不料,他们一家三口和这对日本夫妇都遭遇了不测,只有躲在衣柜里的日本夫妇的女儿幸存了下来。

　　阮青丝当时的第一反应就是,有没有可能是日本人干的?但唐一发马上否定了这样的猜测。他说,如果日本人的目标是石神一家,没有杀人动机。石神家族以前在日本可是赫赫有名的军事世家,与日本上层关系交好,十分受人敬仰,后因家族成员一一在战场牺牲,才带妻子退隐中国。在中国十年,生了女儿,以小买卖为生,很少与人往来,也几乎断了和日本的联系,完全不存在仇人仇杀的可能。如果日本人的目标是裁缝一家,原因只有一个,他们参与了抗日活动或做了损害大日本帝国利益的事,但他们根本没有必要对自己人下狠手。况且,日本人一直在重金悬赏寻找凶手。

同时,唐一发又指出了案件的几个疑点,第一,一楼受害者被凶手枪杀毙命,凶手自己也在打斗中被石槽重击,失血过多身亡,而二楼的裁缝妻子是之后才被刀捅死的,说明凶手应该是两个人,二楼的凶手逃走了,但警察丝毫查不到他的任何痕迹;第二,裁缝妻子死后,旗袍是敞开的,应该是被第二个凶手搜过身,拿走了什么东西;第三,日本女孩的幸存,说明凶手并不熟悉石神家的人员情况,既然是陌生人作案,要么是冲着到石神家劫财去的,要么是冲着暗杀裁缝一家去的,但现场并没有财物丢失,所以目标是裁缝一家的可能性更大。

唐一发最后给出了坊间流传的可信度最高的一个版本。案发当时,正好是"四一二"反革命政变的风口浪尖。以蒋介石为首的国民党新右派在上海发动了反对国民党左派和共产党的武装政变,大肆屠杀共产党员、国民党左派及革命群众。为保证潜伏在上海国民政府各组织机构和日本人手下的中共特务的安全,中共上海站负责人伯庸曾将一份撤离名单交给了手下的情报员,让他务必通知这些同志马上转移,但后来名单丢了。因为情报没及时送出,不少共产党员和革命群众来不及转移而遭到迫害。共产党方面为找回这份重要的名单,甚至找到了青红帮头领宋敬诚帮忙。之后国民党和日本人也在黑市出高价,想要得到这份名单。因为案发时间和名单丢失时间一致,有人就猜,裁缝夫妇可能是地下党情报员,女人死后身上被摸走的东西就是那份名单。那么这一切就说得通了,凶手自然是蒋先生的人。他们为得到那份名单,杀害了石神夫妇和裁缝一家。

阮青丝问,那名单现在找到了吗?唐一发说,没有。阮青丝又问,如果凶手是蒋先生的人,那他拿到名单,为什么不交给上级进行剿杀?唐一发说,这也是个疑点,其中一定有它的缘由。阮青丝最后问,案发现场有发现一块白兰花玉佩吗?唐一发说,现场的证物里并没有提到有玉佩。

五年后的今天,阮青丝又站在唐一发的面前,他不用猜就知道阮青丝为何而来。唐一发说,你一定是想问名单为什么在这个时候出现?

阮青丝一手轻轻地撑在桌面上,侧着身凑近唐一发冷峻的脸庞说,如果名单一直在应挺手里,为什么他要在十年后才抓人?

唐一发笑了笑,放下手中的枪说,那你应该直接去问你的未婚夫。阮青丝笑了一下说,我还没答应他的求婚,他不是我的未婚夫。唐一发起身将枪收进陈列柜内,又说,没有人能快过我们得到名单的下落。你走在街上,到处都是我们青红帮的眼睛,除非是凶手自己给的应挺,但凶手为什么要把这么一大块肥肉拱手让人呢?

阮青丝这时候正过身来,把另一只手也撑在了桌面上,她说,你的意思是名单一直就在应挺的手里,他就是当年杀害五条人命的凶手?

唐一发回过身来,也凑近阮青丝的脸庞说,不排除我刚刚说的,那百分之零点零一的可能。

阮青丝愣了一下,随即将双手脱开桌面,交叉在胸前,陷入了沉思。应挺选择在这个时候,一定是发生了什么大变故或受到了某些刺激。阮青丝想到了阿萍的失踪,于是便问,这件事和应公馆的用人阿萍有关系吗?

此时,唐一发重新坐回了自己的位置,说,看来你还被蒙在鼓里,据说她的死相并不是很好看。

凶手是谁?

目前我们也没查到任何线索。但我想,杀一个毫无价值的用人,一定是她知道了什么不该知道的事,或者碍着某些人做事了。

唐一发的猜测和阮青丝不谋而合,直觉告诉阮青丝,阿萍的死与应挺突然拿出名单抓捕地下党一定有关系。很有可能是阿萍知道了这份名单,导致应挺不得不曝光。难道阿萍是地下党?过了许久,阮青丝问,名单出现了,那玉佩有消息吗?

没有。唐一发不假思索地说,顿了顿又问,你确定玉佩是裁缝妻子的吗?

阮青丝点点头,她确定,因为那是母亲给她准备的十岁生辰礼物。接着,阮青丝从包里掏出一盒沉甸甸的首饰放在桌上准备离去。唐一发看着阮青丝忧郁的背影,仿佛看见了自己,直到她走到门口,唐一发才悠悠地说,你放心吧!青红帮是上海滩最讲规矩的地方,我们之间的谈话绝对出不了这间屋子。

阮青丝没有回头。接下来,她一双酒红色的高跟鞋踩在花岗岩台阶上,踢踏踢踏的清脆响声,代替了她最后的回答。临走时,阮青丝站在大厅的十二面哈哈镜前摆弄起来,她看见镜子里,自己或高或矮,或胖或瘦,或扭曲或分裂,每一个都是她,每一个又都不是她,像是对她的一种讽刺。最后,阮青丝将一副云淡风轻的面容留在了镜子里,结束了心底痛苦又压抑的自我拷问。随后,阮青丝来到了兰心大戏院,换上一身男儿装,唱了一下午的《木兰还乡》。此时,真相已经昭然若揭,父亲周万顺和母亲苏萍是地下党,他们因为那份名单而被应挺追杀,应挺就是那个改变了她命运的人。阮青丝想把苦水都唱出来,因为她不知道该怎么讲,也不知道该同谁讲。陈汝英从未见过阮青丝如此心事重重,她紧锁的眉头让陈汝英几次想开口询问,最终又压了下来。陈汝英想,阮青丝的内心和她光鲜的外表是截然相反的,一定有许多的洞,既然是洞,就不好去掀开它的。

8

这天晚上,吴市长特意在和平饭店给应挺大摆庆功宴,祝贺他为党国清除了一批"定时炸弹"。而阮青丝则在百乐门吃着阿萍亲手做的香肠,香肠是早上应挺吩咐梁茹筠送来的。阮青丝有些心不在焉,种种证据都指向应挺就是1927年那场凶杀案的幕后黑手,是他杀害了周曼君的父母,如今,该是她报仇的时候了。突然,阮青丝在香肠里咬到了一块硬物,疼得直捂嘴。她扒开香肠仔细一看,里面竟藏着一块油光发亮的白兰花玉佩。玉佩雕工精美绝伦,可与树上的白兰花以假乱真,仿佛还能闻到阵阵的花香。阮青丝一眼就认出了这块玉佩,这是十年前,她和母亲一同去城东玉石店定制的。

阮青丝走出百乐门的时候,悲伤与哀思同越来越深的夜一起从四面八方袭来,她就像一个无家可归的鬼魂,游荡在见不得人的黑夜里。习习寒风不知疲倦地吹着,它总喜欢欺负落单的人,恨不得钻进他们孤独的骨头里,发出凄凉又无助的尖叫。路边枝叶繁茂的香樟树也抖动着身子,让落叶跟着寒风一块飘打在阮青丝的脸上,像是孤独者对孤独者的取笑,又或许,更像是一记迟来的耳光。阮青丝就这么失魂落魄又不知方向地走啊走,心头被千刀万剐,泪水在脸颊上奔涌。

　　阮青丝来到电话亭,准备给大川内传七打电话。每周五晚上8点是他们固定的通话时间。阮青丝告诉大川内传七兵力部署图依旧没有进展,但大川内传七却得意地说,他们已经得到了兵力部署图,她接下来只需要盯紧应挺,随时汇报他的可疑情况。这让阮青丝觉得应挺可能已经叛国了。

　　应挺是陆军第十九军军长,也是参与华东地区兵力部署计划的一员。阮青丝猜想,应挺在日本人的威逼利诱下,凭着记忆将部署图画下后交给了日本人。而阿萍是一名潜伏在应挺身边的地下党,她发现了应挺的叛国行径后,设法窃取了中共地下党潜伏名单和玉佩,途中遭到了应挺的迫害。如果真的是这样,那么一切都解释得通了。

　　阮青丝轻松地笑了一下,又笑了一下。她走出电话亭,在喧闹的街头打了一辆出租车来到了应公馆。她告诉应挺,自己答应他的求婚,并且她希望能尽快完成婚礼。

　　一周后,阮青丝和应挺在华懋大饭店举行了盛大的婚礼。应挺酒过三巡来到新房,迫不及待地掀开阮青丝的红盖头,说,娘子我来了！我终于娶到你了,让我好好亲亲。后来阮青丝和应挺在大厅里你追我躲,玩起了欲擒故纵的游戏。几个回合下来,应挺有些不耐烦,他一把抱住阮青丝将她扑倒在床上。这时,阮青丝脖间挂的白兰花玉佩顺势从领口滑落,应挺一震,问,这玉佩你是哪来的？阮青丝拾起玉佩,高兴地说,好看吧！应挺捡起玉佩仔细翻看,又问,你从哪来的？

　　我在阿萍做的香肠里吃到的。阮青丝缓缓起身,说,阿萍不是回老家了,是死了,对不对?

应挺没有说话,阮青丝继续说,是你杀的。

应挺急忙说,不是我。

阮青丝说,那是谁?是日本人?

应挺诧异地瞪大了眼睛,望着阮青丝没有说话。

阮青丝说,你叛国了?原来你这几个月神出鬼没,是在给日本人办事。

不是的……应挺顿了顿说,我承认,我是叛国了。但我都是为了你啊!

为了我?荒谬。

你听我解释。日本人已经详细地制定了占领上海的计划,战争一触即发。照现在的局势……

你是想说,照现在的局势下去,上海很快会被日本人占领。你是想留条后路,保全性命。对吧?阮青丝冷笑了一下,说,日本人是不是还允诺你,到时封你一官半职,一定比现在威风,对吧?

你就这么看我的?

阮青丝轻蔑地哼了一声,没有说话。

我是军人,从来就不怕死。但从我决定娶你的那一刻开始,我突然就怕了。应挺顿了顿又说,我怕我保护不了我的女人,我不想你陪我一起死。所以,什么军人气节、什么良心和忠义都不重要了。

接着,空气好像凝结了。阮青丝愣愣地看了应挺很久,突然温柔地从背后抱住了应挺,说,是我错怪你了,我知道你很爱我。咱们不说这些了,来,尝尝我给你包的韭菜饺子,是我专门向东北师傅学的。

　　阮青丝托腮坐在应挺对面,认真地看着他很快把一碗韭菜饺子吃完,并幸福地打了一个饱嗝。突然,一阵刀绞般的疼痛从应挺的内脏扩散开来,他难受地捂着肚子躺靠在沙发上,抬眼,竟见阮青丝平静地注视着自己,丝毫不为所动。应挺这才明白,阮青丝在饺子里下了毒,他拉着阮青丝的手,问,为什么?

　　阮青丝依旧面无表情地看着应挺说,杀人的感觉原来是这样的。好像并没有那么可怕,反而有些兴奋,还有些难过和失望。

　　应挺不断抽搐着,嘴巴里像喷泉一样喷涌着黑色的血。他始终想不明白,自己如此深爱的女人为何要毒害自己,他用最后一丝力气问阮青丝,你爱过我吗?

　　阮青丝拨开了应挺的手,笑了一下说,你猜? 接着,她冷着脸,背过身去说,你知道这几年我是怎么过的吗? 我时常问自己到底是谁? 阮青丝,石神里美,还是周曼君? 死了,都死了,或者根本不存在。我只是一具躯壳,没有灵魂的躯壳。没有家,没有地方可以去,只能游荡在黑夜里。

　　应挺一会儿哭着说我输了,一会儿又笑着说自己像个傻子,什么都不图,只愿你能爱我。阮青丝鄙夷地瞥了应挺一眼,笑了一下说,没想到你堂堂大将军,临死时竟然会问这么幼稚的问题。

　　此时,应挺的心已经碎得稀巴烂,没有什么比这更痛的了。他最后留下一句"我爱你",便像泄了气的皮球一样瘫倒在沙发上。

　　阮青丝感到一阵莫名的疲惫,像是刚刚经历了一场高压拷刑,连骨头都酥散地打起了哈欠。她快速处理掉盛饺子的盘子,离开了应公馆。

　　阿要买珠珠花(栀子花)白兰花咯……

　　不知不觉,夏天已经来临,街边传来了老阿婆吴侬软语的叫卖声,阮青丝闻到了一阵熟悉的老上海的香味。每当这时,她就会想起记忆中那个充满花香的夏天,多么美好却又短暂。可是一切都已物是人非,万顺裁缝店变成了米粮铺,那株她心爱的白兰花因无人照料,再没开过花。阮青丝的眼眶突然潮湿了,她看见不远处,老阿婆提着篮子蹲坐在街边,正在编一个白兰花挂坠。于是,她上前买了一个栀子花手环和一对白兰花。

后来,热闹的上海滩出现了这样一幅场景。一个女人穿着一件斜襟旗袍,胸前别着一束白兰花,泪眼婆娑地走进警察局,她说,我的丈夫死了,他是淞沪警备司令部的司令,他叫应挺。警察纷纷露出了惊愕的表情。

第四章 | 成　蝶

懦弱和妥协也是一种背叛。

1

阮青丝没想到龙华监狱的牢房竟会这般出奇地阴森,冷冽彻骨的风一阵又一阵地从不知名的地方袭来,使她的汗毛像海浪一样不知疲倦地翻涌着,完全没有外头夏天闷热严酷的样子。她突然想起几个月前,自己被两个说着蹩脚上海话的"乡窝哝"狱警押到大狱门口时,一阵阴风扑面而来,再加之里面光线不太好,慌乱之中她不由得后退两步。那时,她便想,一定有不少冤魂葬于此,飘之不去……她还记得其中一个狱警不怀好意地说,这儿四季透凉,等到夏天别提有多舒服了。不过冬天嘛……有我们几个兄弟在,指定给你温暖,暖得足足的。阮青丝冷着脸,漫不经心地翻了一个白眼,说,你有听过冰山怕冷的吗?

上海警察署在阮青丝报案后的第二天将她逮捕了。警察查遍了现场的所有线索和相关人物,始终没有找到毒源和犯罪证据。而当时只有阮青丝在场,她的嫌疑最大,他们便以阮青丝是中共地下党行凶报复的罪名逮捕了她。事实上,应挺剿杀了那批潜藏在国民政府内部的中共地下党后,中共方面确实也展开了暗杀行动。但警察手中并没有阮青丝是中共地下党和她下毒的实质性证据。

阮青丝确实杀了人,但她丝毫不担心,自己会一直待在监狱里。果然,不出几日,蔡进军便来探望她了,他唤阮青丝为阮小姐,而不是应太太。他说,我现在应该叫你阮小姐,对吧?阮青丝被关在一间宽敞的单人间里,她侧着身子躺在一方蓬乱的草床上,旗袍的裙摆刚好在大腿的黄金分割点叉开,露出了她迷人的曲线。她没有说话,但均匀的呼吸声好像在告诉来者,闲人勿扰。蔡进军又说,你不知道我花了多少钱,找了上头的人才把你保下来。真是委屈你了。以后你就当在这单人间里疗养度假,好吃好喝,有什么需要尽管和守卫说。阮青丝这才松软地伸了一个懒腰,回过头来说,公安局长什么时候在自己管辖的地盘也要求人了。蔡进军憨笑起来说,我也是给公家办事,这公安局又不是我开的。

蔡进军走后,阮青丝思来想去总觉着事有蹊跷。警察在没有证据的情况下并不能关押她这么长的时间,除非有人想借此对付她。她猜测,蔡进军应该是被日本人收买了。日本人想教训她,让她待在里面好好反省自己长期以来的无所作为。一年后,蔡进军将她光明正大地领出龙华监狱的时候,摇身一变成了大道政府的公安局局长,果然印证了她的猜测是正确的。

雪姨也来监狱看过一次阮青丝,这让阮青丝对雪姨的能耐和胆识感到有些意外,因为托人打点来探监并不是那么容易的事,何况是来看杀害淞沪警备司令部司令的嫌凶,多少人赶着撇清关系都来不及。雪姨在上海滩混迹多年,当然也不是什么软柿子,她有她自己的厉害之处。但在阮青丝看来,她总归是个女人,况且人大多都是落井下石的势利鬼,头牌靠山一倒,不免会有不少话柄,所以,她离别前再三嘱咐雪姨,不要再来看自己了,以免惹上麻烦。她还告诉雪姨,自己在汇丰银行存了些钱,印章和保险箱的钥匙就在她房间的首饰盒里。她说,你会用到的。阮青丝其实是怕日本人对雪姨不利,他们最擅长的就是拿别人的性命如同草芥一般地要挟另一个人,来达到自己的目的。

此后,阮青丝就日复一日地趴在监狱矮小的窗栏口,数着路边栀子花白兰花的叫卖声,叫卖声越来越少,没过多久,那些叫卖声就突然在 1937 年 8 月 13 日天雷地响的炮火中停止了。这时已在香港安顿下来的雪姨才明白,一个多月前阮青丝让自己去银行取的钱,原来是逃难用的。她想,阮青丝什么时候会算命了,好像老早就算到有这一天似的。

阮青丝记得,那场轰轰烈烈的淞沪会战一直从白兰花香味正浓的夏天打到了红枫遍地的秋末还没停下来的意思。阮青丝默默祈祷,自己秘密传递给陈汝英的佘山地形图能帮助他们打个胜仗。陈汝英在得到地形图后的第一时间,便将它交给了伯庸。那份佘山地图上不仅精密标注了许多个山路十八弯和鬼影地带,还有国民党秘密军火库的地址。在南方十三个地区的红军游击队被改编为国民革命军新编第四军的第二天,陈汝英将这份地形图带到了城外保安部队郭队长的办公室。他提出了一个十分悲观的下下之策,利用佘山的特殊地形和军火库里源源不断的弹药,在上海的最后一道关卡松江失守后,为战士和上海老百姓的撤离争取更多的缓冲时间。郭团长开始对陈汝英的提议不屑一顾,因为几日前,蒋委员长刚刚在松江火车站的一节列车上,召开了秘密的最高军事会议。时任第八集团军兼右翼军总司令张发奎提议,从淞沪前线转移十个师到苏嘉、吴福国防要塞工事,这样便能重新集结后撤的部队,以便确保有计划地撤退。绝大部分将领都同意张发奎的建议,大家一致认为,上海再也守不下去了。但蒋夫人宣称,若我们能守住上海十多天,中国将赢得国际同情,国际联盟将帮助我们遏制日本侵略。与会者只有少数人同意她的观点。蒋先生也说,上海必须不惜任何代价坚守。

但事后证明,这次军事会议所做出的决定存在指挥上的失误。仅过了一周,日军就占领了金山卫。随后,守城的保安部队接到命令,驰援松江,与国民党67军和40军死守三日。那时,日军到达黄浦江南岸米市渡,距松江县城仅十里路,这意味着上海随时会变成一个尸横遍野、血流成河的人间地狱。此时,陈汝英的建议最终派上了用场。在佘山这一特殊的地点,中日双方以惊人的方式发生了对抗。两座孤立的海拔九十多米的山峰矗立在一马平川的乡村地带。占据这两座山对于扼守上海以西的地区至关重要,因为松江和青浦之间的重要通道就贯穿于两山之间。

11月9日黄昏,日军第6师团一支先遣部队抵达佘山附近。晚上7点30分,夜幕降临,第一批中国士兵到达,当他们行进到离日军四五十米远时,便遭到枪林弹雨的射击,没有被击中的战士继续向前冲击。日军中队长命令迫击炮向逼近的中国士兵开火。炮弹下,密集的中国士兵像一排排庄稼倒下,血红的鲜血铺满了佘山荒凉的土地。损失惨重的中国军队选择撤退到有盲点视角的军火库位置,瞬间消失在了日军面前。利用地形,郭队长带领另外两支国军部队多次打出的回马枪,让日军摸不着头脑地屡遭埋伏,折损了大半兵力。而另一边,数万支有组织的游击队像星火燎原般遍布松江县的每个角落,以及佘山的山坳坡岭和丛林回折之间,碰到他们的任何一支日军小分队都在劫难逃。

后来,日军第6师团的士兵在上海的庆功宴上回忆起此次战役,对视死如归的中国军队给出了很高的评价,他说,对手就像一支幽灵部队,在远处如影随形、难以防范,并且总是先于他们撤退。他们很少停下来作战,也绝不拘泥于任何形式。

纵使佘山之战对日军造成了小范围的血腥暴击,但这样自杀式的坚守已然是以卵击石,许多来不及撤退的零散军队都被日军逐一清剿。11月12日上海沦陷。

　　阮青丝没有看到那个生灵涂炭的上海滩,她曾蜷缩在阴冷又肮脏的草床上,听着一声声震天动地的炮轰枪扫声和妇孺儿童嘶哑的惨叫声,这让她一连几日都淌着泪水无法入眠。阮青丝也曾无数次想象这城市千疮百孔的样子,但当她走出龙华监狱,看到阳光唤醒万物熠熠生辉的样子时,一切好似什么都没有发生过似的,路人平静又显得拘谨万分。这样的拘谨其实是来自老百姓内心的惶恐,他们对新政府的做派完全没有底。战争让权力者重新瓜分世界利益,但对老百姓来说是有百害而无一利的。

　　4月的上海已经有了些许夏天的气息,阮青丝坐在蔡进军的小轿车里,努力寻找着硝烟来过的痕迹。街边老宅里,一株冒出墙头的海棠,硕大的枝干被炸毁了大半,断口处已成焦炭,但另一端仍生机盎然,开着粉色的花朵。阮青丝发现墙上新刷的白漆在阳光下亮得扎眼,她一边想象着这里被炮弹轰坍和人们仓皇逃窜的样子,一边问身旁的蔡进军,战争来过吗?

　　五分钟前,狱警告诉阮青丝,她无罪释放了。杀害应挺的中共地下党另有其人,已经被日本人惩办。接着,她便在监狱门口看到了大道政府的公安局局长蔡进军锃亮的小轿车。

　　蔡进军告诉阮青丝,日本人已经基本完成了对上海的战后重建,在郊区或许还能看到一些残垣断壁。阮青丝倚在窗边看得出神,丝毫不为所动。过了很久,她才轻轻地说,回百乐门,我想洗个澡。

2

　　阮青丝站在百乐门门口,硕大的招牌已蒙上了一层厚厚的灰,失去了往日上海第一乐府的光辉。她想,这同自己今日一身朴素的灰蓝色旗袍和素面朝天的清癯模样倒有些相称。她走进大门,雪姨坐在吧台前用掌根抵着脑门,面前放着一只见底的酒杯。她看上去疲惫不堪,身子坐得极低,好像要陷进椅子里似的。调酒师是原来的保安龚叔,他正拿着三只酒瓶捣鼓一种能让客人流连忘返的新酒。龚叔一抬头见有客人来了,先是亮了眼,热情地说,欢迎光临,请这边坐。随后,埋在阳光下的阮青丝走进吧台昏暗的灯光里,龚叔这才看清来客原来是阮青丝,惊喜地叫道,阮小姐!这时,一旁忧郁的雪姨猛地抬头也望向了她,小心唤道,青丝?

　　阮青丝冰冷的脸上露出了难得的笑容,她对龚叔说,给我一杯你的新发明。然后,侧身坐在长椅上对雪姨说,雪姐姐,你这又喝酒又不化妆的,不知道的还以为是你被关在了监狱呢!雪姨的泪一下子涌了上来,站起身摸了摸阮青丝的脸庞说,瘦了,不过精气神反倒要比以前好。阮青丝笑了一下,挽过雪姨的手说,我在里头闲来无事成天打坐念经,断了杂念,人轻了,气色自然就好了。倒是你,怎么面容憔悴,像门口的招牌似的,萎靡不振。雪姨觉得阮青丝一定是在监狱里许久无人说话给憋坏了,一见面竟一下子说了这么多的话。她抹掉眼泪,笑起来说,你回来我就有精神了。走!去楼上好好唠唠。你的房间还是原来的样子。这时,龚叔递上了调好的酒,阮青丝举起杯子看了看杯中蓝色的液体里漂浮着的一团白色迷雾,就像只游动的水母,她问道,这酒有名字吗?龚叔说,还没有。阮小姐帮我取一个吧!阮青丝尝了一口,独特的味道让她很意外,她一饮而尽,想了想说,叫蓝水母吧!它一定会大卖的。说完,便和雪姨上楼了。

　　雪姨从衣柜里挑了一件阮青丝出嫁前最爱穿的白色白玉兰旗

袍,挂在浴室的洗漱台前。半小时后,洗去晦气的阮青丝拉开浴帘,看见旗袍一下红了眼。她换上旗袍,擦着湿漉漉的头发走出浴室,娉娉婷婷的模样让雪姨想起了很多年前初见阮青丝时的场景。雪姨笑得像个慈祥的母亲,她说,来! 我帮你吹头。于是,呼呼的风声就代替了两人之间的许多旁白。

阮青丝坐在化妆台前,雪姨正在给她梳吹干的长发。阮青丝问雪姨,为什么还回来?

雪姨愣了一下,轻抚着阮青丝的发丝说,我看到你留在首饰盒里的机票,就明白了你的用意。你是想让我拿着你的钱,去香港过太平日子。但是,你雪姨我是那种无情无义的人吗?

阮青丝拉过雪姨的手,让她在床边坐下,说,战争无情,会丢了性命的。那些钱足够你在那边舒舒服服过下半生了。

我这心能安吗? 雪姨顿了顿又说,别说我了,你打算怎么办?

什么怎么办? 阮青丝说着转过身去,对着镜子盘弄起头发来。

应司令死了,你该为以后好好打算一下了。我看蔡局长一直对你……

汉奸最后都是没有好下场的。阮青丝将头发用红木发钗盘起说。

在这样的乱世,我们有的选吗? 雪姨叹了一口气说。

他打什么算盘我清楚着呢。阮青丝笑了一下,回过身对雪姨说,他做这么多,无非是想我欠着他的人情,记着他的好。我啊……就偏不买他的账。看他怎么着。我好歹也是百乐门的头牌。

你那是曾经的头牌了。你看这百乐门还有以前的样子吗? 值钱的东西全让那些舞女卷走了,人也跑光了,只剩下龚叔一个人。雪姨说到这,哽咽了起来。

阮青丝笑了说,我阮青丝以前是这的头牌,现在是,将来也是。

3

这天一大早,雪姨从市场买来霓虹灯,让工人们把百乐门的招牌换成二十四小时都闪闪发光的巨型灯牌。这让百乐门一下子就成了上海滩夜晚最亮的一颗星。阮青丝化了一个精神的妆面,穿着酒红色绒面斜襟旗袍坐在一辆黄包车上。清晨的上海滩让她熟悉又陌生,这种感觉要比她六年前重回上海时更惘然若失和不知所措。兰心大戏院同百乐门一样门可罗雀,门口的招牌上只剩下了"心"和"戏",田老板躺在门口一张包了浆的藤椅上流着涎水,伙计则蹲在一旁新漆的台阶上举着茶盘耷拉着脑袋,日子显得慵懒又无聊。黄包车未停下,阮青丝便喊道,田老板!

田老板微张的嘴巴马上合拢了,他一边擦着嘴边的涎水,一边努力睁开他的一双垂眼,诧异地仰着脖子半天没说话。伙计倒是反应挺快,叫道,应……夫人。田老板这时候敲了伙计一个爆栗子,从藤椅上站了起来,说,阮小姐,你怎么来了?伙计这才反应过来,举着茶盘起身退到了田老板身后。

我来找陈师傅的。阮青丝说。

我也在找陈师傅啊!田老板叹了一口气,转头朝空荡荡的戏院里看了一眼,说,戏班子全散了,全逃命去了。陈师傅早在炮弹打过来的前一周就带着徒弟走了,连工钱都没结。我这戏院也准备关门咯!

阮青丝再次坐上黄包车的时候,心中突然长出了许多烦乱又茂密的杂草。她在监狱中盘算了许久的计划一下子落空了,她本打算投奔陈汝英,但现在一切都要重新筹划了。可当她回到百乐门的时候,竟看到门口站满了日本士兵,卡座的沙发上坐着一个日本军官,雪姨正站在一旁惊慌失措地搓着手。雪姨见阮青丝回来,马上使了个眼神让她走,但这时候已经来不及了,日本军官叫住了她,是大川内传七,他说,长谷先生在楼上等你。

长谷寿一站在窗边抽着雪茄,阮青丝推门而进,倒吸了一口气,走上前说,你怎么到这里来找我?

长谷寿一没有说话,直到指尖的那支雪茄燃尽,才转过身来说,我要去南京了。白川伊夫将到上海接任我的所有工作。

阮青丝听到白川伊夫的名字心头一震,她将双手交叉在胸前,说,那……恭喜长谷长官了。

长谷寿一说,石神里美小姐,走前,我想提醒你,不要辜负天皇赋予你的使命。白川伊夫可没这么好对付,一切都在他的计划之中。

阮青丝不解,问,什么计划?

长谷寿一笑了一下说,我给你安排了一个老朋友,明天去见见他吧!

1938年的春天,在横山隆裕看来要比六年前的春天更让人难熬。此时,横山隆裕盘坐在一间布置得别有用心的和室内,古董花瓶里插着的樱花宛如少女粉面含春。他为自己沏了一杯樱花玫瑰花茶,身后硕大的原木色墙板上,层层叠叠、错中有序地钉着石神里美在上海各个时期的照片,有在百乐门跳舞弹琵琶的,有和男人调情约会的,有一个人在佘山捉蝴蝶的,有执行秘密任务的……甚至还有一些取景角度十分诡异的沐浴更衣的私密照片,比如透过对楼玻璃窗拍到的更衣照,或是在织物掩护下仰拍她唱戏的样子。而这些成百上千的照片中心,干净又毫不打扰地摆着一张日本女人的照片。照片里,少女站在樱花树下把眼睛笑成了一弯温柔的月牙。她有一个忍不住让人嘟起嘴想要亲吻的名字,春。

这时候,障子门被轻轻叩响。横山隆裕从茶台前起身,拉开一扇障子门又拉开了一扇障子门。白川伊夫正微笑着站在门外,他说,横山君,好久不见。横山隆裕没有作声,他面无表情地转身在案台前的一方榻榻米上坐下,收起台面上的毛笔和书法手稿。白川伊夫夺过他手中的手稿说,你还是像以前一样温文尔雅、满腹学识,难怪惠子谁都看不上。这幅作品就送给我吧!就当是你给惠子的见面礼了。

横山隆裕不冷不热地说,惠子也来上海了?

我将接手日本领事馆和特高课,我想让惠子来协助我特高课的工作,但是她有自己的想法。白川伊夫顿了顿又说,她在东北的表现非常出色,你应该有所耳闻吧!

惠子一向很优秀,我并不意外。所以,白川总领事特意来拜访我,是因为惠子吧!

真是什么都瞒不过横山君。虽然我不舍得,但惠子想跟着你。她仰慕你很久了,你不会不知道吧!

女人实在是太麻烦了,我已经习惯一个人。

白川伊夫突然大笑起来说,看来惠子的梦是注定无法实现了。不过这样也好,帝国需要像她这样优秀的战士。而且,她又可以和里美搭档了。她们有好多年没见了吧!我想,他们一定很想念彼此吧!

横山隆裕紧握拳头,努力地保持平静,说,你对里美的操控还要多久? 上海的占领已经完成了。

白川伊夫笑着从口袋里摸出一包大前门,慢悠悠地点燃了,他说,操控? 她想为父母报仇。这一切都是她自己的选择。

横山隆裕很不客气地说,是你给了她资料袋,指引她去接近应挺。让淞沪警备司令部群龙无首,扰乱国民政府内部,借机收买人心,助推汪精卫等亲日势力上位,这些都是你想达到的目的。她只是你派到上海侵占国民政府的一枚棋子,你现在又想让她干什么?

白川伊夫将烟头按在横山隆裕的一方古董砚台上,说,这上海烟,并不怎么样嘛! 接着,冷笑了一下,说,继续做帝国的帝王花。

阮青丝第二天坐在和春日料店的二楼厢房里,见到了横山隆裕。她难以置信又激动无比地在他怀里失声痛哭起来,她说,老师,老师老师。这些年,阮青丝受的委屈无人诉说,一直压抑在心里。横山隆裕心疼地红了眼,他温柔地抚摸着阮青丝的头发,安慰道,没事了。以后,有我在。他们后来还一起吃了一顿幸福的午餐。横山隆裕细心地为阮青丝烤制刚刚从法国空运过来的鹅肝,还有菲力牛排、芝士生蚝和金针菇肥牛卷……

这个北极贝是你最爱吃的,甜虾也很新鲜,你尝尝。横山隆裕一边翻动着烤架上的食物,一边温柔地对阮青丝说。

老师烤完那些,也一起吃吧! 我一个人都要吃完了。阮青丝一口咽下一块鳗鱼寿司,享受地闭上了眼睛说道。

这个秋天对阮青丝来说是难得且珍贵的。她怎么也想不到,自己有一天还能和横山隆裕坐在一起吃饭。她突然觉得和春日料店就像一间治愈小屋。在这里,阮青丝不仅能逃避外面的纷争,还能完全放松地做自己，不需要扮演任何人。

老师，我以后可以经常来吗？阮青丝说。

当然。你下次想吃什么，我给你准备。横山隆裕将烤好的鹅肝放在烘干的三明治片上再用海苔条扎好，摆盘递给阮青丝说，你尝尝，有什么不一样。

这只鹅特别肥。阮青丝笑得像个孩子，说道，你放了孜然还有沙拉酱，嗯……还有芝士粒。真是太太太幸福了。

知道你爱芝士，所以在三明治上偷偷加了点芝士。横山隆裕说完又将烤好的菲力牛排、芝士生蚝和金针菇肥牛卷一并摆盘放在了阮青丝面前，说，最近都还好吧？

阮青丝伸手拿起一只滚烫的生蚝，又飞快地放进了盘子里，顿了顿说，白川伊夫要来了。

横山隆裕不急不慢地拿起刀叉开始切盘里的牛排，他把牛排切得异常用力和细小，接着，温柔而坚定地注视着阮青丝说，请相信我，这次，我一定会保护好你。

阮青丝轻轻地点了点头，她知道横山隆裕并不能帮助她什么，但是这样的陪伴和支持就已经足够了。至少在她每次感觉要撑不下去的时候，想起有一个人一直都在自己的身后，心里就会温暖许多。

这天，纷纷的细雨如同古诗中所述，缠绵悱恻地下个不停，让人心头不禁千丝万缕。黑色长柄伞下的阮青丝望着墓碑上应挺身穿军装的正气模样，不停地宽慰自己没有杀错人，纵使他没有杀害自己的父母，他发国难财和泄露机密的叛国行为也足以死一百回了。可是阮青丝的脑子里还是不停地闪过许多应挺深爱她的画面,它们比伞外的雨大多了,波涛汹涌地袭击着阮青丝内心敏感又脆弱的角落。

应夫人。额……我现在到底是应该叫你阮小姐,还是应夫人。

阮青丝在一阵温弱的声音中回过神来,她转头看见斜坡下郭子文正手捧一束菊花往上走来。郭子文因为在淞沪会战中受了伤,有些病恹恹的样子,本就不多话的他,说起话来更是空灵。

阮青丝心笑了一下说,叫我青丝好了。郭先生受伤了?

一点枪伤,不碍事。郭子文顿了顿,淡淡地说,你以后有什么打算?

阮青丝回过头看着墓碑上写着"永远缅怀应挺烈士",心中不禁有些感慨。应挺生前好友众多,没想到现在只有郭子文一人顶着伤躯来看他,如此,她的计划就只能让郭子文来帮自己实现了。于是,阮青丝冰冷地说道,我是他的妻子,我要为我的丈夫报仇。

郭子文将手中的菊花放到墓碑前说,应兄走的时候虽然一切从简,但国民政府的抚恤金和其他待遇都是给足的,你下半辈子不用愁了,为什么不安安稳稳过日子?

阮青丝转身将伞举起,把郭子文一并罩在伞下说,我了解到了一些情况。他交出共党潜伏名单不久就出了事,应该是中共派人暗杀的,但我觉得日本人也脱不了嫌疑。

郭子文说,我一直觉得阮小姐不是简单的女子,应将军的眼光果然不错。

阮青丝说完,妖媚地朝郭子文一笑,还望郭先生日后能在这乱世里多关照我些。

4

周五晚上8点,百乐门耀眼的新招牌在一轮明月下哐当亮起,循环闪烁的花式霓虹灯和留声机里时髦的歌曲交相呼应地舞动着,比之前的百乐门更让人着迷。一个小时后,陆续闻风而来的男人们像迁徙的雁群一样涌进百乐门,把舞池、吧台和卡座都挤得满满的。他们都是趁着开业酬宾舞票减免三天的优惠来一睹夜姬阮青丝的风采的。

保安已将百乐门大门紧闭。昏暗的舞池被点亮,顷刻,阮青丝空灵又优美的歌声在一曲悠扬的琵琶曲《雨霖铃》中缓缓响起,一袭白衣身姿曼妙的六位舞姬走入大厅的舞池中央,婆娑起舞,时而轻挥水袖,时而宛如水蛇扭动。这不禁让人想起白朴笔下"凤髻蟠空,袅娜腰肢温更柔。轻移莲步,汉宫飞燕旧风流"的仙女舞蹈的场景。舞毕,二楼舞台被灯光照起,躲在朦胧白纱后的阮青丝一身红色魏晋齐胸襦裙,外披同色素纱禅衣,花钿红妆在她脸庞上显得分外魅惑。晚风吹动着遮帘的白纱,若隐若现的阮青丝让看客们浮想联翩,她轻轻拨动手中的琴弦,一曲《渔樵问答》和着玻璃窗外悄悄溜进的月光,柔情似水地洒在每一个看客心头。站在舞池中心的关雎仿佛看见了江楼钟鼓声响,夕阳映着江面,熏风拂涟漪的场景,接着便是江风习习,花草摇曳,水中倒影,层叠恍惚。关雎不由自主地闭上了眼,"江天一色无纤尘,皎皎空中孤月轮"的美景从脑海中油然而生。直到归舟远去,万籁俱寂,春江宁静,全曲在悠扬徐缓的旋律中结束,关雎才回味无穷地睁开他的眼睛。此时,他看见如仙女般的女子穿着红衣,拉着一根悬梁而挂的红帛一飞而下,人们不约而同地腾出舞池中心最闪耀的位置来迎接这位掉落人间的仙子。

此时,一位穿着西装、头戴八角帽的稚嫩小伙子被狂热的人群推搡出来,一屁股跌坐在楼梯底下的空当里。小伙子气得猛地站起,想再次使出吃奶的劲挤进去,可用力过猛,一头撞在了楼梯的木板上,疼得他抱头呻吟起来。他一抬头,看见二楼贵宾区的保安魂都被阮青丝勾走了,痴迷地张着嘴离开了楼梯口,走向了围栏中央。小伙子灵机一动,趁机蹿上了二楼。

阮青丝就落在关雎的身旁,当她双脚轻踏在地,回眸一笑的时候,无数男人都不饮自醉地摇晃起来。只有关雎错愕地像根木头一样杵在原地,想不起该怎么呼吸和放置自己的双手了。聚光灯下的阮青丝显得不那么真实,这让关雎觉得眼前的这位女子有些似曾相识。可他怎么也想不起来,自己到底在哪见过。关雎就这样痴痴地望着阮青丝,他突然喜欢上了"惊鸿一瞥"这个词。一见钟情太肤浅,日久生情太苍白,其他男人眉来眼去,而他,只敢偷偷地看一眼。

突然,二楼舞台边的东南角又从天而降那位西装革履的小伙子。他拽着红帛的另一头,动作笨拙搞笑,像是一只从马戏团里跑出来的猴子。小伙子冲着楼下密密麻麻的人群大叫道,让一让!让一让!关雎这时候一抬头,看见二楼东侧贵宾包厢的木柱上有一团白色的光晕晃过。关雎认得那道光,那是狙击枪瞄准镜的反光。他随即望向包厢对面,黑色的枪口刚刚缩进竹帘内。于是,他绕过人群,直奔二楼。

雪姨在二楼舞台边吓傻了,客人和散落四处的保安这时候也慌乱地叫了起来。阮青丝倒是一如既往地淡然,她迅速地缠绕起手中的红帛,一圈一圈地,像是在裹一团毛线。很快,缩短的红帛将小伙子挂在半空中,哗然的舞池也瞬间安静了下来。阮青丝接着像放风筝似的慢慢放松手中的红帛,小伙子也跟着一点点被放落下来。

而此时,关雎被二楼东侧贵宾包厢门口的两个保镖拦住了。保镖对突如其来的关雎充满了敌意,关雎故意提高嗓门冲着竹帘里的人喊道,里面的先生,您必须马上离开这里。

过了一会儿,竹帘被里头的女人打开了一条三厘米宽的口子,女人很不客气地说,你知道,你是在和谁说话吗?

不知道。但我其实刚刚有机会知道的。如果刚才没有那个冒失小子的出现,你的上司已经没命了。不仅我,这里所有的客人都会知道你们是谁。关雎毫不退让地说。

这时候,帘子被拉开了。关雎看到围栏边一个日本军官的背影,刚刚同他说话的女人正站在一旁疑惑地瞪着他。关雎后来才知道,原来包厢里的是驻沪日军总司令、上海日本领事馆总领事兼特高课负责人白川伊夫和他的助手,也是他的侄女,日本高级女特工、特高课一课课长河村惠子。关雎迟疑了一下,走进包厢说,对面的包厢里正坐着一个狙击手,他原本是要刺杀长官您的,但是突然冒出的小子扰乱了他的计划。于是,他瞄准镜的反光打在了旁边的木柱上。

你怎么知道那是狙击枪的反光。不是手表或者别的东西?河村惠子问。

如果你相信我的话,可以趁阮小姐的表演没有结束,马上命人封锁这里进行搜查。关雎顿了顿又说,或者,你当我刚才说了一通屁话,反正我也没有想救你们日本人。

你什么意思?河村惠子拔出手中的武士刀说。

早知道,这包厢里是日本人,我就不上来多管闲事了。现在好了,惹上事了。关雎哭丧着脸说。

接着,白川伊夫回过头来对河村惠子说,照他说的办。

刚体会到双脚落地的快乐还不到一分钟的小伙子被日本士兵架起送到了二楼白川伊夫的包厢。小伙子趴在地上哆嗦,不敢作声。河村惠子蹲下身去,伸手抬起他的脸。五秒后,河村惠子迅猛摘去了小伙子头顶的帽子。顷刻,小伙子一头乌黑的长发如瀑布般倾泻而下。

小伙子原来是个漂亮的姑娘。

说!为什么要乔装成这样?混进百乐门是什么目的?河村惠子起身,再次拔出腰间的武士刀说。

哎哎哎,你不要动不动就拔刀嘛!关雎在一旁劝道。河村惠子瞪了关雎一眼,吓得他马上退了两步。

你最好把你的刀收起来,上海滩还没人敢这样对我的。姑娘这时候反倒凶狠起来,伸着脖子吼道。

白川伊夫这时候挥了挥手,河村惠子见势将刀收起,他问,姑娘,敢问你是?

姑娘白了一眼,傲娇地说,我爹是青红帮帮主宋敬诚。我是谁,不用多说了吧!众人不语,疑惑地望着她。姑娘尴尬地说,我叫顾莺莺。才走了几年上海滩就忘了我了吗?

你爹姓宋,你姓顾,不是亲生的?关雎问。

你才不是亲生的。我跟我娘姓。我爹以前是入赘的。顾莺莺白了一眼又说。

白川伊夫微笑着问，那你为什么打扮成这样？

顾莺莺愤懑地站了起来，说，男人爱看美女，女人也可以爱看美女啊！美的事物谁不喜欢？

顾小姐是来看美人的。河村惠子笑了一下说，你觉得我会相信你这样的说辞吗？

这时候，一名日本士兵冲进包厢说，长官，对面包厢里没有人。我们把二楼都搜查过了，也没有看到可疑人员和武器。

被日本人虎视鹰瞵的关睢突然怕了起来，说，不可能的，我明明在竹帘里看到了枪口。你们有没有搜查仔细？

河村惠子盯了顾莺莺很久，问，你是怎么跑到二楼贵宾区来的？

我刚看见楼梯口的那个保安走开了，就悄悄溜上来了。接着，又看见角落里绑着红帛，我一不小心给弄散了，红帛就嗖地一下跑了。然后，我去追它，想把它拉回来，谁知道就冲出围栏飞下去了。顾莺莺手舞足蹈，绘声绘色地说道。

你可真够不小心的。关睢忍不住笑了起来，在角落里小声说。

这时候，河村惠子好像想到了什么，拉开竹帘，迅速扫视起楼下人潮涌动的舞池。两分钟后，她在散落各处的八名保安中找到了一名站在包厢正下方抽着烟的中年保安。河村惠子笑了一下，回头对门口的日本士兵说，把包厢正下方那个皮肤黝黑的中年保安带上来。

随后，中年保安被押进了包厢，关睢一惊，他就是烧烤摊摊主老邢。

说，武器藏在哪了？河村惠子胸有成竹地问。

我不知道你在说什么。老邢歪着头不耐烦地说，你们抓我干什么？我是这里的保安。

关雎忙问站在一旁的顾莺莺，你刚才有看清保安的长相吗？

顾莺莺摇摇头说，我抬头只瞥见鞋子和衣服，没看到脸。

关雎又对河村惠子说，要不把保安都带上来吧！

不必了。凶手就是他，我刚才老远就看见他虎口的老茧了。河村惠子自信地笑着，又对老邢说，伸出你的手吧！

老邢被日本士兵压迫着搬出右手，果然，虎口有长期握枪的人才会有的老茧。

你是自己交代，还是要尝尝我们特高课的厉害。河村惠子得意地笑了，说。

老邢闭起眼睛，没有说话。河村惠子挥了挥手，接着说，可以解禁了。随即，士兵押着老邢离开了包厢。

百乐门的大门再次打开，一些客人惊慌失措地低头不语快步离开，还一些客人则在舞池里意犹未尽地跳起了舞，或是议论纷纷地谈论起今夜精彩的八卦。

关雎和顾莺莺这时相视一笑，正准备离开，刚一转身，就被河村惠子叫住了。她说，你们俩不准走。枪还没找到呢，我怎么知道你们之中有没有同伙。

顾莺莺马上大叫起来说，刚刚事发的时候我可是在楼下，这么多双眼睛看着呢！我哪有机会藏枪啊！

关雎一听也急起来，说，我若是同伙，我上来找你们自投罗网吗？

白川伊夫微笑着说，找出枪，你们就可以走。

顾莺莺一听气疯了，她又叫起来说，你有本事把我爹叫来，我看你放不放我走！

关雎叹了一口长长的气,接着,拖着长音说,闭——嘴——!找!我找就是了!这难不倒我。

关雎走到竹帘边,先看了看二楼围栏到楼梯口的距离,又环视了舞池和二楼走廊四周,然后,打开大拇指和食指比了比。最后,他在白川伊夫身旁坐下说,如果没猜错的话,应该是藏在了窗户外面的架栏上。

几分钟后,日本士兵果然在对面的窗户外找到了一把仿制改良版的M1903狙击枪。

说说你是怎么猜到的?白川伊夫露出了欣赏的笑容,满意地说。

从凶手作案到士兵封查大概五分钟。他不可能把目标这么大的东西带下去,下面全是眼睛,只可能藏在二楼。二楼南面除了舞台,只有厢房。演出时,厢房大门都是紧锁的。如果被撬,士兵一定能发现。此外,就只有东西两边的贵宾包厢。这一眼能看穿的地方都没有,就只能是被挂到房子外面去了。关雎不假思索地说完,又说,枪找到了,我可以走了吧!

随即,关雎拉起顾莺莺的手准备离开,走了两步又在包厢门口站住了,他对河村惠子说,你没有看到他虎口的老茧,你的视力不可能看到这么远又这么昏暗的地方。你是看到他的右手比左手大了。说完,便头也不回地拽着顾莺莺像两只撒欢的野狗跑出了百乐门。

碰见你可真倒霉!顾莺莺在百乐门门口挣脱关雎紧握的手,生气地说,你把我拽疼了。

哎?你这个人怎么不识好歹,我刚刚可救了你一命。关雎反驳道。

谁要你救了?没你我照样能脱身。再说了,本来就不关我事。

顾莺莺不耐烦地说。

你真是不了解日本人。他们才不管你到底关不关你事呢！行行！我不和你一小姑娘争了。赶紧走吧！各回各家各找各妈。关雎无奈地一挥手，大步朝街对面走去。

顾莺莺冲着关雎的背影嘟嘟嘴做了个鬼脸，接着，扭头朝反方向走了几步，在街边打了一辆的士也离开了。

关大少爷，可找着你了。你说去上个厕所，我在火车站可足足等了你半个多小时。你行李扔给我就自己跑这来了？

关雎在街对面碰见了已经等候他多时的梁茹筠，他焦急的样子让关雎觉得有些可爱。上海爆发战争后，陈汝英命关雎利用自己在国民政府就职的身份，设法加入了军统。在一名代号"骆驼"的中共潜伏特务的帮助下，关雎顺利打入了军统内部，并进入黄埔军校学习。关雎笑着揽过梁茹筠的肩头，按揉起来，说，我不是故意的。我在厕所里听到有人说百乐门头牌夜姬重现江湖，就想一睹芳容嘛！可是它晚上8点就关门不让进的，我怕来不及，所以直接走了。不好意思梁副官，哦不，梁副局长，您消消气。

你正经点。在外面，我们只是几面之缘的旧相识，不要靠我这么近。真不知道你这个全校第一，还破了三个项目的校纪录，是怎么做到的。戴局长竟然让你来做我的领导。梁茹筠说着躲过关雎的双手，打开街边小轿车驾驶室的车门，又说，还有，你别忘了你过去一年是去美国深造建筑学的，别说漏嘴了。

知道了。行李还在吧？里面可有老关送给我的瑞士手表。关雎一边嘀咕着一边坐进了后排，又补一句，限量版的。

扔了。扔火车站厕所里冲走了。梁茹筠板着脸说。

你这么说我就放心了。谅你也不敢，抵你好几年薪水呢！关睢说完傲娇地冲着后视镜里的梁茹筠笑了一下。

梁茹筠与他对视了一眼,顿了顿问道,我刚听说有个共党在百乐门里暗杀白川,被抓起来了。

你怎么知道是共党?关睢谨慎地反问道。

他那身打扮还有用的枪,一看就是共党。梁茹筠说。

关睢这时候看见老邢被日本士兵押上了日本人的汽车,那把山寨 M1903 狙击枪在河村惠子的手中就像一根木棍,在她嫌弃又鄙夷的目光下,木棍在掌心一次又一次被掂起,像是在表演杂耍。他想,他大概再也见不到老邢了。过了许久,他才若无其事地问,二组的碰头会安排在什么时候?

下周一下午2点,蓬莱南车站路上的茱丽叶艺术空间。梁茹筠说完,小轿车便在暴风雨前的夜上海奔驰了起来。

白川伊夫同河村惠子坐在他私人座驾的后座,他回头望了望灯红酒绿的百乐门思考着什么。

您是看中那个小子了?河村惠子说。

我很欣赏他,不仅有魄力而且很聪明。你好好观察他,如果背景干净可以考虑为帝国效力。白川伊夫说。

他再厉害也不是我的对手。河村惠子顿了顿又说,我的对手只有她。

此时,雪姨一直坐在百乐门的吧台上叹气,说,准备了这么久,就为今天,结果一开张就碰到这种事情,以后生意还怎么做?真是晦气!她又说,共产党怎么会知道日本人要来的?我可是连你们俩都没说,悄悄让他们从后门进来的。龚叔倒是心很宽,兴致颇好地在研究新款鸡尾酒,阮青丝在一旁漫不经心地摇着团扇,她想,共产党这时候出现,陈汝英大概是回来了,于是,笑着说道,说不定是好事呢？龚叔这时候说话了，他说，我也觉着是好事，你没看见那些男人看阮小姐的眼神，特别是那个日本人。你看着吧！不出几天百乐门又能像以前一样风生水起。龚叔说完，伸出食指和中指比了比自己，又比了比阮青丝。阮青丝遮面笑了起来，她轻轻拍了拍雪姨的肩膀说，休息吧！

5

　　阮青丝第二天一早在兰心大戏院的后台看见了正在练功的陈汝英和林玄同。正如她所预料的，他们已经回到了上海。阮青丝悄悄地站在门口，没有出声，就像一朵缓缓飘来的云朵。陈汝英正站在一抹阳光下运气，让阮青丝怎么也看不清他的模样。接着，陈汝英和林玄同看到了阮青丝，两人都愣住了。林玄同兴奋地搬下压在单杠上的左腿，像欢脱的兔子一头蹦进了阮青丝的怀里，他说，阮姐姐，你怎么知道我们回来了？我可想死你了。林玄同说着说着，哭了起来，他说，我以为我再也见不到你了。他们都说你杀了人。你这么善良的人怎么可能杀人，他们都是胡说！我才不信呢！

　　傻孩子。阮青丝摸了摸林玄同的脑袋，笑了笑说，看到你还能哭能闹，我就放心了。之前来戏院找过你们，可是田老板说戏班子散了，他准备把戏院给盘了。

　　这时候，陈汝英俊朗的面容从那抹阳光里钻了出来，他说，我带玄同躲到我老家的深山里去了。但是他待不住，一直吵着要回来找你。

　　阮青丝笑着又摸了摸林玄同，从珍珠手包里拿出了五十块钱说,你拿这个钱去旁边菜馆点几个你爱吃的菜,再去半斋酒坊买一壶女儿红。等会我要和你师傅好好喝两杯。去吧!

林玄同回头看了陈汝英一眼,见陈汝英点了点头,便拿着钱高兴地离开了后台。他走出戏院的时候,突然耷拉下脸,若有所思地整理了自己的衣襟很久,他甚至还学起了街头穿着马褂西装男人的模样,抬头挺胸地像个大人一样走了起来。阮青丝和陈汝英不知道,林玄同已经长大了,很多事情已经瞒不住了。

阮青丝和陈汝英坐在一方不大的化妆台前,后台的门紧闭着。陈汝英的脸庞比一年前要清瘦许多,连女人都嫉妒的秀发里竟冒出了一根白发,但这丝毫不影响他的玉树临风。阮青丝抬手,轻轻将陈汝英耳鬓的那根白发拔了去。陈汝英不好意思地接过白发笑了说,拔一根长十根,任它长好了。阮青丝笑了笑,没说话。陈汝英又说,阮小姐有什么就说吧!今天戏院只有我和玄同两个人。

昨晚,共产党在百乐门暗杀日本领事馆总领事白川伊夫,你听说了吗?阮青丝开门见山地说。陈汝英愣了一下,没有作声。此时他心中猜想,阮青丝是否对自己的身份已有所察觉,他昨日才回到上海,阮青丝今日就上门说共产党的事。难道只是巧合吗?阮青丝接着说,你为什么还要把玄同带回来?上海太危险了。

陈汝英一时不知如何回答,过了很久,才低头说道,玄同跟着我,我才放心。外面也不见得安全,到处都硝烟弥漫。万一他再丢一次,不一定有那个幸运能找到了。

阮青丝突然想起1932年的春天,她刚刚回到上海后的第一件事,就是寻找一名女共产党的九岁儿子。这名女共产党曾是她在日本火车站要狙击的对象,但因为她的临场怯懦,最终死在了河村惠子的手中。此外,阮青丝对这个女人一无所知,她只知道女人和记忆中的母亲差不多年纪,正是女人一生中最有魅力的时候。好在她记得男孩的长相,她找来画师将男孩的样子画了下来,交给青红帮的唐一发。唐一发的线人最后得到了一些无关痛痒的信息,而男孩的下落始终不明。就在阮青丝以为男孩也一同遇害了的时候,偶然的一次佘山之行中,她在佘山教堂的孤儿院里看见了这个孤僻又不爱说话的男孩林玄同。阮青丝一眼就认了出来,他就是自己要找的人。此后,阮青丝的愧疚和自责化作了无尽的爱与金钱,她想尽力去弥补这份过失,或者,更确切地说,是去弥补那个童年的自己,和男孩一样失去母亲的自己。阮青丝为教堂捐了很多钱,她一得空就跑来和林玄同一块捉蝴蝶。后来林玄同也爱上了蝴蝶,他说,青丝姐姐,谢谢你像蝴蝶一样飞到了我的身边。阮青丝哭了,她摸着林玄同的头,突然想起自己和老师横山隆裕一起捉蝴蝶的美好时光。她想,她的身边也曾飞来一只蝴蝶,但现在是两只了。

可是突然有一天,林玄同不见了,桌子上还留着那只他们一起做的蝴蝶标本。教堂的修女嬷嬷告诉阮青丝,林玄同被母亲昔日的朋友接走了,走得十分匆忙。心急如焚的阮青丝一连在教堂打着地铺睡了三晚,最终才碰到半夜来拿行李的陈汝英。阮青丝起初对这个阴柔俊美的男人满是狐疑,但后来在他滔滔不绝的陈述中,她发现陈汝英对林玄同的了解远比她多得多。也正因为如此,阮青丝一早就推断出了陈汝英的身份,单凭陈汝英与林玄同母亲的关系,若他不是共产党,也是位爱国的亲共人士。之后的接触让阮青丝确定了陈汝英地下党的身份,她那时就在心底暗自佩服陈汝英,她想这个看似阴柔的男人原来在做如此伟大的事儿。

此时,阮青丝看着眼前低头沉默的陈汝英,也失了语。她想说让自己来照顾林玄同吧！但一想到自己危险的身份，又觉得这样的想法太不负责任了，她何尝不是与陈汝英一样的呢？所以她最后只是说了一句，有什么事，请第一个来找我，我一定会尽力帮助你们的。

阮青丝说完这话的时候，让陈汝英感到她身上那股英勇逼人的豪气，他想阮青丝是把自己当成汉子了，她在乱世沦落到风月之地其实比谁都要无奈、要苦的，何况现在又成了寡妇。

你丈夫的死，有线索吗？陈汝英问。

阮青丝摇摇头，说，我不想查了。既然出来了就让它都过去吧！可能是我的命不好吧！

这天，关府异常地热闹，鹦鹉哈尼在客厅的鸟笼里拍着翅膀一直叫唤着，少爷少爷，少爷好！小翠和简娠准备了一桌子好菜来庆祝关雎学成归来，只有关大千一脸愁容。他希望关雎毕业后留在美国，而不是再次任性地回到已经变了天的上海滩。

你回来打算做什么，想好了吗？关大千一脸严肃地问。

简娠看了关大千一眼，又看了看关雎，夹起一块东坡肉放进关雎的碗里说，多吃点。这是你最爱吃的，带着皮儿，我买了最好的一块三层肉，足足炖了三个钟头，又蒸了半小时。

关雎夹起东坡肉咬了一口。简娠继续说道，好吃吧！

关雎又咬了一口说，好吃！肥而不腻，软烂入味。

你来帮我打理生意吧！明天开始给我当助理，我从最基础的金融知识开始教你。要是学不好，我名下还有几间店面，卖的都是粮油布料之类的生活必需品。难不倒你这个高才生吧！关大千继续说。

我学建筑的,不会做生意。关雎嘟着嘴说。

那你想怎么着?关大千提高嗓门说。

我想自己开个事务所,做老本行。关雎小心翼翼地说。

关大千气得说不出话来。简姳在一旁劝道,大少爷才刚刚回来,先休息两天,工作的事情再慢慢筹划嘛!

我这周会让财务打一笔钱到你的户头上,足够作为你的启动资金。但你要是折腾完了就必须回来听我的安排。关大千沉默了片刻,盯着关雎,中气十足地说。

关雎对关大千难得的开明感到意外,他兴奋地从凳子上站了起来说,好!我同意。

简姳明显察觉到关雎这趟回来,刻意与自己保持着一定的距离。她听见关雎在饭后走进厨房,悄悄问正在洗碗的小翠,二太太在医院是否安好。小翠丧着脸说,还是老样子。简姳觉得关雎不向自己询问冯婉清的情况,不是觉得同她生分,就是因上次的事情对她心存芥蒂。她回到房中,开始思考,如何才能重新拉近自己与关雎的距离。等她从楼上下来的时候,关雎正准备出门。简姳叫住关雎,说,大少爷,我们一块去看看二太太吧!可关雎头也不回地说,我晚上约了同学还有事。等我办完事有时间的话,我自己绕过去看她好了。这让简姳心头又是一凉。

关雎这天下午来到福源寿衣店的时候,门上挂着打烊字样的门牌。他推门而进,柜台里也不见刘启的踪影,空荡荡的货架上飘着一串串白色的冥币,满地杂乱的殡葬用品像是刚刚经历了一场洗劫。他走上阁楼,脚下松动的木板咯吱咯吱地叫唤着,奇怪的氛围让他不禁警觉起来。

关雎掏出腰间的枪,慢慢靠近房门,只见陈汝英和刘启已在桌边等候他多时。他松了一口气说，弄得紧张兮兮的。吓死我了你们。

陈汝英笑了，刘启忙解释说，之前战事爆发走得急，没锁门。店里的东西都被路人抢光了。

刘启话毕，屋内的气氛马上又凝重了起来。三个人都心照不宣，接下来将会有一场不可避免的争执。空气安静了十几秒或是半分钟，关雎数不清了也没心思数，他一掌拍在桌面上，一跃而起的尘埃让陈汝英和刘启不禁挥手捂鼻。

为什么是老邢？为什么是我？关雎愤怒地说。

作为一名战士不需要问为什么，只需要服从组织的命令。陈汝英一脸严肃地回答道。

我从加入组织的第一天起就做好了随时牺牲的准备，但是为什么一定要用这样自杀式的办法？那可是一条命啊！怎么可以随随便便就牺牲！关雎情绪失控地吼道。

随随便便？每一个战士的牺牲都有他的意义。白川伊夫生性狡诈多疑，他来上海之后，行事极其小心，极少外出。如必须出门都有河村惠子和保镖贴身保护。我派你去保护百乐门东贵宾包厢的时候，故意不透露过多的信息，就是为了让你博取他的信任，留在他的身边，窃取日本人的情报。陈汝英解释道。

那错误的命令呢？也值得服从吗？明明可以想出很多不用牺牲的办法，比如说制造一场火灾或者是在他的汽车上动手脚……

关雎的话还未说完，陈汝英就打断了他，说，你说的这些组织都考虑过，甚至想了比你更多的办法。但是白川伊夫这次去百乐门观看演出就是随机的偶然事件，我们的时间、人力、物力都有限。我们只能在有限的时间内做出成功率最高的决定，这样的机会一旦错过就不知道要等到什么时候了。

为什么不选别人？为什么要我亲手抓出老邢。关雎顿了顿，又说，这么多在上海的同志，偏偏要找一个刚刚下车的人。还派人到车站的厕所来给我送执行任务的消息。

这是组织对你"学成归来"的一次考察。陈汝英捋了捋大褂说。

我看是对我忠诚度的考察吧！关雎扭头走到窗口，很不服气地说。

其实，我不必和你解释这么多的。组织也没有必要向你解释。我觉得你现在需要好好抄写党章，学学如何做个合格的共产党员。老刘，你监督他每周一篇读后感。写到他思想觉悟，不问这些可笑的问题为止。陈汝英说完，生气地起身准备走，被刘启一把拉住。

大家都少说一句。珍惜彼此在一起的时光吧！这战争从来都没有道理和公平可讲，说不定下回，我们之中就有人见不着了。刘启说这话的时候，拉了拉关雎的衣襟。关雎甩了下身子，依旧站在窗边。刘启又说，军人以服从命令为天职。在战士眼里，命令就是一切，无论付出多大代价，哪怕是牺牲自己的生命，也要绝对地服从，直至取得最终的胜利。其他的交给历史评判吧。

接着，刘启从行李箱中拿出密码本，递给陈汝英。陈汝英将密码本放在桌上，背对着关雎说，这是接下来行动用的密码本，你尽快熟记。你接下来的首要任务是窃取日本人的天照计划。关于这个天照计划的具体细节，除了代号我们一无所知。它只在偶然截获的一份日本军部高级电报中出现过一次，之后就再没出现过。级别应该很高，而且潜藏得非常深。

关雎这才扭捏地转身拿过桌上的密码本，塞进了外套的内衬里，嘟囔着说，差点把我害死，也不道个歉。

陈汝英无奈地回过头来,指着关雎无奈地摇头说,你呀! 你呀! 就你小子,鬼机灵多得很。我放心着呢。陈汝英说完从口袋掏出一颗梅花袖扣递给关雎说,这个你收好,执行任务时,如果出现紧急情况,它代表终止任务,紧急撤离。

关雎将这颗小小的袖扣小心收进了口袋里,他知道,真正的战斗即将开场了。

关雎在傍晚见到了正坐在医院草坪上发呆的冯婉清。她好像把自己想象成了一株向日葵,一直仰着脸迎接金色的阳光。关雎那天就这样静静地坐在冯婉清身边,陪着她等到天一点点黑下来,再等到月亮一点点亮起来。他发现冯婉清仿佛置身战争之外,还是原来那云淡风轻的模样。他想,冯姨这样也挺好的,至少不用像外面的人一样承载太多的东西。

6

周一下午2点的太阳很毒,关雎准时来到了南车站路的茱丽叶艺术空间。艺术空间的门面是一个大大的两层楼全落地窗,透过玻璃可以看见里面古朴儒雅又文艺时髦的装饰,极致简约的空间线条搭配木雕窗花和檐头摆件,这样大胆的中西结合竟毫无违和感,甚至耳目一新地呈现出一种超意境的美。关雎想,艺术空间的主人一定是颇有造诣和品位的艺术家。这让他迫不及待地想见见他。

关雎推门而进,但他叫了好几声,始终没有人回应。这时候,梁茹筠进来了,他拍了拍关雎的肩膀说,怎么不上去? 关雎这才发现博古架旁的屏风后面有楼梯。

艺术空间二楼的窗帘紧闭着,暗黄色的灯光打在雪白的墙面上亮得有些刺眼,墙边对称的椭圆形盆景架上分别放着四株花开得正旺的剑兰,而正对的廊道拐角处摆着一台造型独特的笨拙的收音机。收音机里一个声音富有磁性的男人正说道:蒋介石政府拒绝和谈,容共抗日是倒行逆施,不得民心的。最近在日军的军事压力和政治诱降下,重庆方面又有很多高官变节投敌……

关雎跟着梁茹筠来到一间屋门紧闭的房间门口。梁茹筠告诉他,这里以前是照相馆,这间屋子是洗照片用的暗室。关雎站在一堆穿着各式改良旗袍的模特模型里,发现房间里坐着的第二行动小组组员,竟然是自己那晚在百乐门碰见的假小子顾莺莺。他不可思议地瞪大了眼睛。只是现在顾莺莺头戴礼帽,穿着复古黑裙,一身时髦的文艺打扮。

怎么是你?顾莺莺诧异地跳了起来说。

你们认识?这是我们第二行动小组组长,关雎。梁茹筠对顾莺莺说。

顾莺莺突然感到无比丢人,她恨不得找个地洞钻下去。于是,她一屁股坐了回去,埋着头,不敢出声。

关雎笑了,他说,真倒霉,以后不知道还要救几回。

你说什么?梁茹筠云里雾里地问。

没什么。这位是?关雎把手伸向顾莺莺问道。

梁茹筠说,她叫顾莺莺。负责我们小组的谍报工作,破译密码的好手。她还是……

大名鼎鼎的青红帮帮主宋敬诚的女儿嘛!我知道!关雎笑了一下说。

顾莺莺这时候再也忍不住了,抬起头,死死握住关雎的手,慢慢起身说,还有你不知道的。我还是巴黎美术学院学士、日本东京艺术大学硕士。

关雎的手被捏得生疼,他忍着疼用力反击道,不错!还是个画家。戴局长找的果然都是精英。

顾莺莺见关雎使劲,又毫不客气地加大了手腕的力气,狠狠地说,画家,也是设计师。

行了。你们俩怎么回事?梁茹筠见两人死掐起来,忙劝道。

这时候,两人的手才松开。关雎忙按揉着手掌说,那天晚上在百乐门里,我救了她一命。

顾莺莺马上白了他一眼回道,我是在执行任务好吗?

执行任务?关雎反问道。

那天顾莺莺是去暗杀白川伊夫的。梁茹筠说。

那被抓的狙击手不是共党,是我们的人?关雎假装不知情,问道。

被抓的不是我们的人。我们也不知道共党会派人去。那天,军统也是意外得到消息,白川伊夫要去百乐门看演出。我因为要去接你,没有参加行动,顾莺莺是去支援别的行动组的。梁茹筠说。

也就是说,那天晚上还有军统上海区其他行动组的人?关雎问。

是的。一共三个人。梁茹筠说。

此时,关雎才意识到那天的诸多意外原来不是意外。除了狙击手老邢之外,顾莺莺也是事先设计好的。如果顾莺莺没有在那时出现,或者是早在老邢之前完成了刺杀任务,那么接下来一切的计划就会泡汤,他自己也可能会丢了性命。关雎想到这里的时候,不禁后脊发凉起来。他想,自己这个双面间谍的身份真是太害人了。

组长,你想什么呢?梁茹筠用胳膊肘挤了挤关雎说。

噢,我在想顾莺莺不会就是这艺术空间的主人吧! 关雎愣了一下说。

是我。我已经把这里买下来了。原先这里的老板是个摄影师,装潢得还挺不错,特别是这个大大的落地窗,对面又是大同大学美术学院,学生很多,生意应该会不错。顾莺莺傲娇又得意地说。

梁茹筠补充道,以后这里就是我们的联络点。顾莺莺负责待在这接收和传递电报。

关雎这时候竖起一个大拇指送给顾莺莺,接着说,顾小姐,最近有接到什么上级的电报吗?

国民党叛逃高官胡昌瑞下周一将抵达上海接任督办上海市政公署的市长职务,伪政府要设宴招待他。当天晚上7点,国民党锄奸队会进行刺杀行动,刺杀胡昌瑞。我们接到任务,如果锄奸队刺杀失败,我要尽可能想办法解决掉胡昌瑞。顾莺莺说着,关雎和梁茹筠都坐了下来。

军统在上海组建的锄奸队由胡昌瑞一手组办,他的叛逃无疑会严重破坏国民党在上海的情报组织。梁茹筠说。

这么说来,他手上不仅有一批国民党军统锄奸队的名单,还有一批上海地下党名单。如果落到日本人手里对我们危害极大。关雎说。

这次行动怎么安排?顾莺莺问。

关雎笑了一下说,因为梁茹筠的汉奸身份,他可能也会成为锄奸队的目标。所以梁茹筠这次的主要任务是保证自己的安全,刺杀胡昌瑞的任务交给我和顾莺莺。

顾莺莺纳闷地问道,我们该做什么?

关雎又笑了一下说,首先得想办法进宴会。

自从夜姬阮青丝再回百乐门,百乐门里的留声机和大音响就没停过,霓虹灯也没熄过。生意不仅没有因为暗杀白川伊夫事件受到影响,反而得到了日本人的诸多关照。这都得益于阮青丝精心培养了三个月之久的舞队。在阮青丝的调教下,她们不仅精通中国古典舞曲,还学会了诸多日式曲目,甚合日本人的口味。蔡进军也带着伪政府的一帮汉奸,隔三岔五就跑来给阮青丝捧场,他怕上海滩头牌夜姬一不小心又被人给抢了去,他得看紧咯。雪姨有钱赚自然就开心了,她天天抱着她的账本,画个圈又画个圈,乐得合不拢嘴。她说,管他是日本人还是中国人,只要是男人的钱,就活该,谁叫他们好色呢!

阮青丝这天穿着长款高开衩旗袍在舞池里正和蔡进军跳一支新学的恰恰。她对这样欢快又着急的步子不是很习惯,总是会踩在蔡进军锃亮的皮鞋上,然后羞涩地用上海话说勿好意思勿好意思(对不起)。但是蔡进军一点也没有不高兴,他把阮青丝的腰搂得很紧,胡子都快笑歪了,他说,踩!我的鞋子买来就是给阮小姐踩的。我高兴,鞋子就高兴!接着,蔡进军就低头看见阮青丝那纤细白直的大长腿在胯下一遍又一遍地扫过,他眯着眼说,阮小姐的腿不是腿,是塞纳河畔的春水。阮青丝笑了,她笑得像一朵摇曳在春风中的花朵。这时候,蔡进军终于忍不住,用力一把将阮青丝塞进自己的身体,在她耳边小声问道,该怎样才能得到你,麻袋还是甜言蜜语?阮青丝又笑了,她轻侧着清冷的脸庞,嘴唇差点就粘上了蔡进军的耳垂,她悠悠地说,真正的拥有,不是得到一个女人的身体,而是靠人品、担当、灵魂去征服一个女人的心,这才是男人。

阮青丝说完这话的时候,看见路边的报童扔了一叠夹着《立报》的报纸进来,便悄然离开了。正在吧台调酒的龚叔走到门口拾起报纸放在了吧台上。阮青丝记得这份在抗日战争爆发前后创刊的颇有影响的小型报纸,但它早在上海沦陷后因宣传抗日思想被迫停刊了。这让她觉得事有蹊跷。

哎呀! 我老是记不住,跳得我一身汗。阮青丝停下舞步,不耐烦地说着,走到沙发边坐下喝起水来。

蔡进军在身后紧跟着,为阮青丝扇着团扇。过了许久,阮青丝都闷闷不乐地一言不发,蔡进军便哄道,阮小姐不高兴了?你才刚学嘛! 况且我觉得你还是跳古典舞好! 你这个气质跳古典舞在上海滩称第二,没人敢称第一! 这个恰恰都是我们这种外行人学来排解的,你是专业的,跟我们不一样。

专业的都跳不好。不跳了不跳了。今天先这样吧! 等我练好了再说吧! 阮青丝叹了一口气,说着起身准备上楼。

蔡进军望着阮青丝的背影,坐在沙发上有些不知所措。雪姨忙上前安慰道,她这是在和自己生闷气呢! 我们青丝好强,你不是不知道。等她练好了,我给你打电话。

好吧! 她的脾气一向如此,深藏不露、飘忽不定又琢磨不透。蔡进军顿了顿,突然坏笑起来说,谁叫我就是喜欢得不得了呢!

蔡进军前脚刚走出百乐门,躲在二楼楼梯口的阮青丝后脚就跑下楼,在吧台边找到了那份《立报》。在寻人启事一栏,阮青丝果然找到了"明天下午2点约见"的藏头诗。

雪姨记得阮青丝那天在调一杯蓝水母,杯子里的水母才游了没一会儿,就被一个戴着帽子的男人吞进了肚子里。阮青丝前一夜跟着龚叔在吧台里调了很多杯蓝水母,她把那些失败的作品都拿来请吧台边那些流着口水的男人喝,男人们不仅疯抢这样的残次品,还为这样的免费大打出手。所以雪姨觉得,这个戴着帽子的男人能喝到第一杯成功的蓝水母是多么幸运。但五秒钟后,她改变了想法。她觉得这个男人更幸运的是,在和阮青丝对眼两秒后,不费吹灰之力,就让阮青丝乖乖地牵着他的手离开了百乐门。雪姨想,阮青丝一定是疯了,怎么才见第一面就跟一个不认识的男人跑了。

阮青丝后来在一栋地地道道的上海老巷子的阁楼上打起了麻将,她的两条腿像两条忙碌的水蛇一直缠绕在郭子文和帽子男人之间,搞得两个男人心神不宁地总是给阮青丝放炮。最后帽子男人实在忍不住说道,哎呀!子文,你这个女朋友不简单呀!郭子文忙笑道,戴老板是体恤下属,知道我们下面日子不好过,故意来给我们送点零花钱。就您的牌技我们怎么可能是您的对手。阮青丝则在一旁笑得花枝乱颤,她说,向小姐的牌技才叫好呢!之前我们一桌人输牌只有她一个人是赢钱的。郭子文看了看戴老板,小心翼翼地说,向小姐现在可是戴老板身边的大红人,军统赫赫有名的裙带花。要是没有她,我也不能在乱世中有口饭吃。

同桌的第四个人是戴老板带来的"司机",他话不多,但总是一语惊人。他说,郭先生可能天生牙口不好,就适合吃软饭的。这次准备送戴老板的是什么花?

阮青丝这时候抚了抚发髻,轻轻地笑着打出了手中的牌,把腰扭得像根皮筋,妖媚地对戴老板说道,有花的地方怎么能没有蝴蝶?

戴老板非常欣赏这位前司令夫人的风范,他笑了笑说,阮小姐身上倒是有几分向小姐的影子。但你更理智和沉稳,以后一定比向小姐出色。

临走时,戴老板又变成了帽子男人,他摇下后座的车窗小声在郭子文耳边说,百乐门鱼龙混杂,是探取情报的好地方,就让她继续待在那。军统上海区需要她这样的女人。

夜深了,阮青丝坐在化妆台前再次戴上了那副半美人半骷髅的面具,并朝镜子里的女人轻轻地笑了。一只仅存在于传说中的叫鬼美人的死亡蝴蝶,便在这时悄悄飞出了储藏室的法式陈列柜,在上海滩那没有硝烟的战场上破茧而出了。

7

这天傍晚,夕阳悠然自得地落在半山腰,太阳把整个天空都染成了血红色,关雎坐在朱麟的小汽车上欣赏了一路的火烧云,最后汽车缓缓地在华懋饭店的门口停下了。他看见阮青丝挽着蔡进军的手,正背着那一抹夕阳朝他缓缓走来。那时,关雎以为这是他与阮青丝的第二次照面,但猛然间,他想起三年前自己在淞沪警备司令部门口的小轿车里等待蔡进军时,那似曾相识的场景。直到很后面,他才知道,这样的答案也是错误的。他们早在上海和苏州相遇了无数次,只是那时他们很不小心地错过了彼此。

此时,关雎和伪政府财政局局长朱麟紧随阮青丝和蔡进军走进了华懋饭店。一群穿着狼皮的汉奸齐刷刷地站在门口伸长了脖子,他们都在等胡昌瑞的大驾光临。关雎在人群中看见了两个熟人,一个是公安局副局长梁茹筠,另一个是昔日部下、特务科行动队队长王财升。原本就有些微胖的王财升,此时变得肚满肠肥,让关雎有些认不出来,而站在他左边、高瘦如猴的男人与他形成了鲜明的对比。关雎客气地朝三人点了点头。

来,关雎! 你们都认识吧! 朱麟说。

梁长官之前和应挺司令一块来参加过大桥公寓的剪彩仪式,有过一面之缘。王财升是我以前的部下。接着,关雎指了指王财升身边的男人笑了笑说,这位是?

这是特务科主任杨啸龙。这次宴会的安保工作都是由杨长官负责的。朱麟说完,关雎随即伸手问好。在国民政府时,关雎就听说过杨啸龙。他曾是蔡进军的部下,由此才得到了现在特务科主任的职务。

王财升没有表现得与关雎多热络,倒是一副高人一等、威风凛凛的样子,说道,为确保胡长官的安全,在我们杨主任的带领下,特务科上上下下已经忙了一周。这里没有请柬根本进不来,就连上菜的服务员都是我们自己的人,连只苍蝇也飞不进来。这份衷心,皇天可鉴。

关学长?

这时候,一个甜美的声音从人群中传来。关雎转头看见了酒池边,身着伪政府制服的孙媛正朝自己走来。

孙媛,你怎么在这? 关雎诧异地问道。

学长! 真的是你。真是太怀念我们以前在文学社一起写稿播音的日子了。我记得那时,有多少女生给你送情书,都送到我这里了呢! 没想到能在这里遇见你。孙媛害羞地说完,顿了顿又问,我现在在特务科办公室做文员。关学长呢?

我刚回国,跟财政局的朱麟局长来认识些人。关雎话音刚落,孙媛便马上伸手客气地与朱麟问好。这让关雎有些不敢相信大学时单纯的学妹如今竟然这样一副官僚的汉奸模样。于是,关雎将孙媛拉到一旁悄悄问道,你怎么来新政府工作了?

孙媛看着关雎的眼睛,有些心虚地说道,我之前在国民政府工作,上海被占领后,父母又想办法让我进了新政府。孙媛顿了顿又说,我知道,其实他们也有自己的私心,都是为了水泥厂的生意。我心里一直很煎熬,我在想我的选择到底对不对。但是,今天看见了关学长,我知道,关学长一定不会做错误的事,对吧?

关雎被孙媛的话一下子问住了,他愣愣地看着孙媛渴望的眼神回道,活在当下吧!错与对让历史去评判。关雎说完这话的时候,心里是充满愤恨的,他无法在这样的环境下向孙媛解释自己的处境,也无法表达自己对投敌卖国官员的失望和悲愤。

关雎,我再带你见一个人。他现在可是公安局局长兼特务委员会主任了。朱麟打断了关雎与孙媛的交谈,拍了拍关雎的肩膀说道。

阮青丝这时看见朱麟和一个剑眉星目、脸如刀削剑刻般的男人走了过来。她认得这个男人,他害得自己在苏州的行动几次失败。但他为什么会出现在这?

蔡局长,恭喜啊!终于抱得美人归了!朱麟一见蔡进军就坏笑着调侃道。

阮青丝在一旁微笑着没有说话,她始终观察着关雎的一举一动。而关雎也同样上下打量着眼前这个冷艳孤傲的美女。蔡进军一脸得意地说,现在只成功了一半!不过,这世道就看谁活得久,活得久就能笑到最后。你说呢！朱兄！蔡进军和朱麟两人相视一笑，接着，蔡进军瞧见了一旁的关雎，说，关少爷也来了？你国外深造回来了？

关雎急忙把目光从阮青丝身上拉回来，同蔡进军握手说，是的，蔡局长。刚回来没多久。

现在在做什么？蔡进军问。

我准备开间建筑师事务所，接点政府的项目。关雎不好意思地说，所以麻烦朱伯伯带我来认识些人。

突然，门口喧闹起来，众人都蜂拥向前迎接。关雎问道，是胡长官来了吗？

不是，是驻沪日军总司令、特高课负责人白川伊夫。蔡进军说完，喝了一口杯中的红酒，拱起手臂，准备上前迎接。关雎看见阮青丝的脸上闪过那么一秒的局促不安，但很快便昂首挽起蔡进军的手臂离开了。

紧随其后的关雎在门口看见了穿着和服的顾莺莺。她正踩着小碎步同大川内传七跟在白川伊夫身后，一起走进饭店。这让关雎着实佩服这个傻人有傻福的顾莺莺。几天前，顾莺莺因为要去虹口区找进口颜料，竟用自己一口流利的日语和颇有特色的画作，邂逅了喜爱艺术的大川内传七。关雎想到这，忍不住笑了起来。而一旁的阮青丝完全没认出，眼前这个可爱的姑娘就是半个月前在百乐门风风火火拽着红帛飞下舞台的"小伙子"。阮青丝更多是害怕，她脑海中不停地闪过当年被白川伊夫施以烙刑的可怕画面。她发现自己的手一直忍不住地颤抖着，于是，她将手中的酒杯放在一旁的桌台上，心想，白川伊夫的身边怎么不见河村惠子？

白川先生，这位就是大桥公寓的设计师关雎，日本宪兵队现在办公的地方就是他设计的。朱麟迫不及待的引荐让关雎有些意外，他还沉浸在顾莺莺颇有意思的邂逅桥段中。白川伊夫看了关雎很久，没说话。朱麟接着说道，我知道您迷戏曲。晚上我还请了上海兰心大戏院最有名的名角来给您助兴。

白川伊夫板着脸说，朱局长应该把钱用在新政府的建设上，想想怎么把上海的经济拉上去，稳固好民心，让老百姓拥护新政府，而不是把钱花在这些上面。

是，是！朱麟弯下腰退到了一旁。

蔡局长，这次胡昌瑞的投诚，要归功于你的拉拢。要是没有你，我们也无法除掉这些危害新政府的毒瘤。白川伊夫对蔡进军说。

哪里。胡昌瑞是我出生入死的好兄弟，他只是在适当的时候，选择了正确的路。蔡进军说完，门口响起了汽车喇叭声。

随即，腰肥肚圆的胡昌瑞下了车，在众人的拥护下坐上了宴席主座。酒过三巡，胡昌瑞丝毫不提名单的事，只顾着和蔡进军向白川伊夫吹嘘拍马，这让一旁的杨啸龙很是焦急。于是，他便提出让弃暗投明的胡昌瑞把带来的礼物交给白川伊夫。老奸巨猾的胡昌瑞笑了笑说，你说名单呀！这件事等宴会结束，我会亲自到领事馆向白川先生汇报。杨啸龙忙说，胡长官，这么重要的东西放在身上恐怕不安全。胡昌瑞又笑了笑，指着脑袋说，没事，放在这里最安全。同桌的汉奸们也跟着焦灼了起来。有的说，只有剿灭这些军统的特务，我们才能安全。有的说，你都不知道，因为这份名单，我这一连好几天都不敢出门了。

这时候，酒宴舞台的灯光突然亮了起来，锣鼓声响，陈汝英和林玄同身穿一席大红大绿的华丽戏袍踩着节拍舞动起来，一出《穆桂英》在二人或高亢或粗犷或豪放的唱腔中完美呈现,场下众人掌声不绝,叫好连连。就连原本对演出嗤之以鼻的白川伊夫也被陈汝英惟妙惟肖的演绎惊艳到了,他盯着陈汝英的一颦一笑琢磨了起来,他想,这到底是男人还是女人,怎么能这般让人着迷呢。只有关雎一直看着手表,眼看7点马上就要到了,人群中丝毫没有锄奸队准备刺杀的动静。就在秒针转动到7点的最后一秒时,一颗子弹射穿了前来送菜的服务员的胸腔。这颗子弹原本是要射在胡昌瑞的脑门上的,倒霉的服务员为他挡了一命。而就在服务员倒下的那一秒,宴会的吊灯全部被击灭,整个会堂瞬间陷入了黑暗,只留下墙上几盏昏暗的壁灯微弱地发着光。

关雎这时才发现,桌上少了阮青丝的身影。众人惊慌失措地大叫起来,会堂内当即展开了一场漫无目的的枪战。杨啸龙随即命令孙媛护送胡昌瑞到后厅休息室躲避,自己和王财升带着行动队队员在酒店迅速展开了搜索。蔡进军和梁茹筠也护送白川伊夫和大川内传七离开了会堂,贪生怕死的朱麟马上变成了小狗,躲在桌子底下一动不动,而被人群推搡到舞台边的顾莺莺,则被一双柔软纤细的手拉进了舞台旁的化妆室。惊恐万分的她转头一看,那人竟是在台上演穆桂英的陈汝英,陈汝英小声说道,你在这别动。顾莺莺又吓了一大跳,盯着陈汝英的脸愣了好一会儿才说,原来你是男的,但是你怎么可以长得这么好看,比女人还要好看。接着,她便看到陈汝英温柔地笑了一下,拿着皮箱,匆匆离开了化妆室。

此时,躲在暗处戴着蝴蝶面具的阮青丝看见关雎跟在孙媛后,护送着胡昌瑞来到了休息室门口,她瞄准胡昌瑞后按动了手中的扳机。但意外的是,昏暗的视线让这枪打在了他的胳膊上。胡昌瑞当即吓得抓起孙媛,走进休息室大叫道,有人要暗杀我!你必须保护我,你挡在我的面前!

好的,胡长官。孙媛愣了一下说。

关雎见状,掏出了藏在腰间的手枪说,孙媛,你让开!

随即,出乎意料的胡昌瑞捂着伤口吃力地拔出手枪对准了关雎说,你别胡来! 你再动我就一枪毙了她!

学长,你也是锄奸队的人? 孙媛同胡昌瑞一样意外,她瞪大了眼睛说道,原来学长和我不一样,错的,一直只有我。我好想回到文学社的时候,那时候一切都那么美好而简单。

关雎沉默着,看着孙媛情绪崩溃地跪倒在地,过了很久她才抬头说道,你开枪杀了我吧! 今天锄奸队刺杀成功,胡昌瑞没了命,我迟早也要一起陪葬。与其死在那帮汉奸的手里,不如死在关学长的手里。接着,她闭上了眼睛说,开枪吧!

就在关雎陷入犹豫的时候,胡昌瑞企图举枪解决了关雎,一旁的孙媛见势,毫不犹豫地挡在了关雎的身前。嘣! 一声枪响后,胡昌瑞的子弹不偏不倚地打在了孙媛的胸口,孙媛的胸前马上开出了一朵血红色的花。与此同时,关雎也射穿了胡昌瑞的脑门,胡昌瑞当即倒在血泊中。孙媛捂着胸口的花朵回头看了关雎一眼,轻松地笑了起来。关雎哽咽着说,你这个傻姑娘,男人怎么可以要女人来保护,你怎么这么傻? 孙媛依旧微笑着,她死死地拽住关雎的手说,我求你一件事,你一定要答应我,保护我的父母。

话音刚落,孙媛便如释重负地躺在了冰冷的廊道上,她微笑着,就像许多年前,关雎在文学社初见她时,那么天真烂漫的笑容。接着,关雎把手枪放到孙媛手中,朝自己的胳膊也射了一枪。

关雎后来在剧烈的疼痛中晕了过去,等他醒来的时候,发现自己已被五花大绑,坐在宴席的方凳上。杨啸龙正拿着手枪恶狠狠地盯着自己。

说！刚刚后厅到底发生了什么事？杨啸龙用枪抵着关雎的脑门说。

刚刚我跟着孙媛一起护送胡长官到后厅。没想到走到走廊时，孙媛突然要开枪袭击胡长官，被我挡了下来，侥幸没有击中要害。接着，他们两人举枪对峙了起来，先是孙媛击中了胡长官的手臂，再是胡长官击中了孙媛的胸口，然后，孙媛用最后一丝力气射穿了胡长官的脑门。孙媛应该就是锄奸队的人。关雎吃力地说道。

放屁！我看你才是锄奸队的人。你不是新政府的人，为什么要让朱麟带你来？杨啸龙用力地将枪抵在关雎脑门上，歇斯底里地喊道。

我刚刚经过后厅走廊，确实看到了一个女人举着枪对着胡长官。但当时宴席太混乱了，灯光黑暗，我站在走廊的尽头，只是远远地看到那个身影像孙媛。这时候，阮青丝从人群里站出来说。

是真是假，等会验伤结果出来就知道了。蔡进军在一旁抽着香烟，淡定地说。

杨主任，刚刚检查了几处伤口，确实和关雎描述的一样。王财升眼中略带疑惑地在杨啸龙耳边轻声说。

他妈的。这特务科真是被孙媛给害死了。他们家给日本人捐钱捐物，没想到整的是这出戏码！给我把她的父母抓来，我要好好审审。杨啸龙随即命令王财升说。

关先生为我们特务科揪出叛徒，真是功不可没啊！此时，河村惠子携白川伊夫一同从舞台后走了出来，她说，我早就料到今天会出事，我一直都在楼上看着呢！

　　关雎和阮青丝心头一惊。他们心中清楚得很,当时现场情况并非关雎所说,但河村惠子为何肯定了关雎的说法,她是故意将计就计地试探,还是另有目的?

　　你们还愣着干吗! 马上给关先生松绑,送去医院治疗。白川伊夫呵斥道。

　　此时,走下舞台的河村惠子眼中燃起了熊熊烈火,与阮青丝四目相对。她们像是两位久违的对手,重新回到了赛场,整个人都沸腾了起来。河村惠子得意地一笑,轻轻地与阮青丝擦肩而过,说,比赛开始了。阮青丝看着河村惠子和白川伊夫离去的背影,心头突然焦虑起来。

8

　　这天傍晚,关雎捂着处理好的胳膊从医院出来,就一直觉得有人跟踪他。他猜想,应该是特务科的人仍对他心存怀疑进行的探查。所以,他毫无压力地同往常一样抄近路回家。医院实在是太闷了,他想回家在床上逗逗哈尼。

　　但随着夜幕一点点落下,关雎走在昏暗的小巷里却差点吃到一颗从天而降的子弹。好在一个男人在黑暗中叫住了他,并朝天发了一枪,对方的子弹打在了拐角的电线杆上,一个矫健的黑影也在这时仓皇而逃了。

　　接着,男人慢慢走到路灯下露出了侧脸,他说,我跟了你一天。看来你坏了锄奸队的好事,他们想要解决你。

　　关雎小心翼翼地向前走了几步,这才看清说话的人原来是杨啸龙。他松了一口气说,吓死我了。杨主任你怎么会在这?

杨啸龙毫不避讳地说,孙媛的父母已经招供了,择日处死。你是她的学长,例行公事需要排除你的嫌疑。现在看来,关先生暂时没有问题。

关雎对杨啸龙"暂时"二字之用词精准感到有些意思,笑了一下说,看得出来,杨主任的工作非常严谨。你们打算怎么处置孙媛的父母?

已经交给河村课长了,由她亲自处置。杨啸龙说完压了压帽子,又冷冷地说,关先生近日最好还是在家好好养伤,少出门。告辞。

关雎走在空无一人的夜路上,回想起前一天在华懋饭店枪击胡昌瑞的场景,心中不免有些难过。他怎么也没想到自己谍战生涯害死的第一个人,竟然是崇拜自己的大学学妹。但好在这次行动大家都平安无事。继老邢牺牲后,关雎开始害怕身边的人突然有一天就像泡沫一样消失。所以,在得到锄奸队的暗杀计划之后,他便第一时间将情报告诉了陈汝英,他不想胡昌瑞手中的中共地下党名单落入日本人之手。这才让陈汝英事先做好准备,案发时换上日本军装,盘好发髻,在黑暗中伪装成了孙媛的样子,举枪对准了休息室。而河村惠子即使戴着夜视镜也是无法看见休息室内的胡昌瑞、孙媛和关雎三人的。但有一点,关雎始终想不通,休息室门口的那一枪是谁开的? 无论是中共还是军统,他的任务都是在锄奸队任务失败后,刺杀胡昌瑞。那开枪的人的任务也和他一样吗,还是另有目的?

正当关雎专心致志地沉浸于这些问题的时候,面前突然冒出了两个戴着黑面具的黑衣男人,他们礼貌地朝关雎鞠了一躬,便将来不及反应的关雎轻松架起塞进了路边的小轿车。关雎悬着空大喊道，你们轻一点，我可受着伤呢！

而此时，河村惠子就坐在关雎家门口的小轿车里，等待他的归来。半小时前，她躲在小巷里看到了关雎被军统锄奸队刺杀的一幕。这让她不仅对关雎的身份放了心，还想趁机借口日方势力保护，来拉拢他为己所用。

关雎进车后被两个黑衣男人挤在了后座的中间，难以动弹。司机也是个戴着面具的黑衣男人，他递给关雎一张邀请函，依旧是黑色的。请柬上简明地写道：

　　诚邀关雎先生来寒舍品酒。

X 先生
岩井公馆

岩井公馆？是日本人的会所吗？关雎捂着受伤的胳膊，自言自语道。黑衣人无一回答，冷漠地用黑布蒙住了关雎的眼睛。关雎挣扎着叫道，你们是聋子还是哑巴？你们的主子是谁啊？黑衣人依旧不语，死死地抓住关雎的胳膊，让他不能动弹。关雎有些焦灼起来说，我就是个搞建筑的，你们主子难道是要造房子？设计新房？不是，我说你们倒是说句话啊！你们这样怪吓人的。

聒噪的关雎最后闭了嘴，因为他无论说什么，黑衣人始终默不作声，静静地直视前方。关雎干脆在车上打起了瞌睡，他对黑衣人说，到了，你们叫我吧！关雎后来记得他在睡梦中听见了知了的鸣叫和蛙声，还闻到了些许青草的味道，混着一股特别的花香。接着，他就被黑衣人拍醒了。他看见了繁茂的树木和一大片在月光下金灿灿的油菜花，他仰头望去，头顶的月亮又圆又亮，像是军校半夜突击训练时亮起的大探灯。

关雎跟着黑衣人走进一栋漂亮的日式住宅，他好奇又小心地东张西望。经过三道回廊、三扇障子门，又穿过三间和室之后，关雎终于来到了一间布置极其简约的黑白色调的和室。屋子里除了一扇黑白格纹的屏风，只有一个黑色的麻布坐垫。关雎在屏风后看到一个男人模糊的身影，他跪坐在一个同样大小的垫子上，像是一尊庄严的佛像。于是，有些紧张的关雎也入乡随俗地缓缓跪坐在了面前的垫子上。接着，关雎听见屏风后的"佛像"用一口流利的中文说，关先生，岩井公馆欢迎您的到来。

你是X先生？关雎捂着胳膊，像只受伤的老鼠，紧张地问，敢不敢报真名？

关先生不必知道我是谁，因为知道了，对你并没有好处。X先生厚重又利落的声音充满了强势和霸道，他接着说，你的两次精彩表现我都有了解。我们岩井公馆就需要你这样的人才。加入我们吧！

岩井公馆是干什么的？关雎好奇地问。

日本秘密情报机关，独立于特高课和其他特务机关。X先生顿了顿又说，如果你加入我们，你只需要对我负责，这里的所有人都听你派遣。

一人之下，万人之上，听上去好像不错。关雎想了想又说，但是你连正脸都不敢露一个，这样未免也太没诚意了吧！

我这是在保护你。你今天要是知道了我的名字和我的样子，就只能横着出去了。X先生笑了一下说。

那如果我不答应呢？关雎不客气地说。

那你还是只能横着出去。X 先生又笑了一下说。

就是没的选了，只能听你的！你要一个建筑师帮你搞情报，你是在开玩笑吧！关雎生气地说。

我没有在开玩笑。你从小体弱多病，父母为了让你强身健体送你去学了武术。后来，你还爱上了马术和剑术，在上海市赛上都有不错的成绩。你的身手和胆识不比任何一个军人差。X 先生笃定地说。

你调查得还挺全面。不过你还说漏了一点。我家教很严的，我爹是不会让我帮日本人办事的。关雎笑了笑说。

你可能还不知道。日本领事馆正在和你父亲谈一笔生意，虽然你父亲不是很有意向，但是我相信只是时间的问题。X 先生平静地说。

关雎双手紧握拳头在榻榻米上摩擦了很久，没有说话。

X 先生起身说道，看来很遗憾，关先生今天是不能以岩井公馆第一间谍的身份出去了，等会我会让手下温柔一些的，应该不会太痛苦。

我有一个条件。这时，关雎叫住了准备转身离开的 X 先生说。

关雎后来毫发无损地坐着岩井公馆的小轿车回到关府的时候，河村惠子已经走了。他推门看见关大千书房门缝里溜出的一道光亮，心头思绪万千。他在门口站了很久，本想推门和关大千说些什么，但是又怕自己控制不住情绪，说了不该说的，便转身上楼回到了自己房间。

9

转眼已经入秋。清晨,阮青丝在报纸上看到了孙嫒父母在自家水泥厂的施工池里活活被水泥浇筑而死的消息。她大惊失色,手中的汤匙跌落到了豆浆里,溅起的汤汁弄湿了她的祖母绿荷叶领旗袍。这让正一同吃早餐的雪姨和龚叔都很意外。阮青丝没有急着擦去身上的污渍,而是坐在餐桌前发起了呆。她想起以前去淞沪警备司令部时,孙嫒总是盘着清爽的发髻,笑得像一湾温柔的春水,为她泡上一杯不是那么甜的焦糖拿铁。阮青丝不爱吃糖,孙嫒总能记得。她曾多么希望,自己能有一个像孙嫒这样乖巧懂事的妹妹。事实上,她也一直偷偷在心底把孙嫒当妹妹看待。这一切仿佛就是昨天。可现在,孙嫒死了,她的父母也死了,并且死得如此惨不忍睹。阮青丝无法想象,一个人等待水泥一点点凝固结块、一点点失去氧气,那个漫长且煎熬的心理过程一定足以杀死他一万次了吧!她想,能够想出这样变态至极的死法的,也只有日本人。

同样在餐桌前看到这则消息的还有关雎。他当即放下早餐跑到福源寿衣店找陈汝英去了。关雎有些失去理智地质问陈汝英为什么不营救孙嫒的父母,陈汝英只是异常平淡地回道,汉奸有很多种,一种是为日本人做事伤害自己的同胞,一种是给日本人钱支持他们做伤害同胞的事。孙嫒的父母是后一种。你说该救吗?关雎哑口无言。他想,陈汝英说得没错。懦弱和妥协也是一种背叛。陈汝英后来摇了摇头说,有这闲工夫来向我声讨,不如多拿些有用的情报。我们有同志发现龙华寺附近的流浪汉和孤儿寡母总是会莫名地消失,但至今没有查出去向和原因。你有时间想办法去查一查。

而特高课的河村惠子这时在办公室里兴奋地拨通了阮青丝的电话,电话的内容依旧很简洁,她说,我领先得了一分。该你了。阮青丝无比诧异,她没想到孙媛父母竟然是自己与河村惠子比赛的第一场。这样的开局并不是很好看,可以说是河村惠子给她的一个下马威。

你今天心情很不错嘛! 白川伊夫站在窗口抽着雪茄说。

还不错。不过有件事很遗憾。河村惠子放下电话,走到白川伊夫身边说,我好像迟了一步。关雎已经被岩井公馆征用了。

有意思。白川伊夫吐了口长长的烟圈,顿了顿又说,月底,港澳经济财团来参加上海经济发展大会的事安排得怎么样了?

为了避免上次的失误,这次除了参会人员,只有特务科的人知道此次会议。目前,所有嘉宾都邀请到位了,只有关大千还没回复。这几年,关家的资产已经大部分转移到了香港和一些海外银行。不过,很多资本家都这么干,还没抓到任何支持抗日的嫌疑。河村惠子看着被烟雾环绕着的白川伊夫说。

身处乱世,想明哲保身没有这么容易。不站队本身也是一种立场。白川伊夫眉头紧锁,望着窗外渐渐苏醒的上海滩说。

相信这次行动之后,一切都会有答案的。河村惠子笑了一下,将目光一同投向窗外说。

雪姨和龚叔那天见阮青丝魂不守舍地吃完早餐后,便将自己反锁在了房间里。阮青丝依在床边,静静地看了储藏室陈列柜中间的那只鬼美人蝴蝶很久,最后打开了玻璃窗。她从放着鬼美人标本的暗格下取出一只文件袋,然后放在书桌上涂写起来。等雪姨二人再看见阮青丝的时候,她已经收拾好心情,拎着手包准备出门去了。阮青丝笑着对雪姨说,不用给我留饭了,我去戏院,可能要晚上才能回来。这让龚叔对阮青丝巨大的情绪转变有些摸不着头脑,他在吧台边擦着桌子,小声嘀咕了起来。雪姨倒是不足为奇地笑了笑说,女人的心情,就像过山车。

阮青丝去兰心大戏院之前,到大世界找了唐一发。她对河村惠子这样变态的比赛方式完全没有底,同时,她也害怕自己在军统的双重间谍身份有一天会招来杀身之祸。阮青丝希望能加入青红帮,得到青红帮的保护。但唐一发一口拒绝了,他说,我是钦佩阮小姐的胆识,看得出来,你不是一般女子,但青红帮不是谁都能加入的。

我知道。青红帮的势力渗透了这座城市的每个角落。无论是日军、汪伪政府、还是抗日团体,都有青红帮成员混迹其中。换句话说,成为青红帮的人就能受到各方势力的照顾。阮青丝说完,走近唐一发身边又说,我当然是带了足够的诚意才来的。我相信我带来的东西足够付入会的门票了。

唐一发后来带着阮青丝来到了青红帮帮主宋敬诚的办公室。阮青丝一进门就在玄关处看见了一盆颇有意蕴的罗汉松盆景,背景墙上有一面雕琢精致的明代红木门窗,博古架上摆满了奇珍异宝,老木茶台上泡着一壶普洱,台面上的茶渍还没有完全干,应该是有客人刚刚离去。穿着灰色大褂的宋敬诚正温文儒雅地坐在案台前研究一盘围棋,偌大的屋内只有两个保镖和一个丫鬟,清幽的檀香缓缓从案台前飘来。宋敬诚见唐一发领着人来了,依然专心致志地看着棋盘,他说,坐。唐一发在茶台边止了步,阮青丝走到棋盘前端详了起来,几秒钟后,她从棋盒里拿起一颗黑子,轻轻按在棋盘上。宋敬诚愣愣地盯了棋盘很久，突然恍然大悟地说，妙！妙！接着，他才询问起阮青丝的来意。

阮小姐能给我们带来什么？宋敬诚躺在高椅上怔怔地看着阮青丝说。

情报。阮青丝说。

哦？我们这八方势力，最不缺的就是情报。宋敬诚笑了笑说。

你肯定不知道河村惠子和白川伊夫的关系吧？阮青丝看着宋敬诚疑惑的神情，顿了顿又说，河村惠子不仅是白川伊夫的下属，还是他的侄女，是他唯一的亲人。白川伊夫的父母已经去世，他没有家庭也没有女儿，他十分疼爱河村惠子，把她当亲生女儿一样看待。

这么说，河村惠子是白川伊夫的一根软肋。有意思。可以做些文章。宋敬诚又笑了笑说，就只有这个吗？

阮青丝低头从手包里拿出一只文件袋说，白川伊夫的情报我想你们已经有很多了。这是一份河村惠子的详细个人资料，包括她的性格、习惯、喜好、经历等。除此之外，还有一份日方安插在国民党内部的间谍摸底名单。画红圈的是已确定间谍身份的，横线的是有嫌疑的。

有意思。现在够做一篇大文章了。宋敬诚说完接过文件袋，起身与阮青丝握了握手说，欢迎阮小姐的加入。

10

一周后，日本人邀请的港澳经济财团于中午12点抵达上海，入住华懋饭店。下午2点，这里将召开上海经济发展大会，日方要员与港澳经济财团的商人学者共同探讨如何推动上海的经济和社会发展。傍晚5点,还要举行盛大的迎接宴会。阮青丝在晚宴前一小时接到了白川伊夫下达的任务,任务的内容是让她在宴会时伪装成军统锄奸队特工制造一次假暗杀事件,从而趁乱神不知鬼不觉地解决掉一批财团中支持抗日的爱国商人和学者。而这个假暗杀对象就是公安局局长兼特务委员会主任蔡进军。她需要在射向蔡进军的第一声枪响之后,开始自己的清除行动。

阮青丝接到任务后,飞快打车来到了兰心大戏院,她将一封印有蝴蝶印记的书信用飞镖投进了后台的化妆间,便匆匆从后门离开了。而这一幕,正巧被从街市买完脂粉回来的林玄同看见了。此时,陈汝英正在房间里收拾着戏服和头饰,见有一封神秘书信钉在门板上,马上扔下手中的活,取下了信件。陈汝英在信中得知日本人在华懋饭店的暗杀行动,随即来到田老板的办公室拨通了关雎的电话,他命令关雎务必想办法进入宴会,破坏日本人的行动。等陈汝英再回到化妆间的时候,林玄同在镜子前试起了胭脂,他瞧见陈汝英神色慌乱、气喘吁吁的样子,便纳闷起来。他说,今天你们怎么都怪怪的、急匆匆的?陈汝英反问道,还有谁急匆匆的?林玄同若无其事地将胭脂盖好,放进了化妆盒里说,刚刚我好像看见阮姐姐从后门急匆匆地走了。你没见到她吗?

关雎挂断电话后,便在沙发上陷入了沉思。一周前,关雎经过关大千的书房时,听见他在电话里和秘书说起这次上海经济发展大会,但关大千的态度很坚决,他拒绝参加。这样的立场让关雎放心,但同时也让他焦灼。得罪了日本人,关家几十年的产业很可能会在一夜之间付诸东流,其中也有母亲梅馥的心血,他希望自己能守护好,也希望地下的母亲能安心。关雎最终决定,代替关大千参加这次晚宴,这不仅能在一定程度上保护关家,也能营救财团里的爱国人士。但他并没有宴会的请柬,如果直接拿走关大千桌上的请柬肯定会被发现,那他该怎么进去呢?

关雎后来穿着一件高定西装大摇大摆地走进了华懋饭店。当然这很快就被门口把守的日本士兵拦了下来。无论关雎怎么解释自己的身份,日本士兵都只会说,没有请柬,不准入内。就在这时,白川伊夫的小轿车停在了门口,河村惠子从上面走了下来,她说,关先生,你怎么来了? 你的伤好了吗?

我代家父来参加宴会。他前些天应酬喝了不少酒,风湿病又犯了,疼得走不了路,在家休养。所以,只能让我来了。关雎看了看自己的胳膊无奈地说道,我的伤已无大碍,就是还不能用力。

河村惠子看着关雎,没有说话,她的眼神里充满了疑惑。接着,关雎从公文包中拿出一份文件夹,又说道,对了,父亲让我把与日本领事馆合作的意向书带来,有异议的地方可以画出来,我们再谈。

河村惠子接过文件翻看了一会儿说,关先生,里边请。等会和我们坐一桌吧! 正好和白川先生当面交流。

宴会厅奢华而庄重,厅堂两边摆满了自助餐和酒水。留声机里转动着优雅而浪漫的旋律,舞池中的男男女女忘我地舞动着。关雎快速观察了四周,此次安保工作依然是由特务科的杨啸龙和王财升负责,但明显要比之前严格许多。晚宴的四个门口分别由四人把守,厅内每五米就会有两名保安,保安腰间配枪,整个宴会厅至少有三十名保安。正当关雎想着该如何下手的时候,他在人群中看到了阮青丝婀娜的身影。她像一朵保加利亚的迷人玫瑰,正站在舞池中央,同蔡进军跳一曲欢快的恰恰。尤其是旗袍开衩处露出的那双又长又直的美腿,看得一旁港澳商贸团的商人们垂涎欲滴、眼花缭乱,关雎也跟着沉醉起来。

舞池中的阮青丝一直小心关注着关雎的一举一动,她看见关雎跟随河村惠子和白川伊夫同港澳经济财团的成员一一打了照面后,三人便坐在一旁的卡座上讨论起了合作意向书中的细节。大概过了十分钟,这场谈话被突如其来的杨啸龙打断了。杨啸龙这天西装革履,戴了一个颇有品位的黑色领结,一看就是精心打扮过的。他伸手屈身,绅士地邀请河村惠子能赏脸与他共舞一曲。河村惠子惊喜又娇羞地笑了笑,高傲地提起裙摆,将手轻轻地放在了杨啸龙的手中。两人迅速坠入舞池,像两只蝴蝶似的翩翩起舞。几分钟后,白川伊夫也受港澳商贸团团长董老板的邀请,移坐到了对面的卡座。于是,关雎一人坐在空荡荡的座位上吃起了果盘里的花生。他想,尽快找出伪装军统锄奸队的刺杀人员是阻止这次行动最直截了当的做法,但他观察了宴会厅里的所有人,实在看不出谁有嫌疑。

阮青丝为了保护自己,并未将她在此次行动中的身份告诉陈汝英。她必须遵照大川内传七的命令去执行这场刺杀行动,因为她知道,有太多双眼睛盯着她了。她猜想那个开第一枪的人就是特高课的河村惠子,她不会放过任何一个可以较量的机会,她太爱比赛,也太想赢了。此刻的阮青丝需要的是一个帮手。一曲终了,阮青丝挣脱开蔡进军的怀抱,独自走到餐桌前拿起一杯红酒,她轻轻摇晃着高脚杯中的红葡萄酒,看着关雎一筹莫展的侧影,笑了。

先生,有人请你喝红酒。

一名服务员走到关雎面前,将托盘里的酒杯放在他面前。关雎缓缓放下手中的花生,指了指自己的胳膊说,我不能喝酒。服务员正准备转身离开,关雎突然看见酒杯在灯光照耀下闪着金光,杯底竟藏着一把钥匙。他立马拿走了托盘中的红酒,一饮而尽,将钥匙含在嘴里,起身走出了宴会厅。阮青丝也在这时借口去洗手间离开了舞池,来到饭店二楼的经理办公室。这会,酒店的员工都在宴会厅里忙碌着,办公室里空无一人。

关雎站在窗边吐出了嘴里的钥匙,小心端详起来。钥匙上刻着"库房"二字。于是,他摸索着找到了地下一楼的饭店库房,果然,用钥匙打开了库房的大门。这个时间点,库房的工作人员吃晚饭去了,要过一刻钟才能回来。库房内漆黑一片,只有一盏昏暗的壁灯。关雎按了按门边的电灯开关,灯好像坏了,并没有亮起来。他只能深深地倒吸了一口气,拔出腰间的手枪,小心翼翼地小步往前走去。库房尽头是一张老旧的办公桌,桌上放着一本记录本和一台电话机。

到底是谁把我引到这里?对方是什么目的?这里有什么东西?是否会有危险?关雎一边挪步缓慢前行,脑子里一边排山倒海地循环着这些问题。这时候,电话铃突然响了起来。关雎吓得一激灵,差点跳了起来。

电话机在黑暗中不停地抖动着,响了一声又一声。关雎终于接起那个电话,电话那头传来一个女人变了音的声音。

你现在听我说。日本人伪装军统锄奸队特务刺杀港澳经济财团爱国商人的行动,会在7点准时开始。到时,蔡进军会上台主持晚宴,日本人这个时候假装刺杀他,从而趁乱射杀财团中的爱国人士。我们现在只有半小时的时间,必须想办法让财团成员在行动前主动离开宴会厅。阮青丝捂住电话,捏着嗓子小声说。

伪装刺杀的人是谁?为什么不直接除掉他?关雎问。

宴会厅宾客众多,排查起来并不容易。而且我们不清楚对方到底安排了多少人手。我们的时间已经来不及了。你有什么主意?阮青丝焦急地说。

要让整个经济财团都撤退的方法,只有是成员的生命受到威胁。如果是财物丢失或者个人问题并不能让他们全部离开。关雎想了想说。

集体食物中毒?阮青丝顿了顿说,这是目前能想到的最快也是最不受怀疑的办法了。仓库里应该会有一些过期变质的海鲜,配合酒水会刺激肠胃引起急性中毒性疾病。但中毒的反应最快也要十分钟,加上后厨的做菜时间,起码要二十分钟。我现在脱不开身,只能拜托你在五分钟内尽快搞定,我会负责尽量拖住时间。

好。关雎说完,准备挂断电话。

等等。阮青丝叫住关雎说,你自己也不要忘记吃海鲜和酒水。

关雎愣了一下说,好。你也是。

关雎很快在仓库里找到了打算处理的过期海鲜,并在职工工作柜里发现了一件饭店员工的制服。一分钟后,他摇身一变成了仓库送货人员,将海鲜食材推进了后厨。厨房油烟四起,弥漫着各种食物的味道,大厨们戴着口罩丝毫没有察觉。保险起见,关雎还将变质的海鲜汁水倒入瓶子,偷偷混进了酒水中。就算海鲜上桌时间延迟,宾客们吃不到那些变质海鲜,酒水里的毒素也足以让他们的肠胃翻江倒海,吃些苦头了。

而此时,阮青丝悄悄来到了晚宴后台的设备室,她取出藏在大腿根部的那把樱花花纹的蝴蝶刀,将音响的两根电线参差不齐地磨断,制造出被老鼠咬断的样子。

接着,阮青丝和关雎先后回到了宴会厅。阮青丝漫不经心地走到餐台前拿了一块芝士蛋糕放进嘴里,她不知道自己最近为什么疯狂地爱吃芝士,大概是因为它有一种无法言喻的幸福味道,能让她想起温柔的横山隆裕和那间治愈的日料店,内心便会心安许多。关雎坐在卡座上悠闲地看了看手表,离五分钟还差十五秒。他得意地笑了一下,拿过手推车上服务员刚刚新倒的一杯红酒,举过头顶。那些有毒的汁水已经完美地与葡萄酒融为一体,灯光下,它就是一颗闪闪发光充满诱惑的红宝石。关雎晃了晃酒杯,喝完了杯中的红酒。他看见河村惠子和杨啸龙刚刚跳完一支舞曲,正笑得合不拢嘴地朝他走来。他还看见热腾腾的海鲜菜肴和生鲜日料被端下推车,摆在了长长的餐桌上。

没想到惠子小姐的舞技这么好,搞得我也想请您跳舞了。关雎对面颊粉红的河村惠子说。

河村惠子听得心花怒放,她端起桌上的酒杯,放在嘴边又停了下来,说,关先生是在邀请我吗?

关雎马上起身,绅士地弯腰伸出手说,不知道关某有没有这个荣幸。

随后,关雎和河村惠子在舞池中旋转起来。河村惠子那天无比地快乐,她已经很久没有享受到男人们热情的追捧了,这样短暂的快乐让她忘却了枯燥间谍生活中的形影相吊和步步为营,同时,也让她忘记了自己还有任务在身。阮青丝当然也看见了如此快乐的河村惠子,她看着河村惠子痴迷地舞蹈着,微笑着再次走出宴会厅,来到了天台。她取出事先藏在钢架下的狙击枪,像只轻盈的麻雀跳上了楼顶的瓦檐。7点的钟声敲响,蔡进军走上舞台准备发言,宾客们也纷纷从四面八方涌来,围站在舞台前。此时,阮青丝的狙击枪已经架好,瞄准镜的正中心不偏不倚地对准了蔡进军的心脏。她有那么一秒想马上按动扳机,让一切结束。但是她不能,这场没有硝烟的战争才刚刚开始,她还需要利用蔡进军做更多的事。

紧接着,蔡进军的话筒很不合时宜地哑了音,他尴尬地拍打着话筒,连试了两次依旧发不了声。于是,他只好走下舞台,让饭店的调音人员上台检查。就在这时,台下的宾客像秋收时麦田里的麦穗,接二连三地倒了下去。有的捂着肚子呕吐不止,有的腹痛剧烈踉踉跄跄地冲进了洗手间,还有的没来得及走出宴会厅就稀里哗啦地喷满了裤裆,瘫坐在地上。关雎也晃晃悠悠地坐回卡座,一发不可收拾地狂呕起来。他没想到那些变了质的海鲜汁水原来这么厉害。好在他只喝了些酒水,没有吃海鲜,不然,现在裤裆里满是黄金的就是他了。

整个宴会厅的保安和其他没有被撂倒的宾客变成了热锅上的蚂蚁,他们不知所措地在人群中努力搀扶并叫唤求助。此时,躲在舞台幕后准备射杀蔡进军的河村惠子,收起了手中的手枪。她冲到舞池中间迅速检查了几名有腹泻和呕吐症状的财团成员,初步断定应该是食物中毒。

马上给医院打电话!先送财团的中毒人员去治疗!其他所有人员先回房间,都不得离开饭店!河村惠子对安保人员大声喊道。

再次安保出了错的王财升在一旁焦急地拍着大腿,急得满头冒汗。听河村惠子下令,立马哆哆嗦嗦地带着两个保安跑出了宴会厅。

接着,河村惠子开始一一试吃餐桌上的食物和酒水。几分钟后,她放下试吃的最后一道菜肴,笑了一下对白川伊夫说,是变质的海鲜引起的。这些海鲜菜肴里的辣椒和生鲜日料的芥末酱盖掉了变质的海鲜味,不仔细品尝根本吃不出来。除此之外,酒水里也掺杂了变质的海鲜汁水。这明显是有蓄谋的。下毒者怕有的人只吃海鲜不喝酒,有的人只喝酒不吃海鲜,在海鲜和酒里都动了手脚。

白川伊夫也中了招,他刚刚跑完两趟厕所,虚弱地躺在沙发上说,食物中毒一般十分钟到半小时发作,加上海鲜制作时间,半小时到一小时内离开过宴会厅的人都有嫌疑,这样的排查范围太大了。

河村惠子环顾了宴会厅里所有人的脸说,但是凶手为方便逃跑一定不会中毒。杨主任!请你马上在没有中毒的人员里面排查,十分钟后我要看到名单。河村惠子说完仰头看了看房顶,接着一言不发地冲出了宴会厅。

几分钟后,收拾好武器跑下楼的阮青丝在宴会厅外的走廊上差点和飞奔的河村惠子撞了个满怀。阮青丝面无表情的脸马上丰富了起来,她淡淡地笑了一下说,这局你搅黄了。所以,要算你输咯!

凭什么?河村惠子气得颤抖地说。

没猜错的话,蔡进军的第一枪应该是你来开的吧!阮青丝轻声在河村惠子耳边说,我接到的任务是,听到第一声枪响再行动。可是,我一直没等到那第一枪。阮青丝说完,走进了宴会厅。

此时,救护车已经赶到华懋饭店,财团中食物中毒的成员都被送往了医院。宴会厅里只剩下特务科的杨啸龙、王财升和安保人员。河村惠子手中拿着杨啸龙整理的嫌疑人名单,站在舞台上对着已经修好的话筒说道,下面,我念到名字的人,请在五分钟内带他到我的面前。接着,她口中的名字就像赛跑时的信号弹,一个名字念毕,一名保安冲了出去,一个名字又念毕,一名保安又冲了出去……念到第九个也是最后一个名字的时候，竟然没有人再冲出去了。不是因为保安的人数不够，而是第九个人就在宴会厅，他就是王财升。

不……不是吧！我怎么也成嫌疑人了？王财升站在杨啸龙身边，结巴着往后退了一步说。

宴会上所有的菜单都是你负责核对的，现在海鲜和酒水出了问题，你也脱不了干系。杨啸龙转身瞪着王财升说。

那这样你也有嫌疑！你是宴会安保的总负责人，有人在食物里动手，就是你放进来的。王财升扯着脖子说道。

我看你是狗急跳墙了，连老子你也敢说！别以为我不知道你借着特务科的名义，到处吃拿，要好处。黑帮赌场妓院会所，哪儿没你王麻子的一口饭？杨啸龙说。

你别血口喷人，这钱都是日本人给我的活动经费。我王财升是那种吃里爬外的人吗？王财升气急败坏地说。

你这是不打自招。杨啸龙说。

都给我住嘴。河村惠子对着话筒喊道，今天这颗坏了帝国晚宴的老鼠屎，等我把他抓出来，一定让他不得好死。

五分钟后，名单上的九名人员悉数站在了河村惠子的面前。财团内部成员不可能害自己人，排除了他们，只剩下阮青丝和王财升二人。河村惠子看着他们笑了笑说，说说吧！案发前你们都在哪，在干吗？

我一直在跳舞，中途累了，去了趟洗手间。阮青丝面无表情，十分淡定地看了一眼河村惠子又说，后来，就到天台上去抽烟了。

我……我在门口巡逻，一直在巡逻，中间也去了一趟洗手间。王财升瑟瑟发抖地说。

你们有证人吗？河村惠子说。

蔡进军和惠子小姐都是我的证人。阮青丝笑了一下说。

保安啊！保安可以为我做证。王财升慌张地说。

王队长是一直在巡逻……不过，中间离开过十五分钟。一名保安说。

我是去上厕所的。保安话音未落，王财升就说。

这么久？河村惠子疑惑地说。

我最近便秘，所以有些久。王财升顿了顿又说，为什么不怀疑阮小姐啊！阮小姐也去厕所了。

惠子小姐，我发现一名可疑人物，是饭店的经理。关雎这时候拽着一个男人走了进来说。

关先生不是嫌疑人，为什么过来？是想救你昔日的下属吗？河村惠子眯了眯眼说。

我上楼时看到经理让服务员把厨房的食材都销毁掉，还鬼鬼祟祟地在垃圾桶边撕一张单子。我捡起来拼在一起，看到了一张菜单。关雎抵着饭店经理的后背，走到王财升身边时，将库房的钥匙偷偷扔进了王财升的西装口袋。接着，关雎径直走到舞台前，将重新拼凑好的菜单递给了河村惠子。

这不是宴会的菜单。王队长，你更换了菜单？河村惠子抬眼盯着王财升说。

王财升低着头，脑门上冒着冷汗，半天才支支吾吾地说，我……我只是想卡点小钱。我真的没让经理在食物里下毒啊！

这时候，饭店经理也哆哆嗦嗦地说，食材都是后厨专员负责的，我只是把需要的菜单给他们。我也不知道会出这种事。真是倒霉！本来两个人也分不了多少钱，还出了这种事，饭店肯定要开除我了。

开除？是开除这么简单吗？河村惠子笑了一下，把菜单放进口袋里说，给我把他们带走！

11

这天晚上，特高课的刑讯室又热闹起来，此起彼伏的哀号和呻吟在河村惠子听来，就是一曲美妙的交响乐。她点了一支樱花牌日本香烟，倚在一张发了霉的桌角边，望见巴掌大的铁窗外，警犬正在享用一份半夜临时的加餐。急促的进食声无不说明食物的美味，这让她突然好奇起人肉的味道。而拷刑架上的王财升此时已经皮开肉绽，像一朵硕大的红色彼岸花。他用尽最后的一丝力气，一遍又一遍地哀求道，求求你，放了我吧！放了我吧！

河村惠子将一口烟轻轻地吐到王财升的脸上，王财升呛得再也说不出话来。河村惠子冷笑了一下说，我们已经在你的口袋里搜到了库房的钥匙。除了参会人员，只有特务科事先知道华懋饭店要宴请港澳经济财团。你知道，你们坏了我布置了多久的计划吗？王财升抬起眼皮，再次哀求地望着河村惠子。他说不出话来，但是他相信，此刻他的眼神能代替一切语言。可河村惠子懒得看王财升一眼，她背过身去，架起抽烟的右手，吞云吐雾地说道，我们给你活动经费是让你秘密组建"先锋队"，配合我们的各种行动。可你呢？拿着这些钱聚集了一批无所事事的地痞、无赖，在城内制造混乱，靠寻衅滋事来为自己揽财，你真以为我们什么都不知道？王财升拼命地摇着头想说些什么，但他依然发不出声。接着，河村惠子再次转身,冷峻地走近王财升,将手中的香烟掐灭在他似七个月大的啤酒肚上,说,像你这样的汉奸早上了军统锄奸队的名单,但是你至今,一次都没有遭到过暗杀,不是很奇怪吗?有胆吃两边的钱,就不要怕死得太难看。

第二天清晨,上海滩的许多市民在城墙上看到了一颗高高挂起的人头,那颗头瞪大了眼睛张着嘴,好像迫切地有很多话要说。城墙边的布告栏上贴着一张红色的告示,上面写着:特务科行动队队长王财升勾结军统,互通情报,赚取钱财,特伐颅悬于城墙之上,以儆效尤。此时,特高课刑讯室门口的两只警犬,正津津有味地把头埋在饭盆里。它们实在太喜欢今天的肉了,肥瘦相间,油而不腻,比昨天那干巴巴的经理可口太多了。

人群里,不少吃过王财升横行霸道苦头的老百姓小声地叫着好,也有的人在拍手称快之后,不禁感到背脊发凉,摇头疾步离开了现场。他们看到了日本人的凶狠和残忍,他们说在日本人身边,就等于守着老虎睡觉,什么时候死都不知道。

此时,关雎望着王财升的头颅,心中百感交集。他想,自己的头颅是否有一天也会这样被挂在上面,供世人"瞻仰"?那会是作为汉奸,还是共产党或者军统呢?正当他恍惚之间,一个衣衫褴褛、左腿残疾的乞丐惊恐万分地挤出人群,一瘸一拐地跑出了城门。关雎认得这个熟悉的身影,他是马大头。他怎么变成了这副模样?

大头!马大头!关雎隔着人潮向马大头喊道。但很快,赶来维护治安的警察将他拦了下来。警察不让市民再往前走了,他们怕有人会爬上城楼把墙上的头颅给扔下来,让大伙当球踢。这场侵略让太多的人压抑而无从宣泄。

关雎离开城楼后,来到了日本领事馆警察署,他告诉守卫的日本士兵,河村惠子小姐早上打电话叫他过来一趟。几分钟后,日本士兵领着关雎走进了领事馆大厅,并告诉他,河村课长的办公室在三楼308。当他叩响308办公室大门的时候,杨啸龙正笔直地站在河村惠子的办公桌前听训。河村惠子双手背在身后,侧身望着窗外,滔滔不绝地数落特务科是如何在两次行动中接连失利,又是如何无能得连自己人变节投敌都不知道。她说,你们一帮饭桶除了吃喝嫖赌还会什么?我养你们,还不如养几只狗。杨啸龙垂着脑袋,就像个犯了错的孩子,憋屈地涨红了脸,却一个屁也不敢放。关雎想,再这样下去,杨啸龙一定会像超负荷的气球一样爆炸的。

河村课长。

关雎打断河村惠子的妙语连珠。这时,河村惠子才发现自己的办公室里已经多了一人。她挥了挥手说,希望杨主任记住我今天说的话。如果再有下次,你就去陪你的部下,一起在城墙上吹风吧!杨啸龙抖了抖身子,好像真的感到有一阵风吹来,他不自觉地抱了抱胳膊,又马上放了下来,立正敬礼说,是!便低着头,不敢看关雎一眼,溜出了办公室。关雎突然觉得,杨啸龙这副爱面子的模样倒有几分可爱,偷偷笑了起来。

关先生,请坐。河村惠子回过身来,坐在办公桌前说,今天叫你来有三件事想问你。

您请说。关雎注视着河村惠子琥珀色的眼睛说。

那我就不兜圈子了。第一个问题。关先生受了伤,是忌食海鲜、发物和酒的。你为什么也食物中毒了?河村惠子问。

我一下没管住嘴,喝了一杯红酒。关雎难为情地笑了笑说,家里实在管得太严了,这不能吃那不能喝的。我想,酒有活血的功效,喝一点点应该没事吧！谁知道就这么倒霉。你不信可以问饭店的服务员,我就喝了一杯。

第二个问题。与日本领事馆合作是你父亲的意思还是你的意思。河村惠子问。

过程不重要,做事讲求的是结果。我会给领事馆一个满意的答复。关雎说。

第三个问题。你的身份。河村惠子问。

待业海归？关家少爷？关雎试探地说了两个答案,但并没得到河村惠子的认可。她盯着关雎的眼睛不语,等待着他新的回答。你不会怀疑我是共产党或者国民党吧？关雎表情夸张地说。

刚刚上来为什么不亮明你的证件？河村惠子说。

什么证件？

岩井公馆虽然是外务系统的日特机关"特别调查所",独立于特高课,但你别忘了,我们都是情报机关,获取这点情报还是很容易的。

关雎收住了表情,低着头,没有说话。

你给岩井公馆做事,我们就是自己人。如果以后关先生拿到了什么有价值的情报,希望你向上面交差的同时,也不忘给特高课一份。我们一定不会亏待你的。大家都是为实现大日本帝国大东亚共荣圈的伟大梦想而效力,互通有无,怎么样？河村惠子说。

我做汉奸本来就不好受了。一个情报,你要我出卖两次？要不是为了关家,我才不会……关雎顿了顿又说,我现在还不想让别人知道。况且岩井公馆要是知道我把情报卖给你们,一定会要我好看的。你让我再想想吧！

中国有句古话叫作,若要人不知除非己莫为。关先生既然已经做出了选择，大可放宽心，不必遮遮掩掩。你做了正确的选择，说明你有远见。河村惠子说。

河村课长的三个问题已经问完了。您应该还有很多事情要处理，我就先回去了。关雎起身理了理西装说。

希望关先生能认真考虑一下我的提议，静候你的佳音。河村惠子也起身将右手伸到关雎面前说。

关雎愣了一下，还是将自己的右手掏出裤兜，与河村惠子握了手。接着，他走出日本领事馆，在门口掏出了半个月前离开岩井公馆时黑衣人给他的日特机关证件。证件上除了关雎的基本信息外，一如岩井公馆的风格，黑邃的证件封面上明闪闪地印着菊花纹章的天皇标志。那朵菊花镶着金边，分外灿烂。这时候，他仰头看了看头顶的太阳，耀眼的阳光让他迷离了眼。关雎想，光明往往是无法直视的。而黑夜过后，一定会迎来新的破晓。接下来的日子，他将会很难熬。因为黎明之前的夜晚总是特别黑暗。

离开日本领事馆后，关雎来到了苏州河边的大桥公寓。这座由他亲手设计建造的大楼，此时门口高挂着日本宪兵司令部的牌子，而旁边紧挨着的就是淞沪警备司令部大楼。

日本宪兵司令部可以说是上海的地头蛇。它主管宪兵警备，统一指挥上海地区宪兵，协调督导军事宪兵，执行联合勤务、军事和军中司法警察勤务，维护军纪，协助治安、特工机构，支援作战。

一整个下午，关雎都怅然若失地站在大桥公寓对街的马路牙子上，抽着一款叫哈德门的香烟。他常在报纸上看到"无人不抽哈德门，是人都抽哈德门"的广告语，但他是第一次抽这种香烟，确切地来说，这是他抽的第一根烟。这个无比惆怅的下午，让他不得不借鉴大多数男人的解压方式来纾解心中的愤懑和委屈。他闭上眼,在脑袋里用线条勾勒出大桥公寓的房屋结构,每一条楼梯和走廊、每一扇门和窗……都已经深深地刻在他的脑子里。

那天,大桥公寓对街那盏斑驳的路灯陪着关雎一起抽了许多香烟,烟蒂在人行道上堆成了一座小山。闭目思索的关雎杵在灯杆下,像一尊头冒青烟、灵魂出窍的神仙,这终于引起了日本宪兵司令部门口的守卫兵的注意。两个背着刺刀的日本士兵用一种极其怀疑的眼神晃到关雎跟前,操着一口别扭的中文说,你是谁?从哪来的?在这里干吗?关雎没有反应,他很投入地沉浸在自己构筑的世界里,砖块正以飞快的速度按照图纸线条的指示堆砌着。喂!和你说话呢!日本士兵推了推关雎的肩膀说。关雎皱起了眉,依然紧闭双眼,没有说话,他任由日本士兵推搡着,直到最后一块砖落地,拼出一个完完整整的大桥公寓。已经失去耐心的日本士兵忍无可忍地举起了刺刀,他们把锋利的刀尖对准了关雎,这时候,关雎才缓缓睁开了眼睛,他刚想解释就被一个男人的声音打断了。

皇军等一等。这是我小兄弟,建筑师,大桥公寓就是他设计的。我让他在这等我,我们过来找大川先生的。误会了,误会了。朱麟挥着手从小轿车上慌慌张张地跑了过来,他哈着腰,伸手拦在了关雎胸前。

这个人鬼鬼祟祟地站在这里快一上午了。朱局长确定认识他?其中一个日本士兵再次确认说。

是的是的。朱麟哈着腰点头说道。

日本士兵这才收起怀疑的眼神,转身站回了大楼门口。

约的不是下午4点吗?你这么早来干吗?还好我早到了。朱麟嫌弃地看了关雎一眼,小声说。

关雎将倚在灯杆上的背直了起来,半截烧黑了的哈德门因未及时弹落,而摇摇欲坠地微微垂下了头。他猛吸了一口后,将香烟弹在地上,用皮鞋碾灭,低沉地说,来怀旧一下。回上海后,我还没来看过。

你小子呀!要不是我正好赶到,你可要被那玩意叉起来变烤肉了你。你说你好歹也是关家大少爷,这样混日子可不行。朱麟无奈地摇摇头,指着关睢说,行了!赶紧跟我进去吧!大川内传七是白川伊夫身边的红人,以后有什么建造工程可以让他帮忙介绍给你。等会你好好表现。

知道了。关睢用小拇指掏了掏耳朵说。

12

大川内传七现在已是日本宪兵司令部总司令。但在他看来,凭自己在上海这么多年做的成绩,远不止如此。因为日本宪兵部队在日本高层中并不受人重视。一想到长谷寿一一人独揽功劳,当上了华东方面最高司令长官,而他还是一个地区级的小司令,大川内传七就气得牙痒痒的。他一直在等待一个翻身的机会,狠狠地把长谷寿一踩在脚下,出口恶气。

日本宪兵中队中队长藤田英明敲响了401办公室的门,得到长官的应允后,他走进房间,将手中的档案袋放在了桌上。坐在办公桌前的大川内传七绕开袋子上的棉线,打开袋口往里瞅了一眼,说,藤田,干得很好!这件事一定保密。下个月新的任命就会公布。随即,藤田英明笑容满面地立正敬礼说,谢谢长官!

还有一件事。大川内传七放下档案袋说,樱花号邮轮明天晚上 10 点到达吴淞口。你明天带一队人到码头,对邮轮上的乘客进行再次检查。所有人都必须在邮轮上过一夜,第二天早上由家属派人或军部专车到码头接船。家属来接的要核查对方的身份证件,军部专车有专门的接人名单。没有人接的,直接送到宪兵司令部来!

藤田英明听罢,小心翼翼地问道,这趟邮轮是日本政府高层和军部的一趟探亲专列,上面坐的都是他们的亲属。这样会不会得罪人?

得罪人?大川内传七皱眉,轻笑了一下说,之前代号"琉璃"的军统特务以东京大学学生的身份混上邮轮到上海进行潜伏行动,至今都没找出人来。要是再混上两个,你负责吗?

藤田英明马上低下头说,大川长官,我不是这个意思。只是樱花号在长崎登船时已经进行过严格的检查,没有军方的亲属证明是不能上船的。

大川内传七俯身贴在桌面上,凑到藤田英明跟前,用食指敲了敲桌面说,我从来只相信自己。万一有几条漏网之鱼,最后吃苦头的还是我们宪兵司令部。二次检查必须做!我稍后会通知下去,你到时带着我的检查令过去,没人敢为难你。

是!我一定认真排查,不放过一条漏网之鱼!藤田英明再次叩响皮鞋,立正说道。

此时,关雎和朱麟正坐在四楼秘书台前的沙发上喝着热腾腾的大麦茶。茶是秘书台的秘书禾田郁子泡的,她是个长相甜美、身材娇小的日本女人。她总是微笑着,像被特别设置好的机器一样,站在秘书台前,温柔又礼貌地说:您好,请问您找谁? 有预约吗? 好的,请稍等。他现在办公室有人。麻烦二位先坐一会儿。

　　关雎喝了口大麦茶,抬眼望见郁子像一尊美丽的雕像,正笔直地坐在对面。她又冲自己微笑了一下。关雎赶忙举起茶杯也冲郁子笑了笑说,好喝好喝。这样的温柔实在让关雎有些受不了。他想,虽然上海女人厉害了一点,但好歹看起来正常多了。他大概是贱骨头吧!

　　几分钟后,藤田英明从401办公室走了出来。接着,郁子起身微笑着说,朱局长,你们现在可以进去了。

　　关雎跟在朱麟身后走进了办公室,在朱麟忙着谄媚地与大川内传七问好时,关雎首先看到了桌上袋口未封好的档案袋。他猜想,这便是刚刚离开办公室的那位日本少将带来的文件。大川内传七很快发现关雎注意到了自己的档案袋,他迅速缠绕起棉线,将袋子收进右边抽屉的第二层锁了起来。这时,朱麟拍了拍关雎的肩膀,挤了挤眼。于是,关雎模仿起郁子小姐的微笑,伸手与大川内传七握手说,大川长官好,我是关雎。我们之前有见过。

　　我记得你。关先生可谓是让人印象深刻啊!迎接胡昌瑞和港澳经济财团的宴会上,都帮了我们不小的忙。有胆有谋,我对关先生十分钦佩。大川内传七说。

　　言重了。只是举手之劳。关雎继续机械式地微笑说。

　　大川长官,我这小弟啊,可是非常优秀的。你们办公的这座大桥公寓就是他一手设计的。可惜啊!从美国研究生毕业之后就一直待业在家,想自己开个工作室也接不到项目。现在这些工程设计的项目都是由政府掌控的。难哦!朱麟绘声绘色地说完,瞟了关雎一眼。

　　接政府项目哪有这么容易的。实在不行,我还是想办法到大学里教书去算了。关雎微笑着挑了挑眉毛,无奈地说。

大川内传七此时已经心领神会,他笑了笑说,关先生不必担忧。中国有句古话叫投桃报李。你帮了我们大忙,我们肯定也会回报你的。刚好最近有个商场和学校的建设工程,我会向白川先生提议的。

谢谢大川长官。朱麟话音刚起,关雎马上也附和着连声道谢。接着,办公室陷入了沉寂,朱麟咳嗽了两声说,关雎,你先到外面等我一下。关雎便扫了朱麟和大川内传七一眼,依旧微笑着点了点头,离开了办公室。

大川长官,明天晚上10点,朱家门的货到了。朱麟贴在办公桌前,俯下身,小声说。

我就不去了。明天我有更重要的事。我相信朱局长一定能办好。大川内传七说。

那当然。我办事您放心,一定仔细验货,保证不留一点纰漏。朱麟拍着胸脯,眉飞色舞地说道,光卖烟草是赚不了几个钱的,现在大麻的生意不要太好。我身边十个人,有三个都抽过这玩意儿。得劲! 销路绝对没问题,只要您帮我在海关那放放水。

你知道,一旦被军部查到,后果有多严重。战时,大家都想给后方的家人一个生活保障。这战事不知何时结束,也只能多拿些钱补偿他们了。大川内传七无奈地说。

理解理解。您放心。这次不按之前烟草的六四开。咱们七三开,你七我三。朱麟咧着嘴说。大川内传七没有说话,只是眯了眯眼。朱麟马上说道,我明天就让人把钱先送过来。这钱我先垫,后面的风险都和您没关系了。

明天恐怕不行。我的妻儿明天晚上到上海,我还有很多东西要准备。大川内传七说。

夫人和令公子要来啊！那我必须摆宴席给他们接接风啊！这事您一定不能推辞。朱麟说。

不必兴师动众。也是为了保证他们的安全。

您放心。私密包厢，绝对低调。

那就等他们安顿下来，我再和你说吧！

门外，关雎前脚刚走出办公室，后脚就马上放下了他的假笑，他扭动嘴巴，鼓着腮帮子做起了脸部运动操。真是要命，脸都僵了。成天这样得多累啊！关雎小声嘀咕。

关先生，您要不要先坐一会儿？

关雎这时又看见了禾田郁子的雕像式微笑，他摆正扭曲的五官，咽了口口水说，额，我想上个洗手间。请问洗手间在哪？

直走到头再左转，有标识。

好的，谢谢。

随即，关雎径直走向走廊尽头，消失在禾田郁子的视线里。

就在刚才，短短不到半分钟的时间内，关雎用余光很快扫视了办公室门牌，他发现四楼是日本宪兵司令部领导层的高官和秘书处人员的办公区。接着，他左转后，从口袋里掏出一把钥匙，迅速打开了一扇紧闭的朱红色大门。这是一条关雎为预防大楼火灾额外加设的应急消防通道。这条极具前瞻性的通道在大楼建设之初受到了许多争议，但最终还是保留下来了。所以，日本人让这条使用率不高的消防通道大多时候处于紧闭状态，通道的钥匙交由大楼负责安保工作的宪兵队长保管，而关雎的这把钥匙则是他在大楼验收时偷偷用泥膜复刻的。此时，这条消防通道不仅帮助关雎躲过了主楼道的人流和宪兵巡逻，还能帮助他秘密勘探日本宪兵司令部各个内设机构的结构分布。

关雎跑上七楼顶层,由上至下逐一从内打开消防通道的大门,窥视办公室门牌。他发现日本宪兵司令部大楼内设政治作战部、办公室、研究发展室、人事室、情报处、训练处、警备处、后勤处、计划处、主计处、军法处、总务处、通信处、补给处、勤务中心、宪兵训练中心等十六个主要机构,还有六间牢房。他很快在脑海中将这些处室的位置填补到了之前勾画好的建筑结构图纸上。

等朱麟走出大川内传七办公室的时候,关雎正坐在沙发上喝着禾田郁子小姐新沏的大麦茶。随后,关雎和朱麟二人,一个愁容满面、一个心情大好地走出了日本宪兵司令部的大门。关雎回头望了望头顶的"大桥公寓"四个黑字,突然冷笑了一下问朱麟,你说我现在是不是有点儿汉奸的样子了?朱麟正美滋滋地盘算着这批大麻能赚多少钱,一时没回过神,被关雎愣愣地看了几秒才反应过来说,什么汉奸不汉奸的。人这辈子只要忠于自己就好了,不亏待自己。你不对自己好才有罪呢!你这是为自己寻出路,人活着可不得吃饭啊!关雎歪着头想了想说,你说得也是!朱麟接着轻轻拍了拍关雎的背,就像小时候哭闹时母亲哄孩子一样,他说,别想了。这世道啊,容不得你多想,想得越多越活不好。走!我送你回去。

13

关雎若有所思地回到了关府,马上就被关大千叫到了书房兴师问罪,他问关雎为什么要代替自己参加日本人的上海经济发展大会。

关雎若无其事地说,我就是在家养伤闷坏了,看到请柬就想着出去玩玩。

此时,关大千怒发冲冠,将手掌当作了惊堂木,当即拍案而起说,你闷得慌,所以把我桌上的资料也偷走了?一块送到日本人的面前去了?我看你是骨头痒了!关家的事什么时候轮到你来做主了。你知不知道,这关系到整个关家的名声。汉奸的帽子一旦戴上,就永远都摘不下来了。

我知道。这不是我的初衷。我只是想保住关家的家业。关雎说。

我在上海滩混了这么多年。我的位置岂是他们说动就能动的?就算损失一点家业,我也不会让关家挂上日狗的旗子。你说现在该怎么收场?关大千说。

关雎沉默了好久,平静地说道,我获知日本人计划对关家进行一系列的打压政策。如果不做出适当的妥协,关家几十年的产业都将成为政治的牺牲品。几亿元的资产白白打水漂,你甘心吗?关大千愣住了,仿佛真的变成了一尊关公像,杵在办公桌前,微张着嘴,如鲠在喉。关雎继续说道,与其这样,不如博一把。

所以,你不仅准备把关家产业拱手让人,还准备卖国求荣替日本人卖命?

我只是和大多数生意人一样,找了个合作伙伴,谈何拱手让人?

关大千收起了冷笑,他云淡风轻地躺回到老板椅上,闭上了眼睛,说,好了。你不必再说了。既然你现在改吃日本人的饭了,那就吃不了关家的饭。关家不养别人的狗。你可以出去了。

看着父亲如此失望的样子,关雎心中万般委屈与无奈,他想和父亲解释。但几分钟前,他看见有人站在门边,他现在必须要把这场戏给演到位。

顽固不化。

关雎骂骂咧咧地走出了书房,撞见门口偷听的人竟是三太太简姎。简姎后来把关雎拽到卧房,并谨慎地反锁了房门,她问关雎,是不是真的在帮日本人干事?简姎的语气里充满了不可思议和难以置信。

关雎倚在床栏上,嘴里时不时地发出啧啧的声音,逗着鸟架上的哈尼。

简姎推了推关雎说,你倒是说话呀!

有什么好说的。你不是都听见了?关雎说完走出了房间。

简姎不知怎么的,莫名地开心了起来。原来关雎和自己一样,都在帮着日本人做丧尽天良的事。他们是一类人了。他们终于是一类人了。简姎想到这里的时候,难以抑制心中的喜悦,笑出了声。她后来把自己的腰也笑弯了,她上前钩了钩哈尼的小嘴说,小东西,我和你主人就是天造地设的一对。

这天的晚饭显然是不愉快的。关大千让小翠撤掉了关雎位置上的碗筷,他说关家以后没有关雎的饭了。成年人要为自己的选择付出代价。他还说,从今天起,关雎不再是他的儿子。关雎委屈又无奈地望着关大千,什么也没说,便离开了关府。

关雎后来空着肚子来到了百乐门,他喝了很多杯龚叔调的新发明"深水炸弹"。他建议龚叔把小杯子里的伏特加换成苏格兰威士忌,他说,苏格兰威士忌有种独特的泥煤熏烤的芳香味。这样配上啤酒大麦的香甜味,口感会更好。

大概是在关雎十岁的时候,他曾跟着父母一起到欧洲旅游。

他们去的最后一个地方就是苏格兰大草原,他们一家三口曾站在翻腾的草原上,将湖泊和城堡,还有羊群一览无余地收进那只四四方方的胶卷相机里。那真是关雎记忆中欧洲最美的风景,也是他一生中最温柔的时光。他一直将那张照片放在书房最醒目的位置。

关雎想到这的时候突然趴在吧台上呜咽了起来,他把自己的头深深地埋在两只圈起来的臂弯里,就像是一只把头缩在羽毛里的鸵鸟。关雎多么想对着关大千那张难看的关公脸怒吼,在家国大义面前,牺牲一点家业算什么?哪怕是要他的命,他都愿意随时奉上。什么汉奸卖国,外面的人怎么说他都不在乎。但关大千是他的父亲,他以为父亲会懂他的良苦用心,能理解他的苦衷。

离开岩井公馆时,关雎曾向 X 先生提出一个条件。条件就是让岩井公馆成为关家的保护伞,保护关家不受任何日方势力的侵犯。这样,他就能守护好关家了。他把生命和自由都献给了革命事业,他只希望自己能守护好他残破的家。从组织安排关雎接近白川伊夫的那一刻起,他就知道,总有一天要背负许多骂名和误解,成为一名世人眼中的汉奸。所以无论是做特高课的走狗还是岩井公馆的走狗,都是一样的。但他唯一谋私的是关家的安危,因为他知道,日本人虎视眈眈的不仅是关家的产业,他们早就怀疑关大千是红色资本家。凭关大千的倔脾气,一旦和他们对着干,整个关家都没有安宁日子了。所以,关雎向日本人抛出橄榄枝,一方面是想缓和关家与日本领事馆的关系,减轻他们的怀疑;另一方面,他想通过这样的合作从日本人手里得到一张名正言顺的通行证,帮助组织上运输药品和枪支等前线紧缺物资。但是所有的这些,他都不能告诉关大千。

　　回到上海滩的短短两个月时间,关雎做了太多违心的事。先是害死了他昔日的学妹孙媛,再是成了岩井公馆的第一特务,又主动向日本人抛出了金融合作的橄榄枝。作为一个革命工作者,他告诉自己,这是他必须做的。因为他必须服从组织的命令,必须为革命的胜利做出一切的牺牲。纵使他被所有人误解,纵使他做的一切牺牲永远都不会有人知道,他也必须毫无迟疑地往前走下去。而如今,关大千的勃然大怒彻底掀起了关雎内心压抑已久的负面情绪。

　　那天晚上,许多客人都看到吧台上东倒西歪的关家大少爷一直喝到快打烊了也不肯走。他滔滔不绝地和龚叔说着苏格兰草原上的牛和羊,他说如果有来世,他情愿做一只苏格兰的黑头羊。

　　不好意思先生,我们要打烊了。龚叔细致地擦拭完最后一只酒杯,放在架子上说。

　　我给你双倍的钱。关雎看了一眼龚叔并不搭理他,继续说道,不行三倍! 四倍! 要多少你说吧! 我关大少爷有的是钱。

　　龚叔甩下手中擦酒杯的抹布,白了一眼关雎说,您看看现在已经12点了,外面早就戒严了。您害得我家都回不了,这是钱的事吗? 我老婆孩子得着急了。

　　不好意思啊! 我没家了。所以,我不用回家。关雎说完便晕了过去。

　　关雎在一阵后半夜的冷风中打着寒战醒来的时候,眼角还有未干的泪痕。百乐门一片黑暗和沉寂,吧台和舞池的灯都已经熄灭,只有吧台上点着一只白色茶蜡和门口洒进来的一小片微弱的月光。他看见摇曳的烛光下,一只白色水母正在帕劳群岛的蓝色湖水里漫步,又好像是在星辰浩瀚的宇宙中遨游的一缕孤独的灵魂。关雎一下就被迷住了。这根本不是一杯酒,而是一件艺术品。正当他准备找人问这杯酒的名字时,一个戴着半美人半骷髅面具的女人用枪抵住了他的后腰。

你到底是什么人?女人说。

关雎愣了一下,没有作声。

你可欠我一条命。女人说。

你开什么玩笑。我平时连只苍蝇都不敢拍死。关雎说。

你害死了孙媛。

你是伪政府的人?

要不是我在巷子里开了那一枪,你以为你能这么快摆脱杨啸龙和日本人的怀疑吗?

那晚在巷子里跟踪我,朝我开枪的原来是你。既然你要为孙媛报仇,为什么又要帮我?

我一直把孙媛当妹妹看待,你不仅害死了她,让她替你背锅,还害死了他们全家。

孙媛是我的大学学妹,你以为我的内心就不痛苦和受折磨吗?可是她选择投奔日本人,她的父母又长期为日本人捐款,提供经济支持。他们就该想到有这么一天。

所以,卖国就该死。那你该不该死?你在港澳经济团的宴会上,特意拿着合作意向书和日本人谈判,这怎么解释?

无可奉告。

你最好老实一点。我现在随时可以拿回你欠我的命。女人用枪口用力地抵了抵关雎的腰说。

关雎举起面前的酒杯,将蓝水母一饮而尽,说,看在你帮我洗脱嫌疑的分上,我只能告诉你,我另有目的。我只是拿我关家的部分产业去换我觉得更宝贵的东西。

你是共产党？

关雎在女人的问题中突然明白了她的身份,笑了一下说,你这样用枪抵着我,没法好好说话呀!

告诉我,你刚刚眼角的眼泪,有一滴是为孙媛流的吗?

关雎这时突然觉得脑袋有些晕沉,他甩了甩脑袋说,有吧。

女人接着松开了关雎腰后的手枪,打开弹匣,取出了一枚子弹放在吧台上说,记着,你欠我一条命。如果你干了什么卖国的勾当,我随时可以来取。女人顿了顿又说,岩井公馆第一特务关雎先生。

女人的话音刚落,关雎就迷糊着双眼,再次趴倒在吧台上昏睡了过去。

第五章 | 飞 舞

黄昏下的樱花号邮轮好像是东海边的一座孤岛。

1

1939年农历七月初一正午,一场细如牛毛的太阳雨刚刚开始的时候,龙华寺门前热闹了一整个上午的施粥会终于结束了。简妩舀起木桶中最后一勺粥,投给了那个意识不清还有些瘸脚的乞丐马大头。其实马大头已经分到过一次粥和三个肉包了,但是简妩说,他实在太可怜了。她从来没有看见过一个人可以在半分钟内喝下一碗热腾腾的粥。马大头端着碗高兴地冲简妩憨笑了一下,接着,蹲在路边仰起头,张大嘴,咕噜噜一下子又把粥倒进了肚子里。

现在,那群在几个钟头前大喊着"活菩萨简太太又来了"的百姓,又全都围了上来。他们跪在正在收拾饭桶和工具的简妩面前,高喊着,感谢活菩萨简太太,感谢活菩萨简太太。一旁的马大头这时也放下碗,一瘸一拐地跑到帐篷前,跪在地上虔诚地朝简妩拜了起来。他甚至激动地号啕大哭。他原本是不信佛的,但他现在真真实实地相信简妩就是菩萨转世。

那场该死的淞沪会战不仅带走了马大头的家人,还让他完全失去了劳动能力。炸弹炸断了他的左腿,连同他的左耳也听不清声音了。他的脑袋里总是有嗡嗡声,好像有几十架战斗机在进行滑翔表演。他变得胆小、敏感和恐惧,一点点亮光和动静都能吓得他马上尿失禁。

简妩微笑着,她说你们都站起来吧!我不是菩萨。我只是做了我该做的。她后来走到山脚下,准备开车回程,仍有不少的老百

223

姓依依不舍地跟在身后,目送她离去。

佘山上的那片长得比人还高的芦苇,一到夏末便开始开花。那毛茸茸的芦苇花,风一吹,它们就摇曳起身子,好像一群穿着白色长衫舞蹈的女人。女人们这天傍晚看见两辆满载而归的军用卡车越驶越远,最后被一片三面环山的山体给吃掉了。

马大头在颠簸的车厢里醒来的时候,看见黑漆漆的后车帐篷里或躺着或蹲着,同样和他一样一脸茫然无知的男男女女。他们都是在施粥会上讨过食物的百姓。马大头开始拍打着脑袋使劲回想自己离开龙华寺之后的事情。他记得自己打着幸福的饱嗝回到山下容身的那所破庙里,睡了一个午觉。一觉醒来,就躺在了行驶的汽车里。马大头后来起身跑到车门边透过狭窄的缝隙往外看,外面和车里一样的黑,多的是一大片荒芜的山野和凄凉的月光。于是,他拍着铁门冲外喊,开门开门!没有人应。他继续拍了两次,然后停了下来。他转身看了看车厢里的人,一个女人有气无力地说,不要敲了。我们早就叫破喉咙了。没有人听得到,车子也不会停的。女人身旁的小孩问道,妈妈,车子要把我们带到哪儿去?是带我们去吃好吃的吗?车厢里一片寂静,没有人回答。只有马大头突然笑了起来,他说,好啊!有吃的好啊!

几天后的一个午后,上海兰心大戏院门庭若市、人声鼎沸。顾莺莺踩着红色高跟鞋,昂首阔步地走进观众席的时候,频频对着手中的小方镜梳理自己的妆容,一点也不像是来看戏的,倒像是来走秀的。她一身黑色法式宫廷复古呢大衣,红色丝质发束包裹着额头以上的卷发,深邃的眼眸和M形猫嘴,颇有混血模特的味道。同许多个普通的早晨不同的是,顾莺莺这个不睡到日上三竿不起床的大小姐,现在却手握第一排正中的戏票,傲娇地直奔座席。但对于上海滩的老戏迷来说,这只是一个再普通不过的追戏的光景。唯一不同的是,开演的婺剧《三请梨花》是由名伶陈汝英和百乐门头牌阮青丝一同出演的。这样的神仙搭配恐怕是百年难得一遇,这也让本就抢手的戏票一下子变得更紧俏了。

顾莺莺的戏票是唐一发天没亮就排队帮她抢来的。预演的水牌子前一天才挂出去,售票口的玻璃窗打开不到一个钟头,连同贵宾包厢的四百六十六个席位就全卖出去了。其实也不奇怪,上周《三请梨花》在内刚开演的第一场《兵发寒江》就赢得了满堂彩,今儿个《沙场落马》的好戏怎么好错过的。

一声锣鼓敲响,顾莺莺双手放膝入座席间,脸上云淡风轻,心中却是雀跃得有一千只麻雀在欢跳。只见薛丁山扮相的陈汝英手持长枪,打着枪花率先登场,英俊威武,身材矫健得一塌糊涂。阮青丝一身红色戏装,头戴两根长长的雉鸡翎,紧随其后。她剑眉入鬓,凤眼生威,眉宇间带着不可磨灭的一股英气,飒然正气不怒自威。众人皆拍手大赞阮青丝不同往日冷艳婀娜的模样,简直是樊梨花再世,把这人物给演活了。

坐在顾莺莺身后不远处的关雎,同样也被阮青丝一改故辙的扮相惊艳到了。他微张着嘴,半晌才吞下一口口水。自从那晚在百乐门醉酒吃了一颗陌生女人的"枪子"后,他就总是不由自主地将阮青丝和那个黑暗中的女人联系在一起。直觉告诉他,阮青丝不简单,她并非像表现的那样,是个只懂得男欢女爱的风尘女子。

儿时,顾莺莺也跟着父亲宋敬诚去过几次戏院,看着台上那装扮夸张、张牙舞爪的人就觉得可怕,再加那咿咿呀呀的唱腔,一句也听不懂,脑袋不出一分钟就嗡嗡地疼,吵吵着要母亲带她回家。

可这回,顾莺莺不仅主动要看,还在家温习了好几遍《三请梨花》的故事,生怕错过了什么剧情,看得是津津有味。

台上正提着花枪的陈汝英一下注意到了黑压压的人群中打扮得洋气又时髦的顾莺莺。有那么一瞬,他俩的眼神轻轻地碰了一下,就像蜻蜓点水那样轻,但在顾莺莺的心头却是重重的一击。

你就是看不起我们女流之辈,今天遇上那樊梨花,你那男儿汉的本事,哪里去了?薛金莲说。

啊?薛丁山说。

啊什么啊?算你头功,算你头功。喏喏喏……薛金莲用手指轻戳脸颊,对薛丁山做出羞愧的表情,说。

收兵,收兵,收兵。薛丁山说完摆手背过身去。

顷刻,雷鸣般的掌声排山倒海般地一浪又一浪袭来。有叫好者,甚至站起身来或是挥手或是吹哨。

演员一一下场,黑幕落下,只留薛丁山的背影站在台上。这时,人群中突然有人用一口蹩脚的中文喊道,陈师傅,白川先生请您去领事馆。陈汝英没有搭理,他转头,继续左顾右盼,聚精会神地完成了探头张望的最后一个动作。收尾动作摆定,陈汝英的嘴角微微扬了一下,他正巧与台下的顾莺莺四目相对。顾莺莺眉头紧锁,欲言又止。随即,观众起哄道,再来一场,再来一场!

只听一声枪响,那个蹩脚的声音再次重复道,陈师傅,白川先生请您去领事馆!众人马上尖叫哀号起来,纷纷仓皇地冲出了戏院。

日本人是越来越嚣张了。阮青丝在幕后对走下戏台的陈汝英说。

陈汝英淡淡地笑了一下,没有作声。

陈师傅,您就直接跟我走吧!不用卸妆了。大川内传七用手枪撩开后台的布帘说,白川先生说今天一定要看您的戏。阮小姐,你也跟我们一块走吧!蔡局长也在。

接着,阮青丝和陈汝英就在戏院门口碰到了顾莺莺。她发着哆让大川内传七带她一块去领事馆看戏,躲在墙角的关雎将一切看在眼里,悄悄离开了戏院。

你们真的要去吗?你不怕死吗?顾莺莺走到陈汝英身边,一边小声追问,一边端详起他的容貌。男人也可以这么美的?顾莺莺再次在心里琢磨。

陈汝英没说话。阮青丝一眼就看出了顾莺莺的心思,在一旁偷笑了起来。

我是来谢谢你的,你那天救了我。顾莺莺凑上前又说。

顾小姐,你坐我的车子过去吧!这时候,大川内传七打断了顾莺莺,她不舍地看了陈汝英一眼,嗝嗝道,我还有好多话没说呢!接着,噘嘴生气地冲陈汝英说,憨憨,铁憨憨。说完,就气呼呼地坐上了大川内传七的私人座驾。大川内传七从小轿车里探出头来,狡黠地冲他们笑了一下,扬长而去。

陈汝英依旧没说话。过了很久,直到他在途中看见一个在路边张贴抗日言论的爱国青年被日本士兵架起,阮青丝才听见陈汝英慢悠悠地说,死有什么好怕的,活着都不怕。

穿着笨重戏袍坐在军用敞篷车里的阮青丝和陈汝英,后来成了戈登路上的一道风景。陈汝英频频摇头说,戏子总归是戏子,不受人尊重。阮青丝却形容这叫"拉风",她说整个上海滩有谁这样坐过日本人的车,有谁敢这样坐日本人的车。

冯婉清坐在窗口一方金黄色的阳光下,等待护士带她去花园呼吸新鲜空气。她感觉自己像是画框里的人物,被这方不大不小的温暖幸福地框在了里面。当她安静地享受着这些的时候,走廊尽头的病房突然热闹了起来。蜂拥而进的医生和护士满脸慌乱和惶恐,他们刚刚经历了一场抢救。病房门口,医生对一同走出的护士凝重地说了些什么,护士小姐先是惊愕得吓掉了下巴,紧接着便不受控制地抽泣起来。

那是一个单人间。里面住的是昨天晚上被送进来的日本宪兵中队中队长藤田英明。冯婉清清楚楚地记得藤田英明当时躺在病床上呕吐不止的样子,好像快把胃都要吐出来了。深深凹陷的暗黑色眼眶和暴凸的青筋,就像是一只饥饿难耐的吸血鬼。护士一边推着病床冲向急诊室,一边告诉接诊医生,患者有高烧、剧烈疼痛和呕吐的症状。而那名护士就是现在冯婉清眼前的这名护士小姐。

阳光下的冯婉清看见护士小姐抽泣着走到护士台打了一个电话。她努力平复自己的情绪,但是抖动的嘴唇和抽搐的背脊还是出卖了她。简短的话语后,她挂断电话,跟随医生离开了大楼。

冯婉清后来被照看她的短发护士带到了花园的草坪上,鸽子见到熟人马上围了过来,咕咕地叫着。冯婉清抱起一只鸽子,拿出衣兜里的面包屑开始喂食。鸽子很快打起了饱嗝,拍着翅膀扬长而去。它要去它该去的地方了。

此时,安顿好护士的医生回到办公室也拨通了电话,他对电话里尊称长官的人说,藤田先生已经死了。请立即隔离邮轮上的所有人,病毒的传染性非常强,一旦病发,病情恶化极快。电话里的人大骂了起来,医生垂着头说,我们会加紧研制特效药的,尽一切努力。

2

　　阮青丝在日本士兵的带领下,走进了日本领事馆贵宾室的大门。她先瞧见的是一个临时搭建的小戏台,接着是坐在茶台边的白川伊夫、河村惠子、大川内传七、顾莺莺、蔡进军和朱麟六人。阮青丝回头向身后的陈汝英看了一眼,陈汝英马上意会了她的忧虑,他微笑着轻点了一下头,直接朝舞台走去。

　　白川伊夫见陈汝英来了,眼睛一下子就亮了,忙起身迎接。他一边扶着陈汝英走上舞台,一边激动地说,古有三请梨花,今有三请汝英,可算是把您请来了。

　　陈汝英又轻点了一下头,向站在门口的阮青丝伸手。阮青丝笑了一下,拎着戏袍子跳上了舞台。席间众人欣喜若狂,纷纷转动坐垫上的屁股,调整观看位置。这时,陈汝英才说,白川先生想听什么?

　　你就接着往下演吧!请了你三回才把你搬到鄙处,别人看过的我就不看了。白川伊夫目不转睛地盯着陈汝英,眯起的小眼里满是秋波。而他身旁的河村惠子一副高高在上的样子,她轻笑了一下,微动的嘴角和眼睛里透露着嘲讽和鄙视。

　　陈汝英大袍一挥,原地跑了一圈走场,便唱起了父亲樊洪和哥哥樊虎的戏词。阮青丝则扮演樊梨花和女婢铁珍,两人声情并茂地比画了起来。可唱到后头,陈汝英越唱越激动,他一字一句,铿锵有力,好像这场《三请梨花之劝父归唐》不是樊梨花劝父归唐,倒是专门唱给阮青丝听的。

陈汝英唱道,哼哼,将计就计诱唐兵,要我归唐万不能,众三军,弓上弦,刀出鞘,在府门埋伏,待唐兵进关杀他个落花流水。

未等阮青丝说出樊梨花"前罪未赎该万死,你竟敢又做背信人"的台词,陈汝英便抢快一步念出了樊虎的戏词:哼,事到临头起杀性,为报狼主下绝情,看剑。

阮青丝愣了一下,接着唱道,逼得梨花怒难忍,三尺青锋不容情。

这时,陈汝英又抢起了樊梨花的戏词,瞪眼大喊道,念在手足之情,恕你悬崖勒马,只要你诚心诚意,既往之事一概不究。

阮青丝惊叫道,爹爹! 试图提醒陈汝英。

陈汝英连声喊道,看剑,看剑。啊呀呀……

此时,阮青丝已经领会了陈汝英的意思。他含沙射影的唱词是想劝说阮青丝不要与日本人为伍,利用自己与汉奸蔡进军的关系,来个将计就计诱唐兵的戏码。但他同时也在众人面前不要命地暴露了自己抗日分子的身份。阮青丝慌乱之中,推搡了陈汝英一把,戏袍里的右手却偷偷掐了一下陈汝英的手臂。她一气呵成地唱道:

小姐……小姐,事到如今,你还是快快做主吧! 铁珍说。

铁珍,听令! 樊梨花说。

在!

城楼降下幡旗,迎接唐兵。

得令!

席间的顾莺莺已然察觉到陈汝英的不对劲。好在蔡进军和朱麟二人忙着在三个日本军官身边解说薛丁山三请樊梨花的故事情节,没有听出陈汝英的纰漏。尤其是朱麟,他谄媚的样子就像古代

230

讨好君王的妃子,贵宾室的小型舞台就是他特意为讨好日本人搭建的。政府成立后,上海的抗日分子一直没有消停过,官员接二连三丧命于军统锄奸队的枪弹下,他们手段千变万化,几乎都是一击即中,很少有落空的。自从胡昌瑞带着他的锄奸队名单一起命丧黄泉,日本人一直在追踪锄奸队及各路自发组织的暗杀小组的情报。但除了知道这些暗杀杰作多出于一个代号叫"鬼美人"的军统特务之手,其他一无所知。为此,5月,叛国投敌的汪精卫来到上海筹建伪政权后,日本军部将丁默邨、李士群的特务组织拨给了汪精卫,准备共同筹建汪伪国民党中央执行委员会特务委员会特工总部,以专门对付各界、各党派的抗日爱国志士。

阮青丝和陈汝英鞠躬谢幕。这时,一名日本士兵突然神色慌张地冲了进来。白川伊夫的脸马上拉了下来,大川内传七招其过去说话。接着,日本士兵在二人中间附耳嘀咕起来。大川内传七随即大惊失色,他站起身来,同白川伊夫鞠躬告辞,便箭步离开了贵宾室。

朱麟对着大川内传七离去的背影,大喊道,大川先生,晚上的宴席你还来吗?

白川伊夫说,他恐怕去不了了,但是我们可以继续。接着,他转头笑着对陈汝英说,陈师傅,阮小姐,你们演得实在是太好了!早闻中国戏曲里诗、乐、舞为一体,不受时间和空间制约,是一场心灵的震撼。在日本的时候,我就非常喜欢看能剧,但是和看中国戏曲的感觉完全不一样。其间的门道和艺术魅力简直太让人着迷了。白川伊夫顿了顿又说,陈师傅。我还是叫你汝英吧!我希望能和你交个朋友。今晚的饭局你也一起来吧!

阮青丝坏笑了一下,向陈汝英挤了挤眼,说,我们穿着这身戏袍怎么吃呀！白川先生是想让我们到饭店接着唱吗？

白川伊夫忙说，当然不是。连唱两场一定累坏了，实在不好意思。惠子！赶紧命人送他们回去。等会再接他们到饭店。

黄昏下的樱花号邮轮好像是东海边的一座孤岛。穿着防护服和护目镜的日本士兵封锁了整个海岸港口。所有需要在吴淞口靠岸的船只都被临时通知更改停泊港口，除了医护人员和军部后勤工作人员外，任何人不得靠近邮轮。当大川内传七心急如焚地赶到码头时，乘客们已经在船员和士兵们的指挥下，回到了各自的房间里。他们将进行为期两周的自我隔离。所以，想要离开房间，要么是被担架抬出去，要么就是熬过隔离期，健康地走出去。

对不起，大川长官，您不能进去。守卫的日本士兵拦下了从小轿车上跑下的大川内传七。

滚开！大川内传七怒火冲天地说，是谁给你的命令！

对不起，大川长官。邮轮的隔离方案是半小时前第三军区总部直接下达的。专家组的医生对藤田英明的尸体进行了解剖检测，病因和感染源已经确定。我们现在也是冒着生命危险在守卫。日本士兵说。

大川内传七当即扇了士兵一个大嘴巴子，暴跳如雷地说，巴嘎！又是长谷那个混蛋！他凭什么这么做！如果这艘邮轮里有他的家属，他还会这样吗？日本士兵吓得捂着挨打的脸不敢说话。接着，大川长舒了两口气问道，我的母亲和妻儿怎么样了？

日本士兵支支吾吾地说，您母亲因高烧腹泻刚刚被送往医院。您的妻儿在自己的房间隔离，暂时没有大碍。您放心，一日三餐会由服务员按时送到房间，生活物品则有早晚两次的派送时间，有任何需要可以给服务员统一致电,统一派送。

大川内传七望着近在眼前的邮轮又大骂了一声,巴嘎,便愤愤地坐上小轿车赶往了医院。而此时,河村惠子和白川伊夫正在去锦江饭店的路上。她问白川伊夫,是否要向军部提议,先暂停研究项目?白川伊夫笑了笑说,这事我们不必插手。不是我们工作的职责范围。看来B18非常成功,我想大川会处理好的。你说呢?二人相视一笑。

阮青丝卸完妆,躲在戏院后台化妆室的屏风后,脱去了戏服里衬,换上了她的香云纱镂空旗袍。陈汝英仍对着镜子在仔细卸妆,这时,阮青丝突然咯咯地笑了起来。陈汝英问,你笑什么?

你比女人活得还精致。难怪白川先生喜欢你。阮青丝说。

我好歹也是上海滩第一名伶,有人喜欢很正常。陈汝英洗好手,朝屏风走去说。

我说的不是那种喜欢。阮青丝顿了顿说,打从你第一天在华懋饭店唱戏的时候起,白川伊夫看你的眼神就不对了。

不要胡说。陈汝英起身换衣,说,我可不想和日本人扯上关系,什么时候死都不知道。

什么死不死的。你死了玄同怎么办?阮青丝调侃道,我看你是唱累了,脑袋都唱糊涂了。你刚刚都抢我词了。

陈汝英说,我清醒着呢。我现在比任何时候都清醒。

阮青丝侧过头来,用余光看了陈汝英一眼。她明白陈汝英的意思,但她现在不好做任何的表态。因为多一种身份就多一份负担。这会让她更容易陷入危险和暴露自己。更何况,现在有河村惠子死死地盯着她,她不能轻举妄动。

这时,田老板推门而进,用烟斗敲了敲门说,陈师傅,有空吗?

和你谈谈之后的演出计划。接着,他探头瞅了一眼屏风后的阮青丝,竖起大拇指说,阮小姐今天的戏演得真好啊! 都快赶超陈师傅了。

阮青丝走出屏风,冲门口走去,说,田老板说笑了。我这才学几分皮毛,离陈师傅的真功夫还差得远呢!

俗话说,教会徒弟饿死师傅。您要么考虑考虑常驻我们戏院? 田老板笑眯眯地抽着大烟说。

我这偶尔过来唱几次是调剂,是放松,要是常驻那就不一样了。阮青丝说。

晚上的饭局我就不去了。你帮我说一声吧! 陈汝英边穿长袍边说。

那你们慢慢聊。我先走了。阮青丝站在门口冲田老板笑了笑便扬长而去。阮青丝知道,田老板是故意把陈汝英留下来的,日本人的小汽车就在兰心大戏院的门口候着,他不可能没有看见。难道田老板也是共产党,他们有新任务了?

3

陈汝英来到福源寿衣店的时候,关雎和刘启已在阁楼等候多时。刘启接到了交通员的情报,说,从昨天晚上开始,就陆续有高烧的日本人送往医院,目前已经有八名患者。他们都是搭乘樱花号邮轮来沪探亲的日本军部高层的亲属。我们的人下午到邮轮停靠的吴淞口码头侦察过,整个港口都被封闭,邮轮也被隔离。医院东部的小诊楼现在已经专门用来隔离这些病人,除了专门负责的医护人员外,不准任何人进出。邮轮是昨天晚上10点才到岸的,可见这种病发病急剧,传染性极强,不是一般的传染病。根据症状,初步判断应该是鼠疫。

鼠疫?陈汝英惊讶道。

这件事非常蹊跷。最先送进医院的患者是日本宪兵中队中队长藤田英明,上邮轮后不久突然发病,接到情报时已经身亡。所以病源应该不在邮轮上,而是藤田英明带上去的。刘启说。

早在1345年,蒙古军队进攻黑海港口城市卡法时,就用抛石机将患鼠疫而死的人的尸体抛进城内,从而使鼠疫在欧洲肆虐了三个世纪,导致两千五百万余人丧生,这也是人类历史上迄今为止伤亡最大的细菌战。"一战"中,德军在索姆河中也使用过毒气弹。这种毒气可以使人眼盲、皮肤溃烂,直至死亡。但如果是生化武器的话,日本人没必要自己害自己吧?关雎思索了片刻说,那只能是不小心泄漏而传染的。

我们当务之急是查清他上邮轮之前都去过哪里。刘启说。

关雎,这件事就交给你了。陈汝英说完便陷入了沉思。

你在想什么?关雎说。

我在想,这会不会和之前在龙华寺附近莫名失踪的那些流浪汉和妇女幼童有关?这两个月,我们的同志在山下发现一辆形迹可疑的日本军用卡车,但每次跟踪到芦苇荡附近就跟丢了。我总觉得那些人的失踪有蹊跷,好像藏着什么巨大的阴谋。陈汝英说。

找个人去龙华寺扮成乞丐调查一下不就行了?关雎说。

找谁去?我们三个人目标都太明显,容易引起怀疑。得找个不起眼的普通人。陈汝英说。

我去！林玄同这时候不知从哪儿冒出来,在房门前喊道,着实吓了三人一跳。

你怎么进来的？陈汝英从凳子上一下站了起来,瞪着眼睛说。

我早就知道了。林玄同笔直地站在门口说。

这不是你该来的地方。简直是胡闹！你快回去！陈汝英怒斥道。林玄同依旧像松树一样站在门口一动不动。陈汝英一拍桌子,站起身来说,你再不走,明天罚你练功不许吃饭！

练得再好也是个唱戏的,被人瞧不起！我想做英雄做战士！我想和你们一样。你们能做的,我也能做！林玄同扯着嗓子说。

陈汝英当即给了林玄同一记耳光,中气十足地吼道,滚！

林玄同捂着脸,狠狠地瞪了一眼陈汝英,冲下楼去。

锦江饭店的晚宴因为陈汝英的缺席,白川伊夫很不悦。他耷拉着脸,一声不吭地喝着闷酒。席间,好事的朱麟突然问起,军部出了什么大事,让大川长官下午火急火燎地走了。就算他有事来不了,他的家人总要吃饭的吧？河村惠子笑了笑,望着白川伊夫没有说话。过了很久,白川才摇晃着酒杯说,这世界上有一种武器要比枪弹更可怕。阮青丝三人你看看我,我看看你,一脸疑惑地望着白川。白川这时露出了一个十分诡异的笑容,他指着朱麟的鼻子,突然用力地张开指人的手掌说,只要放在你们的身上,它就会迅速将你吞噬,然后,你再传给他,他再传给他。成千上万的人可以在一夜之间死去。朱麟吓得竖起了汗毛,还摸了摸双臂说,这不就是瘟疫吗？白川猛地昂头喝光杯中的红酒说,不,这比瘟疫更可怕。朱麟听得糊涂,又问,这和大川长官突然离开有什么关系吗？白川拍了拍朱麟的肩膀说,朱局长,你要不要试试？看看它是更喜欢话多的人，还是话少的人？朱麟的背脊上马上冒起了冷汗，不再说话。白川摇晃着酒杯，坏笑地看着阮青丝又说，当然，还有一种武器也很厉害。比如，像阮小姐这样的美女。中国有句古话：英雄难过美人关。

阮青丝突然想起了很多年前，自己在日本札幌间谍女子学校的悲惨经历，所有不好的记忆像火山一样喷涌出来。她感到有些透不过气，浑身忍不住地颤抖起来。所以，她用大拇指的指甲使劲地掐着自己的手指肉，试图让疼痛唤醒她的理智，把她从过去的黑暗中拉出来。这时候，白川伊夫突然凑到她耳边小声说，想办法接近关家大少爷，查清楚他是真投诚，还是在弄鬼。

阮青丝在晚宴上的兴致并不是很高。晚宴结束后，朱麟在小轿车里又喋喋不休地说，你们听说了吗？今天下午，大川内传七大闹医院，听说把医生都打伤了。认识大川先生这么久，就算是长谷寿一独吞他在上海立下的功劳，一人高升，也没见他吹过眉毛瞪过眼。你说到底发生了什么，难不成死爹死妈了？说也奇怪，樱花号邮轮昨晚就到了，我给他们安排的酒店却迟迟没有入住。坐在副驾上的朱麟看了蔡进军一眼，继续说道，哎！下午日本人封闭了整个吴淞口码头。有人看到他们穿着全封闭的防护衣。不会是出什么大事了吧？

防护衣？后座的阮青丝问道。

那衣服一般是用来抵御和防范恶劣天气的，或者是化学战争。蔡进军平静地说。

回到百乐门后，阮青丝一直坐在窗台的一抹月光下，想着朱麟和白川伊夫说的话。随后，她起身打开了储藏室的陈列柜，那只醒目的鬼美人蝴蝶在月光下闪着神秘的微光，她取出暗格下那副半美人半骷髅的面具戴在了脸上。接着,她又在陈列柜第三排正中放着金裳凤蝶的格子下拿出了一只档案袋。档案袋里放着大川内传七的资料,家属一栏中写着:父亲已故,母亲乔边香织,妻子小山真衣,儿子大川祥代。

  阮青丝潜入医院的时候,夜已经很深了。护士站的两名值班护士在一盏昏暗的陶制台灯下窃窃私语,她们绘声绘色地说着医院接二连三地来了一群生了怪病的日本人。胖护士挑着眉说,那个日本长官的母亲送进来的时候就已经意识昏迷,肯定是没的救了。他要是冲进去,连帮老母亲收尸的人都没有。听说他的妻儿还被隔离在邮轮上,不知道有没有被感染。这万一……瘦护士说,都死了三个了。早上负责的医生和护士都被隔离了,那个杨护士已经确诊被感染。现在根本没人愿意去西辅楼,进去了就等于找死。接着,她们异口同声地说,活该!小日本鬼子!说完双手合十朝天拜了起来,又说,保佑领导别让我去西辅楼,保佑保佑。

  阮青丝后来又潜入西辅楼医护人员的更衣室。她穿上隔离服,戴上口罩、头套、护目镜和手套,推着护士车大摇大摆地走在廊道上。两个值班医生正在实验室里忙活着,他们一会儿将吸满血液的滴管在试管里左右晃动,一会儿注视显微镜并双手快速地记录着数据。他们的护目镜充满雾气,但依然能清晰地看见眼周滚动的汗珠。这时,一名中年护士拖着疲惫的身体从休息室内走出,她看见阮青丝眉头紧锁地呆望着实验室里的医生,叹了一口长长的气说,军部已经下了死命令,治不好日本军部高层的亲属,就让他们一起陪葬。巡房去吧!别看了!

  你是来接杨护士的班的吧!中年护士走在阮青丝前头说。

  是。阮青丝点了点头说。

随后,阮青丝跟着中年护士来到了208病房。她帮病人检测完体温后,拿起床头的病人信息牌,上面写着:乔边香织,女,七十二岁,鼠疫病毒感染。体温情况一栏的体温从下午4点45分送入医院开始,一直到晚上8点45分,都在四十摄氏度到四十一摄氏度上下浮动,之后便慢慢下降,控制在三十八点五摄氏度。阮青丝用圆珠笔在后一栏写下:22点45分,三十八点五摄氏度。

保佑她能撑过明天吧!中年护士说。阮青丝拿着信息牌疑惑地看着她。中年护士继续说道,下午打伤医生的就是这个患者的儿子,日本宪兵司令部司令大川内传七。她送来的时候病情已经非常严重,高烧、呕吐、意识不清,差点没抢救过来。所有病毒都一样,免疫力低下的老年人和幼儿,还有抵抗力弱的人群,最容易被感染。你自己多小心吧!

病毒是从邮轮上来的吗?阮青丝问。

不好说。中年护士朝病房门口看了看,在阮青丝耳边小声说,最先送来的那个军官是日本宪兵司令部的,并不是邮轮上的。他只是去邮轮上例行检查,可不到半小时就突然病发了。之后被送进来的八名患者,都是与这名军官有过近距离接触的士兵和乘客。感染鼠疫到病发需要一个过程,至少在一天前,这名军官就已经被感染了。中年护士意味深长地和阮青丝对视了一眼,继续说道,这次患者被感染的鼠疫不是普通的鼠疫病毒,毒性和传播力都大大加强。

病毒变异升级了?阮青丝问。

病毒自身变异无法突然有这样的改变,我怀疑是人为的。中年护士说。

你的意思是说,有人在专门研制这种加强病毒?

嘘！我听说日本人的血清疫苗制造所在研究一个秘密项目，我怀疑和它有关。

为什么这么说？

我们医院研发部的主任去年被调到血清疫苗制造所参加这个秘密项目，但前几个月突然就生病去世了。当时负责的护士说，他的症状和这次送进来的患者一模一样。

他们为什么要研制这种病毒？

这我就不知道了。

此时，大川内传七终于和自己的妻子小山真衣通上了电话。电话里惶恐不安的小山真衣一直哽咽着紧握话筒，她用另一只手紧紧地将儿子搂在怀里，说，大川君，母亲大人还好吗？

大川内传七叹了一口气说，止痛药和镇静剂只能让她好受些。现在还没有特效药。

小山真衣马上捂着嘴大哭起来，那现在该怎么办？白川先生能帮到母亲吗？

大川内传七笑了笑说，这时候，谁都会急着撇清关系。樱花号邮轮上没有他的亲属，他怎么会在意？这件事你不必忧虑，我会处理。你务必照顾好自己和儿子！

陈汝英回到戏院后，迟迟没有等到林玄同归来。他有些后悔自己的一巴掌，但林玄同的话戳中了深埋在他心底的伤疤，他无法容忍自己的徒弟说"练得再好也只是个唱戏的"这样的话。他永远都记得那个大雪纷飞的晚上，五岁的他和姐姐，还有父母四人跪在家族宗祠的天井下。伯父将他家的牌位扔进了一堆取暖的炭火中。母亲大哭起来，恳求伯父不要这么做。而伯父只是扔下一句，戏子是不能进族谱的，死后也别想进宗祠。便走进了屋里。父亲无声地落着泪,他什么也没说,起身想从炭火中把牌位取出来,但母亲上前把父亲的手打掉了。她说,你还要不要唱戏了?这手坏了还怎么演?陈汝英怎么不知道戏子被人瞧不起,但谁都可以这么说,他林玄同怎么能这么说呢?

4

到了第二天,陈汝英还是没有等到林玄同回来。这时,他才猛然觉得事情的发展有些不对。他来到福源寿衣店让刘启通知关雎一起寻找林玄同的下落。要不要去龙华寺看看?刘启问陈汝英。但陈汝英马上拒绝了这样的提议,他觉得林玄同一个孩子哪来的本领一个人跑去人生地不熟的近四十公里外的龙华寺。林玄同没有车马,就算是徒步也要一天一夜,他吃得了那苦吗?

此时,关雎正在茱丽叶艺术空间二楼的房间内,同梁茹筠、顾莺莺召开秘密碰头会。半小时前,顾莺莺刚刚接到上级的电报。上级让他们即刻潜入日方的血清疫苗制造所,找出鼠疫病毒实验项目的所有资料,于明天下午4点在6号电车上完成情报交接。

又是鼠疫。关雎心里想着,抬手看了看他金闪闪的亨得利手表说,现在是早上8点。我们有八个小时的时间。

梁茹筠瞥了关雎一眼,说,你这手表也太扎眼了。

我现在的形象可是玩世不恭的公子哥,可不得高调一点嘛!关雎笑了笑又说,你看,顾小姐脖子上的钻石项链可比我的手表扎眼多了!大川先生真是出手阔绰啊!

顾莺莺白了关雎一眼说,这样的,我家里有十几条!

关雎说,对了,大川先生不是帮你在筹办服装秀吗?你们最近进展得怎么样?

他的家人到上海来探亲了,这段时间应该都没法见面。顾莺莺打断说,说正事吧!你们知道这个血清疫苗制造所在哪吗?

我之前有送大川内传七去过一次。制造所就设在老靶子路257号原上海铁路医院的旧址。梁茹筠说。

那我们就分头行动吧!关雎说。

刘启后来看见站在黄包车边上闭目思考的关雎,像一棵正气凛然的白杨。刘启突然发现,安静下来的关雎少了那些吊儿郎当、玩世不恭的气质,原来是很容易暴露的。他放下手中的报纸,跟了过去。待黄包车夫走后,叫住了关雎。

林玄同不见了。刘启说。

林玄同在他们的印象中一直是个内向乖巧的孩子,平时除了练功,很少看他同别的孩子一块玩耍。但从他嘴里竟然爆出了令人出乎意料的话,这让关雎突然觉得自己并不了解林玄同,不知道他的小脑袋瓜里到底在想些什么东西。一阵秋风拂了过来,关雎低垂着头,看见几只蚂蚁正在搬一块极为细小的面包屑,他歪了一下脖子,说,都找过了吗?

陈站长等了他一宿都没回来。他让我跟你一起去找人。

可是我刚刚接到军统上海区的任务,现在要去血清疫苗制造所,窃取鼠疫病毒实验项目的资料。

鼠疫病毒?和这次医院被传染的病人有关吗?

很可能有关系。我现在有和陈汝英一样的预感了。日本人在搞着什么见不得光的阴谋。关雎拍了拍刘启的肩膀说,你先去找人。明天下午4点,我任务完成后,我们在大世界门口碰头。

好！刘启扣了扣帽子，很快消失在了街头。

每年中元节，龙华寺都会举办盛大的盂兰盆灯会，可谓热闹非凡。这天傍晚6点吉时一到，住持携寺庙众僧在佘山脚下的河边举行了灯会开幕仪式。喻慧大师身穿袈裟站在河中临时搭建的水台上，以酒祭河，点燃纸灯，将灯放至水中，随其顺水漂流，谓之慧航普度。随即，祈福的老百姓也纷纷向河中投放各式纸灯、花灯。瞬间，千百盏河灯同时下水，烛光荧荧，煞是壮观。不一会儿，远处悠悠驶来了一艘金色的龙舟。许多俊男美女手持河灯驾舟游行，舟上摆着丰盛的酒宴，身穿汉服的乐队弹奏梵乐，素衣僧人在一旁吟作禅诵。岸上的儿童沿着河岸高唱起来，盂兰灯，盂兰灯，今日灯了明日扔。这让林玄同完全陷入了眼前这番盛世景象。

林玄同是走了两天两夜，一路摸索才找到龙华寺的。他离开福源寿衣店后，便气冲冲地回到戏院找出压箱底的破布衫，打扮成了乞丐的模样。他要向陈汝英证明，他已经长大了，他也能做英雄！林玄同来到龙华寺时，已经是饥肠辘辘了。他一抬头，看见寺庙前的棚子下围满了人，有个女人正在施粥。寺庙的和尚告诉他，今天是农历七月十五盂兰盆会，关府的简太太举办了施粥会。于是，林玄同便上前讨要了一些吃的。

现在，林玄同跟着孩童前行的队伍，沿着河边越走越远。突然，他的脑袋开始天旋地转，身体感到无力，他跌跌撞撞地走进一间破庙。还没来得及选择一个舒服的睡姿，他就一个趔趄倒在墙边的一张破草席上做起了美梦。

一个钟头后，林玄同醒了过来。他发现自己被关在一个伸手不见五指的车厢里，车厢里坐满了男女老少。林玄同认得这些人，他们都是在粥棚下和他一起排过队的老百姓。林玄同想，陈汝英的猜想是对的。一定是有人利用了这些穷人吃不饱饭,在施舍的食物里动了手脚。那个看上去面善的施粥女人一定有问题。他现在要做的是想办法留下些记号,让陈汝英能找到他的行踪,来营救他。林玄同突然想到了裤兜里的那包荧光粉。这是他几天前在大世界花了十块钱买的稀奇玩意儿。他有个大胆的想法,如果把荧光粉混在化妆的颜料里,在晚上演出时,他的脸就会像月亮一样在昏暗的剧场里发光了,一定能吸引戏迷的眼球。林玄同从裤兜里拿出那包荧光粉,漆黑的车厢里马上亮了起来,他透过车缝将荧光粉一点点洒出去。

不知过了多久,车厢的门终于被打开了。四名日本士兵手握刺刀催促着他们下车,坐在车门边的林玄同第一个跳下了车厢。他看见了一个三面环山的溶洞,向上望去,头顶还有很大一块岩体遮住了半边的天空。这是一个极其隐蔽的山洞。他就像一块被狐狸埋进洞穴里的肉,很难被人发现。

林玄同和车厢里的老百姓排起了长长的队伍,他们像一条缓慢蠕动的蛇,一直钻进了溶洞的最深处。那是一整片黑暗潮湿又阴冷恐怖的牢房,在地下二层,狭长的地道上淌着带有血腥味的浑浊的污水,忽明忽暗的电灯像在给闯入这里的人们发射神秘的磁场信号,不停地嗞嗞作响。队伍里有人开始尖叫,一个长得像猴子一样的驼背男人挣脱了队伍,试图逃跑,但很快被日本士兵的刺刀扎破了大腿。在惨烈的哀号中,日本士兵像提萝卜一样,将男人的头拎起重新拖进了队伍。然后,没有人再敢出声,也没有人再敢抵抗。他们很快把一间间空荡荡的牢房都填满了。

林玄同蹲在潮湿的墙边,看着那个被扎破大腿的男人无力地呻吟着,突然感到万分的绝望。他开始后悔自己的任性和不自量力,他没有经过专业的训练,也没学过拳脚功夫,怎样才能逃出这里呢?

5

这天一大早,阮青丝坐在充满消毒水味道的诊室里,把左手搭在一方包了浆的脉枕上,但眼睛始终看向窗外。老中医搭着阮青丝的脉,捋着胡子询问着她的病症,最后他说,没什么大碍,就是体寒,调理两个月就好了。

这时,阮青丝看见医疗车上下来两名医生和两名护士,她接过药方,便火急火燎地离开了诊室。阮青丝倾着身子,把右手搭在收银柜台上等待结账,眼睛的余光依旧看向大门口的方向。四名医护人员正熟络地朝医院后面的仓库走去,跟在最后的那名瘦瘦高高的护士身形和阮青丝十分相似。阮青丝漫不经心地对窗口里的收银员说,我现在有点事,过会来拿可以吗?收银员低头认真地数着钱说,那你把名字写一下。等下叫名字来取。阮青丝想了想,在便笺上写了"周曼君"三个字,递给收银员。

前一天午夜,阮青丝在路边一个公用电话亭里,将她获取的血清疫苗制造所的情报上报给了郭子文。郭子文告诉阮青丝,制造所每半个月都会到医院来领一次补给。上次是9月1日,下一次刚好就是今天,15日。

冯婉清拉开窗帘,阳光一下子洒进她空荡荡的单人病房。她眺望窗外,同样看见四名医护人员从日本人的医疗车下来正走进医院。冯婉清撕下床头的日历,塞进口袋,走出了病房。她坐在楼下餐厅窗边的一大块阳光下嚼着她最爱吃的荷包蛋,喝着鲜牛奶。五分钟后,四名医护人员或拖着平板车或抱着纸箱从仓库出来。她未发现,此时,其中一名护士已经偷偷地换了人。

在黑暗的拐角,阮青丝给那名同她身形相似的护士温柔地送了一嘴麻药。现在,她穿着护士服戴着口罩,坐在驶往血清疫苗制造所的医疗车里。

关雎回到家中,取走了他藏在书房保险箱里的日特机关证件。临近中午,他来到了老靶子路旁的小巷子里,见到了顾莺莺。顾莺莺已换好护士服,戴好口罩,等候多时,她从衣兜里掏出一只口罩递给关雎。关雎戴上口罩,二人便大步朝血清疫苗制造所大门走去。

此时,医疗车稳稳当当地在制造所大门前停下。阮青丝走下后车厢,瞥见了台阶上关雎和另一个女人的身影。

请出示证件。守卫的日本士兵凶神恶煞地拦住了关雎二人,说。

关雎从衣兜里掏出他的证件递给了日本士兵,并摘下口罩。士兵翻开证件比对了一会儿,马上双手奉上证件,客气地弯下腰来说,原来您是岩井公馆的人。不好意思,您请进。接着,关雎轻轻地点了点头,戴上口罩,昂首走进了制造所。

阮青丝望着关雎和女人顺利进入制造所,心中充满了疑惑。他们来这里干什么?难道也是和她一样的任务吗?

关雎和顾莺莺像无头苍蝇一样行走在廊道上。制造所里的实验室和办公室门牌上都写着奇怪的字母和数字,A15、B18、C12、D17……这让他们根本分辨不出哪间是他们要找的鼠疫项目实验室。眼看快要走到走廊的尽头,身后突然有一名日本护士叫住了他们。

你们要去哪里？护士小姐说。

我们是来取样本的。关雎倒吸了一口气,转身回答道。

是拿去福民医院的吧？跟我来吧！护士小姐说。

随即,关雎和顾莺莺来到了一间门牌上写着 B18 的实验室。实验室里还有一个宽敞且密闭的玻璃房,一名全副武装的医生正动作略显笨拙地在给一只小白鼠注射针剂。护士小姐敲了敲玻璃门,这时候,医生抬头看了眼他们,又笨拙地走到门口,打开玻璃房的门,从门缝里探出一个脑袋来。

他们是来拿样本的。护士小姐提高嗓门对医生说。

医生点了点头,把头缩了回去,关上门。

护士小姐望着玻璃房里的医生,说,唉！他已经两天两夜没有合眼了。接着,又转头对关雎和顾莺莺说,听说早上又死了一个人。还是日本宪兵部队司令的母亲？

是的！大川先生非常难过。关雎说。

其实之前,制造所就有一名医生被感染了。但上面根本没有人在意,因为死的是中国人。但这次不一样,樱花号邮轮上的乘客全是日本军部高层家属。军部已经下死命令了,研制不出控制鼠疫的特效药,就让 B18 项目的科研人员全部陪葬。护士小姐说。

这次泄漏出去的只有 B18 吗？关雎问。

是的。因为其他正在实验的 A 组亚砷盐酸、C 组氰氢酸都不具备传染性,D 组的霍乱菌毒素在 B18 鼠疫病毒研制成功后就已经暂停了。护士小姐说。

为什么暂停了？顾莺莺问。

因为这种升级后的 B18 鼠疫病毒传播性更强,比正常的鼠疫病毒传播速度快了十倍,毒性也大大增加。治愈率不到百分之十。

所以,D组的项目就没有意义了。护士小姐说。

此时,关雎和顾莺莺惊愕得面面相觑。护士小姐继续说道,所以,医院那边特效药研制得怎么样了?

暂时还没有进展。关雎略带抱歉地叹了一口气说,能带我看看更详细的实验资料吗?我想可能会对特效药的研究有帮助。

护士小姐想了想说,可以是可以,但是你只能看,不能带走,这属于机密。我只能帮你这么多。

谢谢你! 关雎说。

大家都是同事,我也不希望他们有事。护士小姐说。

这天下午,日本宪兵司令部大楼的所有人都听到了一个男人声嘶力竭的哀泣。这段撕心裂肺的哀泣大概持续了半分钟,就戛然而止了。大川内传七抱头蹲在办公桌底下,他深深地将自己埋进颤抖的双膝里。几分钟后,他终于缓缓地抬起涕泗横流的脸庞,脸上却是一片平静。他拿起那只被长长的电话线垂挂在桌子外侧的话筒,话筒里只有急促的嘟嘟声。就在刚刚,大川内传七还是接到了那通最不愿面对的电话。福民医院的医生用抱歉又无奈的语气告诉他,乔边香织已于今天下午1点51分去世。加上早上走的另外两名军部家属,短短两天已死了六人。确诊被感染的乘客也猛增至三十八人,疫情扩散速度已然无法控制。

作为日本宪兵司令部总司令,大川内传七必须克制自己悲痛的私人情绪,为眼下控制疫情马上做出决断。他扶着桌子,摇摇晃晃地重新站起身来,拍下叉簧,转动了电话转盘,向血清疫苗制造所的负责人渡久枫下达了一个紧急命令:即刻派一批医护人员对所有参与B18实验的人员进行身体检查,并将鼠疫病毒的样本带回,加紧研究特效药和鼠疫疫苗。

此时,在制造所的药房内,阮青丝同几名护士已经放置并清点好从医院拿回的药品。接下来,需要有人将清点好的药品数目拿到档案室登记备案。护士们都闷着声,忙了一上午,大家都想偷懒不愿去,阮青丝便自告奋勇地揽下了这活。

待护士们先行离开药房,阮青丝随即来到了药房隔壁的冷藏库,她发现里面堆满了大量未处理的培养基,还有东洋菜(琼脂)三十余吨、鱼肉精膏百余箱。这些东西是用来干吗的?阮青丝一路思索着来到二楼的档案室走廊,正巧看见关雎和一名护士正准备进档案室。于是,她只能躲在拐角处暗中观察。

护士小姐从口袋里拿出档案室的钥匙,开门后,又转动密码锁打开了机密文件的保险柜。关雎此时明白,原来他眼前的这位护士是制造所档案室的管理员。他愣愣地看着护士小姐将一只写着B18实验的档案袋,小心翼翼地递给他。护士小姐用一种恳求又温柔的语气再三嘱咐,你只能在这看,不能拍照也不能带走。说完,就走到门前,从门缝里紧张地张望起外面的情况,时不时地又回头看看关雎有没有搞什么小动作。

看好了吗?护士小姐手捂胸口说,我这心脏都快跳出来了。要不是为了柴崎君,我不会做这样不要命的事。

关雎一边快速翻看着文件,一边问,柴崎君?

就是刚刚实验室里的那位医生。护士小姐羞涩地说。

看得出,他是一位很优秀的男人。关雎说。

他认真工作的样子,确实令人着迷。如果被他爱着,应该也会是很幸福的事。

关雎此时已将翻看了大半的B18资料记在脑中。突然,警报响起,整个制造所瞬间沸腾了起来。

不好,有紧急任务了。必须马上把档案袋放回去,会被人发现的。护士小姐说完,准备收回关雎手中的资料。

躲在暗处的阮青丝听到警报声,心想正是好时机,便冲进了档案室。

你是谁?护士小姐大叫起来。

阮青丝看见了关雎手中写着B18的档案袋,她什么也没说,未等关雎反应过来,就抢走了档案袋。

护士小姐吓坏了,正准备大叫,被关雎背后重重一击打晕了过去。

你站住!关雎随即追了出去。

6

阮青丝像风一样奔跑在走廊。在楼梯口,她毫不犹豫地撑起扶手跳下楼去,消失在了关雎的视线中。等关雎跑到一楼时,只见廊道里奔跑着许多穿着统一的医护人员,他们携带医疗设备跑向了门外的两辆医疗车。关雎知道,刚刚那名抢走档案袋的女护士已经混在人群中。他们应该是遇到紧急情况要去执行某项特殊任务。于是,他跑回B18实验室,让顾莺莺赶紧混入人群,坐上医疗车,一探究竟。

就在这时,实验室的大门敞开了。柴崎龙井摘掉了自己的头套,他兴奋地高举着一管试剂,激动地喊道,我成功了!检测试剂研究成功了!我成功了!说完,将试管放进了保温箱冲出了实验室。

没时间了,你快上车。刚刚B18的档案袋被一名护士抢走了,她很可能也混入了车内。你想办法把档案拿回来。关雎拉着顾莺莺一边跑一边说。

阮青丝坐在医疗车的后车厢,看见一名护士在发车前最后一秒跳上了车厢。她一眼就认出,这名护士就是同关雎一起进入制造所的女人。女人独特的琥珀色眼睛像混血洋娃娃一样迷人,阮青丝想起自己曾在迎接胡昌瑞的宴会上见过她,她就是大川内传七的女伴顾莺莺。好在自己现在戴着口罩,顾莺莺应该认不出她来。只要医疗车安安全全地在目的地停下,她就可以顺利地全身而退。但让她怎么也想不到的是,医疗车开往的目的地竟然是一个无处可逃的人间地狱。

其实阮青丝在医疗车漫长的行驶中就已经有了不祥的预感。她记得那天车子足足开了近三个小时,当后车厢被打开的时候,她看见了一片快要被夜幕吞噬掉的紫红色的云彩。在那些依稀可见的昏暗的光影里,她环顾四周最终分辨出了自己所在的位置就是她常去的佘山。但是这个三面环山的地方她是第一次来。过了很久,直到她看见几个日本士兵簇拥着柴崎龙井下车,她才猛然想起,这里就是两年前,她曾跟踪应挺来过的军统的秘密军火库。而现在却是荣字1644部队上海支队的化学兵监。

让阮青丝更意外的是,此时,大川内传七正戴着防毒面具,站在一排全副武装的士兵前。他紧皱眉头,眼神像刀一样锋利。溶洞一样的地窖里,日本士兵接二连三地抬出一具具死相难看的中国人的尸体。其中,就有马大头和后车厢里的那对母女。柴崎龙井怀抱保温箱,小心地从副驾驶座走下。他长舒了一口气,拍了拍保温箱对大川内传七说,大川长官,虽然针对鼠疫的特效药还未研制出来,但是检测试剂能帮助医生排查出一批在潜伏期的患者,这样就能早预防,早治疗,对控制疫情起到一定的作用。大川内传七死死地盯着柴崎龙井,咬着牙说,现在,马上,彻底排查。如果漏掉一名,拿你是问!柴崎龙井吓得低下头,一句话也不敢说。他挥了挥手,一行医生和护士便跟着他走进了溶洞一样的地窖。

现在,就在林玄同头顶的地下一层,阮青丝和顾莺莺等医务人员正对化学兵监的所有研究人员进行病毒检测。在特别安排的一间实验室里,穿着白衣大褂的日本军部医务人员整齐地排队接受抽血。他们的血将会与柴崎龙井保温箱里的检测试剂混合产生化学反应,通过颜色的改变,便能判断是否被鼠疫病毒感染。一小时后,两名血样变紫的解剖医生被全副武装的日本士兵带离了溶洞,送往福民医院隔离治疗。柴崎龙井告诉大川内传七,鉴于化学兵监内已有人感染,这里的所有人最好在一个月内都不要离开溶洞。以免扩大感染范围。大川内传七的眉头一直紧锁着,他说,楼下还有几个看守牢房的士兵。那些中国人就不必检测了。说完,就转身走进电梯,离开了化学兵监。

柴崎龙井决定带着医疗队的两个护士到地下检测,但没人愿意下去。这时,阮青丝和顾莺莺自告奋勇地站了出来,她们对视了一眼,紧跟着柴崎龙井,坐进狭窄的电梯,来到了地下二层。

阮青丝走在阴暗潮湿的牢房过道里,许多双男女老少的手忽然齐刷刷地伸出了铁栏,就像狂风中的柳条,胡乱地摇曳拍打着。他们想要拉扯阮青丝的手臂,或者是顾莺莺和柴崎龙井的,更确切地说,他们急需的是一根救命稻草。救救我吧!救救我吧!声嘶力竭的呼喊声回荡在狭长又封闭的溶洞里,使得那些哀怨的声音变得低沉而恐怖,这让阮青丝不禁打起了寒战。牢房里躁动起来,在一声尖厉的孩童啼哭声中,日本士兵终于不耐烦地举起刺刀的屁股用力地朝那个抱着孩子的妇女砸去,妇女被打倒在地。牢房里的人瞬间安静了下来。

阮青丝摸了摸手背,全身不寒而栗。她别过头去不愿再看牢房里的那些人。因为她知道,这些人都将成为荣字1644部队B18鼠疫病毒实验项目的活体栽培对象,进行病理研究。在对研究人员做身体检查之际,阮青丝已经通过墙上那些零碎的照片和一连串数据推断出化学兵监里所进行的丧心病狂的秘密实验。透过那一张张痛苦狰狞的照片,她完全能够想象出,这些活生生的人在被注射这种升级版的鼠疫病毒后,他们的器官是怎样一点点、一个个地被病毒入侵啃噬,就像蚂蚁吃大象一样,腐蚀你的整个身体。然后,在不断循环的疼痛、呕吐、腹泻、昏迷、幻觉中,他们生不如死,慢慢死去。她的耳边再次响起了哀怨的呼救声。阮青丝深深地倒吸了一口气,她紧闭双眼,把眼眶里的泪水打了回去,她实在不忍看到这些可怜的人。

曾闻得唐营薛丁山,勇猛盖世人赞扬,只可惜行事鲁莽……

这时候,牢房里回荡起了婺剧《三请梨花》的唱词。阮青丝猛地睁开眼,把目光重新投向牢房。她惊愕地看见纤瘦的林玄同正蜷缩在牢房的一角低声呢喃着,哭成了泪人。阮青丝差点叫出了声,她瞪得像铜铃一样大的眼睛在口罩和护目镜的遮挡下显得更加醒目和夸张。但她很快收住了失控的表情,她不能让林玄同认出自己,也不能与林玄同相认。她颤抖着手取出藏在袖口里的袖珍相机,拍下了钉在墙上的实验照片及数据。

顾莺莺也发现了这个奇怪的男孩。她朝铁栏里瞟了一眼,觉得有些眼熟,但怎么也想不起来在哪儿见过。她这样想着的时候,看见走在一旁的阮青丝袖子里藏着什么东西。直觉告诉她，这个自告奋勇和她一起来到地牢的女护士一定有问题，她很可能就是抢走关雎档案袋的那个女特务。

阮青丝一边给牢房的守卫士兵抽血、听诊，一边脑袋飞速运转着。阮青丝开始害怕起来，她害怕下一个被带走的会是林玄同，这样她该怎么向陈汝英交代？怎么对得起林玄同死去的母亲？她必须想办法营救林玄同出去！如果离开化学兵监后，再上报军统上海区区长计议，或者是让陈汝英方面的中共组织前来营救，都无疑存在着许多无法预测的风险。首先，他们不知道什么时候才有机会再接近化学兵监；其次，在此期间，无法保证林玄同和牢房里的这些同胞仍安然无恙；再次，一旦展开营救，军统和中共两方组织的行动不统一很可能增大营救的难度，到时非但救不出人，反而适得其反，多了不必要的暴露和牺牲。

阮青丝开始环顾四周的环境。溶洞处于地下，没有窗户，它的透风效果非常不好。但应该会有一个与外界联系的通风口，为这里提供新鲜空气。牢房里有十个守卫，通过他们焦黄的牙齿和偶然干咳的习惯可以判断出，他们都有抽烟的习惯，而且烟瘾非常重。在这与世隔绝的偏僻的溶洞里，恐怕也只有用抽烟喝酒来排解寂寞了。阮青丝突然有了一个好主意，她将抽好的血液试管递给顾莺莺，低声用上海话说，我需要你的帮助。顾莺莺愣了一下，假装没有听见。阮青丝继续说道，我想把这里的人救出去。

顾莺莺低头躲过阮青丝的目光，说，我不知道你在说什么。

阮青丝眼神坚定地说，顾小姐，我现在需要你的帮助。

顾莺莺机警起来，捏住了阮青丝的手说，你是谁？你想干什么？

你不必知道我是谁。如果我没猜错的话,你是军统安排在日本人身边的间谍。我们的任务都是窃取血清疫苗制造所的鼠疫研究资料。军统方面应该是为了保证任务万无一失,同时向我们下达了一样的指令。所以,我们现在应该合作。

顾莺莺不客气地说,我的任务里没有救人。

这时候,柴崎龙井在一旁催促道,都抽完血了吗?抽完我们就上去做检测吧!

阮青丝抬头回应道,抽完了。马上来。接着,又小声对顾莺莺继续说,你忍心看着这些同胞被残害吗?如果我没记错的话,锄奸队的那次晚宴,陈汝英救了你。刚刚唱戏的那个就是他的徒弟。

顾莺莺愣住了,顿了顿说,你需要我怎么做?

阮青丝收拾着医疗箱说,等待血液检测结果大概需要半个钟头。你帮我打掩护。说完,她故意将听诊器扔在了桌底。

阮青丝和顾莺莺回到地下一层后,柴崎龙井和两名医生仍在实验室里认真地做着病毒检测。过了一会儿,阮青丝便撒起娇来,拖着顾莺莺和她一块去牢房找听诊器。她说,这下面太可怕了,好姐姐,你就陪陪我吧!

顾莺莺就站在地下二层的电梯口给阮青丝放风。阮青丝很快在黑暗深处找到了通风管道。她脱下了自己的护士服,还有口罩和帽子,死死地堵住了通风口。接着,阮青丝掏出胸口藏的一只袖珍打火机,点燃了医用棉签,随即朝牢房里扔去。然后,她撕破了自己的阴丹士林旗袍,打乱头发,又弄脏脸,躲进了通风管道边的夹缝中。

很快,牢房的火越烧越旺,震天动地的呼救声萦绕在溶洞内。守卫的日本士兵慌忙打开了牢房大门,被关的人质蜂拥地往外涌,他们想乘上电梯到外头去。虽然他们知道自己迟早会死,但还是渴望现在能活下去。

7

林玄同站在溶洞外大口地吸着新鲜空气,他被呛了不少的烟,不受控制地咳嗽了起来。这时候,一只温柔的手轻轻地拍打着林玄同清瘦的背脊。他回过头来,竟发现阮青丝蓬头垢面、衣衫褴褛地站在他面前正冲他微笑。就在一分钟前,阮青丝趁牢房混乱混入了人群,紧跟在林玄同身后来到了溶洞外。

青丝姐……林玄同惊讶地叫出了声,阮青丝马上使了一个眼色,捂住了他的嘴,将林玄同别过身去。

十五岁的林玄同已经高过阮青丝半个头了。阮青丝无比平静地站在林玄同的身后,正好对着他耳畔。她紧闭着嘴唇,只用喉腔震动说道,你听我说,我会想办法救你们出去。但是我不能保证所有人都得救。医疗车里有一只大箱子,你的柔韧性好,你想办法躲到里面去。现在,你需要告诉我,你是怎么被抓到这里来的?

接着,林玄同微侧着脸,小声地简述着自己来到化学兵监的经过。

你真是长大了,都敢和陈汝英叫板了。英雄不是这么当的!阮青丝厉声呵斥道,回去再让你师傅收拾你。

化学兵监的科研人员们陆陆续续地出来了。柴崎龙井也在几名制造所医务人员的搀扶下,从溶洞里逃了出来。但柴崎龙井突然想到了什么,脚跟都还没站稳,就转身准备冲回溶洞。医务人员

马上拽住了他,他生气地大声喊道,别拦我! B18鼠疫病毒标本还
在里面,还有检测试剂,我必须拿出来。柴崎龙井需要提取新鲜的
B18鼠疫病毒标本带回到血清疫苗制造所,和福民医院的主治医生
一起讨论研究特效药的办法。他清楚地知道,特效药一天研制不
出来,他随时会被大川内传七赏赐剖腹自尽。

里面火势这么凶猛。你现在下去,不出五分钟就会被浓烟熏
死的。制造所的一名医生劝道。

柴崎龙井的腿随即软了下来,他瘫坐在地,空洞地望着溶洞里
飘出的滚滚白烟,一言不发。

我们走吧! 检测已经完成了。医生继续说道。

你们谁都不能走! 这时候,蔡进军举着枪从他的小轿车上走
了下来。他朝天开了一枪说,你们之中有间谍!

被抓的老百姓再次陷入了恐惧,尖叫了起来。

蔡进军用枪指着那些可怜的老百姓说,不许叫! 你们都给我
站到一边去! 接着,他把枪指向柴崎龙井的方向,又说,我说的是
你们! 制造所的所有人都给我排好队,一个一个摘下口罩和护目
镜,接受检查!

随即,梁茹筠跳下篷布军车,带领公安局特务科的十名手下将
制造所的十五名医务人员团团围住。

柴崎龙井因为损失了B18鼠疫病毒标本和刚刚研制出的检测
试剂,心里本就憋着火,他站起身来,拍了拍大褂,用蹩脚的中文吼
道,你算哪根葱? 谁给你下的命令?

蔡进军用枪口扫了一遍制造所的医务人员,说,这是大川先生
的命令。他现在要处理母亲的后事,所以派我过来。中午渡久君
来电,早上制造所派去医院领医疗补给的一名护士被发现迷晕在

仓库内。这里一定有人假扮了这名护士的身份，混上了医疗车来到了化学兵监。

柴崎龙井这时回头张望起自己的同事。平日里，他几乎都沉浸在自己的科研中，很少和制造所的医护人员打交道，实在看不出这些人中有什么端倪。

阮青丝的心里咯噔一下，她突然为自己的心慈手软感到后悔莫及。如果她之前杀了那个日本护士，现在就不会害自己的战友陷入绝境。而此时，林玄同趁蔡进军与柴崎龙井发生争执之际，已经偷偷溜进了医疗车，躲在后车厢的一只补给箱里。

特务科的警察有条不紊地对制造所的医务人员进行着检查。顾莺莺排在检查队伍的最后，她的手心不住地冒汗。蔡进军认得她，只要她摘下口罩，必死无疑。她并没有去过医院，她知道自己已经成了别人的替罪羔羊。蔡进军要找的那个人就是刚才同她一起抽血的女护士，她应该就藏在被抓的那群中国人里。

顾莺莺抬起头，向那群正朝溶洞里走去的男女老少望去。此时，溶洞内的大火已经被扑灭，在日本士兵的羁押下，那些可怜的老百姓将重新回到阴森森的牢房中。但她怎么也找不见那名女护士的身影。

这时候，柴崎龙井突然叫道，不对，应该是十六个人，少了一个人。

你确定？蔡进军问。

我对数字绝不会出错。柴崎龙井说。

不好，她应该是混进牢房的队伍里去了。蔡进军说着，箭步走到溶洞口，让队伍停下来，拽出了队伍里的女人，仔细检查起来。但没有一个是他要找的人。

还有吗？蔡进军问羁押的日本士兵。

有一批已经下去了。日本士兵说。

他奶奶的！老子下去抓她。蔡进军说。

溶洞里还残余着些许呛人的烟雾，蔡进军脱下手套，用它捂住鼻子来到了地下二层。他疯狂地打开一间牢房，又打开另一间牢房，但始终没有找到他想找的人。牢房尽头的那盏电灯在火灾中烧坏了，原本就阴森的牢房变得更加恐怖。蔡进军望向那片沉默的黑暗很久，还是接过守卫送来的煤灯走进了黑暗里。昏暗的灯光一点点把牢房和过道照亮，就像一只在黑夜里舞蹈的萤火虫。萤火虫后来在牢房的最深处停了下来，蔡进军把煤灯伸进铁栏，朝牢房里照去。他看见了一双女人纤长秀气又满是污垢的脚，女人在刺眼的亮光下动了动身子，她仰起头来望向蔡进军。

青丝！你怎么会在这里？

蔡进军震惊地瞪直了眼，随即推了推牢房的大门，发现门是开着的，便走了进去。

阮青丝红着双眼，身上到处都是伤痕，她虚弱地躺在一滩混杂着稻草灰的黑水里，微弱地呼吸着。百乐门第一头牌失去了往日美丽的光彩，她现在就像一只落魄的掉毛孔雀，再也开不了屏了。蔡进军心疼得一塌糊涂，他俯下身来抱起阮青丝说，没事了，没事了，我带你出去。

阮青丝吃力地撑起身子，像抓住救命稻草一样死死地抱住蔡进军，大哭了起来。她感觉到蔡进军的声音带着些哽咽，连同他的身体也在微微颤抖。

我以为我要死了。阮青丝轻轻地说。

阮青丝一双惹人怜的泪眼一直深情地注视着蔡进军，好像要把蔡进军给看穿似的。蔡进军的心慢慢地被这样的娇弱和温柔给融化了，他的心开始泛起了一圈又一圈的波澜。阮青丝抬起手挽过蔡进军的耳朵，突然，她迅速捧起蔡进军的脑袋扭断了他的脖子。蔡进军倒地的瞬间，阮青丝收起了她的眼泪，脸上的神情变得比往常更加冰冷和平静。她取下蔡进军腰间的枪，大步流星地走出牢房，干脆利落地解决掉了过道里的两名日本士兵，坐上了电梯。

阮青丝仰卧在木板上，电梯缓缓升起。她知道，地下一层的日本士兵听到枪声肯定会冲向电梯口朝她射击。果然，当电梯行进到三分之一的时候，她看到了许多双锃亮的军靴朝她奔来。她扣动扳机，连发数枪，士兵们还没看清电梯里的人就不明所以地被一一撂倒了。阮青丝顺利地来到了溶洞的大门口，门口的机械闸门因紧急警报正在关闭。这时候，她趴下身来，化作了一片叶子，轻轻地飘出了不到二十厘米的缝隙。

这天傍晚快要来临的时候，化学兵监外的所有人都吃惊地瞪大了双眼，他们看见一个戴着半美人半骷髅的蝴蝶面具的女人潇洒地走出了溶洞。当所有人还来不及反应的时候，女人纵身跃上了林玄同所在的那辆医疗车，发动了引擎。接着，枪声四起，日本人猛烈地朝医疗车射击，他们想把女人和车子一起打成马蜂窝。

突然，关雎蒙面从天而降，同时从天而降的还有一样蒙着脸的陈汝英、刘启和十名中共上海地下党。他们腰间系着麻绳，像一条条湍急的瀑布从岩石顶冲了下来，瞬间击毙了数名日本士兵。随即，梁茹筠带领公安局情报科警察和日本士兵向关雎等人发起了猛烈的进攻。但很快，他们就因为弹药不足，被关雎一众逼得节节败退。

溶洞外的日本士兵并不多,仅有一个排不到的兵力。若没有增援,阮青丝就可以把这些被抓的中国人救走。于是,她停下车,探出驾驶窗外朝顾莺莺喊道,闸门!接着,便跳下车指挥那群吓得惊慌失措的男女老少,迅速坐上医疗车和篷布军车。

顾莺莺按照阮青丝的指示捣毁了闸门的机关。她听见缓缓下降的闸门后传来了波涛般汹涌的脚步声,接着,闸门轰然落下,将逐渐逼近的脚步声狠狠隔在了里头。她想,里面的那些人再也出不来了。他们大概会活活饿死吧!可是里面还有一些被抓的中国人,他们白白陪葬了……

就当顾莺莺想着这些的时候,她不知道,此时柴崎龙井捡起了一名日本士兵的手枪对准了她。砰的一声枪响,柴崎龙井的脑袋被子弹打开了花。顾莺莺惊愕地转身,倒吸了一口气,她看见柴崎龙井不可思议地瞪大了眼睛,像面条一样瘫在了地上。螳螂捕蝉黄雀在后,阮青丝这只黄雀刚刚救了顾莺莺一命。

上车!阮青丝对顾莺莺说。

制造所的医务人员和日本士兵被全部击毙,只剩梁茹筠带着两名警察躲在一辆篷布军车后誓死抵抗。顾莺莺坐上了阮青丝的医疗车,紧接着,关雎等前来救援的中共地下党也陆续跳上了那辆载满人的篷布军车,准备离开化学兵监。但不巧的是,此时,河村惠子开着白川伊夫的福特小轿车来了。她好像是一位姗姗来迟的客人,扬起了一片巨大的沙尘,风尘仆仆地冲了进来。

阮青丝将油门一踩到底,车上的人猛地一个后仰,然后医疗车冲破了那片沙尘。关雎开着另一辆篷布军车紧随其后。河村惠子朝医疗车连开三枪,迅速掉转车头,超大的惯性让她的轿车甩出好几米之外,差点撞在了崖壁上。就这样,在漫天沙尘的风暴中,一场赛车比赛正式上演了。

河村惠子死死地咬着阮青丝的医疗车,直觉告诉她,这个开医疗车的女人她很熟悉。下午,河村惠子也接到了来自血清疫苗制造所所长渡久枫的电话,得知制造所里混进了中方间谍,她决定亲自来化学兵监抓人。河村惠子用轿车一次又一次地朝医疗车的屁股撞去,在猛烈的撞击中,躲在后车厢箱子里的林玄同感到了强烈的晕眩和恶心,最后他终于忍不住从箱子里冒了出来。一阵呕吐后,林玄同擦着嘴巴,看见车里的男男女女正用一种奇怪的眼神看着他。他很不好意思地红起脸说,不……不好意思。

阮青丝看见后视镜里,河村惠子举着手枪把半个身子都伸出了窗外,只用一只手扶着方向盘。阮青丝想,河村惠子大概是疯了,要不是疯了,她干吗用这样搞笑的姿势朝自己开枪。她这样摇摇晃晃,根本是打不中的。这时候,阮青丝突然觉得自己的胸口有些疼痛,她低下头发现自己的左臂膀上开出了一大朵红色的花。

血! 顾莺莺大叫了起来。

你来开车。

阮青丝按着伤口说完,打开车门,将自己扔进了一片郁郁葱葱的树林中。

8

那天傍晚,在佘山脚下无人问津的芦苇荡中,阮青丝和河村惠子像两只势不两立的鹰,扑腾着翅膀,把对方啄得遍体鳞伤。她们一直从火红的日落打到被一整片黑夜包围,最后依然分不出胜负。

河村惠子在阮青丝跳车的下一秒,也一跃跳进了那片葱郁的树林,变身为一只森林里疾驰的猎豹,死死咬着她的猎物不肯罢休。而阮青丝就是一只从虎口逃脱的受伤的兔子,显然不是河村惠子的对手。她不慎摔倒在一个狩猎陷阱前,被河村惠子举着枪逼到了绝境,但阮青丝没有放弃,她赌惠子的枪里没有子弹。她早就计算过河村惠子开过的每一枪,子弹早就打完了。于是,阮青丝毫不犹豫地爬起身,大步跨过狩猎陷阱,狂奔了起来。

河村惠子这时以为自己要赢了,她扣动扳机,却发现弹膛里没有子弹。她气急败坏地扔掉手枪,正准备继续追捕,却不小心坠入了用树叶和枯枝掩盖的洞穴。在一声惨烈的哀号中,阮青丝知道,接下来的这场较量她们应该势均力敌了。穴底的五只铁夹像五只河蚌的嘴狠狠地咬住了河村惠子纤细的四肢和丰腴的臀部,她没法再做一只猎豹了。

河村惠子气疯了,她没有过多地思考或沉溺伤痛,硬生生地扯下了身上的铁夹,用腰间的匕首扎进石壁,爬出了洞穴。她决定,今天一定要好好教训这个阴险的女人。作为札幌女子间谍学校的第一女间谍,河村惠子非常自信。但几个回合下来,两人却是筋疲力尽两败俱伤。河村惠子不知道,阮青丝在间谍学校就读期间一直隐藏着自己的实力。她早就发觉了河村惠子的好胜心和嫉妒心,作为校长白川伊夫的侄女,这样骄傲的河村惠子怎么能容忍有人比她强,威胁到她呢?

你是谁?河村惠子吐出一摊鲜血,说。

阮青丝没有回答,她开始在漆黑的芦苇荡中奔跑起来,她必须马上离开这里,把B18鼠疫实验项目的资料交给郭子文。但芦苇荡好似没有边际,怎么也跑不到边。阮青丝抬头望向夜空,她试图通过寻找天空中北极星的方向来找出离开芦苇荡的办法。但这天的天气并不是很好,连一颗星星都找不到。于是,她跃身眺望四周的树影,观察远处树木的疏密。根据南面的树木枝叶繁茂,而北面的树木枝叶相对比较稀疏的原理,她终于辨别出了方向,找到了芦苇荡的出口。而此时,河村惠子彻底迷失在了芦苇荡中,她有严重的夜盲症,一到了夜晚,她就成了一个盲人。所以平日里出门,她都会在兜里塞一个夜视镜。但现在她怎么也找不到她的夜视镜,她想,大概是在追捕的过程中弄丢了。

关雎将篷布军车停在了上海城郊的一片小树林边,被抓的乞丐和妇孺儿童跳下汽车后,齐刷刷地跪在地上叩谢关雎,迟迟不肯离开。他们说谢谢英雄谢谢英雄,你们都是英雄。他们还说,那个活菩萨根本不是活菩萨,那就是毒妇!关雎后来怎么也不敢相信,他们口中说的毒妇就是简娴。

这时候,林玄同摇摇晃晃地从顾莺莺开的医疗车里下来了。他眼前天旋地转,一直蹲在地上翻江倒海。顾莺莺对自己的开车技术也感到抱歉,她轻抚着林玄同的背问,你没事吧?关雎很不客气地说,让他尝些苦头才好。看你小子下回还敢不敢乱跑!关雎说着将林玄同拉到了陈汝英跟前。陈汝英板着一张脸,反手就给了林玄同一巴掌。

林玄同很不服气,他把下巴仰得老高,嘴唇煞白地说,谁要你们来救我了!你们不来我也能逃出去。

就凭你?关雎说。

谁说只有我?还有青丝姐。

关雎等人从林玄同口中得知,是阮青丝假扮成血清疫苗制造所的护士,混进了荣字1644部队上海支部的秘密化学兵监。也就是说，从关雎手中抢走鼠疫资料的人，很可能就是阮青丝。同时，关雎向顾莺莺解释，自己在一次行动中，被陈师傅救过，所以留下了茱丽叶艺术空间作为紧急求救地址。现在是国共合作时期，两党只有像牢牢拧在一起的两根线，才能把亿万万的中国人从日本人的侵略中拉出来。当天下午，关雎离开血清疫苗制造所后，来到茱丽叶艺术空间发电报向上级汇报，自己窃取的鼠疫资料被人劫走的事。结果，就遇上了前来求救的陈汝英。前一天晚上，陈汝英和刘启在龙华寺周围寻找林玄同踪迹时，跟着林玄同留下的荧光粉找到了日本人的秘密化学战部队。他们立马消除了荧光粉的痕迹，并在防空洞附近做好了埋伏，准备营救林玄同和被抓的无辜百姓。

顾莺莺对关雎的这套说辞完全没有怀疑。她一脸崇拜地望着陈汝英，痴痴地笑了起来。她突然更喜欢这个长得好看的救命恩人陈汝英了。她说，原来你是共产党。

陈汝英用他澄澈的眼睛注视着顾莺莺说，你看上去实在不像一个特务。

顾莺莺说，那像什么？

陈汝英说，千金大小姐。

顾莺莺傲娇地昂着头，说，我才不是。我会证明给你们看的。

关雎说，你有找到制造所那名可疑的护士吗？

她中了河村惠子的枪伤，受伤跳车了。现在恐怕生死未卜……顾莺莺思索了片刻又说，她让我帮助她制造混乱，一起把牢房里的老百姓救出去。她是地下党吗，还是我们的人？

顾莺莺的话让关雎和陈汝英更肯定了之前的猜想。窃取日本人机密的，不是国民党就是中共。但军统方面明明是将任务下达给关雎所在的小组,而中共上海站并没有下达过这样的任务。于是,陈汝英决定让关雎去救阮青丝,并想办法打探清楚阮青丝的底细。

陈汝英小声在关雎耳边呢喃着,顾莺莺却在一旁吃醋,翻起白眼来说,两个大男人还说什么悄悄话! 有啥我不能听的啊!

我还有事,让陈师傅送你回去吧! 关雎拍了拍陈汝英的肩膀便很快消失在了树林里。

这天晚上,顾莺莺心底的那头小鹿像打了鸡血似的乱跳不止,一直从郊外的小树林蹦蹦跳跳地来到城外的一家小旅店。但她看上去却安静极了,像一只十分温顺的猫咪,始终低头小心翼翼地踩在街道路灯下那些斑驳的光影里。她原本有好多话想对陈汝英说,但陈汝英就这样真真切切地站在她的身边,她又突然不知道该说些什么了。林玄同垂着脑袋,他刚刚被陈汝英劈头盖脸地骂了一顿,陈汝英最后说,等你什么时候明白了入党的真正意义,再想入党的事吧! 陈汝英像拎流浪狗一样拎着脏兮兮的林玄同朝旅店走去,三人纤长的影子在灯光下看上去多少有些幽默。

因为宵禁,他们今晚都无法回到城里,只能在旅店将就一晚。顾莺莺站在门口扭捏了好一会儿,还是跟着陈汝英进去了。旅店老板是个胡子拉碴的老头,他双腿高翘在柜台上正打着瞌睡,听见有客人来,仍然闭着眼。他说,只剩下一间大床房了,你们仨,住是不住?

顾莺莺和陈汝英面面相觑,都红了脸。这时候,林玄同打着哈欠说,住! 不住难道睡大街啊!

老头马上放下双脚,一屁股跳了起来说,走起! 二楼最里间。

顾莺莺坐在床头听见浴室里传来陈汝英和林玄同的打闹声,

突然觉得有些不真切。两个月前陈汝英第一次救了自己,今天又救了自己一次,可他们明明就不认识,只见了几面而已。她觉得如果不是真命天子的话,这一切该怎么解释呢?

林玄同被陈汝英扔进浴桶泡了一遍又一遍,陈汝英骂林玄同是兔崽子,他说,你简直就是从窝缸里捞出来的。林玄同不知道窝缸是什么意思。这是陈汝英金华老家的方言,他已经很久没有说家乡话了。在危机四伏的上海他必须把自己的过去丢掉,没有羁绊和牵挂,才能没有软肋,毫无顾忌地投入革命中去。陈汝英对自己突然冒出的方言感到十分诧异,他想,他大概是想念那个山清水秀的老家,想念那段有万顺哥和苏萍姐陪伴的温柔时光了。

那是陈汝英儿时最灰暗的一段日子。父亲为了让陈汝英摆脱和自己一样的命运,带着母亲和姐姐全年无休地到各地演出,用微薄的戏金供他去私塾读书。父亲把全家的希望都压在陈汝英身上,想让陈汝英以后做位受人尊敬的教书先生。但陈汝英不但经常逃课惹事,成绩也是惨不忍睹,气得私塾先生好几次让家里人把他领回去说,实在教不了。有一天,父亲意外撞见陈汝英在后山压腿走步。原来陈汝英一直背着自己在偷偷练习戏曲。父亲疯了似的把陈汝英拖回家吊起来,用唱戏的道具皮鞭狠狠打了一顿。陈汝英很不服气,他像一只蝙蝠被五花大绑在房梁上,他说,我就是要唱戏,我还要做名伶,向所有人证明唱戏也可以扬眉吐气。赚很多的钱! 他还说,别人看不起我们,为什么你们也看不起你们自己! 你们自己都不尊重自己,别人怎么会尊重我们! 我们靠自己本事吃饭,从来不比他们矮一截! 父亲那天挥舞着皮鞭抽打陈汝英,骂了他这辈子会的所有脏话,但每一鞭子、每一句话都像是剐在自己身上似的,心如刀割。陈汝英后来被父亲赶出了家门,是周万顺和苏萍救了他,并帮他疗伤。很长一段时间,他们就像亲人一样生活在一起。

现在,白白净净的林玄同睡在床上打起了呼噜。白天的大冒险实在是把这个孩子给累坏了。顾莺莺坐在床边抚着林玄同的头问陈汝英,他多大了?

陈汝英说,十五了。

顾莺莺又问,那你多大了?

陈汝英说,肯定比你大。你要洗澡吗?

顾莺莺红着脸说,我……我不洗。

顾莺莺觉得这天的夜晚特别静,静得都能听见自己热烈的心跳声。她极力地克制着这种青春的情绪,但她身体里的小鹿一点儿也不听她的话,这让她有些苦恼。过了很久,顾莺莺还是睁开了眼睛,侧身探向睡在地上的陈汝英。她歪着脑袋,紧贴在陈汝英面前端详了起来。他的眉毛浓密而细长,像一弯轻轻的扁舟,眼睛就算闭着,也像马达一样放着电波,高挺的鼻梁就像一座巍峨的山峰,最好看的是他不大也不小的嘴巴,粉嫩嫩的,如同少女一般。

怎么会长得这么好看?怎么有男人可以长得比女人还好看?顾莺莺这么想着的时候,陈汝英突然睁开了眼。顾莺莺吓得抿紧嘴屏住了呼吸。可就是越害怕什么越来什么,她倾斜的身子因为重心不稳,狠狠地砸向了陈汝英。两人的嘴,不偏不倚地碰在了一起。谁也不敢吭声。

大概停留了几秒,顾莺莺自己也记不清了。她慌乱地从陈汝英身上爬起来,灰溜溜地钻进了被窝。

9

　　午夜的猫头鹰在枝头排排坐好,在咕咕的叫声中,它们看见白川伊夫带着特高课的一行人在佘山脚下搜寻了很久,终于把河村惠子带出了芦苇荡。河村惠子的四肢血肉模糊,在见到白川伊夫的那一刻,她终因失血过多,倒在了白川伊夫的怀里。接着,寂静的森林里就响起了白川伊夫狂狮般的怒吼。他命手下以芦苇荡为中心,立马展开搜索。

　　躲在树林里的关雎看着白川伊夫的小轿车载着河村惠子匆匆离去,便观察起地上的血迹寻找阮青丝的踪迹。最后,他在佘山脚下一个叫桃花村的村庄里找到了不省人事的阮青丝。那时候,关雎并不敢肯定那个蜷缩在肮脏、破败的牛棚里的女人就是阮青丝。直到他俯下身轻轻揭开了女人的面具,看见了一张熟悉又陌生的脸庞。牛棚里的阮青丝失去了往日的光芒和美艳,她像一只落败的全身被拔去羽毛的黑天鹅,在深夜里无助地瑟瑟发抖,这让关雎的心不由得疼了一下。

　　关雎背起阮青丝,敲响了一户农户的家门。开门的是个慈眉善目的白胡子老头,老头的脸上始终平淡如水,没有一丝的惊恐和慌张。他把阮青丝安顿在偏房里,还帮着关雎一起取出了阮青丝左臂里的子弹。

　　河村惠子在医院的病床上被绑得像一只四脚朝天的乌龟,无法动弹。但她一醒来便迫不及待地向白川伊夫询问化学兵监的情况,准备部署接下来的抓捕计划。对于爱赢的河村惠子而言,她怎么能容忍有人在她面前把足足两车的俘虏救走。最重要的是,她并不觉得自己打不过那个戴面具的女人,要不是因为是晚上,要不是因为她的夜盲症,她完全可以让对方死得很难看。

我们的人用炸弹炸开化学兵监的闸门时,发现防空洞里被放了火,里面的人全部窒息死亡。白川伊夫顿了顿又说,我们在牢房里发现了蔡进军的尸体。奇怪的是,他是被人扭断脖子死的,并且,完全没有挣扎过的痕迹。

他认识凶手。凶手当时就在牢房里。河村惠子心想,会是那个和她交手的女人吗?还是一起劫囚的那群男人中的其中一个?

白川伊夫说,我们勘探了现场,被抓的那些俘虏都被锁在牢房里,没有作案可能。地下一层实验室的那些科研人员就更不可能了。

现场就没有幸存者了吗?

只剩梁茹筠和一名警察。蔡进军带着梁茹筠和特务科的手下是后来才赶到的。梁茹筠说并没有看到有人从防空洞里出来。

封锁蔡进军死亡的消息。除了我们,只有凶手知道蔡进军已经死了。狐狸,一定会露出尾巴的。

而此时,就在伪政府公安局副局长梁茹筠的办公室里,梁茹筠抽着一支叫乌普曼的雪茄,对那名化学兵监行动中唯一幸存的警察说,你的那一枪开得很好。以后,这里终于在我们军统的掌控下了。

警察笑了笑,想起自己在河村惠子离开化学兵监之后,反应迅速地朝另外一名幸存的警察后脑勺开了一枪。他说,是您教我的。只有死人最牢靠。

黎明前的夜,总是特别黑暗。梁茹筠望着夜幕中路灯一闪闪的光点，突然惆怅起来，过了很久，他说，想办法把蔡进军死的消息传给朱麟。

第二天一早，阮青丝醒来的时候，关雎正趴在她的右手边发出微弱的鼾声。她伸手想要拍醒这个守了她一夜的男人，手悬在半空却停住了。阮青丝低头看着自己被包扎的左臂，沉思了一会儿，便开始用牙齿和右手别扭地解绷带的结，然后一圈又一圈地绕开。血已经将皮肉和绷带凝结在一起，撕裂的伤口让阮青丝不禁发出嘶嘶的疼痛声。关雎这时候也醒了，他睡眼惺忪地制止阮青丝说，你要干吗？

阮青丝虚弱地直起身说，你有刀吗？

你要刀做什么？

我需要把它变成刀伤。把刀给我。

伤口还未愈合，会很疼的。

把刀给我。阮青丝平静地注视着关雎，又重复了一遍。

阮青丝让关雎举好镜子，自己咬着毛巾对着伤口，一声也不吭地就刮下了一块白花花的肉。关雎的心不由得疼了一下，他慌忙接过阮青丝手中的刀，准备替她处理伤口，重新包扎。这一刹那，关雎对阮青丝从心底升起了一股钦佩和敬意。一个敢对自己狠的女人，绝不可能只是一名百乐门的夜姬。他突然觉得眼前的这个女人十分陌生，好像从来不曾真正认识她。

河村惠子醒来的时候已临近中午，此时的她全然不知，上海滩的大街小巷已经传遍了伪政府公安局局长兼特务委员会主任蔡进军被暗杀的消息。各大报刊的新闻头条都张贴着蔡进军的大头照，而一旁则是脸挂大问号的凶手头像。关于蔡进军的死法，新闻中描述得非常诡异，说他是死在自己的床上，卧室门窗紧锁，没有凶手入室的痕迹,也完全没有挣扎的痕迹。于是,有人便说蔡进军害死了这么多同胞,一定是被冤魂索命的;还有人说,那前淞沪警备司令部司令应挺也是惨死在家中,至今没有找到凶手,而他们都有共同的女人,阮青丝。这让人们不禁把阮青丝与他们俩的死联系在一起,那些愚昧又迷信的人,便开始传言阮青丝是天煞孤星,克夫命,谁同她在一起,就会被克死。

河村惠子在八卦护士口中得知这些的时候,正在享用她的午餐。她随即把吃进嘴里的饭吐回饭盆里,朝门口的特高课武官喊道,到底是谁传出去的!废物!说了叫你们封锁消息!河村惠子觉得,特高课和伪政府公安局内部一定有内奸,她命令手下马上进行一次大排查,直到找出内鬼为止。

而此时,顾莺莺和陈汝英好像一夜都没睡好的样子,黑着眼圈,谁也不说话。他们一左一右地站在林玄同身旁,三人并排走在车水马龙的南车站路上。在这样不远又不近的距离里,顾莺莺和陈汝英的眼神几次相互躲闪又几次小心窥视。林玄同有些摸不着头脑,他不知道昨晚到底是发生了什么,两人变得如此奇奇怪怪。

陈汝英后来把顾莺莺送回了茱丽叶艺术空间,他们站在茱丽叶艺术空间门口沉默地告别。顾莺莺后来一把拉住了准备离去的陈汝英,她扯着陈汝英很小的一块衣袖说,谢谢你又救了我。我改天请你吃饭吧!

陈汝英瞅了瞅顾莺莺紧紧拽着自己的手说,不用了,都是革命者,不用这么客气。

顾莺莺气坏了,她冲着陈汝英的背影连叫了两声憨憨,她说,真是个憨憨,女孩子约你吃饭不知道是什么意思吗?

陈汝英假装没听见,他和林玄同大步向戏院的方向走去。他觉得这个初秋突然有了春天的味道,不然,他的心底为何老是泛起一圈又一圈的涟漪呢?

10

一大片初秋的阳光灌满了整个屋子,阮青丝坐在床头,闭着眼睛,听喻慧大师给她讲"生命无生命,生者死之根,死者死之根"的佛法禅理。阮青丝的心底感到无比的轻松和宁静。她不知道这是因为远离了那座灯红酒绿的城市,还是因为这一大片温柔的阳光。每年中元节后,喻慧大师都会下山化缘济世。这间农家石屋就是他下山时的家。阮青丝开始有些信佛,有些相信喻慧大师说的命中注定,他说,这一切早就安排好了。你会受伤,他会救你,你会住在我这。这是命中注定。你要感谢佛祖保佑。阮青丝望向窗外,她看见关雎正蹲在一堆炭火边,烤两只大红薯。他把红薯连同自己的脸一起烤黑了,就像一只可爱的大花猫。关雎后来捧着一只红薯,开心地递给了阮青丝。他说,趁热吃,吃完我带你下床活动活动。

这个叫桃花村的村子里到处都是桃树,阮青丝完全可以想象春天来临的时候,那些粉红的、纯白的、绯红的桃花开满整个田间和山头的情景。在漫山遍野的花海里一定涌动着许多男女懵懂的浪漫爱情。这样的爱情是自由纯粹又舒展的,能让人在像坐过山车一样的喜怒哀乐中,难以自拔地变成另外一个人。阮青丝换上喻慧大师的素衣,走在这样世外桃源般的山野间,完全褪去了她以往风尘的脂粉气,倒像是一位不慎落入凡间的仙女,让关雎忍不住

蝴蝶刀

多看了两眼。

初秋的风一阵又一阵地吹来,阮青丝眺望着远方,留下了许多的空白,这样的空白是很适合用来思念和怀想的。她想到了那些同父亲还有横山隆裕一起捉蝴蝶的日子,那些岁月静好的日子,让她觉得有些遥不可及。她跳下山坡,对关雎说,我们去捉蝴蝶吧!

阮青丝和关雎后来在一片花海里放肆地欢笑着,他们成了桃花村一幅诗意又唯美的水墨画。阮青丝安静地倚在一棵大树下,就像一只在森林里睡着了的精灵。她的左手因为受伤不能动弹,所以,关雎采来许多香气扑鼻的鲜花编成花环和手链,戴在阮青丝的身上,让她想象自己就是一朵盛大而美艳的鲜花。果然,变成鲜花的阮青丝招揽来了许多的蝴蝶,他们成功捕捉到了一只罕见的白色丝带凤蝶。现在,阮青丝把蝴蝶放在了一只从路边捡来的透明玻璃瓶里,她用右手高举起瓶子,蹦蹦跳跳地走在粉红色的黄昏下,就像一个捡到宝的孩子。余晖把整个玻璃瓶照亮,让蝴蝶变得星光闪闪,她就那么陶醉地看着,无邪地笑了。她说,你看!多漂亮呀!

这是我第一次见你笑。关雎顿了顿说,我是说,见到你真正快乐的笑。

阮青丝没有回头,她注视着瓶中星光闪闪的蝴蝶,很久才悠悠地说,因为,我只有很少部分的时间才能做自己。

早在三天前,关雎就已经揭开了她的面具,知道了她的身份。关雎顿了顿说,两年前的冬天,在苏州江苏省高等法院,我们交过手。那时候,我还以为你是日谍。

如果不是你,他们不必多坐半年多的牢。

所以,你是中共还是军统?

274

不管我是军统还是中共，我们都是战友。

也是，现在是国共合作，一致抗日的时期，无论是哪个阵营，我们都是战友。关雎愣了一下，说，你不会也是双面间谍吧？

劫狱七君子，只是我的个人行为。窃取鼠疫病毒资料是受军统上海区区长郭子文的直接命令。阮青丝说。

原来你是直接和郭区长联系的，难怪我不知道你？这么说来，军统上海区是为保证窃取鼠疫实验资料的任务万无一失，向我们传达了相同的任务。那我真应该感谢你。

感谢我？

如果不是你抢走了资料袋，我让顾莺莺坐上医疗车去找你，也不会有后面的事。多亏了你，我们才捣毁了日本人的化学兵监，救了林玄同和这么多无辜的老百姓。

这么说来，最应该感谢的还是你。阮青丝顿了顿说，要不是你穷追不舍，我也不会坐上那辆医疗车。

你是该感谢我，感谢我救了你一命。

如果要这么算的话，你欠我两条命。巷子里的那一枪，帮你摆脱了嫌疑；助你破坏港澳经济财团的晚宴，又帮你脱身。

原来都是你。关雎激动地说，所以，那天晚上在百乐门的女人也是你。那不是梦？

我一直把孙媛当妹妹看。我说过，如果你做了卖国的勾当，枉费她的死，我随时会要你的命。阮青丝毫不客气地说。

这时候，一阵秋风扬起了阮青丝的长发。风把她的头发吹得七零八落，挡住了她整张冷艳的脸。阮青丝的左手不能动弹，右手又拿着瓶子，她有些手足无措地用右手手腕拨了几次头发，最后干脆放弃，任由风胡乱地在脸上拍打。关雎望着此刻在风中摇曳的阮青丝,突然明白了她那副半是美人半是骷髅的面具的含义。那代表着她真正的生活,她白天是光彩夺目的美人,夜晚是为死神效命的杀手。关雎无法想象,阮青丝是如何熬过那些寂寞又痛苦的日子的。他突然很想保护她。

关雎伸手将阮青丝鬓边的两缕头发拨到耳后,说,你的面具很漂亮。我帮你收好了。

阮青丝被关雎这样有些暧昧的举动愣住了,她本来想说谢谢,但话到嘴边又吞了下去。她望见很远的天边,最后一缕粉色的夕阳被夜幕吞噬,她说,你看,今天的夕阳多美。

阮青丝不记得自己上一次感到如此放松自在是什么时候了。待在上海滩的每一分每一秒,她的神经就像上了皮筋的发条一样永远都是紧绷着的。自从白川伊夫和河村惠子来到上海,她就一直处在高度紧张和敏感的状态下,连睡一个好觉对她来说都是十分奢侈的。她经常会本能地在睡着后每隔两小时醒来一次,稍有一丁点儿动静她就会立马举枪从床上跳起,对准目标。无论她在做什么,任何一点风吹草动都躲不过她的眼睛、耳朵、鼻子,甚至是她身上的一根汗毛。她的每一个感官都变成了她接受情报信息的武器。她害怕自己稍有怠慢,就会连怎么死的都不知道。而在桃花村的一周里,阮青丝竟然每天都能睡到自然醒,有时候甚至会一不小心睡到快正午才起来,连肚子都胖了一圈。阮青丝不知道是因为眼前这个男人,还是因为桃花村的宁静和安逸,她突然就有了想要一直留在这里的想法。她想,如果战争能够早些结束,等到日本人离开中国的那一天,她一定要回到这里,和她心爱的人一起,在这里共度余下的光阴。

11

第二天清晨,为了防止被人发现,关雎只把阮青丝送到了百乐门后门的小巷子。他将擦洗干净的面具交还给阮青丝后,在巷口看着她平安进门才放心地离开。而此时,街头巷尾已经传遍了阮青丝克夫的风言风语,百乐门的生意也因此一下子一落千丈。但雪姨瞧见阮青丝归来,完全没有提起这些事,她关切地询问阮青丝消失的一周到底是去哪儿了。她说,你知道吗?蔡进军死了。阮青丝一把抱住了雪姨,她不知道为什么就是特别想抱抱她,就像在外受了委屈的孩子回家见到亲人一样,必须要一个拥抱才能抚平心中的情绪。阮青丝有些哽咽地说,雪姐姐,你别问我去哪儿了。你只要记着,我这几天因为伤心过度,一直把自己关在屋子里就好。雪姨轻轻拍打着阮青丝的背,顿了顿说,好好好。别怕!天塌了,有你姐给你顶着。接着,她又说,昨晚,有个叫河村惠子的日本女人来找过你。我说你这两天心情不好,早睡了。她今天可能还会来。

阮青丝无精打采地直起身子,左臂的伤口隐隐作痛,她抚住手臂说,我想睡一觉。要是有人来,你还这么说。雪姨这时才察觉阮青丝是受了伤回来的,她望着楼梯上阮青丝的背影,长长地叹了一口气。

这时,河村惠子突然带着特高课行动队的人大驾光临了。河村惠子坐在一辆轮椅上,全身缠绕着绷带,就像一具搞笑的木乃伊。

荣字1644部队上海支队化学兵监的捣毁,让日本人不但失去了最新研制成功的第三级病毒——鼠疫B18样本,还让被鼠疫感染的日本军部和政府高层家属,因为失去病毒样本而无法再研制对症的特效药和鼠疫疫苗,只能等死。一夜之间,樱花号邮轮的五百多名乘客全部不治身亡,无一幸免。曾经繁华的樱花号邮轮也被封船遗弃,变成了可怕的死神之船。日本军部大发雷霆,完全没有顾及大川内传七也痛失母亲和妻儿的情况,一连降了他两级军衔,还命令他协助特高课在两周之内找出那群破坏化学兵监的抗日分子,否则,就让他和他的家人团聚。于是,大川内传七发了疯似的利用各种渠道和方法,围剿了一批又一批的军统和地下党,但无一与化学兵监有关。同样,特高课持续了近一周的调查也始终没有结果,这令河村惠子很生气。于是,她决定从头查起,从蔡进军身边最亲近的人查起,这让她想起了几次都出现在饭局上的阮青丝。结合那天戴面具女人的身形,她更加怀疑阮青丝可能早就被军统或者中共策反了,潜伏在日特机关窃取情报机密。

阮青丝不紧不慢地走下楼,她大病初愈,看上去没什么精神。她说,惠子小姐找我有什么事吗?

河村惠子说,蔡进军死了,你不会不知道吧!

阮青丝不耐烦地说,人死不能复生。我哭也哭过了,日子还得照过。

河村惠子说,上周四,8月10日,你在哪?

阮青丝说,我想不起来了。我头疼得很。

河村惠子说,特高课有好茶,或许阮小姐喝两杯就能想起来了。

阮青丝侧过头,瞪着河村惠子没有说话。河村惠子明知道自己的日谍身份,却这样公然地怀疑她,不只是一种挑衅,更是想告诉阮青丝,她从未把阮青丝放在眼里,只要是她想做的,她随时可以用尽一切手段置其于死地。

阮小姐,你的画裱好了。你看看喜欢吗?这时候,顾莺莺提着一幅油画走进了百乐门。见河村惠子全身裹着纱布,忍不住笑了起来,说,惠子小姐这是怎么了?

你来做什么?河村惠子白了顾莺莺一眼,生气地说。

上周阮小姐来我那画肖像,这不,弄好了给她送过来。顾莺莺把油画递给阮青丝说。

上周?几号?河村惠子疑惑地看着顾莺莺说。

顾莺莺想了想说,中元节的第二天。怎么了?

这么巧?河村惠子半信半疑地说,她什么时候离开的?

那天我们不知不觉就在画室待了一天。直到快日落才收工,可把我给累坏了。顾莺莺举起油画,指了起来,说,写实人物油画是非常细致又耗功夫的活。你看我这细节处理的!这头发丝,这眼睛的高光,还有这朱唇,光上色,我就上了七八回……

顾莺莺还未说完,河村惠子就不耐烦地推动轮椅转头离开了。

关雎把阮青丝送回家后的第一件事,就是回关府给母亲梅馥上一炷香。这炷香本该是中元节上的,但因为突来的任务而错过了。关雎走出堂屋的时候,简婉正坐在堂屋外,她让关雎留下来一起吃午饭。

堂屋是供祖先牌位的最神圣的地方,也是家里议事做决定的最要紧的去处。夫家不把娶进来的老婆当外人,就请她到堂屋来。但关家祖上一直有个规定,只有明媒正娶的正房才能进堂屋,偏房是不准进的,除非死后刻在灵牌上挂进去。简姨在这点上表现得特别懂事,令关大千十分满意。她恨不得死了也别在地下再碰见梅馥,更别说给她上香祭拜了。

关雎被赶出关府后,简姨已经很久没有见到过他了,这让她十分思念。她让小翠把前两天买回来的大闸蟹蒸了,又备了一桌子的好菜,比过年还丰盛。关大千始终拉着脸,没有给关雎好脸色,但关雎现在还不能走,他要等一出好戏的上演。

饭吃到一半,关府外突然传来了一阵又一阵叫喊声。小翠开门一看,一群乞丐和妇孺儿童正闹哄哄地围在门口,怒气冲天地朝里头扔鸡蛋和烂菜。他们高喊着,毒妇简姨!伤天害理!虚伪行善!他们面目狰狞地揭露了简姨以施粥为由迷晕老百姓,给日本人做活体病毒实验的整个经过。一时间,关大千和小翠都瞠目结舌地看着简姨,怎么也不敢相信自己的耳朵。

简姨望了一眼门外的人群,云淡风轻地说,回去吃饭吧!螃蟹该凉了!

关雎喊住了她,说,你不解释一下吗?

是我做的,又怎么样?简姨冷笑了一下,说,这些贱命,迟早也是饿死病死,变成一具腐尸。我给他们一口粥喝,让他们在死前实现自己最后的价值,他们应该感谢我。

你竟然能说出这样无耻荒谬的话来,简直令人发指!关雎愤怒地说,你还是我认识的那个简姨吗?

简姨一字一顿地说,我……令人发指?接着,有些失控地说,这一切都怪你的母亲,要不是因为她,我不会走到这一步!

这和我母亲有什么关系?

简姨歇斯底里地说,她当初就不该救我!她不救我,我就不会喜欢上你！她口口声声慈悲为怀行善积德,却因为我的出身不让我们在一起,还要赶我走！她才是最大的伪善！接着,简姬开始絮絮叨叨地说起自己的身世。

　　1928年的春天,还在复旦大学读大一的简姬突然接到了家中的书信,赶回了江苏老家。因生意失败,简家破产,偌大的简宅被卖,连同简姬也被父亲以一条小黄鱼的价格卖给了东北一个五十多岁的刘老爷做小老婆。那年,简姬十六岁。简母很早病逝,父亲拿着卖她的钱带着二老婆和弟弟离开了老家。刘老爷嗜赌成性,脾气暴躁。他白天泡在赌场,半夜就回来折腾简姬,不堪屈辱的简姬经常被刘老爷压在坑上用烟斗边干边打。不到一年,刘老爷干脆就把不听话的简姬输给了地痞,地痞享用了几天美人,转头就把简姬卖给了山匪头子。简姬来到山寨后,凭借她清纯的脸蛋和无辜的眼睛很快得到了寨主的怜爱。吃过了两次苦头,简姬这次学乖了,她假装温柔贤淑,尽心服侍寨主,慢慢取得他的信任。不久后,简姬怀孕了,她利用肚里的孩子开始了她的逃跑计划。过年时,简姬特意亲手为寨主缝制了袄子,并将自己怀孕的事情告诉了寨主,寨主找人确认怀孕后,大喜。全寨大摆三天三夜的酒宴庆祝,简姬趁全寨山匪醉酒昏睡逃出了山寨。可简姬能往哪逃,她的家早就没了,她肚子里还怀着孩子。饥寒交迫中,她晕倒在路边。

　　白川伊夫救了简姬。那时候,日本人正在虎视眈眈地制定侵华计划。白川伊夫向简姬抛出了友善的橄榄枝,他觉得简姬这张我见犹怜、人畜无害的脸蛋,一定能成为一名优秀的女间谍。简姬后来答应了,她的条件是为她做引产手术和杀掉那些伤害过她的人。两个月后,简姬康复,她在东北的一所女子间谍学校开始了训练。半年后,她亲手杀死了她的父亲、二妈、弟弟、刘老爷和地痞,并剿灭了整个山寨,无一活口。1931年秋天,"九一八"事变后,日本人为了转移视线,开始在上海蓄意制造事端。简娴被派往上海执行她的任务——潜伏到关家。因关大千是上海滩经济大亨,掌握着上海滩的命脉,日本人需要简娴利用关家的身份地位结识人脉,打通资源,拉拢一批愿意为日本人效力的人,为日后占领上海做准备,并适时吞噬关氏企业,必要时可扫除一切障碍。

没想到的是,简娴不可自拔地爱上了关雎,她把关雎视为活下去的希望。她没有办法做出伤害关雎的事,也没有办法摆脱日本人的控制,她只想简简单单地留在关雎身边。但梅馥发现简娴对关雎的心思后,想要将其赶走。于是,在梅馥去龙华寺的前一晚,简娴找到大川内传七精心策划了一场暗杀行动。大川内传七答应简娴找两名杀手做替死鬼,制造"劫匪分赃不均起内讧而死"的假新闻扰乱视听,而简娴则需要做他的情人,并在事成后,嫁给关大千继续潜伏,获取更多的情报。临走时,简娴还拿走了大川内传七的西装,她要在暗杀当天女扮男装,掩盖身份。

关雎知道真相后,几近崩溃,他怒吼道,所以,我母亲是你杀的! 炳儿也是你杀的!

简娴委屈地大哭说,不! 不是的! 你要相信我,我没有想要杀炳儿。炳儿那么可爱。可是……谁叫他看见了!

关雎说,你简直就是魔鬼!

简娴突然发疯似的一会儿痛哭流涕一会儿狂笑不止,吓得一旁的众人都汗毛直立。过了许久,简娴幽幽地说,这都是因为我爱你。我有错吗?

你的爱太可怕了! 关雎愤怒地吼道,我母亲的尸体也是你藏的吗? 快说,你把尸体藏哪儿了!

关雎不停地摇晃着简姵的肩膀,简姵仰天长啸,邪恶的笑声变得愈来愈大。她用手指扫了一遍关雎、关大千和小翠,说,在这里。又指了指自己的肚子说,哦,不!应该是在这里!

关大千说,你在说什么?

简姵伸手挡着嘴巴,小声在关雎耳边说,扔湖里喂螃蟹了。早就进你们的肚子了。

小翠已经哭红了双眼,她望向餐桌上的螃蟹,瑟瑟发抖地说,喂螃蟹?是那些螃蟹吗?

简姵邪魅地笑着说,还记得她死后的那个中秋,我有买螃蟹回来吗?

接着,关雎三人纷纷吓得蹲地干呕起来。关雎的胃里忍不住翻江倒海,他看着简姵此时的样子恨不得将她千刀万剐。他说,你知道你在做什么吗?你杀了她还不够,为什么要这样对她!你就这么恨她吗?

我是恨她!这女人连死了也要和我作对!简姵瞪着眼睛,龇牙咧嘴地对关雎说,我后来才发现我作案时穿的西装袖扣不见了。于是,我才去找人开棺,但我翻遍了整个棺材也没找到那颗袖扣。一气之下,我就把她扔到月湖下的河塘里喂螃蟹去了。可谁知道,竟是让关炳拽下来了。

关雎说,那颗袖扣是你从冯婉清那里拿走了。原来O是大川日语おおがわ(ōgawa)首字母,日本人都用姓做缩写,我之前完全没想到。

你们每个人都吃了,你们每个人都是共犯!简姵说完仰天大笑了起来。

关雎说,你这个恶毒的女人!用一张单纯无辜的脸骗了我这

283

么久！

简娲哭得梨花带雨，拽着关雎的手极力地辩解说，不是的！不是的！我真的是受了太多的苦、太多的折磨！离开间谍学校，杀了那些伤害我的人之后，我每一天都想死。这个世界根本没有什么值得我留恋了。我是故意把自己弄病的，我不想再受日本人的摆布，但没想到日本人利用这一点，把我扔在市中心，被你母亲给救了。

都是她的错！都是她的错！简娲嘴里不停地念叨着。关雎一怒之下，砸碎了手边的一只花盆，把花盆碎片抵在简娲的脖子上说，我现在就杀了你，为我母亲报仇！

住手！关大千死死地拉住关雎的手往下拽说，你现在杀了她，我们俩都活不到明天。

关大千的反应让关雎出乎意料。关雎瞪着关大千骂道，懦夫！母亲活着的时候你就这样，现在还是这样。她杀了你的妻子！儿子！还害得你另一个太太疯了！你还为她说话！

关大千说，我没有为她说话！我是为了你！你觉得你现在当着这么多人杀了她，日本人会放过你吗？

好！关雎气愤地将花盆碎片摔在了地上，夺门而出。

簇拥在铁门外的人群也渐渐散去，简娲望着关雎的背影越来越小，最终消失在街头。简娲静静地抹去眼角的泪痕，微笑又浮现在她的脸上，好像刚刚什么也没发生。她留恋地注视了关家很久，但始终未看关大千一眼，她很轻地说了一声对不起，然后昂首挺胸地走出了关府。她想，关大千不管有没有听见这声对不起，他都不会原谅自己，她也不需要他的原谅。因为这句对不起不是对关大千说的，而是对她在关府逝去的那些虚无缥缈又支离破碎的青春。

12

阮青丝和关雎在舞池中央像两只翩翩起舞的蝴蝶,优雅地旋转着,他们忘我的舞姿引来了许多围观的男女。在外人眼里,阮青丝不露面的一周,是把自己关在房间里醉生梦死、痛哭流涕了。所以,现在这个重情的寡妇活过来了,又和新的男人搂在一起舞蹈了,这多少是有些让人戳脊梁骨的。有个烫着大波浪的美女就举着红酒杯和几个小姐妹小声说,你看她那张面无表情、冷冰冰的脸,这长相早该瞧出有多凶了。别说克夫了,谁和她在一块都得死。小姐妹就说,听说她是个孤儿,说不定,父母就是她自己给克死的。一旁的男人听见了,瞅着舞池中美艳动人的阮青丝就感觉背脊凉了一下,男人说,这上海滩第一名姬统共就跟过两个男人,两个全离奇地死了,想起来是挺邪门的。另一个男人笑着说,都说牡丹花下死,做鬼也风流。要我,死也值了。

这时候,雪姨站在两个男人身后说,放你娘的屁! 老娘不是活得好好的! 把嘴巴放干净点! 少在这说三道四,小心烂舌头!

男人被突然不知从哪儿冒出来的雪姨吓得头冒冷汗,不停地拍着胸口。几个女人也翻着白眼不说话了。只有那个烫着大波浪的美女小声嘀咕,自己也是个寡妇,寡妇对寡妇,当然克不着了。雪姨的火气一下就冒上来了,她拎起女人的胳膊就往外拽。

阮青丝和关雎依旧在舞池中乐此不疲地旋转着。关雎趴在阮青丝耳边动了动嘴,阮青丝就马上花枝乱颤地笑了起来。

女人们被雪姨轰出了百乐门。雪姨对门口的保安说,给我记住这几张脸,以后百乐门恕不接待。要想进来也行,把舌头剪了。女人们气坏了,伸着手指不依不饶地冲着雪姨的背影大骂。

顷刻间,舞池中传来了众人的尖叫声。雪姨忙破开人群,朝舞池中央跑去,只见阮青丝从旗袍的大腿根里拿出一把水果刀,想要割自己的脖子。关雎立马握住了阮青丝的手,两人推搡几下之后,刀子划破了阮青丝的左手臂,即刻开出了一朵血红色的花来。

雪姨冲上前去抱住了阮青丝,一边生气地拍打着阮青丝,一边冲着人群喊道,你犯什么傻呀!寡妇怎么了?克夫又怎么了?你管别人怎么说!你怎么好寻死的!你这不就便宜他们了吗?

阮青丝眼神空洞地站在舞池中央,左手臂上的血画出了一条长长的红线。关雎握水果刀的右手不住地颤抖着,他扔掉手中的刀,对百乐门的众宾客说,从今天起,我会向整个上海滩的人证明,那些谣言全是他妈的狗屁。

接着,现场一片哗然。关雎走到吧台边,随手拿起一杯酒,一饮而尽后潇洒地走出了百乐门。保安迅速清理干净舞池中央的血迹,然后,留声机里重新响起了浪漫的舞曲,在耀眼的霓虹灯下,男男女女涌向舞池,百乐门再次歌舞升平。这时,几个被赶出百乐门的女人在门口看完热闹,阴阳怪气地说,哟!这演的又是哪出呢!这阮青丝不去做演员真是可惜了,寻死觅活地装什么可怜。

雪姨为坐在床头的阮青丝包扎着伤口,她嘴里一直念叨着,好死不如赖活着,你就要活得好,气死他们。她又说,我觉着那个姓关的靠谱。关家可是上海滩的豪门。我看你俩挺登对的,比前两个都登对。阮青丝就听雪姨这样说着,也不答话。她想到大概在半个钟头前,她在卡座边看见了正和几个商圈大佬喝酒的关雎。他已经喝得有点微醺了,起身朝洗手间走去。阮青丝在洗手间门口拦住了关雎,她请关雎帮她一个忙。河村惠子已经对她产生了怀疑,她必须让手臂上的伤有一个名正言顺的出处。她说,希望你等会下手利索些,我的伤口还没有完全愈合,我怕穿帮。于是,阮青丝解开了手臂上的绷带,将水果刀藏在大腿外侧,在众人面前演了后来的那一幕。但是对于关雎最后的深情告白,阮青丝是出乎意料的,那并不是她教的台词,这让她的心不知怎么地就慌乱了一下。阮青丝有些纳闷,她冷了这么久的心,怎么突然有了难以名状的暖流般的感觉。

上海滩总是有许多长长的小巷,纵横交错又蜿蜒曲折。昏黄的路灯下,这些黑漆漆的小巷就像一条条通往过去的时空轨道。关雎走在这样的小巷里,记忆一下子被拉到了从桃花村刚回上海的第一天晚上。那天,他在众人面前撕开简姨的真面目后,就去福源寿衣店等陈汝英。他向陈汝英说了阮青丝的身份和之前行动中对自己的多次帮助。陈汝英当即提出,想尽一切办法将阮青丝拉拢到我们的队伍里来,随即,思索了很久说,你说的蝴蝶面具让我想到了一个人,她之前秘密给我们提供了许多重要的情报。之后,关雎隔三岔五总会来百乐门喝酒跳舞,今晚他终于等到阮青丝出来。但他怎么也搞不懂,自己在看见众人对阮青丝指指点点的时候,怎么就说了那样的话?他明明是在演戏呀!他为什么就这么气愤呢?

关雎正想着这些的时候,突然被两个黑衣蒙面人拉进了一辆小轿车里。似曾相识的场景让他马上猜到,他又要去见那个神秘的X先生了。

关雎跪坐在榻榻米上,屏风后的男人正在喝茶。

关先生最近好像很闲。看来是时候让你忙碌起来了。X先生顿了顿说,帮我找到偷走制造所资料的人。还有,我要一份抗日分子潜伏在日军和伪政府内部的卧底名单。

关雎笑了说,你是不是太高看我了?

X先生说,或者,你也可以帮我把伯庸和江离找出来。关雎心头一震,不响。X先生继续说,这两个上海滩赫赫有名的中共间谍,应该没有人不知道吧?

关雎没有说话。

化学兵监被捣毁的事恐怕你已经听说了。这次事件对日本军部造成了严重的打击。大川先生现在就像疯狗一样见人就抓,但是这样毫无目的地抓人,根本解决不了问题。X先生喝了一口茶说,你可以从梁茹筠下手。

梁茹筠?

他是军统的人。他手下那名叫沈介民的警察已经被我们收买了。当天,那群共产党来救人的时候,梁茹筠帮忙打了掩护。

X先生告诉关雎,大川内传七最近抓捕了一对开办电器维修店的夫妻,疑似为中共地下党。特高课已经多次在维修店附近捕获到电台频率,但只在家中搜到一台普通的收音机,其中的电文也因为没有密码本而无法破解。他需要关雎把这个消息透露给梁茹筠,让梁茹筠去联系中共地下党的人,在营救时,将参与化学兵监事件的抗日分子一举捕获。同时,他还需要关雎放长线钓大鱼,挖出梁如筠的上线和下线,将整个军统上海区的联络网连根拔起。他给关雎的时间是一周。一周内,如果办不到,关大千将会以红色资本家的身份被捕入狱,关家的产业也将奉献给大日本帝国,成为一笔丰厚的作战资金。X先生说,你听说过日本宪兵司令部的地狱吗?关在里面的人没有一个能完整地出来。那对地下党夫妻就关在里面。战争很烧钱的。为了这些钱，我想他们一定会让关老爷子快些认罪。

关雎眉头紧锁地离开日式别院后，X先生心情大好地叫两名黑衣人坐下来陪他一起喝茶。黑衣人发现，X先生的好心情是从化学兵监事件后开始的。他们有些搞不懂，军部遭遇了重创，X先生不但没有恼火反倒如此开心。在岩井公馆的这些黑衣人眼里，X先生是一个藏着许多故事的神秘的人。他一直在和室里插一枝樱花，还尝试在院子里种樱花树，日复一日地等待着花开。他总是会一个人坐在回廊上，呆呆地望着那棵发育不良的樱花树，眼睛里流淌出许多风月柔情和耐人寻味的意味。

在窸窸窣窣的喝茶声中，X先生始终都没有说话。过了很久，他才说，找到她的消息了吗？黑衣人说，还在找。

X先生起身离开了茶室。一轮明月孤独地挂在夜空中，洒尽苍凉。他望着明月，突然思念起一个人。

阮青丝坐在窗台前，清冷的月光将同样清冷的她整个罩住，然后一大片寂静的孤独悄悄爬上阮青丝的心头。许多个夜晚，阮青丝都是以这样的方式与月亮相互取暖的。相比白日的太阳，她更喜欢夜里的月亮。在她看来，热烈的东西有太多的人喜欢，而她从来只习惯和冷清的事物在一起。阮青丝看着手中化学兵监的资料，一直在想着晚上同关雎跳舞时，他在耳边说的那句悄悄话。他说，希望你能加入我们的队伍。

这天夜很深的时候，阮青丝出现在了福源寿衣店的阁楼里。她将目前所了解到的化学兵监的情况一五一十地告诉了陈汝英。佘山脚下的化学兵监驻扎的是日本荣字1644部队上海支队。这是一支拿中国人做细菌实验的专业化学战部队，为了协调统一指导化学战,督促化学武器的批量生产,日本大本营专门设立了化学兵监。除上海外,南京、宜昌、太原等地也驻扎了这样的化学战部队。血清疫苗制造所,则是日本人专门研究培育细菌病毒的地方。他们会把研究出来的病毒送往化学兵监,让细菌专家不断地投放到中国人身上进行活体实验。这次樱花号邮轮事件的源头就是不慎从化学兵监泄漏出来的超级病毒——鼠疫B18。不仅如此,阮青丝在潜入制造所仓库时,发现了大量未及处理的培养基,日军准备将这些病毒装进汽油桶,用飞机投放出去。届时,携带鼠疫病毒的跳蚤就会从汽油桶里蜂拥而出,瞬间蔓延整个城市和乡村,在极强的传播性下,便能造成大面积、大规模死亡的瘟疫。

陈汝英、关雎和刘启三人听完这些的时候是目瞪口呆的,这完全超越了他们的认知范围。但还未等陈汝英消化完,阮青丝又支开了关雎和刘启,告诉了他一个更不可思议的事。阮青丝给陈汝英讲了一个很长很长的故事。故事的主角是一个被错当日军遗孤送进札幌女子间谍学校的中国女孩,女孩的悲惨让陈汝英不禁唏嘘落泪。阮青丝告诉陈汝英,她就是那个中国女孩,并且她在很早的时候就知道了陈汝英的地下党身份。生活书店的情报,还有那份精密标注的佘山地图,都是她提供的,她早就想加入共产党,但是一次次地错过了。

这晚,陈汝英的嘴一直惊讶得没有合拢过。他后来还知道,原来阮青丝的真名叫周曼君,她的父亲是周万顺,母亲是苏萍,她竟然是自己故友的女儿。陈汝英突然有些神情恍惚,在后来的很长一段时间里,他回想起那天的情形,仍觉得这一切都是一场梦。大概是十年前或者更早,为发展党员,上海姑娘苏萍同她的小姐妹春来,跟着几个党内的老同志一起到金华开展宣传工作。在一次演讲中,周万顺深深地被这个美丽的上海姑娘苏萍吸引,入了党。之后,他俩救了受伤被赶出家门的陈汝英,陈汝英也跟着入了党。那时候,他们仨还有春来成天混在一起,一起工作一起玩闹。再后来,周万顺和苏萍结婚了,组织将他们夫妇和春来派往上海潜伏,陈汝英也被派往北平工作。直到1935年,陈汝英被调往上海接手中共上海交通站,才得知,周万顺一家三口和春来已经牺牲。春来和党内同志留下的一个儿子也失踪了,这个孩子就是林玄同。

黎明马上就要到来,福源寿衣店已经人去楼空,只有陈汝英一个人还坐在电报机前发一份重要的电报。陈汝英没有将自己的身世告诉她。他认为应该先向组织汇报阮青丝的情况,得到组织的入党批准后,再找一个合适的时机告诉阮青丝这一切。秋风把窗外的梧桐叶吹得沙沙作响,嗒嗒的电报声很快变成了一串串符号,它们正马不停蹄地奔向延安。

13

在日本宪兵司令部的监狱,是没有白天与黑夜之分的。最近,在大川内传七疯狂报复式的抗日分子抓捕行动的压力下,牢房更是处于爆仓状态,源源不断被送进来的犯人只能像沙丁鱼罐头一样挤在狭小的空间里。在塞了足足三十六人的2号牢房里,电器维修店老板李白显得尤为淡定。几个钟头前,日本人在李白的家中搜到了一台收音机。这台改装的收音机与党中央的秘密电台联络,架起了上海和延安之间的"空中桥梁"。而此时,陈汝英、关睢和阮青丝正在策划一场完美的劫狱。

　　晚秋已经有些冷了。那晚,习习的寒风不停地灌进极司菲尔路76号两名守卫单薄的外套里,这让他们忍不住抱紧了自己。不一会儿,一辆福特轿车停在了大门口。一对看上去财气十足的中年夫妻从车上走了下来,女人一袭富贵的金玉满堂旗袍,身材好得不得了,男人穿着貂皮大衣,抽着雪茄,挂着大金链子,手上戴满了金戒指、玉扳指和钻戒,亮得两名守卫都快睁不开眼了。男人说自己是来找汪伪特工总部直属行动队主任郭子文的。一名守卫走进警卫室给郭子文的办公室打了一个电话,随后便给中年夫妻放行。

　　9月,在日本人的扶持下,汪伪国民党中央执行委员会特务委员会特工总部在极司菲尔路76号正式成立。丁默邨、李士群分别担任汪伪特工总部的正、副主任。他们网罗了一大批愿意降日的军统、中统人员做骨干,郭子文就是其中的一员。他们还收买了一些帮派的流氓、地痞等社会渣滓做打手,组建成一支直属行动队,由郭子文领导。

　　原本,靠鬼美人为锄奸队创下的赫赫战绩,郭子文已经荣升为军统上海区区长,前途一片光明。但不知道是哪个杀千刀的,向戴老板寄了一封匿名举报信,捅出他接手应挺走私烟草军火生意和买卖情报的证据。于是,他只能先下手为强,在被戴老板一枪崩了之前,投奔到一个能保护他生命安全的地方。郭子文的叛变让锄奸队瓦解,整个上海军统组织陷于瘫痪。在新军统力量抵达上海以前,日本人和汉奸们可以高枕无忧地睡上一个好觉了。

　　男人提着一只皮箱,挽着女人走进了直属行动队大楼郭子文的办公室。男人把皮箱重重地放到桌子上,打开。即刻,五百根小黄鱼像探照灯一样照亮了郭子文苍白的脸。郭子文看上去总是病恹恹的样子,他时常害怕自己有一天突然就死掉了,他的口袋里常年备着六味地黄丸和各式进口的保健品。他想,做汉奸迟早也是要死的。所以,他一直在找关系想办法出国定居,抛下一切,重新开始。所以,他就需要更多更多的钱,需要各种各样的手段帮他挣钱。郭子文伸手挡了挡眼,满意地把皮箱盖了回去。他说,你们跟我来吧!

郭子文把中年夫妇带到了刑讯室大门口,第一行动队队长杨啸龙和一名特工正架着血肉模糊的李白站在门口。李白已经不省人事,他的两条腿像面条一样垂挂在地上。中年夫妇像接力棒一样从特工手里接过了李白,然后,李白的两条腿就在大楼宽阔的平台上留下了两条长长的血痕。中年夫妇吃力地将李白扶上轿车的时候,正巧碰到了从日本宪兵司令部回来的简娲。昏暗的路灯下,简娲看见一对中年夫妇载着一个血淋淋的男人驶离了直属行动队。简娲马上反应了过来,她冲进刑讯室,果然发现李白不见了。

接着,简娲很不礼貌地冲进了郭子文的办公室。郭子文正在津津有味地清点他的小黄鱼,看到简娲连忙合上了皮箱,一脸苍白地瞪着简娲。简娲说,你是不是把李白放了?

郭子文把皮箱拎到了桌子底下,不慌不忙地说,什么办法都用了,他还是说自己不问政治也无党无派,再审下去就没命了。不如放了他。说不定,共产党那边会有人来联系他,到时候再当场抓获,岂不是更好?

简娲冷笑了一下说,我看你是收了好处,故意把人放了吧!

郭子文拍案而起,说,你搞清楚了!我才是这里的头。我做事不需要你来教我!

简娲恶狠狠地剜了郭子文一眼,说,行动队就是因为有你这样的上司,才至今也抓不到一个重要的人物。你以为你当初带了一份军统锄奸队的名单和暗杀小组的情报过来,就可以一劳永逸混吃等死了吗?

郭子文也冷笑了一下说,我好歹还有点东西。你呢?除了成天往日本人床上爬,你还会什么?

几个特工后来把拿枪对着郭子文的简姈拦了下来。在简姈狠戾阴霾的眼神里,他们开始为郭子文提心吊胆。他们觉得郭子文惹谁不好,偏偏要惹女人,还是上海滩最心狠手辣的女人。自从简姈的真面目被龙华寺的乞丐揭穿,上海市民都斥其为"蛇蝎"。一个月后,76号成立,简姈就在大川内传七的引荐下成为汪伪特工总部直属行动队的副主任,光明正大地做起了汉奸特务。

午夜,城西福源寿衣店前的街道上空无一人。路边飘落着这两天送葬留下的冥纸和锡箔,摆在十字路口的香烛终于燃尽最后一丝烛芯,熄灭了。中年夫妇拖着李白穿过街道的小巷,来到了福源寿衣店的阁楼。刘启已等候多时,他将虚弱的李白扶到床上休息,接着,告诉李白,组织已经将他的妻子慧英转移到了一个很安全的地方。等他伤势休养得好一些,再带他去见面。

这时候,中年夫妇笑着撕开了脸上的人皮面具,露出了真容。刘启忙介绍说,这是我们的两位同志。这位是关雎,这位是周曼君。

原来,关雎打听到李白被关押在76号之后,他便伪造某金店老板的身份,托人联系上了汪伪特工总部直属行动大队的主任郭子文。当时,军统上海区区长郭子文叛国投敌的新闻已经在上海滩传得家喻户晓,连路边的儿童都在唱"郭药罐郭药罐,良心黑了身体坏,卖国害命不眨眼,迟早阎王叫完蛋"。关雎就是抓住了郭子文贪财无义又贪生怕死的心理买通了他,将李白保释出狱的。

可话音刚落,寂静的街道上突然响起了汽车的疾驰声,接着,一浪又一浪军靴的踢踏声整齐地向寿衣店慢慢靠近。刘启探出窗口,看见日本人的军用敞篷车已经停在不远的路口,数十名日本士兵正向他们蜂拥而来。

李白身患重伤,关雎和阮青丝根本来不及带走他。刘启急忙将李白从床上扶起,带三人来到了寿衣店的后院。院子里,两副巨大的楠木棺材分别凌空夹在两块石板上,刘启吃力地推开了一口棺材,棺材里躺着一个男人的尸体,他将尸体推到了一边,打开了棺材下的暗格说,快!把李白扶进去。

关雎和阮青丝四目相对,吃惊不已。他们还来不及问什么,就帮着扛起李白,把他藏进了棺材里。接着,刘启指着另一口棺材说,你们躲到那口棺材里。快!

关雎和阮青丝再次四目相对,面颊绯红。刘启心急如焚地头顶直冒汗,他说,快呀!日本人马上就要到了!

随即,关雎和阮青丝两人钻进了棺材的暗格里。刘启将暗格的木板盖上,把棺材里男人的尸体扶正,他对着藏在暗格里的两人说,明天天一亮,会有人来把棺材运出城外。切记!在此之前千万不能出来!接着,关雎和阮青丝便听见棺材板被重重地盖了上去。

刘启再次走到李白藏身的棺材边检查。他用自己的黑色衣襟擦掉了棺材上留下的血渍。就在这时,大川内传七和河村惠子带着一帮日本士兵破门而入。河村惠子看见刘启神情自若地站在两副棺材前,好像是在等待一位远方来客的样子。大川内传七朝阁楼挥了挥手,两名士兵迅速冲上楼去,他得意地大笑说,我已经跟踪你们好几天了。就等着今天将你们一网打尽。

但很快,两名士兵从楼上两手空空地走了下来。大川内传七火冒三丈地连骂了三声巴嘎,他说,三个大活人,难道长翅膀飞了不成!

大川内传七押着刘启上了阁楼。床上和地板上都有李白留下的血迹,但日本人翻遍了整个阁楼也没找到他的人影。河村惠子发现了桌上那台用来传递情报的电报机和藏在衣柜暗格里的枪支弹药。她十分确定,这间寿衣店就是中共地下党的情报站和联络点。她伸手摸了摸床单上留下的血迹,仔细地闻了闻说,是新鲜的血液,应该还没走远。派一队人马上以这里为中心,展开地毯式搜查。接着,接到命令的两名士兵就离开了寿衣店。

河村惠子探出窗外,闭眼模拟五分钟前刘启发现日本宪兵部队的场景。突然,一道灵光闪过,她火急火燎地冲下阁楼,跑到了后院的那两副棺材前。她用手指摸了摸棺材盖的边缘,看着干净得出奇的手指说,打开它们!

即刻,四名日本士兵就上前推开了两副棺材盖。河村惠子转头朝身后的刘启邪魅一笑。此时,刘启已是心惊肉跳、寒毛直竖,但仍表现出一副若无其事的样子。他就那样气定神闲地站在原地,始终没说一句话。

棺材里的两具男尸发出的阵阵恶臭让河村惠子和一旁的士兵难以控制地作呕。河村惠子用手捂住鼻子,翻开男尸,边贴着耳朵边敲打着尸体下的木板,试图通过木板的回响,来推断棺材里是否有暗格机关,但始终没有发现。她仍不罢休,开始仔细观察四面棺身上有没有透气的小孔。如果有,就能证明棺材里必定有暗格。但几分钟下来,她仍一无所获。一名日本士兵这时上前说,应该是从后门逃跑了。河村惠子最后只好下命收队,将刘启押到日本宪兵司令部的牢房。她让大川内传七在76号内驻的那支日本宪兵分队,继续留在寿衣店附近搜索。她说,这就是你的一网打尽?

14

日本宪兵司令部的刑讯室里凄厉的哀号声一夜未休。大川内传七告诉刘启,他最近学了好多成语,必须找个人来讨教一下。大川内传七将刘启的手指一根接一根地用绳索绑住,并将他吊挂起来。此时,刘启全身的重量都集中于十个手指上,在惨烈的嘶吼声中,刘启手部的筋骨全部断裂。大川内传七说,这是我讨教的第一个成语,叫"展翅高飞"。你有什么想说的吗? 刘启露出了一副不怕死的样子,依旧闭口不言。

接着,大川内传七又向刘启讨教了"一针见血"和"水落石出"。他先是让人用刺刀劈刺刘启肛门,再用一根管子强行插入刘启的咽喉,伸至肠胃,以水灌肚。即使刘启肚胀如鼓,仍不停灌注,并像打鼓一样用木棍疯狂地敲打他的肚子,使他呕吐出水,再重新灌水。反复两次,刘启已然生不如死、痛苦不堪,他被折磨得几乎睁不开眼,他突然想要好好地睡上一觉。

这时候,大川内传七点燃了两大捆线香,他用线香的浓烟去熏刘启的双眼。他说,想睡觉了? 我还没讨教完呢! 这叫"火眼金睛"。线香燃尽,刘启的双眼在剧痛下报销了。此时,大川内传七已经失去了耐心,他对着刘启耳边怒吼道,你到底说不说? 那对中年夫妻把李白带到哪了? 和慧英接头的人是谁? 她现在在哪里? 刘启双眼挂着鲜血,冷笑了一下说,你就这点本事?

大川内传七马上暴跳如雷,他拿来两根比木棍还粗的鞭炮插进刘启的耳朵并引爆。在一阵响彻云霄的爆竹声后，刘启双耳震破，血流如注，失去了听觉。大川内传七大笑说，这叫"如雷贯耳"。既然我问你什么，你都没反应，我想，这耳朵恐怕也就没什么用了。刘启又冷笑了一下，晃了晃脑袋，闭上了眼睛。

大川内传七对刘启这张怎么也撬不开的嘴感到有些束手无策。看来刘启是一心寻死，不打算交代了。两天前，大川内传七命人故意放走李白的妻子，然后派人暗中跟踪。很快，日本特工在大诚绸厂发现了一名前来和慧英接头的女人。但饭桶特工后来在路上把两个人给跟丢了。此后，慧英就再没去绸厂上班。于是，大川内传七又让内驻在76号的日本宪兵分队牢牢监视李白的动向。他想，共产党将慧英转移之后，肯定会再来营救李白的。

其实，大川内传七一直对这个刚成立的汪伪特工总部不放心。他实在搞不懂，日本军部已经有了日本宪兵部队、特高课、梅机关、岩井公馆等诸多日特机关，为什么还要找一群见风使舵离经叛道的中国人来抓中国人？这样的人值得信任吗？但白川伊夫十分支持汪精卫，他安慰大川内传七说，76号的真正主人只会是日本特务机关。他默许大川内传七在76号内驻一支日本宪兵分队，职责是监视76号的汉奸特务。大川内传七知道，白川伊夫是故意唱红脸，让他来唱白脸当坏人。于是，他规定76号每次采取大的行动，不但要事先知会日本特高课，还要在特高课派员督导下才能实施。但能进76号里的汉奸都是各界、各党派的人精，经常会不上报便私自行动。果然，就被他逮到了郭子文收钱放人。

特高课的人已经从福源寿衣店离开了很久，日本宪兵分队搜捕的声音也愈来愈远，街道上又恢复了一片死寂。在棺材狭小的空间里,关雎能清晰地感觉到阮青丝傲人又软糯的胸部有力地抵在他的胸肌上,他不敢抬头对视阮青丝的眼睛,她的眼睛里好像有星星,纤长的睫毛眨巴眨巴的,像会放出许多光芒四射的电。阮青丝温柔的呼吸一波又一波地吹在他的脸上,他还闻到了她身上淡淡的香味。之前,他总听百乐门的酒客说起,女人天生就是水做的,不仅柔软,还自带香气。现在他终于明白了。关雎想到这里的时候,突然就不知道自己该怎么呼吸了,他觉得热血沸腾、心潮澎湃,喉咙也跟着干涩起来,身体微微冒汗。

关雎和阮青丝已经这样胸贴胸地挤在棺材暗格里一个多小时了,这令二人都十分忸怩不安。阮青丝小心地动了动身子,她的手有些麻了,想重新找个舒服的姿势。但低头,撞上了关雎挺拔的鼻梁,差点亲了起来。阮青丝尴尬地笑了一下,把脖子往后倾了一下,低垂着眼睛,始终没有说话。终于,关雎还是决定开口说些什么,来打破这样的僵局。他说,你说这棺材是谁发明的,一点都不宽敞,睡在里面能舒服吗?

阮青丝被关雎突如其来的问题愣了一下,她说,没死过。不过死了也没什么舒服不舒服的了。

关雎尴尬地笑了笑说,也是啊!不过老刘倒是挺聪明的,把棺材的透气孔打在了棺材底下,不然我们早被闷死了。

阮青丝其实早在看见两块撑起棺材的青石板时,就已经猜到了其中的玄机。她知道,关雎是故意用这样的幽默来掩饰对刘启的担心。她说,你放心,等我们出去了,就想办法救他。

关雎没想到阮青丝一眼就看穿了自己的心思,他顿了顿说,我始终有一个疑问。郭子文明明叛变了,为什么没有把你的身份告诉日本人?

阮青丝说,如果没猜错的话,他应该是为自己留一条后路。白川伊夫是个疑心非常重的人,他表面上支持汪精卫,组建76号,但实际上让大川内传七的一支日本宪兵分队内驻在里面,时刻监视他们的一举一动。郭子文也是老军统了,他肯定知道"做人留一线,日后好相见"的道理。一旦日本人对他不利,他就可以因为我欠他的这份人情,让我帮他脱身。再或者,他就是假意投诚,潜伏在日方的卧底。我只是他的下线,军统上海区突然崩盘,我和戴老板的联系也断了,其中的真真假假就只有他自己知道了。

关雎若有所思地说,我能问你一个问题吗?阮青丝点了点头。你为什么要在百乐门?关雎顿了顿说,我是说,应挺死后留下的那些财产足够你过下半辈子了,你为什么还要回来做舞女?

阮青丝眼中的那片湖水波动了一下,她笑了笑说,我知道上海滩的人都怎么说我。他们说我是勾引男人的狐狸精,叫我是赖三,还说我克夫,是吗?喻慧大师曾告诉我,一个人他骂了你,你记了他一天,那么,他就骂了你一天。你记了一年,那么,他就骂了你一年。你到死之前都记着,那这人就骂了你一辈子。不要着急。你就站在我背后看着好了,总有一天,我会让他们一个个把嘴闭上的。再说了,骂我我又不疼。还记得我之前说过什么吗?谁先生气,谁就输了。我们要赢。

在阮青丝看来,一切流言蜚语和人身诋毁都不及革命的胜利重要,她根本不在乎别人怎么说她、看她。这让关雎越来越佩服眼前这个女人,甚至还有些小小的仰慕。一周前,组织刚刚通过了阮青丝的入党请求,她将以代号"夜孔雀"的身份与关雎搭档,两人假扮情侣,相互掩护探取更多的敌方情报。为方便工作开展,陈汝英便将阮青丝的身世经历告诉了关雎。

所以,你真正的名字叫周曼君,阮青丝只是你的化名。你的日本名字叫石神里美?

不,是我借用了石神里美的身份。阮青丝有些失落地说,希望战争能早些结束,让我重新做回周曼君,简简单单的周曼君。

会有那一天的。一定会!

我也有一个问题要问你。阮青丝眨巴着眼睛说,虽然这是组织的安排,但你就不介意吗?

关雎说,我从来不从别人嘴里认识一个人。我是成年人,我有自己的判断。

阮青丝看着关雎真挚无比的眼神,心头涌起了一股暖流,她说,你不怕我克你吗?

关雎笑了说,我从来不信这些。我的命硬着呢!

阮青丝这时十分严肃认真地说,如果有一天,我被众人推倒,你要记得推我一把,别因为我而挨骂。

每一个地下工作者都是隐形守护者,他们的身份是永远不能公开的。就算有一天牺牲了,在世人眼里,阮青丝依然是个众人唾弃的舞女、汉奸。如果,那一天真的到来,阮青丝希望关雎能马上撇清和自己的关系,不要被她连累,也不要为她觉得委屈和惋惜而去辩解什么。关雎突然为阮青丝感到心疼。他明白阮青丝是在保护自己,她永远都在替别人着想,却从来不在乎自己。

关雎说,在棺材里聊这么沉重的话题感觉怪怪的。你放心,做我的搭档,绝不会让你有那一天的。接着,关雎和阮青丝四目相对地沉默了一会儿,他又说,有人说过你的眼睛很漂亮吗?

阮青丝羞涩地愣了一会儿说,你,你……好像有东西抵着我了。

关雎马上低下头,摸索起裤裆,他说,噢! 不好意思,是我的车钥匙。关雎说着把钥匙放进了裤兜,一抬头,又撞在了阮青丝的脸上,差点亲了起来。

阮青丝向后缩了缩鼻子说,你困吗？要不,你先睡吧!

关雎说,还是你先睡吧! 阮青丝不说话,关雎笑了说,我数一二三,我们一起睡。一,二,三!

然后,关雎和阮青丝都静静地闭上了眼。不一会儿,关雎不安分地转了转眼珠,睁开了眼睛含情脉脉地注视了阮青丝很久后,才合上了眼。再然后,阮青丝也偷偷睁眼,打量了一番关雎,确定他是真的睡着了,才安心地入眠。

第二天,天刚蒙蒙亮,贾记棺材铺老板贾钱就带着出丧队来到福源寿衣店,抬走了后院里的两副棺材。唢呐和大镲的热闹合奏,一下子让这场假死的出葬仪式变得荒诞有趣。关雎让阮青丝再"死"一会儿,好好体验一把"死后"的感觉。阮青丝就乖乖地闭上眼,再"死"了一会儿。关雎总是能苦中作乐,他乐天阳光的性格让阮青丝这座冰山在不知不觉中被慢慢融化。

棺材后来在郊外一片荒凉的山坡上停了下来。在一排又一排无名的木牌前,几个抬棺的男人推开棺盖,抬出了棺材里的两具尸体,将关雎、阮青丝和李白从暗格里救了出来。他们见到了早在山坡上等候多时的陈汝英。原来,棺材是陈汝英事先让刘启准备好的。陈汝英早就察觉到慧英的获释过于反常,很可能是日本人下的圈套,想顺藤摸瓜,找到中共地下党的联络点。这两天,陈汝英已经偷偷将阮青丝窃取的情报传递出了上海。很快,分布在南京、宜昌、太原等地的地下党将全力搜寻荣字1644部队专业化学战队的驻扎点和化学兵监,并设法一举摧毁。

关雎和陈汝英扶着李白来到了山上的一间农家小屋。慧英已经做好了一大桌子热腾腾的早餐在屋前恭候,望见李白的身影,忙喜出望外地迎了上去。在一顿令人浑身暖和、通体舒畅的早餐之后,关雎和阮青丝准备启程回到上海,营救刘启。而陈汝英则要留下来,帮助已经暴露的李白夫妇转移到浙江去。与李白夫妇告别的时候,阮青丝说了一声再见。她觉得,在这样一个战火纷飞的年代,再见就是最好的祝福。

　　而此时,经过了一个通宵的拷问,仍然一无所获的大川内传七已经忍无可忍。他本想抓来刘启的老婆孩子,逼他招供,但当日本宪兵分队找到他家时,屋内已经空空如也。大川内传七决定最后再送刘启一个新学的成语,这个成语叫"倒栽莲花"。

　　在城郊刑场边的荒野里,日本宪兵已经刨好了一个一米深的土坑。他们冲刘启的头连泼了三桶水,确定他已经清醒后,将刘启脑瓜朝下,像插萝卜一样,插进了坑里。刘启顶着脑充血的不适,大喊着,共产党万岁! 中国革命必胜! 任由日本宪兵抱住他的身子和大腿,使他保持直立。一旁的两名日本宪兵开始不停地往坑里灌土,刘启的呐喊声越来越弱,很快,他的头就被埋没了。因为无法呼吸,刘启裸露在外的四肢开始拼命地挣扎乱踹。而大川内传七悠然自得地坐在一张太师椅上,一边喝茶观看,一边拍手大笑。他说,哈哈哈哈! 你们看! 他多像一只四脚朝天张牙舞爪的王八! 哈哈哈哈!

　　赶回上海的关雎和阮青丝很快打听到了刘启被处死的消息。悲痛欲绝的关雎气得把拳头当作沙袋,疯狂地击打石墙,他为自己的无能为力感到痛苦和难过。阮青丝安慰关雎,她说,革命无法避免会有牺牲。这一切都不是关雎的错,而是侵略者的错。那些人,鸣笛的人、掌灯的人、点燃烽火的人、勇敢的人、舍身的人、矢志不渝的人，他们把自己留在无数个寒冬里，才能为我们双手奉上一个未知的春天。

15

这天清晨，关雎身着黑色长衫走进岩井公馆的时候，看见院子里那棵发育不良的歪脖子樱花树终于冒出了繁密的绿芽。和室的屏风后，依旧传来男人的喝茶声。关雎突然对男人的模样充满了好奇，他想，这个热爱樱花的慢调子男人，一定藏着许多潮湿得快要发霉的故事。不然，他为什么总是躲在屏风后面不敢见人。

关雎从衣衫里拿出一只牛皮信封，轻轻地放在榻榻米上。黑衣人拾起信封，递给了屏风后的X先生。X先生打开信封，看了一眼又递还给黑衣人，用日语说道，马上派人去办，天黑之前回来。接着，又对关雎说，关先生每次来都是这么匆忙。今天就留下来吃个便饭吧！我还有一些书法和棋艺上的事想和你讨教。关雎看着黑衣人离去的背影，心想，今天日落之前，恐怕是走不了了。

不一会儿，两名黑衣人搬来一只木箱。木箱里塞满了X先生收藏的名家字画和自己的习作。黑衣人打开四卷卷轴，挂在墙上，分别是民国四大书法家谭延闿、胡汉民、吴稚晖和于右任的作品。X先生说，关家虽以经商闻名，但也是书香门第，祖上出过不少进士状元，听说你也是复旦有名的才子，写的一手好书法。就请关先生帮我解个惑，为何谭延闿是四大家之首？

关雎起身边指点作品中的细节边解释道，民国四大书法家各擅长不同的字体。胡汉民工于隶书，世人赞其"工书法，清挺峻拔，能合褚遂良、米芾为一体。晚工曹全碑,极神似,集字为诗如己出"。吴稚晖自幼学习大篆,他的石鼓文线条静穆,结体安然,没有那种跳跃性的躁动感,且其落笔清新干净,线条在平直中略带一点弯曲,使得字又生动灵活起来,通篇观之,则别有情趣。于右任的草书遵"易识、易写、准确、美丽"的四原则,以期达到通俗美观,寓巧丽于简约质朴之中,犹如好酒,看似清澈如水,品味则醇厚芳香,余味无穷。最后,谭延闿的字亦如其人,有种大权在握的气象,结体宽博,顾盼自雄。其楷书点如坠石,画如夏云,钩如屈金,戈如发弩,竖画多用悬针法,起笔沉着稳重,顿挫有力,使人感到貌丰骨劲、味厚神藏。他是清代后唯一一个能把颜体楷书写得如此登峰造极的人。我始终认为,要在书法上取得成就,不是为写字而写字,而是在根本上蕴含了一个人的文化素质和情怀,谭延闿正是这样的一个人。就其书法本身而言,谭延闿启蒙之师当是他的进士父亲了,这一时期大量的临池练习,打下了坚实的书法基础。随着年龄增长、见识增强,谭延闿的书风也在因时而变,不仅钻研颜真卿行楷尺牍,从赵子昂到苏东坡,从米襄阳到董其昌,从黄山谷到祝枝山,等等,都博采众长。对有思想的人来讲,就是要把百家变成"我家",才是真功夫。

X先生听罢,忙鼓掌连声赞道,关先生口若悬河辩才无双,看来今天是讨教对人了。说完,又拿出自己的几幅习作让关雎点评,不知不觉地就过去了两个钟头。

随后,X先生有事离开了和室。他让黑衣人为关雎煮一壶上好的龙井,关雎就无聊地喝起了茶,直到把自己的肚子喝得像青蛙一样肿胀。关雎后来在黑衣人的陪同下,舒服地排了一次很长的"水",等他再回到和室的时候,榻榻米上已摆好一大桌地道又精致的东瀛美食。

虹口的商业街区开着许多家风格各异的日料店，关雎曾进去尝过两次，每次都为日本料理极其讲究的器皿摆盘、烹调制作和用餐环境叹服。从它的每一种碟、碗、盘中，你可以领会到独特的美、雅、静。而能把日本料理最重要的自然原味和观赏性结合得这么好的，倒是很少。关雎猜，这一定是出自 X 先生老家非常有名的厨子之手。

那天关雎喝了一些梅子酒，有些微醺的他干脆就躺在地上呼呼地睡了一个午觉。一觉醒来，X 先生让关雎陪他下棋，一直下到火红的火烧云照进和室的障子窗。黑衣人汗流浃背地夺门而入，他在 X 先生耳边小声地说着。关雎远远地闻到了黑衣人身上的汗味里混杂着鲜血的味道，接着，看见 X 先生露出了满意的笑容。关雎这时候站起身来，说，我现在应该可以走了吧！

关先生很守时，赶在期限的最后一天，交出了一张优秀的答卷。X 先生将手中的棋子放回棋罐，说，名单上的人已经对化学兵监当日的行动供认不讳。你为日本军部解决了一个长久以来的心病。

关雎走到幛子门前，笑了一下，说，先生的中国话说得很好。

然后，关雎被蒙着面坐上了岩井公馆的小轿车，两名黑衣人一如往常擒着他的两只胳膊，面无表情地注视着前方。在 X 先生的私宅做客的这段时间，岩井公馆的日本特工已经根据关雎提供的名单，成功捣毁了城外的一个中共地下党联络点和两个军统暗杀小组。关雎试图阻止自己去想象抓捕和拷问现场血腥的画面，但还是失败了。小轿车后来在城区一条漆黑的小巷子前停了下来，黑衣人娴熟地将关雎扔进巷子的最深处。关雎解开头上的黑布，看见头顶的月亮在夜幕中只露出了圆鼓鼓的半张脸。他笑了。他知道,圆月马上就要来了。

而此时,岩井公馆和特高课的日本特工都在疯狂寻找伪政府公安局局长兼特务委员会主任梁茹筠的下落。最近,为准备伪维新政府上海特别市成立一周年纪念活动,确保活动的安全,日本人规定城区只准出不准进,凡离开上海者,都必须核查身份证。河村惠子猜想,梁茹筠离开上海的可能性并不大,很可能就躲在某个角落里。但明天就是一周年纪念活动了,她担心警力被调度到市政府维护治安和街上大规模的游行活动上,会让梁茹筠趁乱逃跑。所以,她下令增加两倍的城楼守卫。在活动结束之前,任何人都不准离开上海。

第二天,市政府大楼前人声鼎沸,鼓乐喧天。此时,已是中国派遣军总司令的长谷寿一,同他的总参谋长板垣征四郎一起来沪参加伪上海特别市成立一周年纪念活动。白川伊夫、大川内传七、河村惠子等上海日特机关的头子和叫得上名头的汉奸们也都如数到场。市长傅筱庵、秘书长苏锡文、行政院长梁鸿志鞍前马后地跟在长谷寿一屁股后头,一脸春风得意的样子。众人先是观看了五色旗升旗仪式。随即,开启了热闹又壮观的阅兵仪式。

傅筱庵站在市政府大楼平台前,装模作样地检阅伪警察部队,侵华日军杂志《支那事变画报》的记者对他进行了采访。就在一切看上去按部就班地进行着的时候,阅兵队中的一名警察突然从帽子里拿出一把手枪朝长谷寿一射去。不料,快速流动的部队让子弹偏离了预期的轨道,只打落了长谷寿一头顶的军帽。于是,警察快步朝市政府大楼走去,又射出了第二颗子弹。这时,鸡贼的长谷寿一拉过了身旁的板垣征四郎挡在自己身前。子弹贯穿了板垣征四郎的脑门,令他当场暴毙。随即,现场陷入了一片混乱。傅筱庵、苏锡文和梁鸿志三个汉奸头目吓得原形毕露,只顾自己四处逃窜,完全忘记了几位日本高官的安危。白川伊夫和河村惠子保护着长谷寿一躲进了市政府大楼,大川内传七命令日本宪兵部队击杀暗杀者。紧接着,日本宪兵部队和伪政府的警察便与那名伪装成阅兵警察的杀手展开了一场力量悬殊的枪战。

在激烈的枪声中,人们像一只只无头苍蝇到处乱冲。杀手趁乱再次混入了阅兵队,泰然自若地跟着指挥者逃到了市政府大楼后的空地上。正当阅兵队要离开现场时,河村惠子叫住了他们,要求一一检查。她很快在队伍里发现了一个熟悉的身影——梁茹筠。奇怪的是,身份暴露的梁茹筠完全没有抵抗,他扔掉了手中已经空匣的手枪,朝河村惠子送出了一个释然的笑容。

梁茹筠后来被特高课的特工们押进了76号的刑讯室。河村惠子要郭子文亲自提审他的昔日下属,她则坐在一旁的太师椅上欣赏刑讯的全过程。郭子文选了军统常用的电刑来招待梁茹筠,由直属行动队第一行动队队长杨啸龙执行。但在几轮高压电刑和低压电刑的交错攻势下,梁茹筠依旧一副视死如归的样子。无论问他什么,他都说,没什么好说的。一定要说就只有一句,干你老母!

郭子文破口大骂,梁茹筠的嘴巴就像厕所里的石头,又臭又硬。梁茹筠大笑说,你弄死我吧!黄泉路上有板垣征四郎陪我,我一点也不孤单。我的命换中国派遣军总参谋长的命,不亏。

这时候,河村惠子猛地从太师椅上站了起来,说,突然有些想看儿时的杂要把戏了。今天就来出滚绣球怎么样?

接着,梁茹筠就被扒光了衣服,赤条条地塞进一个钉满钉子的木笼里。河村惠子像儿时得到新鲜玩具一般,迫不及待地推动了木笼。笼子很快向墙壁滚去,待撞击到墙面后又滚了回来。河村惠子一直在等待梁茹筠撕心裂肺的惨叫声,这能让她增加许多游戏的乐趣,她说,你叫啊!给我叫出声来!但木笼内,血肉模糊的梁茹筠始终一声不吭。迟迟等不到叫声的河村惠子后来恼羞成怒,疯狂地将木笼滚动了一轮又一轮。十分钟后,76号的特工打开了木笼,梁茹筠早已被活生生地滚死。

关雎和阮青丝坐在一片居民楼的屋顶上,他们不约而同地看见夜幕中有一颗流星滑落。关雎对着天空说了一句,兄弟,走好!然后闭上了眼睛。一周前的画面仿佛就在昨天,不断浮现在关雎的眼前。蔡进军死后,梁茹筠顶替他成了伪政府公安局局长兼特务委员会主任。就在梁茹筠好不容易觉得能为军统上海区的情报事业大干一场的时候,关雎找到了他,告诉他身份暴露的事。梁茹筠自知自己已经被日本人秘密监视,在城门严加守卫的情况下,他很难逃出上海。就算成功,关雎也会陷入危机。为了不牵连更多的人,也为了关雎、顾莺莺和上海中共地下党的同志能更好地潜伏下去,他决定牺牲自己。但日本人不是那么好骗的,他必须要向岩井公馆提供真实的军统和地下党名单。于是,梁茹筠在与陈汝英商讨后,最终决定不得不牺牲一些战友,来换取日本人对关雎的信任。

阮青丝望着关雎萧瑟又落寞的脸,突然心疼了一下。她琢磨了很久,说,你知道山山而川是什么意思吗?关雎睁开眼,望着阮青丝没有说话。阮青丝说,山山而川的意思是,走过平湖烟雨,跨过岁月山河,我始终相信,那些历经劫数、尝遍百味的人,会更加生动而干净。

关雎那晚在百乐门喝了许多酒。刘启、梁茹筠,还有名单上无辜的抗日战友们接连的死亡,让关雎突然感到十分迷茫。他不知道这样的坚持和牺牲到底有没有意义,能不能换来最后的胜利。1939年的冬天已经准时来临,丝毫不受如火如荼的战事影响。关雎东倒西歪地像烂泥一样趴在吧台上,对为他调酒的阮青丝说,最艰难的寒冬,要来了。

第六章 | 坠　落

阮青丝突然觉得这分明是冬天，比隆冬还要寒冷的冬天。

1

这个冬天,白川伊夫一连包下了兰心大戏院一个月的戏票,让陈汝英专门为他演没演完的《三请梨花》。在戏院一声又一声的鼓掌声中,上海滩的人都在传日本领事馆总领事、特高课负责人白川伊夫一发不可收拾地迷上了婺剧。但事实上,白川伊夫是迷上了陈汝英。无论是陈汝英戏曲上的才华,还是他比女人还要女人的外貌,都让白川伊夫神魂颠倒、彻夜难眠。白川伊夫突然萌生了一个想法:将陈汝英收入囊中,带在身边。但这遭到了河村惠子的坚决反对,她说,中国人不可靠,绝不能留在身边。白川伊夫当然不听她的。他还是怎么高兴怎么来,这让一向备受白川伊夫宠爱的河村惠子恨透了陈汝英。

顾莺莺一直忙碌着她的艺术展。大川内传七将在日本领事馆专门为顾莺莺举办一场集绘画、设计、服装、演示于一体的综合性大型中日文化艺术展览。中国派遣军总参谋长板垣征四郎在众目睽睽之下被刺杀,让日本人丢了一个大大的脸,傅筱庵首当其冲,受到了日本军部的责罚,白川伊夫和大川内传七也难辞其咎。日本人急需要通过一些方式,为上海滩的老百姓重新构建一个中日和平共处、和谐发展的美好假象。于是,一心想追求顾莺莺的大川内传七,便想到了这个一石二鸟的办法,在日本领事馆举办一场以"中日文化融合"为主题的艺术展。

有一天,顾莺莺突然跑到上海兰心大戏院去了。她一直坐在后台等到陈汝英和林玄同给白川伊夫唱完戏。她拽着陈汝英的水袖,丝毫不顾及林玄同也在,理直气壮地对陈汝英说,我想你了。陈汝英马上愣住了,他不响。顾莺莺又说,不是今天想你了,是今天憋不住了。陈汝英被顾莺莺莫名其妙的表白弄得一头雾水,他望着顾莺莺半天就说出一句,顾小姐要是想听戏的话,下月再来。顾莺莺气坏了,她像小孩儿一样跺着脚尖,憨憨!不对!以前叫你憨憨,现在应该叫你敢敢了,因为你偷走了我的心。你看不出我喜欢你吗?陈汝英用一种"你有病吧"的不可思议的眼神望了顾莺莺一眼,然后,走进后台开始卸妆。顾莺莺一直像唐僧一样不停地在陈汝英耳边叨叨,但无论她说什么,陈汝英都不回应。顾莺莺后来气呼呼地走了。过了很久,陈汝英才对着镜子里的自己,悠悠地说了一句很突兀的话,他说,革命者是没有爱情的。它会害死人。

另一边,关雎和阮青丝则为迟迟无法完成长谷寿一的暗杀任务而头疼。陈汝英接到伯庸的情报,长谷寿一这次来上海不仅是参加上海特别市的周年庆活动,更重要的是带着一个叫作"天照计划"的日特机关最高级别的秘密任务来巡防的。但关于计划的具体内容,他们一无所知。所以,伯庸需要他们想尽一切办法窃取计划,并在长谷寿一离沪前将其暗杀。但板垣征四郎被刺杀后,日本人变得十分小心谨慎。长谷寿一每日入住的酒店都随机轮换,并由河村惠子亲自安排,只向白川伊夫一人汇报,就连司机也是在临行时才知道。同时,无论在室内还是出行,长谷寿一身边都有八名贴身保镖撑着伞,像金钟罩一样层层保护,根本没人近得了身,就算狙击手也无从下手。所以,这场中日文化展成了他们获取情报和线索的唯一机会。

那个有点儿阴霾的午后,关雎和阮青丝乘着岩井公馆的黑色福特轿车来到日本领事馆的时候，宴会大厅里已挤满了人。阮青丝一席黑色立领丝绒暗花旗袍，流苏皮草披肩，端庄优雅得像一朵盛开在古堡里的玫瑰。关雎十分绅士地为她开了门，她轻轻挽过关雎的手，仰头看见远方一大片黑压压的铅云正向上海滩滚来。接着，关雎向日本领事馆的守卫大方地出示了他的日特机关证件，二人昂首阔步地走进了中日文化艺术展的活动现场。

　　大厅里，日本军部高层、伪政府高官和上海滩各行各界有头有脸的大佬们，正簇拥在展架前欣赏顾莺莺"山海经"系列的国画作品。一幅幅长卷中，凤凰、西王母、毕方鸟、九尾狐等《山海经》中耳熟能详的鬼神，在顾莺莺的笔下变得不同寻常，像从书中活过来一般，多了些柔和，还透露出一丝丝仙气，让画中鬼怪富有了深意。一位画坛的老艺术家大赞，顾莺莺的中国画不仅极具中国传统文化特色，还富有日本浮世绘清风雅韵的特点，画面唯美、色彩古朴且线条优美，是彰显中日文化融合再好不过的艺术品。一旁的大川内传七听了，笑得合不拢嘴。他说，看来我是选对人了！顾小姐是我见过的最有天赋的女画家。

　　酒台前，长谷寿一正和伪政府财政局局长朱麟，还有新任的伪政府公安局局长沈介民闲聊；陈汝英则陪在白川伊夫身边，同几个日军高层攀谈；只有河村惠子一个人黑着脸站在角落里，盯着白川伊夫和陈汝英，杨啸龙上前同她打招呼，她也不搭理。

　　关雎和阮青丝拿着香槟，径直朝白川伊夫走去。他们一起热情地碰了杯。白川伊夫说，欢迎关先生正式加入我们。梁茹筠死后，关雎十脆正儿八经地当起了汉奸，他现在不仅是岩井公馆的第一特务，还是伪政府经济顾问兼特务委员会主任。陈汝英站在白川伊夫身后，礼貌性地朝关雎和阮青丝点了点头。白川伊夫又说，阮小姐,什么时候再和汝英一起唱两曲? 阮青丝坏笑了一下说,白川先生要是听不厌,我天天演都成。

下午2点整,在大川内传七的主持下,日本领事馆总领事白川伊夫首先上台致辞,宣布中日文化艺术展正式开幕。顷刻,顾莺莺穿着她亲手设计的龙凤和服闪亮登场。聚光灯下,灵动飘逸的图案和巧夺天工的绣工衬得顾莺莺明艳动人,惊艳了在场的所有来宾,成为全场焦点。就连陈汝英也目不转睛地盯着她挪不开眼。白川伊夫宣布,从今日起,顾莺莺将作为日本领事馆的中日文化大使,通过文化融合的方式,来增进两国人民的相互了解,从而为运转政治和经济这两个车轮提供新鲜动力,共同构建公正、和平、美好的"大东亚共荣圈"新秩序。随后,一个个中日模特走上T台,上演了一场耳目一新的中国刺绣与和服完美结合的服装走秀。

顾莺莺优雅又得体地站在大川内传七的身边,与日本高层的贵宾们热情地交谈着,但她的眼睛始终找寻着陈汝英的身影。这一切都被关雎看在眼里。在大川内传七有事离开的片刻时间里,关雎坏笑地走到顾莺莺身边,说,我实在无法想象一个富家小姐会喜欢上一个唱戏的。关雎原以为顾莺莺会生气,但她没有。顾莺莺甜甜地笑着说,你知道吗? 有人是浅色的,有人是缎色的,有人是带光泽的,但偶尔,你会发现彩虹色的人。这个时候,什么也比不过他。关雎听完顾莺莺的话,第一个想到的是阮青丝,他被自己这样的想法吓了一跳。他假装漫不经心地说,什么彩虹色的人,彩虹我倒是见过。

那天的中日文化艺术展举办得很成功,白川伊夫高兴地喝了许多酒。他七荤八素地倒在陈汝英的怀里,看见舞池中的关雎和阮青丝、大川内传七和顾莺莺,像两对翩翩起舞的蝴蝶,不停地旋转着。他说，汝英，我们也去跳一曲。我还没和你跳过舞呢！陈汝英露出些许为难的表情，说，白川先生，您醉了，我送您上去休息一会儿吧！于是，陈汝英就扶着白川伊夫的手臂，朝舞池中的关雎对了对眼，又白了一眼顾莺莺，穿过人群，走上楼去。顾莺莺被陈汝英突如其来的白眼愣了一下，她想，陈汝英一定是吃醋了，不然为什么用那样的眼神看她。

而这晚，河村惠子就像一个受了委屈、被冷落的孩子，始终躲在一角暗暗地观察着白川伊夫和陈汝英的一举一动。当她看见陈汝英扶着白川伊夫消失在人群中，也气呼呼地提前离开日本领事馆，回到了特高课侦听处。最近，河村惠子带领手下的几名电报破译高手，一直在马不停蹄地寻找那个代号"江离"的中共间谍的踪迹。几个月前，他们小有进展地截获了一份江离发给延安的电报，电报中多次提到了"委蛇计划"以及军统赫赫有名的女间谍鬼美人，此外，还出现了一个新的代号"夜孔雀"。这份电报在一定程度上说明国共的友好合作已经在谍战中进一步地深入开展，这对大日本帝国来说，显然是不利的。她在等待着江离的再次出现，将他们一举抓获。

大川内传七推开三楼馆长办公室的门的时候，陈汝英正在给沙发上的白川伊夫按太阳穴。见有人来了，陈汝英很识趣地拿起脸盆和毛巾，准备去洗手间打水。白川伊夫告诉大川内传七，长谷寿一今晚将入住英租界的远东饭店。明天一早，他会送长谷离开上海。在此之前，他要再核对一遍计划是否有出入。于是，大川内传七把日本宪兵司令部机要室档案柜的钥匙交给了白川伊夫。这一切都被躲在门后偷听的陈汝英洞察于心。

陈汝英后来打了一盆热水回来，他细心地给白川伊夫擦拭脸和手,蒸腾的水汽让醉醺醺的白川伊夫更上头了。突然,白川伊夫一把抓住了陈汝英的手,迷离的眼神里蕴藏着令人发毛的情愫。正当陈汝英准备躲闪的时候,白川伊夫彻底昏睡了过去。陈汝英在水里加了一些蒙汗药,这一整个晚上,白川伊夫都不会醒过来了。接着,陈汝英在白川伊夫西装里衬的口袋里得到了日本宪兵司令部机要室档案柜的钥匙,他迅速将钥匙交给了在洗手间门口接应的关雎。

关雎回到舞池中,又变成一只翩翩起舞的蝴蝶。他轻轻地趴在阮青丝的耳边说,远东饭店。阮青丝马上就娇羞地笑了起来,轻轻捶打了一下关雎的胸口。然后,两只蝴蝶就缠绵地飞出了日本领事馆的大门,来到了英租界内的远东饭店。

夜幕降临了。

那天,守在远东饭店大厅和顶层豪华套房门口的那些无聊的日本特工和武士,都看见一对热恋中的情侣一路干柴烈火、跌跌撞撞地撞进了一间豪华套房。在日本人窃窃私语的坏笑中,阮青丝迅速走进浴室打开浴缸的水龙头,制造出一阵又一阵让人浮想联翩的欢愉声。关雎取出身上的绳索,直奔窗口,将索头的铁爪固定在墙壁上,留下一句悠长的"等我回来",然后从四楼一跃而下,很快消失在了昏暗的小巷里。

现在,阮青丝脱掉了身上所有的衣服,把自己完完全全地浸泡在一场玫瑰浴里,不停地在脑海中演绎着不同的暗杀方案。饭店顶层靠东边的四间豪华套房都被日本人包下来了,长谷寿一入住的是其中最东边的一间,就在她隔壁的隔壁。在这样森严的戒备下,房间的窗帘肯定紧闭,外人无法闯入,所以假装服务员和爬窗台都不可能成功,唯一的办法就是爬到隔壁房间,在与长谷寿一相邻的墙面上凿个小孔,然后把枪塞进小孔里,进行暗杀。于是,阮青丝猛地从浴缸里蹿了起来,湿漉漉地穿上浴袍,戴上蝴蝶面具,三下五除二地就来到隔壁,做好了一切准备,等待长谷寿一的大驾光临。

此时,关雎刚刚翻墙跃进日本宪兵司令部大楼。他穿着事先准备好的宪兵服,假装是一名夜巡的值班士兵,晃荡着来到了三楼的机要室门口。关雎很顺利地用钥匙打开了保险柜,拿到了里面"天照计划"的文件。在用袖珍相机快速地翻拍文件的过程中,他大致了解到这是一份日特机关的女间谍培养和潜伏计划。

1925年,主持情报和间谍工作的日本陆军大将白川伊夫开始了"天照计划"。他下令日本黑社会组织玄洋社于1896年在札幌开办的"俄语学会"增设汉语课程,改名"俄华语学校"。同时,从日本将校军官和民间志士中严格挑选了一批又一批优秀的女学员,将学校打造成为一所专业的女子间谍学校。此外,他还在日本军校中选拔女军官,在中国东北开建秘密间谍学校,招募或强掳孤苦无依走投无路的中国女孩,培养成女间谍。现在,这成千上万的日特就像一颗颗密密麻麻的棋子,几乎铺满了中国的疆土,渗透在中国的每一片土地上和每一个角落里。而石神里美、河村惠子、简姽,都是这宏伟"侵略棋盘"中一颗小小的棋子。如今,"天照计划"中的人员还在不断增加。长谷寿一这次来上海就是为了巡查各个女间谍的潜伏情况,并选拔一拨人到重庆开展间谍活动,攻破重庆。

特高课的私人轿车在开往英租界的路上突然停了下来,一向看不起英国人的长谷寿一听说要下榻英国饭店,耍起了性子,说,不去!司机只好受命,临时改变了行程,前往美国租界的国际大饭店。司机到达饭店后,即刻拨打了两通电话。随后,远东饭店的日本特工和武士迅速撤离了饭店。

一场倾盆大雨就是在这个时候来临的。

2

阮青丝后来又跟着撤离的日本人来到了国际大饭店。她打算在他们前往长谷寿一房间进行安保之前,解决了长谷寿一。饭店大堂,司机在与领头的日本特工交代完后,先行离开了。接着,特工们齐刷刷地坐上了电梯。阮青丝这时候也扭着屁股走进了电梯,见有美女同乘,日本人都亮了眼,纷纷不怀好意地打量起阮青丝傲人的曲线。阮青丝谄媚地微笑着,她瞟了一眼电梯按钮上亮着的"5",十分妖娆地伸手按了"4"。

然后,阮青丝走下电梯,送给了电梯里的日本人回眸一笑。在电梯门关闭的瞬间,她以迅雷不及掩耳之势奔向楼梯,朝五楼最东边的542套房飞驰而去。可就在她临门一脚的时候,突然听见屋内传来了"砰"的一声枪响。透过门缝,阮青丝看见已被爆头的长谷寿一躺在床沿边。紧接着,电梯口传来了日本特工和武士们慌乱急促的脚步声,愈来愈近。于是,阮青丝掉头跑进楼道,逃离了饭店。

天像破了一个窟窿似的,一直倾倒着大雨。几分钟后,两名日本特工押着一名日本宪兵走出饭店,坐上了特高课的轿车。此时,躲在小巷里,目睹着这一切的阮青丝有些摸不着头脑。那个宪兵模样的男人到底是日本人,还是乔装成日本人的中国人?是军统,还是中共?

深夜,淅淅沥沥的大雨终于停了下来,萧瑟的冬风一直追赶着阮青丝疾行的脚步。阮青丝在一阵寒战中敲响了贾记棺材铺后院的门,不一会儿,院里飘来了一个男人的声音,他说,鬼都出来了,晚上不卖棺材。阮青丝小声回道,晚上棺材响,肯定有人丧。我提早订,明儿用得上。接着,贾钱一双贼溜溜的丹凤眼从门缝里探了出来,说,快进来吧!他们已经在等你了。

阮青丝在棺材铺的阁楼上见到了关雎和陈汝英。原来,贾钱一直是中共上海交通站的一名老牌交通员。福源寿衣店被日本人捣毁后,组织上决定将贾记棺材铺作为中共上海地下党新的联络点。阮青丝立马将长谷寿一被人抢先一步暗杀了的消息告诉陈汝英三人,这让他们都十分意外。长谷寿一临时改变了入住酒店,没有去河村惠子事先安排好的远东饭店。那么,这个完全是个人意愿的决定,更不可能会有人提前得知,做好埋伏。就算中途泄露,也不可能比赶来安保的日本特工和阮青丝还要快。这一切实在匪夷所思。但不管是谁干的,长谷寿一已经死了,也算帮了中共一个大忙。

萧瑟的冬风不知疲倦地吹得阁楼的窗户吱吱作响,关雎后来起身从一间狭小的暗室里取出了一沓刚刚冲洗好的相片,放在了阮青丝的面前。相片里是"天照计划"的所有资料。阮青丝拾起相片认真地看了很久很久,直到泪流满面、泣不成声。在很长的一段沉默后,她苦笑着说,所以,这一切都是白川伊夫一手策划的。所以,从我借用石神里美的身份活下来的那一刻开始,我就注定要代替她成为这场战争中的一枚棋子。

阮青丝告诉他们,这份计划之所以取名"天照",是因为天照大神在日本是神道的最高神,即太阳女神,被奉为日本皇室的祖先。

据《日本书纪》记载,伊奘诺尊在逃离黄泉国的归途中,在日向国的橘小户阿波岐原,洗刷污秽时洗左眼生出一美丽女神。而"天照计划"中的女间谍,无一不是聪慧美丽且善于利用美人计获得情报的女人,她们肩负着天皇复兴大日本帝国的所有希望。

陈汝英这天把周万顺和苏萍是中共上海站地下党的身份告诉了阮青丝,阮青丝突然一下子就想通了所有的阴谋。应挺并不是真正杀害他父母的凶手。当年是白川伊夫派人去杀害石神一家,再嫁祸给以蒋介石为首的国民党新右派,伪装成共产党在武装政变中被屠杀的样子,而她的父母也从无辜的受害者变成了连累石神一家被害死的罪魁祸首。阮青丝一直以来都被白川伊夫牵着鼻子走,在他的错误指引下杀了应挺,扰乱国民政府内部,伺机让有亲日倾向的蔡进军帮助日本人收买人心,助推汪精卫等亲日势力上位。那么,那个戴着白手套杀害她父母的人,到底又会是日军内部的哪个人呢?

阮青丝像河流一样蜿蜒的眼泪,让关雎想到了阮青丝的过去。想到那些与他完全无关的平行岁月,想到那些如现在同样孤独而无助的,被痛苦所笼罩的黑暗又无限下坠的,更加年少的她,柔弱的她,那些包含着一万个他将会因此为她心疼和钟情的可能时刻。就是这样看上去细碎又平凡的时光,关雎多么想陪伴她一起度过,为她抹掉悲伤的眼泪,给她温暖的拥抱、爱和鼓励。但他永远地缺席了。关雎想到这些的时候,突然就很想抱抱她,但是他不能。

关雎后来把阮青丝送回了百乐门,然后回到了他新租在戈登路上的单身公寓。公寓离百乐门不到五百米,抬头就能望见苏州河边同样的夜景。他们各怀心事地坐在窗边,看着河面上的一艘艘货船像剪刀一样,一刀又一刀地把夜晚划得七零八落。

阮青丝突然十分怀念那个她尘封了许多年的真实的自己,那个叫周曼君的姑娘。她想,如果没有白川伊夫的什么狗屁"天照计划",她现在大概已经在裁缝铺里跟着父亲学了不少手艺,成为制作旗袍的一把好手了。于是,她又无法自拔地陷入了1927年的那场枪杀中,陷入她被迫成为石神里美的黑暗又痛苦的十二年的蹉跎岁月里。

那天,陈汝英一夜没有合眼,他连夜马不停蹄地将"天照计划"的内容用电报发给了延安。当他赶回日本领事馆的时候,竟在领事馆的后巷碰见了在寒风中瑟瑟发抖的顾莺莺。顾莺莺一把抓住他,说,你可算回来了。我猜你就是翻墙从后巷逃出去的。你去执行任务了?陈汝英边左顾右盼,边紧张地说,你在这里干什么?

我来和你解释呀!顾莺莺嘟着嘴,撒娇说,你看见我和大川内传七跳舞是不是吃醋了?

你被风吹傻了吧?我为什么要吃醋?陈汝英不耐烦地说。

好了,别不承认了。大不了我下次注意。但你也是革命工作者,你要理解,我也是在执行任务啊!

我不和你说了,白川伊夫快要醒了。陈汝英说着火急火燎地翻墙进入了日本领事馆。

陈汝英前脚刚踏进白川伊夫的办公室,后脚白川伊夫就正巧醒来。白川伊夫惺忪着睡眼,看见陈汝英正在脸盆架边搓毛巾,露出了一个幸福的笑容,他说,汝英,几点了?陈汝英说,7点了。白川伊夫的头像秤砣一样沉得厉害,他揉了揉太阳穴,突然跳了起来说,不对,我怎么睡着了!我昨晚还有事没办!白川伊夫不停地扭动着脖子,他惊觉,这一定是自己中了迷药的后遗症。于是,他用怀疑的眼神看着陈汝英说,昨晚你一直在这陪着我吗?陈汝英指了指沙发上的折痕说,哝! 在沙发上将就了一宿,腰都睡疼了。

这时候,办公室的电话铃响了。白川伊夫接起电话,眼睛瞪得像铜铃一样大,接连对着电话里的人,骂了三遍巴嘎,然后怒气冲冲地挂断了电话。他说,我现在要去处理一些事情。在我没有回来之前,你最好待在这里,不要离开。

然后,天空下起了雪子。许多上海滩的老百姓都看见白川伊夫的福特座驾,像风火轮一样,疾驰在弯弯曲曲的马路上。风火轮最后风风火火地停在日本宪兵司令部大楼的门口,几名特高课的特工和日本宪兵部队武官像大虾一样弓着身子,站成一排,不敢抬头。白川伊夫问,人呢? 河村惠子的助手水野良树回道,还没找到。我们已经派人去码头和车站找了。

有什么发现吗?

在他办公室搜到了一份事先准备好的安民告示。应该是在宪兵队占领各国租界后,用来稳定人心的。

看来他早有预谋。白川伊夫一边说着,一边朝大川内传七的办公室走去。他拾起桌上那张盖有日本宪兵司令部公章的告示,仰天大笑了很久,他说,惠子呢? 为什么不在昨晚就向我汇报!

水野良树说,河村课长不让我们向您汇报……

白川伊夫轻笑了一下说,你还真是她的好狗。你搞清楚了! 你效忠的是天皇,不是她!

水野良树说,是! 那名被抓的日本宪兵已经全部招供。长谷先生来沪不久,大川内传七就开始筹备对他的暗杀行动。据说大川长官早就对长谷先生有所不满,再加上樱花号邮轮的事情让他失去了至亲,他一直认为是长谷下达的封锁命令造成的,于是就怀恨在心,蓄意报复。大川原本是派简婳去刺杀长谷的,但因为特高课对长谷先生的高度保护,他无法事先知道入住酒店。所以当天,大川买通了特高课的司机,司机得知长谷要去国际大饭店,就用饭店的电话给大川报了信。大川马上联系了附近宪兵分队一名事先安排好的宪兵,前去暗杀长谷。然后把这罪名推到外国人头上,再由提前准备好的宪兵部队一举占领外国租界。这样一来,既可以除掉长谷寿一,又能名正言顺地拿下各国在上海的租界,一石二鸟。

白川伊夫突然鼓掌,大笑起来说,这场狗咬狗的戏码,真是精彩。白川伊夫笑着笑着,面容僵硬了起来。他在沙发上坐下,用手指不停在皮面上弹钢琴,过了许久,他说,原定入住的远东饭店检查了吗?

水野良树说,没有。

带上你的人,马上跟我去! 白川伊夫说着冲出了办公室,走到门口时,又突然站住对日本宪兵部队的武官说,通知下去,如果大川内传七拒捕抵抗,当场击毙。

白川伊夫那天在远东饭店428房间的墙面上发现了一个比弹孔略大的小洞。洞口的另一边就是长谷寿一原本要入住的房间。通过切面土质的松软程度,白川伊夫推断,这是专门为刺杀长谷寿一而凿开的。可长谷寿一并没有按原计划入住,被买通的司机也就没有可能通知大川内传七到这里埋伏,这么说来,除了大川,还有人想要暗杀长谷。但是长谷要入住远东饭店的信息,除了自己,只有河村惠子和大川内传七知道。这时候,白川伊夫突然想到了什么,他朝水野良树挥了挥手,在他耳边小声呢喃起来。

3

　　陈汝英在白川伊夫的办公室里,安静地吃着秘书小姐为他准备的早餐。日本领事馆的人对他非常客气,他们热情地唤他陈师傅,丝毫不敢怠慢这位总领事身边的红人。窗外的雪子越下越大,在窗面上印出了浅浅的花纹,陈汝英边喝着粥,边想,一场大雪马上就要来临了。这时,突如其来的电话打断了他。电话铃一声又一声地响着,陈汝英有些犹豫地接起了电话,电话那头的日本男人马上像机关枪一样飞快地用日语说道,白川长官,大川内传七已经抓到。我们审讯出,他将日本军部高层这几年见不得光的秘密全都记在了一本本子上,就锁在宪兵司令部办公室的保险箱里。那些事不能让河村课长知道,我现在还瞒着她。您看,怎么办好?陈汝英拿着话筒,不响,他突然明白长谷寿一是被谁暗杀的了。日本男人听无人回应,又说,摩西摩西?您在听吗?陈汝英随即掐断了话筒,给百乐门的阮青丝拨去了电话。他让阮青丝通知关雎,立刻前往日本宪兵司令部窃取这本机密本子。

　　半小时后,阮青丝和关雎出现了日本宪兵司令部。他们假装不知道昨晚发生的一切,以拜访大川内传七为由,向守卫的日本士兵报明来因。士兵的脸色明显很难看,他说,大川长官出事了,你们还是回去吧!

　　这时候,禾田郁子抱着一箱文件资料从小轿车上下来,她穿着一身米白色的复古呢裙套装,看上去有些疲惫,眼皮像注了铅似的,一直在打战。关雎殷勤地上前帮忙说,郁子小姐,我来帮你吧!

关雎君,你怎么来了。

我们本来是想来拜访大川长官的,但好像……

禾田郁子叹了一口气说,是的。我到现在也不敢相信,大川司令派人刺杀了长谷先生。

阮青丝和关雎十分配合地做出了难以置信的表情,他们一边听禾田郁子说着事情的经过,一边走进了宪兵司令部大楼。禾田郁子抱怨说,她昨天一整晚都没有休息,一直在大川内传七的家里搜找有用的文件和资料。她还说,这件事震怒了日军高层,上面要求她必须在明天之前把收集到的材料全部整理好,并上报。否则,将受到连坐处罚。于是,关雎向禾田郁子主动提出了帮助。他让禾田郁子先去打个盹,自己和阮青丝可以先帮她整理一些文件,却马上遭到了禾田郁子的拒绝。她说,谢谢你们的好意,但是这么重要的东西,我实在不能出错。所以,还是我自己来吧!

阮青丝和关雎把禾田郁子送到办公室后,并没有马上离开。从关雎走进日本宪兵司令部的那一刻起,大楼地形图就一点点清晰地浮现在他眼前。关雎先向禾田郁子讨了杯茶喝,接着,借口上洗手间,潜入了机要室。而阮青丝则坐在沙发上,喝着大麦茶。

这时候,一名日本武官走到禾田郁子的前台敲了敲桌面,咳嗽了一声说,大川长官在港口拒捕,被当场击毙了。禾田郁子瞪着她满眼血丝的眼睛,说,什么时候的事?

就在一小时前。

一段对话将原本惬意喝茶的阮青丝打到了谷底。阮青丝连忙起身前往机要室,阻止正在解锁保险柜的关雎。

阮青丝说,快撤! 我们中计了!

关雎说,怎么了?

阮青丝拽着关雎一边解释，一边往楼道跑去，说，刚刚一名武官和郁子说，大川内传七在一小时前就已经因拒捕被击毙，但你在半小时前接到的情报是他被关在宪兵司令部的监狱。这一切都是日本人的圈套，白川伊夫已经对陈汝英产生了怀疑。我们中计了！

阮青丝望见窗外河村惠子和水野良树已经带着特高课的特工将宪兵司令部大楼团团包围。她拉了拉关雎的手臂说，我们恐怕走不了了。密密麻麻的特工向大楼蜂拥而来，急促又响亮的军靴声让阮青丝不由得想起了母亲被杀时的场景。阮青丝呆呆地望着窗外，笑了说，我可能要去找我的母亲了。

就这样去见你的母亲，你甘心吗？关雎无比严肃又温柔地注视着阮青丝，说，跟我走！

天这时候短暂地放了一下晴。阮青丝跟着关雎穿过消防通道，躲进了一楼仓库铁皮柜后的一间密室。密室不足十平方米，里面存放着大概能维持一周的水和食物。关雎告诉阮青丝，这间密室是他在设计大桥公寓的时候，偷偷让施工人员用正常房间改建而成的，以备不时之需。所以，不仅日本人不知道，连当时的国民政府也不知道密室的存在。

河村惠子很快发现了机要室的档案柜被撬过的痕迹，但特高课搜遍了整栋大楼都没有发现宪兵司令部以外的闲杂人等。河村惠子仍不罢休，她命令大楼内的所有人马上撤离，让水野良树带领特高课的特工戴上防毒面具在大楼内投掷毒烟弹。她头戴面具，像一条发疯了的狗一样，用沉闷又厚重的声音怒吼道，狡猾的支那人！我不信这样还不能把他给熏出来！然后，宪兵司令部的牢房里就响起了一阵又一阵振聋发聩的惨叫声。

河村惠子开始盘问守卫的日本士兵，宪兵司令部早上都有何人来访过。在士兵提供的来访人员登记本中,河村惠子在倒数第三栏看见了阮青丝的名字,她问,她和谁来的? 来做什么?

是关雎,关先生。他们原本是来拜访大川长官的,但后来在门口碰见禾田秘书了。

他们已经走了吗?

我……不知道。

不知道? 河村惠子抬高嗓门说,守卫是怎么当的? 眼睛放裤兜里了吗?

我中途去了趟厕所,所以我不敢确定。日本士兵颤巍巍地说。

但半小时过去了,大楼里仍然没有动静。被疏散的人喧闹地跑来跑去,他们被特高课安排坐上了两辆军用敞篷车,驶离了宪兵司令部大楼,只有禾田郁子一个人呆呆地抱着一箱还未整理的资料站在对街的人行道上。她望着烟雾缭绕的大楼,突然感到整个世界开始摇摇欲坠。接着,她像一朵飘落的白百合,轻轻地倒了下去。这时候,那些泛黄又褶皱的文件跃出纸箱,飞向空中,同她一起凋零了一地。

而此时,日本领事馆的数名武士冲进白川伊夫的办公室,抓住了正准备跳窗逃跑的陈汝英。

白川伊夫坐在办公桌前抽着雪茄,走廊里传来河村惠子一阵接着一阵的咆哮声,他的头逐渐有些疼了起来。白川伊夫仰头看了看墙上的钟,已经过去半个钟头了,他深深地吐了一口气,咬着牙对水野良树平静地说道,她这是吼给我听的。你叫她别吼了,把她请到我办公室来。

十分钟后,河村惠子昂首挺胸走进了白川伊夫的办公室,她的视线始终停留在天花板上,就像一只骄傲的公鸡。她故意在办公室里喝了一杯蓝山咖啡才过来,嘴里还回荡着醇厚的香气。白川伊夫的眼神温柔地落在河村惠子孩子气的脸上,他扑哧一下笑了起来,他说,好了,这次是我不对。我为我的昏庸和固执向你道歉。河村惠子依旧昂着她公鸡一样的头颅,于是,白川伊夫起身走到她跟前说,这样吧!陈汝英的审讯和处置,全部都交由你了。白川伊夫说完,反背手朝窗户缓缓走去,又说,最近关雎帮岩井公馆立下了不少战功,日特高层对我们特高课有些不满。如果这次能以陈汝英为突破口,套出伯庸和江离的情报,也算是为我们扳回一些颜面。

颜面?河村惠子冷笑了一下,她垂下眼皮,终于将视线落在了白川伊夫的脸上,她说,选择一个中国人……他总有一天也会像你一样后悔的。河村惠子说着在沙发上躺了下来,她把锃亮的军靴高高地架在茶几上,说,今早,石神里美和关雎前去拜访大川内传七,但守卫中途离岗,并没有亲眼看见他们离开。

你是怀疑关雎利用石神里美做掩护,进入宪兵司令部?白川伊夫说。

河村惠子说,这只是一种可能,也可能他们俩都有问题。日特机关里,不是没有被策反的日本间谍。您不觉得,比起做间谍,她好像对男人更感兴趣吗?被恋爱冲昏头脑的时候,做什么都不奇怪吧!

你打算怎么做?

这取决于您。

放手去吧!如果真是这样,必要的时候,不妨像两年前一样,给她整整骨。

4

夜晚,仍被困在密室里的阮青丝和关雎,不知道一场期盼已久的大雪刚刚降临暗潮汹涌的上海滩。日本宪兵司令部大楼已经人去楼空。大楼里黑压压的一片,寂静幽深得像一栋荒废的鬼宅。因为投掷了太多的毒烟弹,需要时间消散和清除,河村惠子临时给宪兵司令部的全体人员放了一天的假。关雎倚在墙边闭目养神,平静安详得像一个打坐的和尚。阮青丝蹲坐在门口,睁着她的大眼睛,像一只随时准备倾巢而出的猫头鹰。在很长的时间里,阮青丝和关雎选择沉默。他们实在害怕说些什么,让本就紧张的气氛变得更凝重。关雎让阮青丝不要担心,他们就算被困在密室一周也不会有问题,这里有充足的粮草。

过了很久,阮青丝声音有些微颤地说,他不会有事的。对吧!

陈汝英鸡贼着呢! 他一定早在我之前就有所察觉。关雎睁开眼,望着阮青丝失落的背影说。

你说,现在外面会是什么样子? 上海滩好像从来不会因为谁而改变它灯火辉煌、喧闹繁华的样子。

但你要是把它掰开来看,它一定是满目疮痍的。到处都是风雷激荡,不是吗?

阮青丝和关雎离开仓库的时候,已是深夜。此时,76号直属行动队的数十名特工,已在兰心大戏院、百乐门、戈登路单身公寓的周围,守了整整一天。他们略感疲惫地开始眼皮打架,哈欠连天。而河村惠子像一台永不停歇的电动马达,带领着两队日本特工,疯狂地奔走在上海滩热闹的街头。他们翻遍了所有的娱乐场所和酒店,寻找着阮青丝和关雎的踪迹。阮青丝和关雎现在不能回去,也不能去找陈汝英。日本人手上并没有确凿的证据,如果他们轻举妄动很可能会坐实了河村惠子的猜想,让陈汝英陷入更深的困境。他们只能假装什么也没发生,和往常一样,来到上海最有名的德大西菜社吃了一顿丰盛的西餐,顺便又逛了逛南京路上的百货公司。

那天的大雪如火如荼地下着,丝毫没有停下的意思。阮青丝和关雎拎着大包小包兴冲冲地坐上出租车,像一对约了一整天会的筋疲力尽的情侣,回到了百乐门。他们刚一下车,就被从四面八方袭来的直属行动队的特工拦了下来。简姨举着枪,一双眼睛瞪着阮青丝。她像一瓶被打翻了的陈醋,支离破碎地躺在雪地里,她说,关大少爷,谈恋爱了啊!真是稀奇!关雎说,可不嘛!老关在我这年纪都有我了。简姨的气一下子就上来了,说,真是让人羡慕。不过,你们马上就要做一对亡命鸳鸯了。接着,她挥了挥手,又说,河村课长有请!把他们带回去!

阮青丝和关雎被分开关在76号的两间牢房里。在河村惠子还未到达刑讯室之前,他们一直紧闭双眼,保持着沉默。河村惠子先后审问了他们当日的行程,他们的答案十分统一:早晨在拜访大川内传七无果后,他们先是去逛了城隍庙,再到外滩边看江景。晚上,又去了德大西菜社吃西餐,然后在百货公司购物。但对于这样的不在场证明,河村惠子显然是不相信的。因为城隍庙和外滩人流量大,除了他们彼此,很难找到第三个证人。唯一可以证实的只有德大西菜社和百货公司柜台。于是,她命令简姨带领直属行动队火速前往调查取证。

河村惠子后来又让人把关雎带到了阮青丝的刑讯室。她将长谷寿一被大川内传七暗杀的事情告诉他们。她说,这样窝里斗的行为,实在是大日本帝国的耻辱。她还说,好在特高课借此挖出了中共赫赫有名的间谍"江离"。真没想到,他就是一直在白川伊夫身边转来转去的陈汝英。

原来,白川伊夫在发现远东饭店房间墙面上留下的微小枪孔后,通过作案手法和时间合理性推断,不是大川内传七手下的宪兵所为,而是另外还有人想要暗杀长谷寿一。于是,白川伊夫就做了一个局,谎称大川内传七手上有日本军部见不得光的秘密,引陈汝英上钩。果然,特高课的人就监听到陈汝英用白川伊夫办公室的电话向外传播了情报。

阮青丝和关雎听到陈汝英的名字时,做出了十分惊讶的表情。他们面面相觑后,问河村惠子是不是搞错了,陈汝英就是一个唱戏的。河村惠子仔细地观察着他们每一个细微的表情和动作,她说,你们一个跟他学了这么久的戏,一个是他的忠实戏迷。你们就丝毫没有察觉吗?阮青丝说,没有。除了学戏,其他我们从来不聊。关雎说,这上海滩遍地都是陈汝英的戏迷,你不可能各个都抓来问吧!

共产党实在是太狡猾了!白川长官就是被他的外表给迷惑了。我早就和他说过,中国人不可靠!河村惠子顿了顿,又看着阮青丝说,好看的男人尤其不可靠!

关雎一脸无辜地说,河村课长,我还在这呢!你不能一竿子把男人全打死了。

河村惠子笑了笑说,那好啊!我就给关先生一个机会,跟我一起审陈汝英。什么时候审出结果了,什么时候阮小姐就自由了。

说完,阮青丝就被两个日本特工带出了刑讯室。

关雎说，你要对她怎么样？

河村惠子说，让她尝尝76号魔窟的滋味。不知道到时候你还能不能看见一个完整的阮小姐。

夜已经很深了，窗外时不时传来猫头鹰的咕咕声。关雎跟着河村惠子来到刑讯室的时候，陈汝英已经像屠宰场里一只皮开肉绽的猪，被绑在刑讯架上，奄奄一息。关雎通过眼前的架势判断，日本人除了问出陈汝英是代号"江离"的中共间谍外，没有问出任何有利的情报。河村惠子一直在四处寻找林玄同的踪迹，她想当着陈汝英的面折磨他的爱徒一定很有趣。但是林玄同像人间蒸发了一样，在三天前突然离开了兰心大戏院，就连工钱也没来得及结。这让河村惠子有些佩服陈汝英，她说，没想到你不仅比女人美，心思还比女人细。陈汝英说，我了解你们的心狠手辣。

在很长的一段时间里，关雎只能看着河村惠子用电棒不停地刺激陈汝英，逼问他一串又一串的问题。比如，伯庸是谁，同党是谁，"委蛇计划"在哪儿，上海各处的交通站和情报站……关雎当然把内心的痛苦和挣扎隐藏得很好，他甚至还能坐在太师椅上对陈汝英的惨状开一些滑稽的玩笑。他说，唱戏最重要的就是一身皮相。你看你现在的脸跟个花猫似的，就算活着出去也唱不了戏了。噢！不对！还可以唱花脸！接着，河村惠子和一旁的特工们都哈哈哈大笑起来。在哈哈哈的笑声中，陈汝英终于体力不支地晕厥过去。

这时候，黎明的第一束阳光照进了刑讯室巴掌大的窗口。河村惠子像打了鸡血似的，依旧神采奕奕，她说，关先生，审了一夜辛苦了，今天就先到这吧！

阮青丝被日本特工带走后，并没有遭到刑罚，而是在牢房舒服地睡了一觉。第二天天一亮,她跟着简娴和直属行动队的特工们来到了上海大世界。简娴在关家结识了众多官场、军队、商界的人脉,她拉拢了一批有亲日亲伪倾向的太太,组建了一个"太太集团",经常为76号提供情报和线索。有个官太太在麻将桌上听见汪伪政府的高官说起,青红帮的势力渗透了上海滩的每个角落。无论是日军、汪伪政府,还是抗日团体,都有青红帮成员混迹其中,连日本人都要礼让三分。各方势力中的不少人为获取青红帮的庇护,无偿地向他们提供情报。那些情报本拼在一起堪比一本通天地亘古今的史书。今天,简娴就要拿到这些情报本。

特工们像狂蜂一样涌进宋敬诚办公室的时候,宋敬诚正在把玩一只乾隆年间的铜胎画珐琅鼻烟壶。壶身通体绘着牡丹及嬉戏于花间的蝴蝶,好像风一吹,蝴蝶就能扇动翅膀飞走了。阮青丝装作不认识宋敬诚的样子,她一直站在简娴身后,就像一个临时来看戏的观众。她看见许多枪口纷纷对准宋敬诚,好像即刻就要将他打成一个马蜂窝。宋敬诚大笑了起来,他放下手中的鼻烟壶说,简主任真是天不怕地不怕,杀过丈夫和一整个寨子土匪的人果然不一般。简娴被宋敬诚的话激怒了,她说你今天要是不交出情报本,我就让你到下面和他们碰头去! 于是,宋敬诚好像一个不愿赶赴刑场的囚犯,十分缓慢地朝三楼资料室走去。当他推开资料室门时候,唐一发正在火盆边销毁书柜里的情报本。书柜里原本放着满满一柜子的情报本,但现在,除了火盆里还未烧尽的那本,其余的都已经化为灰烬。

简娴歇斯底里地狂叫起来,她迅速将火盆踢翻,扑灭了熊熊燃烧的大火。她命手下马上将火盆中的情报残页送往特高课,进行修复和处理,争取获得一些有价值的情报。接着,她用枪指着唐一发的脑袋说,现在,我怀疑你们都有抗日嫌疑,跟我回76号好好把事情解释一下吧!

这时候,上海滩各码头街区的青红帮兄弟像咆哮的巨浪一样,朝大世界滚滚袭来。他们已经把守在大世界门口的特工全部撂倒,正汹涌地奔向三楼。宋敬诚又大笑了起来说,忘了告诉你,我青红帮专收拾天不怕地不怕的人!

简娴只剩二十余名特工,这场众寡悬殊的较量原本毫无悬念,但她手里有宋敬诚和唐一发,这让她一点儿也不担心。她命令阮青丝挟持唐一发,自己则用枪抵着宋敬诚的脑门,让特工在前开道,就这样大摇大摆地朝楼下走去。青红帮翻腾的巨浪不得不一点点慢慢地向后退去,他们最后站在大世界的门口变成了一汪平静的湖水。简娴和阮青丝安全地坐上了直属行动队的军用敞篷车,她们把宋敬诚和唐一发推向那汪湖水。顷刻,湖水又变成了巨浪,凶猛地拍打着车头。简娴吓得怛然失色,她透过驾驶室的车窗,无比无助地望向海浪深处的宋敬诚。宋敬诚无比平静地挥了挥说,放他们走吧!然后,车前马上让出了一条大道。简娴发动汽车,像一只从猫爪下仓皇而逃的老鼠,疯狂地驶离了大世界。

5

简娴惊天动地大闹上海大世界的事,很快传到了日本人的耳朵里。河村惠子劈头盖脸地对简娴一顿训斥,她说简娴一无是处,加入76号后没有做出任何贡献,只会惹麻烦。但简娴解释,她所做的一切都是有原因的。之前,简娴受命大川内传七,秘密调查化学兵监被捣毁事件。事件中,血清疫苗制造所的一名护士在福民医院补充物资时被人迷晕,顶替了身份。她以此为线索,一直在医院翻查当天上午的就诊和开药记录。终于,她找到了一个无人认领的中药包,纸包上写着"周曼君"的名字。简娴后来还调查到,这个叫周曼君的女人是裁缝铺老板周万顺的女儿,她们一家早就在1927年虹口区石神家命案中,全部被杀害了。当时正是"四一二"反革命政变的风口浪尖,国民党新右派在上海大肆屠杀共产党员、国民党左派及革命群众。而周万顺夫妇正是中共地下党,所以遭到了追杀,牵连了石神一家。于是,简娴有了一个大胆的猜测,如果这对共产党夫妇的女儿周曼君还活着,那么幸存下来的石神里美就是假的,是周曼君冒充的! 她一直利用石神里美的身份潜伏在日方,替她的父母为祖国革命的胜利而继续奋斗!

事实证明,简娴的猜测不是凭空捏造的。在特高课技术科和鉴定科的努力修复下,他们在大世界获得的情报残页中,也发现了周曼君的名字。她曾在1938年10月21日向青红帮提供过情报,但情报内容已被烧毁。这至少能证明周曼君确实还活着,并且频繁活动在抗日行动中。

这天下午,河村惠子一直把自己关在办公室里研究周曼君和石神里美的资料。出生证上,周曼君和石神里美生辰只差一个月;学堂照片中,两人外形酷似,都留着当时最流行的平刘海波波头,她开始相信简娴的猜想是正确的。但仅凭目前的证据,并不能证实石神里美就是周曼君假冒的。她需要一个了解石神家或者熟悉石神里美的证人。这时,河村惠子在命案资料中意外发现了另一名幸存者——石神家的用人千叶丽子。案发前,她出门买菜,躲过了一劫。之后,就不知所终了。

河村惠子仿佛已经看到了石神里美，噢，不，是周曼君，落魄潦倒地死在自己面前的样子。她突然心情大好地哼起了故乡的民歌《樱花》。她想起小时候，她跟着白川伊夫一起去横山家拜访。那是一个早春的午后，她看见了许多樱花树，许多像雨一样密集飘落的粉色花瓣，以及在树下认真画画的横山隆裕。他画的是一位在樱花中舞蹈的美丽女子，他抬起头，朝河村惠子腼腆地笑了一下，然后，再次把自己埋进了那团浪漫的粉色里。

关雎在牢房一觉醒来，已是天黑。他被76号的特工再次带到刑讯室的时候，河村惠子已经摆好家伙等候多时。昨天，在关雎的提醒下，河村惠子知道陈汝英最在乎的是他的皮囊。于是，她今天决定玩点新花样。她用铁钳将陈汝英的手指甲和脚指甲，一一扯脱。她说，这叫"仙人指路"。陈汝英哭天抢地的哀号声让河村惠子兴奋起来，她接着用榔头将陈汝英的牙齿逐一敲脱、扯落。她说，这叫"不齿下问"。最后，她命人端来一盆油锅，安静地坐在油锅前等待沸腾。她说，陈师傅，你知道在日本有一道很有名的美食叫天妇罗吗？这炸天妇罗可是一门技术活，我总是学不会。

这时候，只能在一旁眼睁睁看着的关雎终于站不住了。他说，河村课长，差不多了，再审下去恐怕要没命了。

陈汝英已经被河村惠子折腾得筋疲力尽，他感觉自己的血马上就要流光了。他虚弱地闭着眼，不响。河村惠子有些失去耐心，她起身捏起陈汝英的下巴说道，如果你想到什么的话，现在告诉我还来得及。

陈汝英睁开眼，一字一顿地说，祖……国……万……岁！革……命……必……胜！

河村惠子怒不可遏地反手甩了陈汝英一巴掌，她说，给我闭嘴！骨头硬是吧！我倒要看看你的骨头有多硬！

河村惠子说完，捞起一勺滚油淋向陈汝英的右手，痛苦的哀号声随即响遍了整个 76 号监狱。关雎实在不忍直视，他别过脸去，红了眼。河村惠子乐此不疲地一勺又一勺浇灌着，手指渐渐从肉色变成了红黑色，并伴随着烤焦的肉味。河村惠子突然感到一阵恶心，条件反射性地呕吐了起来，她捂着嘴巴说，真是倒胃口！

接着，河村惠子离开了刑讯室，她实在受不了刑讯室里各种奇奇怪怪的味道。她说，该死的共产党！浪费我这么多时间！即刻枪决了吧！但被关雎拦了下来，他说，最后再让我试一试吧！

河村惠子答应给关雎半个钟头的单独审讯时间。现在，他就站在面目全非的陈汝英面前，始终不知道该开口说些什么。关雎后来掏出了西装口袋里的手帕，他很仔细地在给陈汝英擦拭嘴巴和脸，还有被拔去指甲的手指。陈汝英的手指十分纤长好看，关雎低着头认真地擦了一遍又一遍。过了很久，陈汝英说，不要擦了。这时候，关雎抬起头来，陈汝英才发现关雎早已泪流满面。

关雎紧握着手帕，五官已经因为极度悲伤而无法控制地扭曲起来。他说，好歹是上海滩的第一名伶，总不能让你走得不太体面。

陈汝英低头看向他的左手，他的手指正在自己的大腿上敲打着一串摩斯密码。陈汝英说，杀了我，取得日方信任，继续潜伏。

关雎马上伸手，也在大腿上打出一串摩斯密码，他说，我会救你出去！

陈汝英继续敲打着手指说，宿莽同志，请执行我最后的命令。

关雎的眼泪像泉水一样奔涌着，他说，还有什么要交代的吗？

陈汝英笑了，他说，我在棺材铺留了一封信。我想说的都在信里。

接着,关雎闭上眼,深吸了一口气。等他再睁开眼时,只有满脸的平静,他大声说道,投诚日本人吧!我可以帮你去说说好话!陈汝英安心地笑了,他望着关雎不响。关雎又说,指甲能再长回来,牙齿可以戴假的,只要你想活下去,我就还可以帮你!

陈汝英冷笑了一下说,呸!汉……奸!走……狗!

关雎火了,上前给了陈汝英一巴掌。

在响亮的巴掌声中,侦听室里的河村惠子有些失望地摘掉了耳机。其实,她早就在刑讯室里安装了许多监听器,她一直在等关雎提出单独审问的请求,就是想试探关雎的真实身份。

而这天,阮青丝一直被关押在76号的牢房里,她清清楚楚地听见了刑讯室里所发生的一切。阮青丝泣不成声地回想着她和陈汝英还有林玄同在一起唱戏的那段时光。这样想着,她就总是想起陈汝英像一阵风一样,穿梭在上海滩的小巷里执行任务的样子。于是,袅袅的婺剧在她的耳畔响起……

陈汝英被执行枪决的地方,是郊外一片荒凉的小树林。执行这天,阮青丝和关雎都在现场。河村惠子说,日特机关的人都必须到场。阮青丝为陈汝英套上了干净的白色长衫,并清理了头发,仿佛拾回了几分往日婺剧名伶的风采。接连下了几天的大雪终于停了下来,清晨的白雾渐渐散去,连同他心头的所有牵挂。阳光从远处拍打过来,使他看上去显得安宁和慈祥。在这个上午,陈汝英回忆了他鲜衣怒马的年少时光。他想起第一次看爹娘演出《西施泪》时的场景。唱词像珠子似的从一笑一颦中,从优雅的水袖中,从婀娜的身段中,一粒一粒地滚下来,滴在地上,溅到空中,落进心里,引起他心底一片深远的回音。从那一刻开始,他便深深地爱上了戏曲。他还想起那年大雪纷飞的冬至,全村人进祠堂祭祖,年幼的他凑在边上看热闹。在行完各种仪式后,要分发馒头和红烧肉,叫到哪户人家的名字,哪户人家就去领取。陈汝英等了很久,始终没听到自己父母的名字,他赶紧回家去喊,父亲流着泪说,我们是唱戏的,不能上族谱啊!不仅生前不能上族谱,死后的牌位也不能进宗祠。后来,父亲为了改变陈汝英的命运,带着母亲和姐姐全年无休地到各地演出,用微薄的戏金送他去私塾读书。结果陈汝英还是偷偷去学戏了,为此,被父亲狠狠毒打一顿,赶出了家门。陈汝英后来在回忆的深处哭了起来,他说,爹,我的牌位进不了祠堂没关系。只要能和你们在一起就好了。

那天,河村惠子把手枪递给了阮青丝,微笑着说,你来执行。

阮青丝一如既往地面若冰霜,她知道关雎正看着她,她接过枪,打开了保险,很是漫不经心的样子,她提着枪向陈汝英走了过去。阮青丝的脑袋里嗡嗡地响着,她害怕等会自己没有力气抬起手来,向她的戏曲师傅射出这一颗子弹。都说一日为师终身为父,但在阮青丝的心里,陈汝英更像她的一个大哥哥,教导她,陪伴她,保护她,给予她亲人一样的爱和温暖。也就是在这个时候,关雎突然叫住了阮青丝,他说,等一下。

等着看好戏的河村惠子,心情一下被破坏了,她说,怎么了?

关雎走到了阮青丝身边,说,我来吧!我想看看共产党的胸膛有多硬。

河村惠了笑了一下,没有阻止,就是默许。关雎举起手枪,瞄准了陈汝英的心脏。他曾听人说,心脏是最脆弱的地方,那么一枪射下去,痛苦就会少一些。关雎说,走前说句祝福的话吧!

陈汝英一直抬眼仰望天空,好像那里有等待他的人,他说,注定不能万事如意的人生,就不祝你一帆风顺了,我祝你乘风破浪。接着,他摆起唱戏的架势,悠悠地唱起了《热血歌》:

> 热血滔滔,热血滔滔,
> 像江里的浪,像海里的涛,常在我心头翻搅。
> 只因为耻辱未雪,愤恨难消,
> 四万万同胞啊!
> 洒着你的热血,去除强暴!

> 热血溶溶,热血溶溶,
> 像火焰般烈,像旭日般红,常在我心头汹涌。
> 快起来为己除害,为国尽忠,
> 四万万同胞啊!
> 拼着你的热血,去争光荣!

关雎扣下了扳机,在利落的一声枪响后,陈汝英的白色长衫上挂起了一朵红花,仿佛是对他人生的一种褒奖。阮青丝和关雎的心里波涛汹涌,但他们一个是札幌女子间谍学校的全优生,一个是黄埔军校的优秀毕业生,所以,他们的表情都平静如水,没有一丝波纹。

后来陈汝英的尸体被直属行动队的特工就地埋葬,河村惠子将阮青丝和关雎平安释放。阮青丝决定代替陈汝英,照顾好林玄同,并且让他把婺剧文化传承下去。她还决定一定要杀了白川伊夫,不管是为了陈汝英还是她自己。而关雎一直思考的是,日本人一直想得到的"委蛇计划"到底是什么？是否能利用它做一些文章,给陈汝英报仇。他们两个一直沉默地走在寒冬清冷的大街上,各自思考着自己的问题。阮青丝后来哭了起来,她这辈子只哭过三次,一次是目睹父母的死,一次是为复仇屈身嫁给应挺,还有就是今天。她站在百乐门的门口,无比忧伤地望着关雎,她说,以后,我们要带着三个人的信仰,继续战斗!

关雎给了阮青丝一个深深的拥抱,他说,有一种战士既不是太阳也不是月亮,他伟大又平凡,勇敢又内敛,他是尘埃,风一吹,连痕迹也没有。

阮青丝说,不是的。他在我心中的痕迹永远抹不掉。

6

阮青丝站在贾记棺材铺阁楼窗口,她把朝内院的窗户都打开了,傍晚的冷风一阵阵灌进她的脖颈。贾钱刚刚在油灯上烧毁了陈汝英留下的那份书信,现在,信里的每一个字都已变成一缕青烟,同窗外的冷风一起永远地消失了。林玄同趴在圆桌上哭得像只不停抽动的风箱,他把头深深地埋进自己的一双臂弯里,尽量不让那些悲痛的哭声跑出来。林玄同已经在这十多平方米的阁楼里待了一周,他开始熟悉白天不能随意走动发出动静,除了贾钱一日三餐送饭,也没有人可以说话的生活。陈汝英对这次窃取"天照计划"的行动是志在必得、孤注一掷的。所以,他早在执行任务前就将林玄同转移到棺材铺,在信中安排好了自己的后事。陈汝英的信显得有些絮叨和冗长,像一个年迈母亲临终时对孩子的嘱咐。

他嘱托阮青丝照顾好林玄同,嘱托关雎接替他中共上海交通站站长的位置继续战斗,嘱托林玄同要像爱惜自己的身体一样爱惜他留下的戏袍,他甚至还将用自己头发做的一条水片嘱托给了顾莺莺。陈汝英在信中最后说道:

> 如果我能活着回来,我一定要不遗余力地赞美,不遗余力地厌恶,不遗余力地热爱,一百换一百,全部换全部,余后的人生我只想与相爱的人过十分美满的幸福生活。要坦荡、真实、热烈地活着。

阮青丝就在冷风中沉默地流着泪,她无比真切地感受到陈汝英一生的压抑与痛苦。陈汝英同自己一样,一生都在演别人,他在戏台上演绎过那么多脍炙人口、个性鲜明的角色,却从来没有真实地做过一次自己。关雎走到阮青丝身边,轻轻地把手搭在阮青丝的肩上,他希望能传输给她一些坚强的力量。

那天顾莺莺一身黑色呢裙站在车水马龙的虎丘路上,她远远地望见兰心大戏院门前,田老板正在指挥几名小工撤下陈汝英的海报和水牌。顾莺莺的心头突然升起了一丝悲凉,她哽咽地说:枯焦怜草木,落叶逐飞蓬。瑟瑟山风起,世人谓槁风。

两天后,顾莺莺依约来龙华寺和关雎、阮青丝接头,关雎向顾莺莺下达了重庆的命令,尽快找到76号在逃的郭子文并完成暗杀。最近,有人冒充军统锄奸队多次在郭子文的住所、饭店和上班途中进行暗杀。贪生怕死的郭子文以交出鬼美人和"委蛇计划"为条件,让特高课帮助他移民美国,远离这片是非之地。只要他安全到达美国,三天后,邮局就会将秘密档案送到特高课的办公室,否则,档案将被立刻销毁。关雎命令顾莺莺,这次暗杀行动必须与中共联手,保证万无一失。上海的龙华机场、江湾机场、大场机场和虹桥机场分布在东南西北完全不同的四个方向,军统上海区的人力有限,一旦郭子文成功坐上飞机,就无力回天了。关雎看见阮青丝的脸像丝瓜一样青,阮青丝原本还心存侥幸郭子文是受军统上级安排潜伏在日方的间谍,原来她一直被郭子文当作最后的底牌,是用来保命的。这时候,一阵凛冽的寒风打了过来,阮青丝不由自主地捂手,哈着热气说,天冷了,还会热起来。人心冷了得用什么来焐暖。

之后一整个下午,他们三人就盘坐在主庙旁的一间禅室里,听着木鱼声、诵经声、钟声和飘忽不定的风声,悼念接二连三为革命壮烈牺牲的战友。那天顾莺莺紧握着陈汝英留给她的水片一直无声地抽泣着,她说这个长得比女人还要好看的男人,是她见过的最男人的男人。在很长一段时间里,阮青丝都无比落寞与凄凉地望着寺庙前那口干涸的水池,水池里的荷花只剩几根黑色的荷叶杆子,水浅得露出了池底的青苔和小虫。关雎就坐在阮青丝身边,他看着这个穿着黑色长大衣的女人面如冰霜的脸庞,突然就害怕她动了什么极端的念头。他说,你不会是想出家了吧?阮青丝收回远眺的目光,她不响。关雎松了一口气,说,下辈子就当个寺庙的水池子。夏天开花,冬天结冰,隔三岔五还有人给你扔钱。多好!阮青丝被关雎逗笑了,她轻轻笑了一下,像一朵在冬日静静盛开的白色桃花,关雎突然就觉得阮青丝的笑容原来是如此的动人。离开龙华寺的时候,喻慧大师留下了一句话,他说,天下皆知美之为美,斯恶已。皆知善之为善,斯不善已。天下人都知道美之所以为美,那是由于有丑陋的存在。无相生,难易相成,长短相形,高下相盈,音声相和,前后相随。恒也。但阮青丝不明白,为何承美扬善者都不得好报,反之,却豺狼当道呢?

　　郭子文离开上海的时间是除夕夜,那天阮青丝、关雎、顾莺莺、贾钱分别带领着一支行动小组守在龙华、江湾、大场和虹桥机场。临近傍晚的时候,郭子文终于出现在龙华机场。郭子文戴着墨镜、围巾,身穿风衣,一副风尘仆仆的打扮,阮青丝一眼就认了出来。阮青丝缓缓地向郭子文走去,轻柔的步子让她想起和陈汝英一起在戏台上走台的时光,于是,她的脸上就多了一份从容和坚定。原本分散在四处的行动小组队员也跟着阮青丝,朝郭子文的方向小心翼翼地逐渐围拢。阮青丝后来直愣愣地撞进了郭子文的怀里,吓了埋头赶路的郭子文一大跳,他抬头露出一脸诧异的表情,抽搐着嘴唇,始终说不出话来。一道寒光闪过,阮青丝从皮手套里拔出那把樱花花纹的蝴蝶刀插进了郭子文的胸腔,又飞快地抽了出来。接着,郭子文就像喷泉一样喷涌着血水,慢慢瘫倒下去。
　　阮青丝像一座孤傲的冰山,逆行在慌乱的人群里,她黑色旗袍的裙摆不停地在寒风中抽动着。在走出龙华机场大门的时候,阮青丝的右眼皮突然开始无端地一直跳动,她有了一种很不好的感觉,但是又讲不上来。她打算回百乐门给关雎报喜,他们约定好,只要顺利完成任务,就在电话中说暗号"我想你了";如果有其他情况就说"你等我"。那天阮青丝刚在电话里说了"我想你",也说了"你等我",就被破门而入的简娴和直属行动队的特工十分暴力地逮捕了。
　　阮青丝一袭黑色旗袍被五花大绑在76号的刑讯室里,像一只苗条的粽子,刑讯架、水泥地和刑具上,到处都残留着还未来得及清洗的陈汝英的血迹。河村惠子站在阮青丝跟前左右端详了很久,她说,看看你,现在多像个中国人。河村惠子说完,突然猛地走向前,捏起她的下巴,说:不!你就是中国人!还是共产党的余孽!你一直在给共产党提供情报对不对!陈汝英就是你的上线对不对!阮青丝心头一颤,她在河村惠子的眼睛里看见了一股令她不寒而栗的杀机。河村惠子随即将厚厚一叠资料砸在阮青丝的脸上,她说,你现在必须跟我好好说说,你是怎么从周曼君变成石神里美,一步步骗过所有人的。在纷飞的纸页中,阮青丝看见了两张她和石神里美在学堂时的相片,她仍是一脸冷漠,对河村惠子置若罔闻。

河村惠子走到阮青丝面前,从口袋里拿出了一张皱巴巴的纸条,这是阮青丝在福民医院看中医时留下的纸条,她说,认得上面的字吗?她指着纸条上的字念,周……曼……君。河村惠子从军装胸前的口袋里抽出一支德国万宝龙钢笔,塞进阮青丝的右手,并奉上了自己的手掌作为书写的白纸,她说,来吧!写写这三个字!

阮青丝握紧钢笔缓缓地将笔头伸向河村惠子的手心,突然猛地扎了进去。在一声尖厉的惨叫声中,阮青丝挨了河村惠子的两个巴掌,她愤愤地说,河村惠子,你想要弄死我,直接找个人杀了我就好,不必这么麻烦!河村惠子按压着手心,笑了一下说,看来你是不见棺材不落泪。把她给我带进来!然后,阮青丝就看见简嫚领着一个日本中年妇女走了进来。阮青丝很快就认出了这个曾在石神家有过一面之缘的女佣千叶丽子。千叶丽子告诉河村惠子,她是看着石神里美从出生到长大的,就算女大十八变,石神里美左手手臂上的胎记也不可能变没。阮青丝说,真不好意思,还真就变了。千叶丽子说,怎么没的?

阮青丝说，之前受了很深的刀伤，正好被刮掉了。

千叶丽子说，正好就在胎记上？未免也太巧了。

阮青丝就不接话，她任由千叶丽子一层一层地剪掉她衣服的袖子，露出手臂上的伤疤。千叶丽子难以置信地在阮青丝的伤疤处来回抹擦，她回头望着河村惠子，像一个静止的木偶。阮青丝这时候才平静地说，这个世界唯一不变的唯有变化，世事无常。我受刀伤那天，全百乐门的几百号客人都亲眼看见了。

千叶丽子的眼神像刀光一样锋利，她死死盯着阮青丝的眼睛，话却是对河村惠子说的，她说，河村课长，我需要一枝花。一枝樱花。

河村惠子马上想到了上海唯一一处种有樱花的地方——岩井公馆。在日本，2月开春早樱便会陆陆续续地开花，河村惠子来到岩井公馆的时候，花园里的两棵樱花树依然是光秃秃的，只有许多大小不一的花骨朵。她想，大概是日本的樱花还没适应上海的气候。河村惠子后来找了好一会儿，才在高处的一根枝丫上找到了两朵开放的樱花，她伸手要折下来，立马被岩井公馆的黑衣人拦了下来。黑衣人说，河村课长，您不能摘。先生不让任何人碰这棵树。河村惠子有些生气说，不就两朵花吗？黑衣人说，您手下留情。先生回来要是发现了，我们有命也不够抵。河村惠子说，我就不信这花比人命还重要，我今天就偏要摘了。

那天千叶丽子让阮青丝不停地闻河村惠子带回来的樱花。花香飘进阮青丝鼻腔的那一刻起，阮青丝就觉得她可能在劫难逃了。千叶丽子一直观察着阮青丝的反应，见她安然无恙，千叶丽子兴奋地走到河村惠子跟前说，河村课长，我百分之百肯定，她不是石神里美。她说石神里美的母亲春非常喜欢樱花，每年樱花季，家乡的朋友都会捎一盒樱花给春，但是她的女儿对樱花过敏，皮肤会有严重的瘙痒和红肿症状,所以,后来春还特意写信给这位家乡的朋友,让他不要再捎樱花来。河村惠子越听越气,她想,春这位家乡的朋友一定就是横山隆裕,也只有横山隆裕会如此痴情又卑微地讨好春,对自己却是这般冷漠绝情,连正眼都不愿看她一眼。河村惠子想到这里的时候,就愈加地生气,她说,记住你说的! 我要你在军事法庭上一模一样地再说一遍!!

7

阮青丝穿着黑色的绒面旗袍,静静地站在第三战区战地临时军事法庭的被告席里,看上去很像一只安静的蝴蝶。阳光从窗外照进来,像一束倾斜的灯光,正好罩住了被告席上的阮青丝。阮青丝的头发披散着,头发尾梢有结成块的血粘连在一起,她的身边一左一右地站着两名日本法警。旁听席内坐满了陆军省、陆军最高指挥部参谋本部等日本军部高层长官,第三战区的各路地方军队将领,特高课负责人的白川伊夫、76号特工总部丁默邨、梅机关影佐祯昭等各日特机关负责人也悉数到场。阮青丝抬起眼,在旁听席搜索关雎的身影,在与关雎目光相撞的那一刻,她无比心安地松了一口气,露出了一个难得的微笑。她在关雎的眼眶里看到了反复打转的泪水和一丝无可奈何,她就知道,关雎今天不会在戒备森严的法庭上公然营救她。事实上,在阮青丝被捕后,关雎多次传送电报向代号芰荷的新上级提出营救的请求,但芰荷觉得营救应该等到宣判结果出来以后,目前阮青丝的身份并没有完完全全地被日本人判"死刑",或许还有转机。关雎只能服从。他甚至因此开始迷信起来,每天朝天虔诚地焚香祭拜,恳求老天爷能给他那千万分之一的转机。

那天庭审开始的时候,河村惠子望穿秋水也没有等到她想见的人出现,这让她很是失望和恼火。好在,庭审非常顺利,河村惠子手中的物证再加上千叶丽子关键性的人证指证,足以证明真正的石神里美已经在1927年国民党新右派的武装政变中遇害,而现在的日本女间谍石神里美是共产党遗孤周曼君冒名顶替的。周曼君处心积虑潜入日本间谍学校学习,回国后探取大量日方情报,投递给中共上海站地下党陈汝英,对大日本帝国造成了重大损害。河村惠子说,这样罪大恶极的间谍罪足以让周曼君死一百回。审判长和审判员们纷纷附和,在他们频频的点头中,阮青丝的眼前蒙上了一层薄薄的白雾,她望着关雎露出了一个如释重负的笑容,她的笑容让关雎的心像被数万条锁链同时撕扯一样疼痛起来。审判长敲响法槌,准备宣布审判结果的时候,庭外突然冲进了一名岩井公馆的黑衣人,他从容地走向证人席问,千叶女士,你确定你所说的证词完全属实吗?做假口供意图陷害他人,一样是死罪。证人席上的千叶丽子露出了些许慌乱和惶恐,她望向河村惠子又望向审判长,低垂下头。黑衣人站在旁听席的正中间,正对着审判长说,一周前,千叶丽子的账户上平白无故多了一大笔钱。河村课长刚刚遗漏了这一点。河村惠子一脸茫然地说,你什么意思?黑衣人不响,他的身体站得笔直,像一把出鞘的利剑一样,锋芒毕露地刺向千叶丽子。千叶丽子的脑门不停地冒出豆大的冷汗,过了很久她才吞吞吐吐地说,都是河村课长让我这么做的。她让我当着所有人的面指证石神里美,她说只要让石神里美死,就会放我一条生路。河村惠子错愕地瞪大了眼睛,大吼起来,你疯了吧?你为什么要这么说？千叶丽子站在证人席上瑟瑟发抖，她恳求着审判席上的法官一定要保护她。她说，如果有一天我死了，那一定是河村惠子干的。法庭上的众人都用鄙夷的眼神看着河村惠子，河村惠子气急败坏地掏出腰间的手枪指向千叶丽子说，你给我闭嘴！你信不信你再说一句，我现在就一枪崩了你！！

这时候，两名法警急忙上前抓住河村惠子的双手，抢夺她的手枪，然后他们就像大摆锤一样左右摆动了起来，吓得庭上众人四处躲避。砰的一声，子弹飞出枪管不偏不倚地射在了千叶丽子的胸口，千叶丽子重重地倒了下去。河村惠子的脑袋嗡嗡作响，她突然感觉这一切就像是一场梦，她怒不可遏地冲其中一名法警吼道，我只是吓吓她！你为什么要开枪？法警一脸无辜且冷静地看着她说，枪在你手里，我只是在阻止你。河村惠子望向旁听席，黑衣人已经离开，她恍然大悟，这一切都是一场精心策划的骗局。

阮青丝后来被当庭释放，河村惠子狼狈得就像一只落汤鸡，灰溜溜地溜走了。那天，夕阳的余晖把晚霞染成了粉红色，在这个粉红色的傍晚，阮青丝和关雎在法庭外深深地拥抱了很久很久，好像要拥抱到地老天荒。关雎在阮青丝耳边轻声说，你愿做我的烽火吗？你只要燃起，即便你默不作声，远方的我，沉默的我，便是一万匹马、一万艘船、一万列车。全部的我，无畏而执迷地去往全部的你。阮青丝露出了幸福的笑容，她说，你注意到今天的夕阳了吗？很美。关雎说，不如你美。

黑衣人回到岩井公馆的时候，X先生正站在粉红色的夕阳里，欣赏粉红色的樱花。花园里那棵歪脖子的樱花树在X先生的细心照料下日渐挺直了腰杆，开出了满枝的花朵，就像一个花枝招展、娇艳欲滴的少女。

黑衣人说，先生，千叶丽子已经死了。

X先生说，真可惜，没能看见这么骄傲的河村惠子在众人面前颜面尽失的样子。

黑衣人说，这一步一步，都在您的计划之中。

X先生说，马上让慰安所把千叶丽子的大女儿放了，遣送回国，然后联系札幌女子间谍学校开除她的小女儿。她做到了她答应我的事，我也必须遵守承诺。

8

在和春日料店的包厢里，阮青丝吃着横山隆裕为她亲手制作的日料大餐，她像个满足的孩子，露出了甜甜的笑容，甚至还不由自主地摇晃起身子。她说，这个三文鱼真是太好吃了！横山隆裕也跟着她开心地笑了起来，他告诉阮青丝这是日本本土的三文鱼，不算是严谨意义上的三文鱼。它产于日本的北海道渔场，养殖的太平洋鲑鱼自然无法与大西洋鲑鱼比肩。他说，那让我考考你。你知道北海道渔场是怎么形成的吗？阮青丝愣愣地摇了摇头。横山隆裕说，千岛寒流遇到日本暖流时，会温暖整片海域。冷暖交汇引起的海水搅动把海底有机质带到海面，为鱼类提供丰富的饵料，从而使海区成为巨大的渔场。

阮青丝不知怎地突然想到了关雎。她觉得自己这座千年冰山在遇到关雎之后，就像寒流遇见了暖流一样，一点点地慢慢被融化，整个世界都变得温暖明媚了起来。阮青丝想到这里的时候，不由自主地咧嘴笑了。

横山隆裕说,你对地理这么感兴趣吗? 以前没发现。

阮青丝回过神忙说,不是的,是因为老师做的这个生鱼片实在太好吃了,所以忍不住幸福地笑了。

横山隆裕在阮青丝的神情中察觉到了什么,他说,你是不是恋爱了?

阮青丝有些害羞地低垂着头,她说,我不确定这是不是爱情。该怎么形容呢? 阮青丝想了想,认真地说,十岁之后的人间对我来说就是地狱,但他身上散发的烟火气,让我重新喜欢上了人间。

横山隆裕的心突然就如遇见芒刺般疼痛起来,他无比嫉妒这个让石神里美重新爱上人间的男人,用了短短一年的时间就做到了他十二年都没做到的事。

而此时,河村惠子像一只泄了气的水袋,把自己扔在办公室的沙发里,沙发、茶几、地上到处堆满了五颜六色的空酒瓶。她对着白晃晃的天花板无比忧伤地吟起诗来,她说,世上有味之事包括诗、酒、爱情,往往无用。吟无用诗,醉无用酒,终成一无用处之人,却因此活得有滋有味。她说,去他妈的爱情!

接二连三的挫败,让河村惠子变得意志消沉。郭子文被暗杀后,她派简娴火速前往邮局截取有关鬼美人和"委蛇计划"的秘密情报信件,但邮局的办事员找遍了邮袋也没有找到那份信。河村惠子觉得,信件一定是被军统的人提前一步劫走了。就在她满城寻找可疑目标的时候,意外得到了石神家的女佣千叶丽子的消息。现在,河村惠子回想起这一切看上去顺理成章的巧合,其实就是专门为她设下的一个圈套。

河村惠子扔掉了手中的酒瓶突然大笑了起来,她的笑声越来越大,她说,去他妈的爱情!

　　一个阳光明媚的下午,关雎买了两束花来到百乐门,一束向日葵是给阮青丝的,一束康乃馨是给冯婉清的。因为频繁地执行任务,关雎已经很久没有去医院探望冯婉清了,他不知道关大千有没有抽空去看过她,他从未听小翠说起过。关雎突然就觉得关大千好像在母亲梅馥去世后变得异常冷漠,不再关心身边的一切,就算是得知简姬杀了自己的妻子,也能如此淡定自若地放她走。阮青丝对收到的向日葵感到十分欣喜,这是她第一次收到鲜花。虽然她嫁过人,谈过很多恋爱,有过很多追求者,但这是她第一次收到她心上人给她送的花,所以,她就是第一次收到花。

　　阮青丝说,你知道向日葵的花语吗?

　　关雎说,不知道。

　　阮青丝说,向日葵的花语是,我的眼睛里只有你,你是我的太阳。有你时我目不转睛,无你时我低头谁也不见。

　　关雎说,那说好。世界归你,花归你,我一口袋的心思悸动都归你。你归我。

　　阮青丝笑了,笑得比花儿还灿烂。她前二十二年的笑容都没有和关雎在一起的这几天多。和关雎在一起之后,阮青丝不再冰冷,她变得有血有肉,会哭会笑,真实又鲜明地活着,就像陈汝英在信中期望的那样。

　　一整个下午,关雎和阮青丝就静静地坐在冯婉清的身边,陪她在花园里晒太阳。关雎把阮青丝介绍给冯婉清,他说,冯姨,这是阮青丝,你未来的儿媳。阮青丝掐了一下关雎的胳膊,关雎说,我没说错,这是迟早的。冯婉清不响,她望着远处的天空一直保持着平静的微笑。关雎知道,冯婉清的意识还停留在一个很远很远的

354

地方。在那里,关炳每天都天真无邪地跑来跑去,像一只上了发条的铁皮青蛙,他总是嗲声嗲气冲冯婉清说,娘,你快来!帮我摇秋千。他说,娘娘娘,我的好娘。

傍晚从医院回来的路上,夕阳很合时宜地又把晚霞染成了粉红色。这时候,关雎突然就期盼一场冬雪的再次到来,因为他觉得,如果你爱上一个女孩,就应该陪她看一场雪。阮青丝问他为什么。他说,因为春赏百花冬观雪,醒亦念卿,梦亦念卿。

阮青丝笑了说,那你知道,如果爱上一个男孩,该陪他干吗吗?

关雎摇摇头。

阮青丝说,陪他看夕阳。因为晓看天色暮看云,行也思君,坐也思君。我恰好陪你看了许多场夕阳。

关雎也笑了,说,可是,对我来说,永远都少一场。

关雎后来无比深情地望着阮青丝说,我爱你,我爱你,我爱你。

阮青丝红着脸让他少说两句。

于是,关雎说,我爱你。

那天,阮青丝闭着眼和关雎在粉红色的夕阳下一直吻到了天荒地老。以前其他男人意乱情迷地吻阮青丝的时候,她从来都是睁眼看着,看着他们沦陷的样子,就觉得很有趣。但这一次,阮青丝闭着眼。因为闭上眼,全世界就只剩下她和关雎了。阮青丝突然不想再追查那个杀害她父母的白手套凶手了,她只想离开暗潮汹涌的上海去过平淡得不能再平淡的生活。她想相夫教子,做一个贤良淑静的太太;她想在他们的小家里种一棵白兰花,闲暇的时候,捉捉蝴蝶,弹弹琵琶,或者跳一支欢快又浪漫的恰恰。但在这样一个战火纷飞的年代,一名间谍,一个革命工作者,有这样的想法是十分可怕的。它会害死他和他们,甚至害死更多的人。更何

蝴蝶刀

况,她又是百乐门的夜姬,还嫁过人,她配不上关雎。阮青丝想到这的时候,就一下子把关雎推开了,她说,可能我们不该在一起。

关雎说,为什么?因为你是百乐门的舞女,还是你嫁过人?我说过,我是成年人,我有自己的判断。不管别人怎么说,你都是我见过最好的最温柔的人。

阮青丝说,最温柔的人?

关雎说,温柔的人分两种:一种是被保护得很好,不知世间黑暗;一种是在黑暗中独自挣扎后,变得波澜不惊。虽然你的身体被禁锢了,但是灵魂比任何人都要干净和纯洁。

阮青丝说,你别看我身在百乐门。我本身是个极其清高的人,讨厌人间事,巴不得生活只剩下风月,但我也不知道从哪一天开始,我突然就想与你历经世俗的浪漫。

关雎说,这个世界乱糟糟的,而你干干净净,悬在我的心上,做我的明月。

阮青丝笑了。关雎后来把笑得像花儿一样甜的阮青丝带回了关府,他想尽快拜见家长,尽快定下成婚的日子,也尽快让没有安全感又敏感的阮青丝能安下心来。关雎甚至连阮青丝在结婚时穿什么衣服都想好了。他知道阮青丝喜欢汉服,他打算为她准备一身凤冠霞帔,头戴六尾点翠凤冠,两边垂下长长的点翠珍珠步摇,必定美得不可言喻。关大千坐在茶台前,气定神闲地冲泡着一壶陈年的生普洱,他对这个许久未归家的儿子有些陌生和冷漠,在很长的一段喝茶声后,他说,她应该穿宋代的绿色嫁衣。关雎的脸一下子就青了。下嫁穿红衣,高嫁穿绿衣。关大千的潜台词就是说阮青丝配不上身世显赫的关雎。阮青丝并未因这样的羞辱而恼火,她静静地坐在茶台前喝茶,十分得体地保持着微笑。这时候,

356

关大千倒满阮青丝杯中的茶,他说,茶的一生,生于土,成于木,炼于金,熟于火,归于水,得五行之气,化四季之德。茶之素心,亦要相知之人,才能相托。满酒敬人,满茶送客。关大千的态度已经如此明确,阮青丝只好起身准备离开。关雎一把拽住了阮青丝,对关大千说,如果你不同意我们成婚,那今天就当我们是来通知你的。不管你同不同意,我都会娶她。

9

阮青丝在一个3月的清晨,听见惊蛰的第一声春雷被打响,她知道,蛰伏的动物即将苏醒,开始四处活动。阮青丝打开窗,她看见城市里的建筑群一座座错落有致,各种霓虹五彩缤纷,繁花似锦、歌舞升平。大街上,衣着光鲜的男男女女一个个神情漠然,用冷漠来隐藏自己内心深处的荒凉。上海滩从来不需要冬眠,即使是在硝烟弥漫的战时。这天阮青丝依约来到贾记棺材铺,贾钱向她传达了伯庸下达的电文命令。上海兰心大戏院的田老板新招了两名越剧名伶,准备在农历二月初八晚开演第一场戏。伯庸命令阮青丝,届时前往戏院,刺杀关大千的私人包厢。阮青丝以为自己听错了,她再三和贾钱确认,但得到的回答都是一样的。贾钱还强调,这次行动必须要向关雎保密。

阮青丝后来不知道自己是怎么回到百乐门的,她魂不守舍地走在繁华的街道上,脑袋里想的全是到底该不该执行这项任务,要不要把这件事告诉关雎。关大千虽然看不上自己,但是这不足以让她就去杀了关雎的父亲。组织为什么要下这样一个命令?为什么不是直接下令刺杀关大千,而是刺杀他的私人包厢呢?

关雎捧着一大束红玫瑰来到百乐门的时候,阮青丝身穿一袭红色复古长裙正坐在吧台边和龚叔闲聊。阮青丝烫了大波浪,佩戴着珍珠首饰,还喷了她特制的白兰花香水,一看就是精心打扮了一番。关雎有些油嘴滑舌地奉上手中的玫瑰,他说,今晚月色这么好,我们是私奔好,还是约会好?阮青丝愣了一会儿,她望着关雎的眼睛严肃地说,我们私奔吧!关雎有些不知所措,阮青丝突然笑了起来说,逗你呢!喝酒吗?

关雎松了一口气,说,你不知道我的酒量很好吗?

阮青丝说,有多好?

关雎说,我的酒量大概就是,八瓶香槟、七瓶伏特加、六瓶野格、五瓶威士忌、四瓶杰克丹尼、三瓶朗姆、两瓶生命之水。

阮青丝说,你就吹吧!

关雎说,或者,你的一声哈尼。

阮青丝说,哈尼?

关雎说,就是宝贝的意思。

阮青丝说,为什么不是达令、亲爱的。

关雎说,因为在英文中,哈尼比达令适用范围更小,更亲密。

阮青丝就红了脸,她顿了顿说,你怎么这个时候过来?

关雎想了想说,今天的日落可温柔了,但是今天的风啊,甚是喧嚣,老是吵着要见你。所以,我就来了。

阮青丝的脸一下子就更红了,她看了一眼吧台里正在偷笑的龚叔,急忙捂住了关雎的嘴巴说,你别说了!你从哪儿学来这么肉麻的情话!

关雎闷着声说,这都是我的真心实意,不是学来的。关雎说着指了指他的心脏说,都在这儿呢!

阮青丝拉起关雎跑出了百乐门,他们在柔情似水的月色下一直奔跑着,奔跑着,跑到了苏州河边。他们开始了一场无声但情意绵绵的漫步,晚风拍打着阮青丝像线团一样混乱的思绪,在反复的思想斗争后,阮青丝终于忍不住对关雎说,我们私奔吧!我知道自己是什么样的人,配不上你,但是我能吃苦。这些年我存了不少积蓄,足够我们到国外开始新的生活。

关雎对阮青丝突如其来的告白感到莫名其妙,他抓着阮青丝的肩膀说,为什么要说这些奇奇怪怪的话?到底发生什么事了?

阮青丝把伯庸下达的刺杀关大千私人包厢的任务告诉了关雎。关雎首先想到的是组织为什么要刺杀关大千。关大千不是汉奸,日本人向他抛出了多次金融合作的橄榄枝,他都没有答应。如果关大千不是汉奸,那么他到底会是谁?是重庆的人还是延安的人?但不管他是共产党还是重庆分子,都不能解释阮青丝为什么会接到刺杀关大千的任务。接着,关雎想到了揭开简姌日特间谍身份的那一天,关大千的反应异常冷静,既没有惊讶也没有愤怒,他好像早就知道杀害梅馥的凶手是简姌,早就知道简姌在为日本人办事。但当关大千得知自己在为岩井公馆效力的时候,反应却是如此过激,好像是故意表演出来似的。这一切实在太奇怪了。关雎将得到的讯息在脑中过了一遍,他猜测父亲关大千很可能就是一直以来神秘莫测的中共上海站负责人伯庸。正因为关大千与他这样特殊的身份,所以组织将任务交由阮青丝来执行。关雎决定,不管关大千是谁,他都一定要揭开关大千的面具。

于是,关雎在很长的一段沉默后,只说了两句话,他说的第一句是,我相信组织,第二句是,你打算怎么行动?但阮青丝仍旧重复着那句话,她说,我们私奔吧!你要让我亲手杀了你的父亲吗?这太残忍了。你让我们以后怎么面对彼此?

关雎说,你是一名军人,我也是一名军人,我们都不能为了一己之私违抗军令。

阮青丝说,那如果是错误的命令呢?关雎不响。阮青丝又说,如果换作是你来执行,你会开枪吗?会吗?

过了很久,关雎说,我会当作你今天什么都没告诉我,什么都不知道,执行任务当天我不会出现在戏院,我不希望你为了我违反纪律甚至违抗军令。我送你回去吧!

阮青丝没有让关雎送她回家。他们在大吵一架后不欢而散。阮青丝后来敲响了贾记棺材铺的后门,她请求贾钱让她和上级伯庸见一面,但是贾钱拒绝了,他说伯庸早知阮青丝会提出这样的请求,伯庸是不会见她的。

关大千在那晚很难得地去医院看望了冯婉清,冯婉清已经进入梦乡,他就坐在冯婉清的病床边喃喃自语,他说,郭子文已经完成了"委蛇计划"的前奏,下面的就看周曼君同志了。这样,也好检验一下她的能力和他们之间的感情。

10

这天晚上,上海兰心大戏院演的是一出十分喜庆又讨彩的《红楼梦》选段——《金玉良缘》。现场可谓人声鼎沸、高朋满座。白川伊夫和76号直属行动队新上任的主任简姮也来了,白川伊夫没有带他的侄女河村惠子,因为她仍然像一摊烂泥一样,瘫在她酒气冲天的办公室里。阮青丝这天打扮得十分低调,她身穿一袭黑色旗袍,把手枪藏在了她的珍珠手包里。关大千的私人包厢在二楼的临江仙。二楼的东南西三边一共有沁园春、满庭芳、临江仙、虞美人、清平乐、浣溪沙、雨霖铃、如梦令八个包厢。临江仙在正对戏台北边的正中间,是全戏院最佳的观看位置。为了方便行动和撤退,阮青丝买了一个一楼靠近侧门的座位,从这里出门上楼最多十五秒。如果顺利的话,整个暗杀行动不会超过一分钟。

颇爱戏曲的白川伊夫发现关大千占了戏院最好的位置,心里有些不满,他让简姤去和她的丈夫关大千提出换包厢。关大千当然不肯,他说,你现在已经不是我的妻子,所以我不必给你面子。简姤就笑笑说,离婚协议我都还没签呢,怎么就不是夫妻了? 简姤离开关家之后,关大千就托律师起草了离婚协议书,送到直属行动队简姤的办公室,但是简姤一直都不肯签,她就故意拖着来恶心关大千。她说,我要全上海滩的人都知道,她关大千有个汉奸老婆,她关家永远别想抬起头做人!

简姤就坐在关大千的旁边,什么也不说,因为她知道,她就这样一动不动地坐在那儿就足够让关大千恶心。果然,关大千忍无可忍地起身走出了包厢,坐到了最东边的沁园春包厢。简姤得意地笑了起来,她掀开包厢的布帘,哈着腰对白川伊夫说,白川长官,请!

接着,戏院的灯一下子全黑了,锣鼓声起,拉幕,演员登场。在观众一阵阵的掌声中,越剧名段《金玉良缘》迎来了高潮,阮青丝就在这时候起身走向二楼。短短十五秒的路程,此时突然变得沉重又漫长,阮青丝的脚底好像被灌了铅似的,怎么也挪不动,她把手伸进手包。紧握着手包里的手枪,手心不住地冒着冷汗。如果,今

361

天她杀了关大千,那她就是关雎的杀父仇人,关雎还会一如既往地
爱她吗?阮青丝的手不由自主地颤抖了起来,她吞了一口口水,在
二楼的楼梯口站住了。阮青丝看见临江仙包厢里坐着一个头戴军
帽的人影,简姈正和两名直属行动队的特工守在包厢门口。阮青
丝突然明白了上级下达任务的真正含义,她迅速掏出手枪射向了
包厢里的白川伊夫。

　　一声枪响,鲜血溅红了布帘,随即,尖叫声与人们慌乱逃跑的
脚步声不绝于耳,戏院陷入了一片混乱。简姈冲进包厢发现白川
伊夫已死,雷霆震怒。她命令手下马上封锁戏院的所有出口,找出
凶手。此时,阮青丝已经从戏院的后门逃走,她快步走出小巷坐上
了路边的一辆黄包车。简姈跑到巷口的时候,只看到了一个女人
匆匆上车的背影。于是,她也坐上了一辆黄包车,让黄包车夫紧跟
着前面的车。

　　简姈的黄包车最后停在贾记棺材铺的后门,她看见阮青丝从
黄包车上下来,走了进去。夜很静,棺材铺这条街一到晚上就静得
能冒出鬼来。简姈就躲在小巷子里远远地看着,她看见阁楼的灯
亮了,接着,阁楼朝内院的窗户被打开了,阮青丝正和陈汝英的徒
弟林玄同站在窗口说话,然后紧紧相拥在一起。而此时,关雎一直
在戈登路上的单身公寓等待着阮青丝的电话。他像一只热锅上的
蚂蚁,焦躁不安地在二十来平方米的屋子里来回踱步。

　　阮青丝这天迫不及待地来到棺材铺,就是为了告诉林玄同她
刚刚成功刺杀了白川伊夫,为陈汝英报了仇。她抱着林玄同不停
地说,你师傅终于可以安息了,陈汝英终于可以安息了。陈汝英死
后,林玄同就一直住在棺材铺的阁楼上,阮青丝怕林玄同无聊,时
常会在夜深的时候来看他,陪他在阁楼上看看星星,说说话。阮青

丝后来喝了很多的酒,那些酒都是贾钱藏了好多年的女儿红,就藏在院子里的石板下。她拉着林玄同和贾钱一块喝,她说这么大喜的日子,必须要喝点酒庆祝一下。于是,她和贾钱就喝得七荤八素、歪七扭八,但林玄同喝得不多,林玄同把喝醉的贾钱扔到了二楼的卧房里休息,然后一直守着酒话连篇的阮青丝。阮青丝的眼泪像决了堤的洪水滔滔不绝地奔涌着,她面若冰霜的脸上多了许多悲凉与忧伤,她给林玄同讲了很长很长的故事,故事的主角是一个十岁的中国女孩,她因为假冒日本女孩,被日本人带走,培养成了一名出色的女间谍。阮青丝在故事的结尾一直拽着林玄同问,我是谁?阮青丝?石神里美?周曼君?我到底是谁!这让林玄同的心一下子就疼了起来。

阮青丝后来说着说着就睡着了。林玄同把她扶到了自己的床上,让她乖乖躺好。林玄同其实早就知道阮青丝不是一个简单的百乐门夜姬。有一次,他曾在戏院后台的门外偷听到他们的谈话,知道了阮青丝和陈汝英一样,都是为抗日事业默默奋斗的地下工作者。林玄同知道阮青丝受了很多的苦,他知道很多男人垂涎她的美色,但其实阮青丝骨子里是特别传统的中国女子,她虽然身处风尘,趋炎附势,依靠男人,但她身上却没有丝毫的风尘气息,仍有一颗赤子之心,她的灵魂是倔强顽强且美好善良的。这一刻,林玄同看着熟睡的阮青丝,终于忍不住潸然泪下。他为阮青丝扣上领口不小心崩开的一粒盘扣。所有男人都想解开她的扣子,但林玄同只想把她的扣子一个个扣好。林玄同就这样静静地坐在床边守了阮青丝一夜,他发现自己好像不知不觉地有些喜欢上了这个足足大了他五岁的姐姐。这一年,林玄同十八岁,阮青丝二十三岁。

那天,河村惠子酒气冲天地带着特高课的手下赶到了上海兰心大戏院。田老板哭天抢地地拍着大腿说自己真倒霉,好不容易重新开业竟碰到了这样的事。简嫃偷偷将她在棺材铺发现阮青丝和林玄同的事告诉了河村惠子,河村惠子的酒一下子就醒了,她突然心生一计,她准备叫上一个人一起到棺材铺,抓个现形。这一幕正好被困在戏院的关大千撞见,他处变不惊地一直等到戏院解禁,便火急火燎地赶往戈登路上的单身公寓找关雎。

关雎听见墙上的时钟敲了两下,他始终没有等到阮青丝完成任务的来电,他在床上翻来覆去,辗转难眠。这时候,公寓的门被人敲响了。关雎十分警惕地打开猫眼,竟看见关大千正活生生地站在门口。关雎连忙开门,把关大千拉了进来。他说,你怎么在这?这到底是怎么回事?

关大千说,宿莽同志,我现在命令你,马上前往棺材铺,想尽一切办法即刻转移周曼君、林玄同和贾钱。

关雎愣住了说,你是伯……? 关雎不敢说下去。

关大千说,没错,我是伯庸。

得知真相的关雎火冒三丈,他抬起胳膊把关大千按在墙上说,你为什么要下达刺杀你的任务?为什么要阮青丝去执行?为什么不直接下命刺杀白川伊夫?阮青丝现在人在哪?到底发生了什么?

关大千说,我知道你现在有很多的问题,你有满腹的委屈。但你考虑过我的处境吗?我要是有别的更好的办法会这么做吗?特高课一直在侦听我们的电台,如果直接下令刺杀白川伊夫,一旦电文被截获破译,我们就全部功亏一篑了。我们无法确定白川伊夫到底会入座哪个包厢,但是我太了解人性了,白川伊夫一定会让简嫃来给我难看。为了让"委蛇计划"顺利地进行下去,我只有下令刺杀我的私人包厢。

关雎说，为什么不让别人去做！你知道自己在干什么吗？你要我的爱人去杀我的亲生父亲！

关大千说，所以，我不让你们在一起是为了保护你们，两个革命工作者一旦有了感情的牵绊，你知道这是多可怕的事吗？但你们不听！我只好这么做！正好可以考验她是否有这个能力和素质成为一个优秀的三面间谍。如果你们要在一起，保护好自己和绝对地信任对方是最基本的要求！

关雎贴着关大千的脸颊重重地朝墙面打了一拳，他说，你这算盘倒是打得好！既帮组织考验了她的能力，又帮我考验我们的爱情！我是不是还应该谢谢你！

关大千说，我相信我的儿子。我相信你这位黄埔军校的优秀毕业生一定能想明白这些。你并没有阻止阮青丝去执行刺杀任务，也没有找贾钱打探我的身份，更没有请求和伯庸见面，这足以说明你早就对我的身份有所怀疑。

你就不怕我万一没猜到呢！关雎顿了顿，放开了关大千说，"委蛇计划"是什么？

关大千摸了摸脖子在沙发上坐下说，根本就没有什么"委蛇计划"。计划的本身就是一个幌子，为的就是让日本相信有"委蛇计划"，并利用他们想窃取计划的心理，一举捣毁日特机关。我们和国民党秘密合作，假意制定了一份打击日特机关和伪政府的计划，并故意让军统内部的人把计划泄露给了郭子文。我们的第一步是用郭子文的死，让日本人确信"委蛇计划"的真实存在，河村惠子一定会追查下去。第二步，就是在一切线索都断了的时候，完成对白川伊夫的暗杀，把河村惠子逼到绝境。最后，就是等他们自乱阵脚，将特高课和76号一网打尽。

关雎说，如果没猜错的话，这最后一步是由我来完成的。

关雎赶到贾记棺材铺的时候，特高课和76号直属行动队的人已经悄悄把棺材铺周围的两条街区全部封锁。简娴撬开了棺材铺对面的一家扎彩店，并在正对棺材铺阁楼的天台上安排了一组狙击手，安静地等待黎明和河村惠子的到来。关雎拿着他的日特机关证件冲进了封锁线，街区里布满了四处巡哨的日本特工，他无法光明正大地走进棺材铺，只能躲进一条小巷里，不停地发出布谷鸟的叫声，试图唤醒熟睡的阮青丝三人。但关雎叫哑了喉咙，棺材铺里始终没有动静，就在这迫在眉睫的时刻，关雎突然想起了很久之前陈汝英给他的一颗梅花袖扣，陈汝英告诉他，如果在执行任务时出现紧急情况，它代表终止任务，紧急撤离。但有什么办法能把袖扣的信息传到棺材铺里去呢？

关雎后来在小巷的垃圾桶边看见了一只可怜的流浪狗，于是，他扯下了自己的领带，撕出一个口子，将梅花袖扣藏进领带里，挂在了流浪狗的脖子上。接着，他趁巡哨的特工走开，悄悄地撬开了棺材铺外墙的两块砖头，把流浪狗从洞口里塞了进去。此刻，走投无路的关雎只能把全部的希望寄托在一只狗身上，他摸了摸小家伙的脑袋说，如果你顺利完成任务，我就把你带回家，你这辈子的饭我都包了！流浪狗好像听懂了似的，歪着脑袋眨了眨眼，然后头也不回地朝棺材铺的楼梯跑去。

睡梦中的贾钱梦见自己不小心闯进了一片鬼坟，突然冒出的许多厉鬼纷纷围向他，有个漂亮的女鬼一直在他耳边吹着冷气，女鬼还牵起他的手，不停地舔来舔去，她说，好久没有吃过人肉的味道了。把贾钱吓得一下子从梦中惊醒。贾钱醒来发现窗户没有合紧,漏了一大道缝隙,凉风一直呼呼地灌进来,他准备下床去关,一抬脚,看见床边有一只狗正流着哈喇子望着自己。贾钱闻了闻自己的手,有一股恶心的口水味,他恍然明白原来刚才梦里舔自己的不是女鬼而是这只狗。贾钱正要挥手教训一下小狗,突然看见它的脖子上挂着一条奇怪的藏青色领带。贾钱想到关雎曾戴过一条一模一样的领带,他解下领带,仔细地检查起来,很快在领带里发现了那颗梅花袖扣。贾钱一惊,他慌忙走向窗口,从缝隙里小心地探出去,他看见整个街区空无一人,安静得出奇。

贾钱冲上阁楼的时候,阮青丝和守在她床边的林玄同正酣睡如泥。贾钱推醒了他们,他说,我们已经暴露了。必须想办法马上撤离!阮青丝和林玄同望着心急如焚的贾钱,一下子没反应过来,愣了好一会儿,阮青丝才迷迷糊糊地说,发生什么事了?

贾钱说,我刚刚收到了关雎设法传递给我们的撤退信号。特高课和76号直属行动队的特工已经把这里包围了。你来这里和林玄同会面的事,应该是被人发现了。我们已经暴露了!

阮青丝说,关雎也在这?

贾钱说,应该就在附近。我们要想办法冲出去,他才能在外面接应我们。

阮青丝说,我们有多少武器?

贾钱说,只有三把驳壳枪和一百发子弹。他们可能有一两百号人,我可以掩护你们出去。

阮青丝知道,这样寡不敌众的形势,就算贾钱用身体做护盾掩护她和林玄同走出棺材铺,他们也不可能熬到和关雎接头。阮青丝陷入了沉默,她觉得她一定能想出一个两全之策让三个人都能安全离开这里。这时候,林玄同突然一脸严肃地对阮青丝说,你教我用枪吧!

阮青丝沉默地看着林玄同,没有说话。

让我可以保护你。林玄同低垂着眼,慌忙解释说,我是说,我可以保护自己,不拖累你们。

林玄同很聪明,他不出半小时就学会了如何给子弹上膛,打开保险,瞄准目标并扣动扳机。阮青丝将一把驳壳枪递给了林玄同,她摸了摸他的头说,这是你的第一把枪。林玄同笑了一下,无比神圣地接过了手枪,接着,便快步走向了沿街的窗口,打开了窗户。林玄同转身对站在床边的阮青丝说,杀了我!

此时,贾钱正站在房门口,他和阮青丝都大惊失色地望着林玄同。林玄同的脸上云淡风轻,没有一丝的惶恐和痛苦,这让阮青丝不禁想起了陈汝英临死时的样子也是这样的。阮青丝的眼眶一下就红了,她说,玄同,你不要冲动! 我一定能想办法让我们都活着出去的。

林玄同举起枪对着阮青丝说,阮姐姐,你太贪心啦! 我们不可能都活着出去的。你就打死我吧! 用我的一条命,换你、贾叔和关哥哥的三条命。这样,你还可以继续潜伏在日方内部,战斗下去。

阮青丝的眼泪像泉水一样无声地奔涌着,她说,玄同,你先放下枪,我们好好说!

然后,黎明在这时候悄悄来临。河村惠子领着横山隆裕来到了扎彩店楼顶的天台上,他们看见了阮青丝的一双腿和被窗户挡了半边身子的林玄同,林玄同正举着手枪对着阮青丝。横山隆裕笑了一下,对河村惠子说,这就是你半夜敲门吵醒我,一定要我看的? 这能说明什么?

林玄同后来侧过身,朝阮青丝缓缓走去,阮青丝也走近林玄同,嘴里一直在说些什么。河村惠子看清了林玄同的脸,她大叫了起来说,我认得他! 这个男人是我们在执行毕业任务时,被刺杀的女共党的儿子。原来这个男人就是陈汝英的徒弟。我跟白川先生去看过陈汝英的几场戏,怎么就没认出来呢?

简娴说,因为你见到的都是他唱戏时化了妆的样子。

河村惠子转头对横山隆裕说,现在你相信我说的了吧! 她根本不是石神里美! 她一直在帮着陈汝英照顾女共党的孩子。接着,河村惠子挥了挥手,命令狙击手说,瞄准这个女人! 如果她不将林玄同杀死,你们就把他们一起打死。

现在,林玄同和阮青丝正站在河村惠子视野的一左一右,举枪正对着彼此。但林玄同半边身子依然被窗户挡着,只能看到他单薄的后背和有些褶皱的长衫,他对阮青丝说,别犹豫了! 开枪吧!

阮青丝哭花了脸,她举着手枪的右手不停地颤抖着。贾钱不知所措地站在门口,不停地劝说着林玄同放下手枪。一道白光从阮青丝的脸上忽闪而过,阮青丝知道,这是狙击枪反光镜的光,日本人的狙击手正在对面伏击他们。

林玄同露出了一个天真的微笑,他说,阮姐姐,我现在明白入党的真正意义是什么了,我可以入党了吗? 林玄同说着突然举起手中的手枪对准了自己的太阳穴,他说,姐姐,我去宇宙了,回来摘星星给你。

一声枪响后,林玄同睁着他一双明亮的眼睛幸福地倒了下去。如果他还能说话,那他说的最后一句话一定是,我终于能保护你了。

此时,躲在小巷的关雎听见了棺材铺阁楼传来的枪声,他大概猜到里面发生了什么。关雎叹了一口长长的气说,陈汝英,不愧是你的徒弟。他比我们任何人都聪明,都勇敢!

天台上的河村惠子傻了眼,从她的视角看到的是阮青丝开枪杀死了林玄同。她再一次在众人面前丢了脸,她心有不服地瞪了横山隆裕一眼说,这次算她走运! 撤!

阮青丝扑通一声跪倒在地,她一点点挪向林玄同。阮青丝怎么也没想到,她教会林玄同用枪,而林玄同打出的第一颗子弹竟然是为了成全自己。悲痛欲绝的阮青丝抱起林玄同的尸体大哭了起来,过了很久,她一字一顿地哽咽地说道:林玄同同志热爱中国共产党,在思想上和实践中均能够积极向党组织靠拢,坚决拥护党的纲领和政策,不怕牺牲,勇于奉献,誓死为无产阶级事业及民族解放而奋斗到底,我认为已经基本符合成为一名中共党员的条件,推荐林玄同同志入党。

贾钱泪流满面地望着阮青丝和她怀中的林玄同,说,我代表组织同意林玄同同志入党。

阮青丝笑了,她握起林玄同的右手放在他的太阳穴边,说,我,林玄同,志愿加入中国共产党,拥护党的纲领,遵守党的章程,履行党员义务,执行党的决定,严守党的纪律,保守党的秘密,对党忠诚,积极工作,为共产主义奋斗终身,随时准备为党和人民牺牲一切,永不叛党!

11

阮青丝后来将林玄同的尸体运到了特高课,她告诉河村惠子,贾记棺材铺的贾钱是她手下的一名线人。几天前,贾钱在郊外出殡时遇见了无家可归的林玄同,便将他带回了棺材铺。昨晚,阮青丝前往棺材铺准备将林玄同带回特高课审问,但林玄同拒捕,并拿枪威胁自己,她只好将其击毙。河村惠子装作相信阮青丝说辞的样子,将白川伊夫被人暗杀的事情告诉阮青丝予以试探。但阮青丝却波澜不惊得像一汪平静的湖水,她说,节哀!我会尽快找到凶手的。河村惠子突然有些琢磨不透,阮青丝到底是谁?她为何对林玄同和白川伊夫的死都能如此漠然。

阮青丝怅然若失地走在春天的街头,春风不停地灌进她的身子,寒气逼人得像坠入冰窖似的,令她不禁起了寒战。阮青丝突然觉得这分明是冬天,比隆冬还要寒冷的冬天。阮青丝就这样在这不像春天的街头漫无目的地走啊走,她不知不觉来到了她儿时的家,门口万顺裁缝铺的招牌早已不在,新来的主人也将院子里的白兰花换成了一棵柿子树。一切都已物是人非,不管是回忆,还是身边的人和事。阮青丝再也控制不住自己,蹲在后院的围墙边痛哭了起来。

回到百乐门的时候,阮青丝看见关雎正忐忑不安地站在门口等她。她委屈地跑向关雎,抱住了他,说,林玄同牺牲了。我辜负了陈汝英的嘱托。我对不起他……

关雎说,这不是你的错。他长大了。他以一个男人的担当换取你的安全,让你能继续潜伏下去。

阮青丝垂下眼,说,我们离开上海吧!关雎诧异地瞪大了眼,阮青丝哭了起来,她有些情绪失控地说,在你没有走入我的世界之前,我好像从来就没有真正地活过。我就像是一具无家可归的魂魄,就这么见不得光地四处飘荡着。都说我万众瞩目,是上海滩所有男人的梦想,但其实不是的,我谁都不是,我甚至都不是我自己。

我没有一天为自己活过,我也不知道该怎么活。加入军统加入抗日这些都不是我所希望的,如果在和平年代,我一定不会这么选。我现在只想为自己活一次,自私一次,不管家国,不管恩仇。我知道这样很自私,对不起林玄同,对不起陈汝英,对不起数万万同志的牺牲,但是我真的快撑不下去了。我每天每天睡不好,我一闭眼全是他们死去时痛苦又血腥的画面。

关雎紧紧地抱着阮青丝,说,这段时间我不会给你下达任务。你先好好调整一下自己的状态,等我完成手上的任务,我们再好好谈一次。

阮青丝说,是"委蛇计划"吗?关雎不响,阮青丝说,你能不去吗?我不能再失去你了,不然我真的会活不下去的。

关雎拍了拍阮青丝的背,无比温柔地看着她的眼睛说,你忘了,我叫宿莽,它可是一种经冬不死的草。

12

日本军部在连续痛失驻沪日军总司令、特高课负责人白川伊夫,日本宪兵司令部大川内传七和76号特工总部直属行动队主任郭子文等日特机关的重要人物后,决定紧急召开一次内部整顿和方案应急会议,会议地点就定在日本宪兵司令部,所有日特机关的要员均要求整齐到会。这天关雎提着一只小皮箱来到日本宪兵司令部门口的时候,守卫的宪兵把他拦了下来,他们要他打开箱子进行检查。关雎打开箱子,里面除了文件和档案,什么也没有。宪兵敲了敲箱子,正准备检查是否有隔层的时候,禾田郁子小姐帮关雎解了围，她说，关先生，真麻烦让你带这么重的文件过来。关雎愣了一下，他连忙将箱子盖好，递给了禾田郁子，他说，能为禾田郁子小姐效劳，是关某的荣幸。

禾田郁子提着皮箱朝大楼走去，她小声说，宿莽同志，你做好牺牲的准备了吗？

关雎跟上禾田郁子的脚步，同她并肩前行，说，原来你是我们的人。

禾田郁子说，不然，你觉得你们之前是怎么在河村惠子那边蒙混过关的。是我在医院醒来后告诉她，我亲眼看见你们离开了宪兵司令部。

关雎说，谢谢你，禾……所以，你的真实姓名是？

你不必知道我的名字。等革命成功的那天，我们的名字都会刻在红旗上。禾田郁子低着头，语速极快地说道，你箱子里的定时炸弹不足以炸毁整栋楼，但两三层是没问题的。我等会会把它们摆在会议室的四个角落，设定为二十分钟后引爆。会议还有十分钟就开始了，你自己控制好撤离时间。

禾田郁子说完，在四楼的楼梯口朝关雎鞠躬告别，大步走向了会议室。

这天一大早，闲来无事的阮青丝穿着一身香云纱镂空旗袍来到关府找关雎。走到门口，她才想起关雎早被关大千赶出家门，已经许久不在家住。可她也不知道关雎租的公寓在哪儿，正当她不知所措地站在关府门前来回踌躇的时候，碰见了买菜回来的小翠。小翠告诉阮青丝，关雎上回回家时，偷偷留下了公寓的地址，让她遇到危难，即刻去找他。于是，她便让阮青丝先进屋坐一会儿，待她把写有地址的纸条找出来。接着，阮青丝就在关雎的书房参观起来。她看见了许多奖状,许多关雎和家人在一起时笑容灿烂的合影,她突然就对关雎产生了深深的好奇和敬佩。她想,这样一个衣食无忧的富家子弟,怎么就这么想不开要去参加革命呢?阮青丝后来拿起了桌上的一支毛笔。她已经很久没有写字了,她抽出一张信笺倒上墨汁很认真地写了起来。

小翠拿着纸条进来的时候,阮青丝正在鸟架旁逗鹦鹉。小翠说,它叫哈尼。

阮青丝说,哈尼?

小翠说,好像是亲爱的、宝贝的意思。是少爷取的。

阮青丝笑了,说,也只有你们少爷想得出来这样的名字。

是呀!以前少爷在家的时候,总是特别欢乐。但是……我已经很久没见他笑过了。小翠把纸条递给了阮青丝,说,这是少爷的地址。

谢谢你。阮青丝接过纸条看了一眼,笑着说,我给关雎留了一封信。他下次回家的时候,你一定能见到他笑。

阮青丝离开关府后,并没有去找关雎,而是去了她的治愈小屋——和春日料店。她突然很想念横山隆裕亲手做的日料,想念和老师谈天说地的时光。那天阮青丝站在街头,远远地看见横山隆裕坐上了特高课的黑色福特轿车,和河村惠子匆匆离开了店铺。阮青丝连忙打了一辆出租车一直跟着他们来到了四川北路的街口,她看见横山隆裕和河村惠子一起走进了日本宪兵司令部。此时,阮青丝并不知道日特机关高层正在这里召开一场重要会议,而关雎在执行"委蛇计划"的尾调。十分钟后,横山隆裕又从宪兵司令部大楼走了出来,再次坐上了特高课的轿车来到了郊外的一栋日式私人别院。

别院的门口站着四名黑衣人,他们恭敬地向横山隆裕鞠躬,恭迎他的归来。阮青丝想起她曾在临时军事法庭上也见过相同打扮的黑衣人,他大摇大摆地走进法庭,当众顶撞河村惠子的精彩场景到现在都记忆犹新,这让阮青丝不由得对横山隆裕的真实身份产生了怀疑。阮青丝后来向黑衣人出示了自己的日特机关证件,顺利地走进了别院。她在别院的花园里看到了一棵绽放得无比浪漫的樱花树,她就不由自主地掉进了在日本长崎和横山隆裕生活在一起的那段记忆里。

阮青丝跟着记忆的美好片段走进了一间和室,和室的屏风后是一大片被白布遮盖住的墙。阮青丝掀开白布,发现许多大大小小的相框与画轴,大小形状年代各不相同,但里面的主人公无一例外,都是她……密密麻麻的照片墙里,有她无所事事走在街头的,在执行任务的,在舞池中陶醉舞蹈的,甚至有她和关雎在夕阳下拥吻的各种各样的照片。照片墙的最中心是穿着和服的春在樱花树下灿烂微笑的样子,而外围的左右两边分别整齐地摆着应挺、蔡进军、长谷寿一、大川内传七、郭子文、千叶丽子、白川伊夫、河村惠子、关雎等九人的大头照。

这时候,横山隆裕走了进来,他站在阮青丝身后,淡淡地说,我原本想把这个秘密永远藏在心底的最深处,没想到,你还是知道了……

阮青丝不可思议地回过头问,老师,这一切到底是怎么回事?

横山隆裕说,没错,我一直暗恋着你的母亲。她是我这一生唯一爱过的女人。我和你父母从小一起长大,但她最后嫁给了石神,而不是我!

我问的不是这个。阮青丝指着九个人的大头照说,这些人为什么在上面？

横山隆裕说,这些人对你犯下了滔天罪行,他们都必须死！阮青丝疑惑地看着他。横山隆裕拿起应挺的照片说,十三年前,在石神家被杀的那对裁缝铺夫妇是共产党。那个女共党留下了一封伯庸的密信和一块白兰花玉佩。我后来把这两样东西交给了大川内传七,他又给了他的情人简娥……

阮青丝说,然后简娥找到了应挺。所以,是你故意陷害应挺的？他并没有杀死那个女共党,对吗？

横山隆裕说,不！他该死！我知道你并不爱他！你是为了复仇才接近他,和他结婚的！他根本不配得到你！这上面的每一个人都有他们的罪行！都该死！

阮青丝说,所以,我和蔡进军在一起,你就想杀了蔡进军。

横山隆裕说,我本来已经收买了公安局的沈介民,让他在执行任务时找机会动手的,但是没等他动手,蔡进军就死了。长谷寿一也一样,我知道他在离开上海到南京就任之前,找过你,你陪了他整整一天一夜。所以,我找人杀了他。

阮青丝说,他不是被大川内传七手下的宪兵杀死的吗？

横山隆裕冷笑了一下,说,整个上海滩,到处都有我的眼线。我早就知道大川内传七要暗杀长谷寿一,但是他太不了解长谷寿一了。长谷寿一歧视英国人,是绝对不会入住远东饭店的,所以,我提前在国际饭店安排了杀手。在司机打电话通知我之后,我便命杀手行动。然后,再把罪名安在大川内传七的身上。为了让这一切更逼真,我还特意给大川内传七打了电话,告诉他行动败露,赶紧跑路。

阮青丝说,那郭子文呢？

郭子文这个军统的败类。他不仅接手了应挺走私烟草军火的生意,还买卖情报。他一直有卖情报给蔡进军,你不知道吧?横山隆裕撕碎了郭子文的照片,得意地说,我把这些证据匿名寄给了梁茹筠。人性真是丑陋不堪,经不起考验啊!梁茹筠为了坐上郭子文的位置,很快就把证据交给了戴老板。然后⋯⋯他就叛变了。

阮青丝说,冒充军统锄奸队暗杀他的人不会也是你吧?横山隆裕沉默地笑了起来,阮青丝难以置信地说,他已经投日了,你为什么还要把他逼到绝境。他又对我做了什么?

横山隆裕说,是他带你加入军统的!让你陷入更深的危机!他该死!

阮青丝说,如果没猜错的话,千叶丽子是被你收买了。所以,才会在法庭上突然改变证词。

横山隆裕说,她的两个女儿,一个被送进了女子间谍学校,一个在慰安所,我只是想帮她们脱离苦海。但是,我给她帮助,她也必须要为我做些什么。河村惠子这么骄傲,只有打破她的骄傲,才能有机会击败她,击败白川伊夫!!

阮青丝说,你真的很懂人性,也很懂人心。

横山隆裕泪眼婆娑地说,在你毕业晚宴那晚,我把你从河村惠子手中救出来的那一刻起,我就发过誓,所有伤害过你的人都得死!!

阮青丝说,那关雎呢?

横山隆裕歇斯底里地怒吼道,他让你爱上他!就是他的错!我知道你最近一直在咨询移民和办理签证的事。你想和关雎离开上海。对不对?

阮青丝说,所以你早就知道关雎的身份,故意拖他进岩井公馆的？

　　不是的，我也是才知道。其实，我从来都不关心你在为谁做事，做的是什么事，我只希望你快乐。我也不在乎大日本帝国的利益，那跟我没有任何关系，我只想竭尽所能地保护你，让你能做想做的任何事，只要是你想做的，那就是对的！横山隆裕说完，抓住阮青丝的肩膀，又说，留下来吧！我现在有足够的能力保护你，我们可以回到日本过简简单单的生活。

　　阮青丝说，和你一起生活？

　　横山隆裕紧紧抱住了阮青丝，说，是的。我爱你。

　　阮青丝瞬间感到毛骨悚然，她一把推开了横山隆裕说，如果这就是你所谓的爱，那实在是太可怕了。这根本就不是爱！你只是把我当作了春的替代品。你还一直活在过去的幻想里！

　　不是的！我是爱你的。横山隆裕向阮青丝伸出手，试图挽回阮青丝。阮青丝不响。于是，他气急败坏地说，你信不信我现在一个电话就能让关雎死！

　　阮青丝突然捧腹大笑起来，她笑了很久很久，才停下来悠悠地说，我根本就不是石神里美！我是那个女共党的女儿，我叫周曼君。

　　横山隆裕说，不可能！我亲眼看见她女儿淹死在水池里。她还企图对你不利，是我把你从衣柜里救出来的！

　　什么？阮青丝露出了惊愕的表情，随即，她咬牙切齿地抓住了横山隆裕的领口，说，那个戴着白手套的男人是你？是你杀了她？

　　横山隆裕握住阮青丝的手，安抚道，里美，我知道你一时难以接受这么多事情，但是……

　　未等横山隆裕说完，阮青丝就拿出了袖子里那把樱花花纹的蝴蝶刀,干脆利落地划破了横山隆裕的喉咙。她颤抖着双手,崩溃地怒吼道,我再和你说一遍,我叫周曼君。

横山隆裕瞪大了眼睛,双手捂着鲜血四溅的脖子,蠕动着嘴唇想说些什么,但怎么也说不出来了。

阮青丝收起蝴蝶刀,泪流满面地说,没想到杀死我母亲的人,是我一直以来最信任最敬重的老师。这把刀是你给我的,现在我还给你。

蝴蝶刀滑落在地的那一刻,络绎不绝的黑衣人拿着武士刀冲进和室,扑向了阮青丝。然后,是一场血腥的肉搏……

此时,日本宪兵司令部的四枚定时炸弹已经爆炸,一众日特机关的重要人物全部被埋在了废墟之中。关雎提前离开了会议室,他现在只想马上打电话告诉阮青丝,"委蛇计划"顺利完成的好消息。于是,他回到了就近的关府。关雎刚踏进关府的客厅就看见了小翠惊恐慌乱的表情。小翠说,少爷,阮小姐刚刚打电话让你马上去码头,好像是出什么事了。

关雎赶到码头的时候,阮青丝正站在木栏边,手里捏着两张去香港的船票。阮青丝把船票递给他,说,我想好了,我们先去香港躲一躲。

关雎说,发生什么事了?

没时间解释了,你先跟我走。阮青丝说着,突然无力地摔进了关雎的怀里。这时,关雎才发现,阮青丝的腹部中了一道很深的刀伤。紧接着,黄昏把码头一点点染红,一群又一群日本特工像狂蜂一样从四面八方朝他们涌来。

阮青丝躺在关雎的怀里,生气地撒娇说,叫你犹豫。现在,走不了了。

关雎紧紧地抱着阮青丝,身子不由自主地颤抖起来,他说,走!我现在就带你走!

走不掉了。你留下来,继续战斗!阮青丝露出了些许失落的表情,又说,好想在离开这里之前,再捉一次蝴蝶。可惜,再也没有机会了。

关雎随手捡起了两片银杏落叶叠在一起,然后对折,再用叶杆打结,最后撕开,变成了一只美丽的蝴蝶。

阮青丝接过关雎手中的蝴蝶,放在空中说,真好看!

日本特工已经逼近他们,关雎掏出腰间的手枪准备迎战。他轻轻地把阮青丝放在木栏边说,等我回来!

阮青丝笑了,她望着关雎远去的背影,努力地抬起双臂给了他最后一个隔空拥抱。然后,她低头看着满是鲜血的旗袍,难过地说,我太脏了,我想洗澡,便扑通一声,跳进了汪洋大海……

13

关雎带着76号特工出现在百乐门的时候,1940年的春天仿佛才真正来临。春分的风和日丽让许多人热衷于踏青和放风筝,在一片朝气蓬勃生机盎然的景象里,关雎开始了他的新任务,收集日谍石神里美的假冒者周曼君的犯罪证据。那天关雎在摆满蝴蝶标本的法式复古陈列柜里,发现了许多暗格和暗格下许多关于军统卧底、伪政府汉奸以及日特机关各头目的档案资料和行动计划。他还看见了那只传说中的一半翅膀是美人、一半翅膀是骷髅的鬼美人蝴蝶。

　　无数个难眠的夜晚,周曼君曾彻夜躺在这间蝴蝶博物馆的地板上,把自己幻想成一只无忧无虑自由飞舞的蝴蝶。她想,如果有一天自己要离开这个世界,她多么希望可以和这些心爱的蝴蝶死在一起。

　　这时候,回忆像波涛汹涌的浪潮,从心底的细缝里直线涌上关雎的脑海。于是,关雎疯狂地在周曼君的房间里寻找她留下的微弱的气息。书桌上放着一只周曼君没有做完的白色丝带凤蝶标本和一张写着小楷书法的信笺,信笺上写的是一首李清照的《减字木兰花(卖花担上)》:

　　　　卖花担上,买得一枝春欲放。

　　　　泪染轻匀,犹带彤霞晓露痕。

　　　　怕郎猜道,奴面不如花面好。

　　　　云鬟斜簪,徒要教郎比并看。

　　关雎的眼眶一下子就湿了。他想到周曼君跳海的那一天,他把自己伪装成杀了中共间谍的样子,安全地回到了关府。小翠后来给了他一封周曼君留下的书信,信上写着:你那里起风了吗?风有告诉你,我喜欢你吗?接着,鹦鹉哈尼也叫了起来,它说,傻子,我喜欢你。傻子,我喜欢你。

　　现在,关雎泣不成声地拿起书桌上的钢笔,写下:

　　　　城南小陌又逢春,只见梅花不见人。

　　　　人有生老三千疾,唯有相思不可医。

关雎知道,他还会遇到很多个春天,很多个夏天、秋天和冬天,但都不如跟周曼君相爱的那一个。于是,他坐在书桌前,一会儿流泪,一会儿含着眼泪笑。他仿佛把那个他们相爱的冬天又过了一遍,且此生还要过很多次。

而此时,从废墟中被抢救出来的简姝正插着呼吸机,躺在福民医院里。冯婉清安静地坐在轮椅上,等待护士开完早会,带她去晒太阳。突然,冯婉清的眼珠动了一下,歪斜的脖子也直了起来,她从轮椅上站了起来,像走T台一样,昂首挺胸地走进简姝的病房。她拔去了简姝的呼吸器,用枕头轻轻地盖住了简姝的脸……

上海滩的女人们突然对百乐门的阮青丝肃然起敬,谁要是再骂她赖三,准被她们的唾沫星子淹死。而雪姨总会在春天飘絮的早晨出现幻觉,她看到一个古代女子站在百乐门门口掩着长袖,朝她笑了一下,又笑了一下。

然后,是一个夏天的清晨。一个披着风衣的男人冷若冰霜地走在蓬莱区的街头,他将要去执行一项伯庸下达的秘密任务。路边照相馆的橱窗里,放着一张陈旧而硕大的摩登女郎海报,女郎斜襟旗袍下性感又曼妙的身姿,让路过的人们都纷纷停下脚步投以沉醉迷离的目光。这时,男人在风中闻到了一股熟悉的味道,那是白兰花的香味。几个阿婆提着篮子,操着一口醇厚的吴侬软语正在叫卖,阿要买栀子花,白兰花!阿要买栀子花,白兰花!

男人买了一朵白兰花,放进风衣胸口的口袋,然后,继续前行。他想到,他曾问过他心爱的女人这样一个问题:你愿做我的烽火吗?你只要燃起,即便你默不作声,远方的我、沉默的我,便是一万匹马、一万艘船、一万列车。全部的我,无畏而执迷地去往全部的你。现在,他将带着他的烽火,继续战斗,直到革命胜利的那一天!

男人深刻地明白,那些人、鸣笛的人、掌灯的人、点燃烽火的人、勇敢的人、舍身的人、矢志不渝的人,他们把自己留在无数个寒冬里,才为我们双手奉上一个未知的春天。

夏天,正在如火如荼地进行着……

后记

≫

奔跑在冬日相逢的路上

2019年的冬天，我的手里一直捧着冯骥才先生的《俗世奇人》，我津津有味地穿行在天津热闹的市井街巷，结识了一群我从未见过的乡土异士和市井奇人。这群"非凡"的人，升腾着热气腾腾的生活气息，他们身上有着鲜明的地域性格和深刻的地方文化特色，每一个人都独一无二，这令我不由得对那个年代的天津充满好奇。

当我放下这本书的时候，这群"非凡"的人依旧在我脑海中跳跃着。突然，一个叫懋子的女子穿着红衣襦裙，头顶惊鹄髻，从脑海里蹦了出来。她好像从遥远的古代匆匆赶来，那张不谙世事的脸既让人迷又让人怜，一颦一笑都像极了从画中走出来的仙女。她站在人群中央像一朵艳丽的曼陀罗，长袖遮面，朝我笑了一下，又笑了一下。我便跟着她穿越时空，来到了民国时期的上海滩。

4月初春，街道边的法国梧桐开始疯狂飞絮，晨光打在片片毛絮上闪着微光。我看见懋子那么突兀地站在上海滩最繁华的百乐门前,她依旧长袖遮面,朝那个从东北来的老板娘雪姨笑了一下,又笑了一下,雪姨就被勾了魂似的领她进了门,自此,懋子便化身百乐门的夜姬悄悄开启了她在上海的潜伏生涯。在许多人的眼里,她或许是玩弄男人于股掌之间的风尘女子,让上海滩的男人都为之魂牵梦萦,所以上海滩的女人们都翻着白眼骂她"赖三"。但我想,她一定是有她的苦衷的。她那间后来被人发现的藏满日本要员机密信息和暗杀计划的暗室就说明了一切。

懋子是名中共地下党员,其双重身份的背后,藏满了故事。比如,她出身名门,不然举手投足间怎么会有这般超人的气质;比如,她的家人被日本人所害,不然她怎会忍辱负重沦为夜姬;再比如,她和老主顾金老板其实是青梅竹马的恋人,他们在山河破碎、国家危难之际,义无反顾地奉献出了自己的生命。

这个故事我后来写成了《夜姬懋子》,短短两千余字,首发在《当代小说》上,后又被《小小说选刊》转载。奇怪的是,写完后不久,我出现了幻觉。我总会在走路的时候、洗澡的时候、开车的时候……听见懋子在呼唤我,她一袭红装的身影一直浮现在我眼前。终于有一天晚上,我从床上一跃而起,我本来是准备睡觉的,但懋子又出现了,于是我决定动笔为她写一部长篇小说,讲述她这曲折蜿蜒、命若浮萍的一生。这便是我第一部长篇小说《蝴蝶刀》的创作缘由。

我承认,我确实对上海滩着了迷。我经常会想,如果我生在那个年代,会不会是百乐门里那个穿着旗袍冷若冰霜的舞女,或是药店里穿着长衫、不爱说话的拣药小丫头,或是电话局里一个普通的传呼员……我想,不管我是谁,我的内心一定是暗潮汹涌的,默默地做着隐秘而伟大的革命工作,从不惧怕凶险与牺牲。我多么希望自己能成为一名巾帼不让须眉的女英雄啊!

于是,在一场大雪刚刚来临的时候,我认识了一个新朋友,一个叫周曼君的女人。她美得一塌糊涂,她善用一种叫作蝴蝶刀的武器,她喜欢白兰花,爱捉蝴蝶,尤其喜欢一种叫作鬼美人的蝴蝶。这种蝴蝶左翼为美人,右翼为骷髅,只存在于传说中,见过它的人无一生还。很多时候,我觉得周曼君就是鬼美人,因为有时候美就是一种武器。她化名阮青丝成为百乐门的夜姬,同时还隐藏着中共地下党、军统特务、日本间谍和青红帮成员这四重身份。她冷若冰霜的脸庞下,翻涌着一颗炙热的爱国心。我完全能够想象,当黑夜降临的时候,她一个人坐在床头,想起为革命牺牲的父母,是多么孤独和无力,又是多么坚定和无悔。我决定,那些我无法触及和完成的事情,就全部交由她来完成吧!

刚萌发这个创作想法,我就迫不及待地告诉了海飞老师。2017年,我在第一次给浙江省作协主办的《浙江作家》杂志投稿时,结识了海飞老师,然后迷上了他的小说,特别是谍战小说。他的文字总是流淌着一股淡淡的忧伤,像一条诗意又绵延的河流。在文学创作的道路上,海飞老师给了我莫大的鼓励和支持,他不仅是我的偶像,更是引领我走入文学殿堂的老师,使我的创作灵感如泉涌般喷发,我从心底里感激和尊敬他。我每创作完成一部小说,都会第一时间与他分享,希望能得到他的肯定。海飞老师很忙,许多时候我们只能靠微信和电话联系,但是不管多晚,他都一定会给我回复。所以,每当我收到他的回复时,我都感到莫大的感恩,备加珍惜。

完成《蝴蝶刀》的大纲后开始落笔的时候,海飞老师觉得它还不够成熟。他觉得我可能还不具备独立创作20多万字的长篇小说的能力,而且大纲存在这样那样的问题,但我坚持写了下去。我觉得,无论怎样都会有第一次。既然我真心热爱文学,想要成为一名真正的作家,我就不能总是停留在写小小说、写短篇的阶段。虽然这样的自我摸索可能会让自己摔得遍体鳞伤,但这何尝不是一种锻炼。于是,我坚定地告诉海飞老师,无论成不成,我都会把它写完。不管怎么样,这都是一种成长。

我是个不服输的人。在我的字典里从来没有"放弃"这个词,只要是我认定的目标,我一定会倾尽全力去完成它。那时候,我完全没有想过这浩瀚的工程将花费我多少时间、多少心血。我只有一个念头,我一定要把它写出来!

2020年春节,新冠肺炎疫情突然暴发,很多企业停工,很多人在家中憋了几个月,无所事事,我却沉浸在上海滩的谍战风云里乐此不疲。那时候,我每天处理完工作事务后,除了吃饭睡觉,就埋在书桌前码字。半年后,我完成了27万字的小说初稿。这也导致我刚完成小说就得了腰椎间盘突出,尾椎部分还严重到压迫神经。后来有很长一段时间,我都是一边做康复理疗,一边继续"精修"小说。

2019年,《国家人文历史》有一期剖析民国新女性家庭、婚恋、事业的专刊,其中一篇《在传统与现代之间民国男性精英视角下的中国女性》让我印象深刻。这也是我选择以女性视角来演绎谍战故事的原因。我试图通过深入女性的精神世界,用女性视角来呈现战争的残酷、革命的斗争历程及个人的成长。

民国时期是封建社会向现代社会转变的特殊时期,女性意识刚刚开始觉醒,战争的特殊环境让她们有了一个契机进入曾是男性主导的政治领域,与男性并肩作战。而见证了上海滩从繁华到没落的舞女,是女性意识觉醒最具代表性的形象。她们依附于男人生存,却又独立于男人,在边界中探寻自我实现的出路。在漫长的谍战生涯中,周曼君从被命运随意摆布的迷惘状态,到坚定革命信仰,并最终转变成一名人格独立的女性和有着坚定理想信念的革命战士。在这个过程中,她通过自我觉醒,逐渐摆脱政治和男性对她的控制,完成对自我身份和存在价值的肯定,同时她伟大的牺牲精神也改变了人们对舞女身份的偏见,使她获得了尊重与敬佩。从这一角度看,《蝴蝶刀》也是一部具有传奇色彩的女性成长史。

我对谍战有着深深的执念。从某种程度上来说,它源于海飞老师,也源于我和周曼君一样都是热爱祖国、热爱家乡的人。所以,我在小说中融入了家乡金华的传统文化——婺剧。我希望,那些读我小说的人,也能认识我的家乡,甚至去看看我美丽的家乡,听听那多次上了春晚的婺剧。于是,小说中便有了我的第二个朋友——陈汝英——上海兰心大戏院的名伶,一个长得比女人还要好看的男人。

小说完稿的时候,2021年的冬天刚刚过去。我想到2019年,我怀着满腔热血与激情开始动笔的时候,也是冬天。那个冬天,我认识了一个叫周曼君的女人,认识了陈汝英、关雎、顾莺莺、林玄同……认识了许多许多的朋友。

现在,周曼君和我的这些朋友已经与大家见面了。或许以后,周曼君还会以另一种意想不到的方式和不同的身份,出现在我的笔下。那时候,她可能不再是上海滩百乐门的夜姬,不再是故事的主角,她可能和我一样,是一个平凡的人,过着平凡的生活,但依旧熠熠生辉,不容小觑。我一定会祝福她。因为我知道,我的朋友周曼君,她比任何人都希望过那样的生活。她骨子里是一个多么柔情又浪漫的女人啊!

　　跑吧!跑得再快一些。或许,当下一个冬天来临的时候,我们便能再次相逢。

周　玥

2022 年 4 月 18 日